ANDREAS KIENDL
LEIBNITZ

ANDREAS KIENDL

LEIBNITZ

ROMAN

GMEINER SPANNUNG

Immer informiert

Spannung pur – mit unserem Newsletter informieren wir Sie regelmäßig über Wissenswertes aus unserer Bücherwelt.

Gefällt mir!

Facebook: @Gmeiner.Verlag
Instagram: @gmeinerverlag
Twitter: @GmeinerVerlag

Besuchen Sie uns im Internet:
www.gmeiner-verlag.de

Im Ehnried 5, 88605 Meßkirch
Telefon 07575/2095-0
info@gmeiner-verlag.de

1. Auflage 2019

Lektorat: Claudia Senghaas, Kirchardt
Herstellung: Julia Franze
Umschlaggestaltung: U.O.R.G. Lutz Eberle, Stuttgart
unter Verwendung eines Fotos von: © MadPhotosPI / shutterstock.com
Druck: GGP Media GmbH, Pößneck
Printed in Germany
ISBN 978-3-8392-2494-6

Personen und Handlung sind frei erfunden.
Ähnlichkeiten mit lebenden oder toten Personen
sind rein zufällig und nicht beabsichtigt.

2006

1

Es war ein ebenso eigenartiger wie gewohnter Anblick für ihn: eine Gruppe von Frauen und Männern, von denen in der abendlichen Dunkelheit nur die Umrisse zu erkennen waren. Die Notenmappen, die sie in den Händen hielten oder an die Körper gepresst hatten, wirkten wie flossenartige Auswüchse. Ab und zu glühten Zigarettenenden rot auf. Die einzelnen Personen waren nur für kurze Momente zu erkennen, wenn der Scheinwerferstrahl eines ausparkenden Autos über den Gehsteig strich.

Christian verabschiedete sich von Gottfried, der wie gewöhnlich als Letzter aus der Musikschule gekommen war und zugesperrt hatte. Wie immer hatte er es eilig und verschwand, nach allen Seiten hin grüßend.

Er hielt Ausschau nach seiner Frau und entdeckte Claudia im Gespräch mit Regina, aus deren schwarzer Kurzhaarfrisur eine pinke Strähne herausstach. Beide rauchten.

Unschlüssig schaute er sich um, er hatte keine Lust auf Small Talk, wollte nach Hause. Aber Claudia stand mit dem Rücken zu ihm, es blieb ihm nichts anderes übrig: Er ging langsam auf die beiden Frauen zu. »… das ist einfach unglaublich, oder? Und die Ingrid gibt ihr auch noch Rückendeckung …« Regina bemerkte Christian, hielt es aber nicht für nötig, ihren Redeschwall zu unterbrechen, sondern begnügte sich damit, ihm zuzunicken. Claudia hatte ihn nun auch gesehen.

»Willst du schon gehen?«

»Schon ist gut!« Er lachte. »Dass euch nicht kalt wird!« Er zog die Hände aus den Taschen und rieb sie aneinander, um seinen Worten Nachdruck zu verleihen.

»Im Ernst: Ich will euch nicht stören, aber es ist schon halb elf.« Claudia zog ein letztes Mal an ihrer Zigarette und schnippte sie in einen großen Betonaschenbecher.

»Oje, schon? Da müssen wir wirklich.«

»Na dann.«

»Baba!«

»Bis nächsten Mittwoch!«

»Sehen wir uns am Sonntag in der Kirche?«

Eingespielte Sätze, freundliches Winken, und schon waren sie unter sich. Er atmete tief durch. »Das war in deinem Sinn, oder?«

»Ehrlich gesagt, ja. Die Regina ist auf die Dauer wirklich anstrengend!«

»Was du nicht sagst.« Sie spazierten schweigend Arm in Arm durch das nächtliche Leibnitz. Die Luft war kalt, aber das machte ihm nichts aus. Nach der Probe waren seine Ohren heiß.

Christian begann, vor sich hin zu summen. Unbewusst beschleunigte er seine Schritte. Zu Hause würden sie eine Flasche Wein aufmachen. Vielleicht gab es noch Sex. Oder aber Claudia war zu müde, trank nur der Form halber ein Glas mit, ging ins Bett, und er ließ den Abend allein ausklingen. Ihm war alles recht.

Es ging um diese Mittwochabende. Das war ihre Zeit. Der Chor – genauer gesagt, die LS, die »Leibnitzer Stimmen« – das war die große Konstante in ihrer Beziehung. Sie kamen immer gemeinsam zur Probe, wenn es das Wetter zuließ, zu Fuß. Sobald sie die Musikschule betraten, trennten sie sich voneinander. Sie wollten während der Probe nicht als Pärchen wahrgenommen werden.

Die Einteilung in die unterschiedlichen Stimmgruppen und die notwendige Konzentration beim Singen ließen private Mätzchen außerdem gar nicht zu. Gottfried forderte zwei Stunden volle Konzentration von jedem und jeder Einzelnen, und der Sog der gemeinsam erzeugten Musik riss sie im Normalfall mit.

Davor, danach und in der Pause plauderten sie mit den anderen, er mit seinen, sie mit ihren Leuten.

Nach der Probe waren sie wieder ein Paar, und der halbstündige Heimweg ein lieb gewonnenes Ritual für beide. Sie sprachen an diesen Abenden normalerweise nur über Dinge, die den Chor betrafen: analysierten die Probe, die eigene Leistung und die der anderen, den neuesten Tratsch und die Aussichten auf den nächsten Auftritt. Am Mittwochabend machten sie Urlaub von allem anderen.

Eben hatte Christian mit einem seiner Lieblingsthemen angefangen: Die Männer brauchten dringend Verstärkung. Junge, helle Stimmen. Sonst würden sie sich in einem Monat beim nächsten Auftritt blamieren, auch wenn Gottfried die Stücke noch so geschickt aussuchte, transponierte und arrangierte. Christian war Bariton, musste aber immer wieder Partien übernehmen, die zu hoch für ihn waren. Er hasste es, wenn er zwischen Brust- und Kopfstimme herumgicksen musste. Claudia reagierte nicht, er spürte, dass sie etwas auf dem Herzen hatte, und schaute sie an. Sie sagte: »Du, Christian … etwas ganz anderes: Die Mama will am Sonntag zu Besuch kommen, geht das von dir aus?«

Wenn man Claudia reden hörte, wäre man nie auf die Idee gekommen, dass sie eine dermaßen großartige Singstimme besaß. Sie sprach immer sehr leise und irgendwie zu hoch. Er wäre vor Überraschung fast stehen geblieben, begnügte sich aber damit, kurz das Tempo zu drosseln.

»Ja sicher, wieso? Ist was?« Seine Schwiegermutter besuchte sie traditionell zweimal pro Jahr: zu Weihnachten und einmal im Sommer zum obligatorischen Grillen. Zu den diversen Geburtstagen und auch sonst manchmal fuhren Claudia und die Kinder zum Haus seiner Schwiegereltern nach Neudorf, auf der anderen Seite der Mur. Er konnte sich für gewöhnlich davor drücken und ging davon aus, dass niemand traurig darüber war. Ein angekündigter Besuch seiner Schwiegermutter jetzt im Oktober war mehr als ungewöhnlich. Das war neu.

»Sie wollte am Telefon nichts sagen.« Sie verließen langsam den Ortskern. Unter der Woche war die Stadt abends wie ausgestorben. Oft begegneten sie auf ihrem Heimweg niemandem und wenn doch, dann waren Autos häufiger als Fußgänger.

»Es wird schon nichts sein.« Er glaubte es selbst nicht. Schon war die Stimmung getrübt, die Musik aus seinem Kopf verschwunden.

»Die Kinder freuen sich bestimmt«, meinte Claudia. Christian brummte zustimmend. Ihre Kinder mochten seine Schwiegereltern irgendwie lieber als seine eigenen Eltern. Eine Ungerechtigkeit, denn schließlich lebten sie mit denen unter einem Dach, und seine Eltern leisteten viel mehr für die Kleinen. Distanz erzeugt Attraktivität, keine schlechte Taktik, dachte er. In Wahrheit war er froh, dass er nur wenig Kontakt mit Claudias Mutter und deren Mann haben musste.

»Soll ich meine Eltern auch einladen?«

Sie zögerte kurz mit der Antwort. »Ja, sicher.«

»Oder ist dir das dann zu viel Arbeit?«

»Aber geh, das ist egal. Es ist nur …« Sie hakte sich fester bei ihm ein. »Hoffentlich halten sich der Georg und dein Vater zurück.«

»Ah, der Georg kommt auch mit!«

Damit war die Stimmung endgültig am Boden. Georg, Claudias Stiefvater, war schon als Erscheinung eine Provokation für Christian: ein unverkennbarer 68er mit langen, grauen Haaren, Ohrring und Lederjacke. Dazu noch Tiroler und offenbar stolz darauf, denn selbst nach 40 Jahren in der Steiermark hatte sich sein Dialekt nicht abgeschliffen. Außerdem war er der Auslöser für den schlimmsten Tag seiner Ehe gewesen.

Er erinnerte sich höchst ungern an diesen Nachmittag im Juni vor zwei Jahren. Eine schwere Zeit war das damals gewesen. Das Familiengrillen hatte sowieso nur stattgefunden, um die Tradition und den Schein zu wahren. Geendet hatte der Tag damit, dass seine Mutter den Vater, der einen Koffer in der Hand hielt, auf Knien angefleht hatte, das Haus nicht zu verlassen, während Christian selbst volltrunken auf dem Sofa eingeschlafen war. Claudia war zu dem Zeitpunkt schon weg gewesen, hatte das Haus mit den Kindern verlassen. Nie würde er vergessen, wie er Georgs Pick-up nachgestiert hatte, als der mit seiner weinenden Frau und den ebenfalls heulenden Kindern die Einfahrt hinuntergefahren war. Die Kleinen hatten natürlich überhaupt nichts verstanden. Vielleicht hatten sie es mittlerweile vergessen. Hoffentlich! Er würde es niemals vergessen: den Streit mit seinem Vater, bei dem Dinge gesagt wurden, die man nicht zurücknehmen konnte, daneben die heulende Mutter. An diesem Tag war er dem Selbstmord nahe gewesen. Das war nicht zu viel gesagt.

Seitdem war sein Schwiegervater nicht mehr bei ihnen zu Hause gewesen. Und jetzt auf einmal, eigenartig.

»Glaubst du, wir könnten nach dem Essen im Garten Kastanien braten? Da spare ich mir die Nachspeise.«

Claudia hatte Christians Schweigen nervös gemacht. Sie wollte der Sache eine scherzhafte Wendung geben. Christian blieb stehen, löste sich von Claudia und stand ihr mit gesenktem Blick gegenüber. Ein Windchen kam auf, er hob den Kopf und ließ seinen Blick in der Umgebung umherschweifen. Sie waren schon in Sichtweite ihres Hauses.

Gedanken schossen ihm durch den Kopf, Ärger flammte auf. Er öffnete den Mund, wusste nicht, was er sagen sollte. Sie kam ihm zuvor: »Denk dran, es ist Mittwoch.« Claudia lächelte. »Vielleicht kann ich heute noch etwas für dich tun.« Er brauchte einen kurzen Moment, bevor er seinen Arm um ihre Schultern legte. Aneinandergeschmiegt setzten sie sich wieder in Bewegung.

»Wie soll denn das Wetter werden?«

»Es bleibt schön.«

»Na dann: Sicher, Kastanien braten! Gute Idee, wenn einer die Pappen aufmacht, frisst er die Pfanne.« Er lachte kurz und heiser auf, um seinen Worten die Derbheit zu nehmen. »Und am Samstag geh ich mit den Kindern Kastanien klauben, das passt mir eh gut«, setzte er gut gelaunt hinzu. Die letzten Schritte bis zur Eingangstür legten sie schweigend zurück.

2

Ein herrlicher Tag, Sonntagswetter, seit Wochen war es zu warm für die Jahreszeit. Das frühzeitig verfärbte Laub der Bäume leuchtete förmlich in der Sonne.

Christian stand im Garten neben dem eisernen Kastanienofen, in dem bereits Feuer brannte.

Er legte ein paar Ästchen nach, summte dabei »Let it be« von den Beatles und schaute hinüber zu seiner Schwiegermutter, die in ihrer bunten Alpakajacke am Gartentisch saß und ihm beim Einheizen zusah.

Er sang oder summte gern vor sich hin, egal, ob er allein war oder unter Leuten. Oft hatte die Musik etwas mit der jeweiligen Situation zu tun, aber das wurde ihm, wenn, dann erst im Nachhinein bewusst.

Anna war trotz ihrer 62 Jahre nicht unattraktiv. Claudia hatte nicht viel von ihr. Der Vergleich zwischen Traube und Rosine drängte sich auf. Wobei sich die Rosine eine mädchenhafte Strahlkraft bewahrt hatte, die seiner Frau leider vollkommen fehlte.

Wie immer war sie ungeschminkt und hatte ihre grauen Haare straff nach hinten gekämmt. Sie war nicht groß – wenn sie auf der Bierbank saß, berührten ihre Stiefelspitzen gerade den Boden –, aber sie hatte eine ausgezeichnete Haltung, sogar eine gewisse Eleganz, wie er zugeben musste. Das war ihm eigentlich noch nie an ihr aufgefallen. Auch dass sie für ihr Alter wenige Falten hatte.

»Außer euch hält mich in Leibnitz nichts mehr, weißt du.«

Als wäre sie ihm eine Erklärung schuldig gewesen! Er mochte das Feuer, das in dem rostigen Ofen knisterte und ihn wärmte. Es fühlte sich gut an, im eigenen Garten Kastanien zu braten, er mochte das Geräusch, wenn er sie in der Pfanne rüttelte, damit sie nicht anbrannten. Kindheitserinnerungen. Die ganze Welt konnte ihn jetzt am Arsch lecken.

Für die anderen hatte er einen Doppler Sturm und für die Kinder Traubensaft besorgt. Er selbst hatte Sturm noch nie gemocht und trank lieber weiße Mischungen. Weißwein war immer genug im Haus. Heute hatte Christian ein wunderbares Alibi für ein »Nachmittagsräuscherl«. Heute konnte er sich einfach wieder einmal untertags gemütlich einen anplätschern, und Claudia würde ihm sogar dankbar dafür sein. Er hatte vor, den ausgeglichenen Gastgeber zu spielen, und sah dem Nachmittag gelassen entgegen. Da war er außer den Kindern wohl der Einzige! Oje, oje, der Tag war ja noch nicht gelaufen.

Er musste grinsen, als er sich die Situation in Erinnerung rief: Schon bei der Ankunft seiner Schwiegereltern waren die Erwachsenen den Kleinen dankbar dafür gewesen, dass sie um die Aufmerksamkeit von Anna und Georg gebuhlt und für Chaos im überfüllten Esszimmer gesorgt hatten. So war im wahrsten Sinn des Wortes kein Raum für Peinlichkeiten geblieben. Seine Schwiegereltern hatten den Kindern großzügige Geschenke mitgebracht, Sarah eine Unmenge hochwertiger Malsachen und Jakob einen Roller mit drei Rädern, wie Christian noch nie einen gesehen hatte.

Seine Eltern hatten Anna und Georg erwartungsgemäß distanziert, aber höflich begrüßt und dann wie angenagelt dagesessen und das Essen hinter sich gebracht.

Claudia war in der Rolle der Gastgeberin aufgegangen, hatte es, während sie zwischen Küche und Esszimmer hin- und hergerannt war, jedoch nicht unterlassen können, ihrer Mutter ab und zu forschende Blicke zuzuwerfen, die diese konsequent ignoriert hatte. Christian hatte das alles gespannt beobachtet.

Als er sich sicher war, dass keiner den vergangenen Eklat erwähnen würde, hatte er sich merklich entspannt und dem Weiteren ziemlich gelassen entgegengesehen. Man spielte einander und den Kindern das unbeschwerte Sonntagsessen vor.

Nach der Hauptspeise hatten sich seine Eltern abrupt verabschiedet, behauptet, dass sie Kastanien nicht mehr gut vertragen würden und sie diesen Nachmittag dafür vorgesehen hätten, das Familiengrab rechtzeitig vor Allerheiligen herzurichten. Dem war nichts entgegenzusetzen.

Seine Eltern lebten den Kirchenkalender. Das hieß, sie gingen nicht nur jeden Sonntag zum Gottesdienst, sie dachten auch noch, so wie es früher üblich war, von Feiertag zu Feiertag, beginnend mit Lichtmess im Januar.

Zu Allerheiligen trafen sich die – mehr oder weniger katholischen – alteingesessenen Leibnitzer Familien auf dem Friedhof, um ihrer Toten zu gedenken. Vor allem aber auch, um die anderen Einheimischen zu treffen, mit denen man im Alltag wenig zu tun hatte. Das verbindende Element waren die hier begrabenen Angehörigen. Der harte Kern der Gemeinde wurde immer kleiner. Hände wurden geschüttelt, Erkundigungen eingezogen, Einladungen ausgesprochen. Und natürlich drehte fast jeder eine Runde, um sich die frisch geschmückten Gräber anzuschauen.

Es war undenkbar, dass das Grab der Familie Grebien nicht eines der schönsten gewesen wäre. Seine Eltern bastelten den Schmuck jedes Jahr selbst. Andere kauften für ein Heidengeld riesige Gestecke beim Gärtner und meinten, so ihre Frömmigkeit glaubwürdig darzustellen. Doch ihre Mühe war vergebens, die eingefleischten Kirchgänger unterschieden sehr genau zwischen gekauftem und selbst gemachtem Schmuck. Und wer am Sonntag in der Kirche war und wer nicht, das wussten sie sowieso.

Der innere Kreis bestand großteils aus älteren Leuten. Männern und Frauen, die schon gemeinsam die Schulbank gedrückt und ihr ganzes Leben hier verbracht hatten, alteingesessenen Kleinbürgern und Bauern aus der Umgebung. Einige Familien mit Kindern gehörten auch dazu.

Sie unterschieden sich von den Feiertagskatholiken: Langsam und mit gesenktem Blick, scheinbar tief in Gedanken, bewegten sie sich auf dem Friedhofsgelände, als wären sie hier zu Hause und die anderen Menschen eine lästige Störung der täglichen Andacht, die man milde lächelnd ertrug. Seine Eltern gehörten zum inneren Kreis der Kirchengemeinde, er selbst nicht mehr, kannte aber natürlich die meisten von Kindesbeinen an.

Nachdem niemand versucht hatte, seine Eltern zum Bleiben zu überreden, waren sie offensichtlich erleichtert nach unten in ihre Wohnung verschwunden. Kurz darauf hatte man ein Auto wegfahren hören. Sie mussten also schon vor dem Essen alles ins Auto geladen haben.

Christian konnte nicht leugnen, dass Anna und Georg viel lockerer und entspannter waren als seine Eltern. Obwohl sie altersmäßig nicht weit auseinanderlagen, hatte man nicht das Gefühl, dass sie derselben Generation angehörten.

Christians Eltern waren kleine Leute, wie sie oft betonten. Der Vater stammte aus einer alten Leibnitzer Familie. Dessen Vater, an den sich Christian noch gut erinnern konnte – Großvater Heinz war gestorben, als Christian 14 war –, hatten vor dem Krieg immerhin die Schlosserei und ein Haus am Hauptplatz gehört. Er hatte dann auf das falsche Pferd gesetzt und alles verloren. Obwohl andere bekannte Nazis nach dem Krieg in der Gemeinde problemlos integriert worden waren, war seinem Großvater das nicht gelungen. Im Unterschied zu vielen anderen, die insgeheim das Gleiche dachten und es zu Hause in den eigenen vier Wänden auch sagten, hatte der Alte, vor allem wenn er einen sitzen hatte, seine Naziweisheiten lauthals im Wirtshaus und auf offener Straße kundgetan. Des Öfteren war er wegen Wiederbetätigung und Erregung öffentlichen Ärgernisses angezeigt worden, und bald hatte keiner mehr etwas mit ihm zu tun haben wollen.

Aufgrund seiner physischen Stärke – er war zwar wie Christian und sein Vater nur um die 1,65 Meter groß gewesen, hatte aber im Unterschied zu ihnen einen gewaltigen Brustkorb und riesige Pranken gehabt – und seiner handwerklichen Erfahrung war er bis ins hohe Alter ein gefragter Schlosser und Landmaschinenmechaniker gewesen. Aber weil er es nicht gewohnt war, einen Chef zu haben, war er überall rausgeflogen, sodass er davon lebte, sein Erbe nach und nach zu verkaufen. Gestorben war er mit 83 Jahren im Heim, er hinterließ drei Kinder, zwei aus erster Ehe, die mittlerweile ebenfalls tot waren, und Christians Vater Fritz. Vom einstigen Besitz war nur das Grundstück übrig geblieben, auf dem heute ihr Haus stand.

Vielleicht war sein Vater so fromm, weil er Buße tun wollte. Für seinen Vater, das Tier. Jedenfalls war sein Glaube echt und tief, soweit Christian das beurteilen konnte. Sie hatten viele Stunden sitzend, kniend oder stehend nebeneinander in der Kirche verbracht, und er hatte ihn dort immer gleich ernst erlebt. Der Gottesdienst war seinen Eltern ein Bedürfnis. Er hatte sich von klein auf in der Kirche gelangweilt. Als Ministrant hatte er wenigstens hin und wieder etwas während der Messe zu tun gehabt. Als er zu alt zum Ministrieren geworden war, hatte ihm der Kirchenchor die ideale Möglichkeit geboten, sein Hobby und den unvermeidlichen gemeinsamen Kirchgang mit den Eltern unter einen Hut zu bringen.

Sein Vater hatte Tischler gelernt. Damals waren Arbeitsplätze in der Steiermark rar, viele gingen fort und verdienten im Ausland gut. In Tirol oder in Deutschland. Sein Vater bekam eine Stelle in einer Tischlerei in Wundschuh, etwa 20 Kilometer entfernt von daheim, sodass er nicht gezwungen war fortzugehen. Als der Betrieb einige Jahre später zusperrte, war er bereits verheiratet und seine Frau, Christians Mutter, erwartete ihr erstes Kind. Weit und breit brauchte niemand einen Tischler. Zum Glück hatte die Gemeinde gerade einen Hallenwart für das neue Sportzentrum gesucht. Dieser Posten hatte das Leben der ganzen Familie geprägt. Den Geruch der Turnhalle würde Christian sein ganzes Leben lang nicht mehr aus der Nase bekommen.

Von seinem Vater und Großvater hatte Christian den handwerklichen Verstand geerbt, auch wenn ihm manuelle Arbeiten widerstrebten und er es hasste, Dinge im Haus oder im Garten zu reparieren. Gott sei Dank kam das nicht oft vor. Sein Vater konnte es nicht ertragen, wenn eine Arbeit unerledigt blieb. Man hatte das Gefühl, er stand morgens mit dem Maßband auf und legte es erst abends zum Zähneputzen wieder aus der Hand. Jedes der uralten Werkzeuge hatte seinen Platz, nichts wurde weggeworfen. Obwohl Christian sich manchmal über seinen Vater ärgerte oder ihn belächelte, wusste er um seine Qualitäten und war ihm dankbar dafür, dass er ihn mittlerweile weitgehend mit Arbeit verschonte.

Christians Mutter räumte ständig die in Haus und Garten verstreuten Spielsachen der Kinder weg. Eine sinnlose Arbeit, sie wusste, dass es nach kurzer Zeit wieder gleich aussehen würde wie davor, aber sie konnte nicht anders. Sie war ihr Leben lang Hausfrau und Mutter gewesen und stammte aus einer Keuschlerfamilie aus der Gegend von Sankt Nikolai im Sausal. Ihre Mutter hatte sie und ihre vier Geschwister alleine durchbringen müssen, der Vater war im Krieg gefallen. Sie war eine sehr bescheidene Frau, das betraf auch ihre Bildung. Mehr als das Notwendigste hatte sie nicht gelernt, das nackte Überleben hatte im Vordergrund gestanden. Die wenigen Male, die seine Mutter aus ihrer Kindheit erzählt hatte, waren für Christian Einblicke in eine Welt wie aus einem Märchenbuch gewesen, in der Brotrinden, Kerzen und Feuerholz eine Rolle spielten. Maria Grebien brauchte nie etwas, sie existierte nur durch die anderen. Christian liebte seine Mutter …

Zurück zum Geschehen: Während Anna und Claudia den Tisch abgeräumt hatten, war Christian mit Georg am Tisch sitzen geblieben. Beide hatten auf ihre leeren Biergläser geschaut und den Kindern beim Spielen zugesehen.

Christian war das neue Handy von Georg aufgefallen, und er hatte ihn gerade darauf ansprechen wollen, als die Frauen mit dem Kaffee zurückgekommen waren. Man hatte gerochen, dass Claudia in der Küche geraucht hatte.

Ein Frauengespräch unter vier Augen? Vielleicht hatte Anna die Katze aus dem Sack gelassen! Er hatte zu seiner Frau geschaut und fragend die Augenbrauen gehoben, aber sie hatte nur mit den Achseln gezuckt. Das konnte alles bedeuten. Es war ihm in diesem Moment ziemlich egal gewesen. Er trank keinen Kaffee. Das war die Gelegenheit gewesen, auf die er gewartet hatte: Zeit für einen kleinen »Stimmungsaufheller«.

Er war mit den Worten aufgestanden: »Ich richte schon einmal alles her für die Kastanien. Trinkt nur in Ruhe euren Kaffee aus! Wenn ihr fertig seid, bin ich unten sicher auch so weit.«

Da war ihm noch nichts aufgefallen. Wahrscheinlich war die Bombe geplatzt, als er gerade im Keller eine Flasche Sauvignon Blanc geknackt hatte. Er hatte sich ein Vierterl eingeschenkt und die angebrochene Flasche stehen lassen. Die konnte er später in Angriff nehmen, wenn es passte. Der Wein war gut. Eigentlich zu schade zum Mischen.

Nachdem er Feuer gemacht hatte, musste er blöderweise noch einmal hinein: Er hatte den alten Topf für die gebratenen Kastanien und das mindestens ebenso alte Geschirrtuch zum Zudecken derselben – damit sie nicht auskühlten – vergessen. Tradition.

Kaum war er drinnen gewesen, die Gartenschuhe noch an den Füßen, hatte Claudia vor ihm gestanden und ihn mit starrem Lächeln und aufgerissenen Augen angeredet: »Stell dir vor, Christian, die Mama zieht jetzt doch mit dem Georg nach Kanada! In einem Monat!« Mehr als ein fragendes »Aha?« war ihm nicht eingefallen, aber wenn er darüber nachdachte, hatte Claudia nicht so gewirkt, als wäre sie an einer Antwort interessiert gewesen. Er musste schmunzeln, als er an ihren Gesichtsausdruck dachte.

Er hatte unschlüssig herumgeschaut, Georg und Anna hatten hinter ihren Kaffeetassen gesessen und verlegen auf den Tisch gestarrt, die Kinder waren nicht zu sehen gewesen. Schließlich hatte er beschlossen, die Flucht nach vorne anzutreten:

»Das Feuer brennt. Zieht euch und den Kindern doch schon einmal die Schuhe an. In zehn Minuten ist die erste Pfanne fertig!«

Realität ausblenden, darin war er Weltmeister. »Kinder! Kastanien!«, hatte er geschrien, woraufhin die beiden jubelnd aus dem Kinderzimmer gekommen und zur Garderobe gerannt waren. Erst dann hatte er sich wieder seiner Frau zugewandt, die noch immer vor ihm gestanden und ihn ungläubig angeschaut hatte: »Bringst du mir bitte den Kastanienhäfen aus der Küche? Ich muss gleich wieder runter.« Und dann hatte er ihr liebevoll die Wange gestreichelt. Das tat er sonst nie. Die Geste hatte nicht nur Claudia und ihre Eltern überrascht, sondern auch ihn selbst.

Er hatte intuitiv auf Claudias Not reagiert, bevor er den Inhalt ihrer Nachricht überhaupt vollkommen hatte registrieren können. Er hatte erkannt, dass sie Liebe gebraucht und bei ihm gesucht hatte. Überforderung.

Claudia war wortlos in die Küche gegangen, während er weiter so getan hatte, als wäre alles in Ordnung. Er hatte Jakob die Stiefel angezogen und darüber nachgedacht, wie er die richtige Balance zwischen Betroffenheit und Gleichgültigkeit hinbekommen würde. Er musste die Neuigkeit erst einmal selbst verkraften und sowohl für seine Schwiegereltern als auch für seine Frau Verständnis heucheln.

Letztere hatte ihm die Sachen in die Hand gedrückt und war anschließend wortlos im Schlafzimmer verschwunden. Seine Schwiegereltern waren inzwischen vom Tisch aufgestanden, Anna hatte Claudia besorgt nachgeschaut, Georg verlegen gegrinst und mit seinem Zigarillo herumgespielt. In das peinliche Schweigen hinein hatte Christian in dem übertrieben freundlichen, lauten Ton, den er oft anschlug, wenn er leicht angeheitert mit den Kindern redete, gesagt: »Das ist ja eine Überraschung! Die Oma und der Opa gehen nach Amerika!« Beinahe hätte er ein Lied angestimmt – »Schenkt man sich Rosen in Tirol ...« –, glücklicherweise hatte er es sich verkniffen.

Sarah war hinaus in den Garten gesaust. Er hatte Jakob noch in die Jacke geholfen und Anna und Georg gebeten, den Kleinen an der Hand die rutschige Treppe hinunterzubegleiten. Er war selbst einmal auf den nassen Fliesen ausgerutscht und nur durch ein Wunder unverletzt geblieben. Eigentlich gehörte die Außenstiege überdacht. Er war jedenfalls unter dem Vorwand, dass Sarah nicht allein beim Feuer sein durfte, vorausgerannt. In Wirklichkeit hatte er einfach einen Moment für sich gebraucht. Zum Nachdenken.

Die Sachen, wegen denen er zurück ins Haus gegangen war, hatte er erst recht liegen lassen. Anna hatte sie mitgenommen, als sie kurz nach ihm gemeinsam mit Georg und Jakob in den Garten gekommen war. Sie hatte sich zu ihm auf die Bierbank gesetzt, während Jakob den rauchenden Georg weiter nach hinten in den Garten zu seinen Spielsachen gezogen hatte.

*

»Und euch geht es zurzeit wieder besser miteinander, stimmt's?«

Anna war Christian dankbar für sein Verhalten. Das war etwas Neues. Sie hatte befürchtet, er würde ihre Schuldgefühle verstärken, indem er sich Claudia oder ihnen gegenüber aggressiv verhielt, aus der Rolle fallen und ihren Entschluss offen kritisieren würde. Andererseits – das konnte ja alles noch kommen.

Christian schüttete Kastanien aus dem Korb in die rußige Pfanne und stellte sie auf den Ofen, aus dem die Flammen bis über den Rand emporschlugen. Das Feuer wurde leise, durch die Löcher der Pfanne und die Ritzen des Ofens drang Rauch.

Er setzte sich zu Anna, schenkte ihr Sturm, sich selbst eine weiße Mischung ein. Kurz schauten sich die beiden in die Augen, bevor sie anstießen. Christian stand auf, hob kurz die Pfanne vom Ofen, sofort stieg eine dicke Rauchwolke auf und die Flammen schlugen knisternd empor. Er kontrollierte: Die mussten noch schwitzen. Er stellte die Pfanne zurück aufs Feuer und setzte sich wieder. Christian suchte nach Worten: »Also ich glaube, wenn wir ehrlich sind, in Zeiten von Amazon und Skype macht es wahrscheinlich nicht einmal zu Weihnachten einen großen Unterschied, ob ihr jenseits der Mur oder auf der anderen Seite des Atlantischen Ozeans wohnt.« Anna schaute zu Christian, um festzustellen, ob das ein versteckter Vorwurf war. Aber er lächelte und steckte sie damit an.

Sie hatten eine fertige Meinung voneinander gehabt, doch nun hatte sich die Situation verändert: Christian konnte nicht anders, er beneidete Anna und Georg um ihr gemeinsames Glück und dafür, dass sie die Chuzpe aufbrachten, in ihrem Alter noch einmal neu anzufangen. Im Vergleich zu ihrem Leben sah das von Claudia und ihm armselig aus. Das machte ihn aggressiv. Aber er hatte sofort den großen Vorteil bei der Sache erkannt:

Er musste seine Freude darüber, dass sie für immer aus seinem Leben verschwinden würden, nicht einmal groß verbergen. Wenn er sich nicht verplapperte, würde Anna glauben, er freue sich aufrichtig für sie. Es musste nur so aussehen, als würde er seine Schwiegereltern insgeheim in ihrem Entschluss unterstützen, offiziell aber solidarisch zu seiner Frau stehen. Claudia später darin zu unterstützen, das Verhalten ihrer Mutter als Verrat zu betrachten, war nicht einmal gelogen. Es stimmte ja: Anna hatte sich, seit er sie kannte, nie besonders um Claudia und die Kinder gekümmert. Er würde seiner Frau die starke Schulter bieten können wie in früheren Zeiten. Bevor sie sich letzthin ihrer Mutter wieder angenähert hatte.

Sie würde ihm dankbar sein. So konnten sie es schaffen. Das waren heute endlich wieder einmal gute Nachrichten. Vielleicht kamen wieder leichtere, schönere Jahre auf sie zu.

Anna wiederum wusste, dass sie Claudia mit Christian und dessen Sippe hier zurückließ. Ihr Kind würde in diesem Einfamilienhaus den Rest seines Lebens verbringen.

Sie schaute zu den Fenstern im ersten Stock hinauf und schüttelte den Kopf. Sie würde ihre Tochter nie verstehen. Geschmack hatte sie auch keinen: Die Wohnung wirkte vollgestopft und kalt zugleich. Die nichtssagende Einrichtung war sinn- und lieblos arrangiert und die Räume viel zu hell beleuchtet, sodass sich trotz der Unordnung kein wohnliches Gefühl einstellte. Das Kinderzimmer platzte aus allen Nähten, und Küche und Bad hatten dringend den Weihnachtsputz nötig. Wie sie von früheren Besuchen wusste, sah es im Schlafzimmer von Claudia und Christian auch nicht besser aus. Im Gegenteil: Offenbar wurde alles, was ansonsten im Wohnzimmer herumlag, hier hineingestopft, wenn Besuch kam.

Sie hätte so nicht leben können und bewunderte Christian insgeheim für seine Toleranz. Er war von seinen Eltern sicher anderes gewohnt, man brauchte sich nur das von denen bewohnte Erdgeschoss anzuschauen. Und dass er selbst durchaus ordentlich war, sah man am Arbeitszimmer, in dem der Computer stand. Das war der einzige Raum, den sie hier je aufgeräumt gesehen hatte.

Sie konnte sich nicht vorstellen, was Claudia den ganzen Tag über machte. Sie ließ sich gehen. Das war schon immer ihr Problem gewesen. Die Kinder waren nicht mehr klein und – so unsympathisch die Grebiens auch sein mochten – die Großeltern im Haus zu haben, war sicher extrem praktisch für ihre Tochter. Sie hatte damals keine Hilfe gehabt. Sie hatte sich und Claudia allein durchgebracht, gearbeitet und selbstverständlich den Haushalt gemacht. Sie hatte sogar kleine Reparaturen erledigt, um Geld zu sparen, und trotzdem war Zeit geblieben für andere Aktivitäten. Was war mit ihrer Tochter nur los?

Oder war das eine »Generationensache«? Hielten die Jungen nichts mehr aus? Ihre Tochter, die in Frieden und Wohlstand aufgewachsen war, Möglichkeiten und Freiheiten hatte, von denen sie nur hatte träumen können, nützte sie nicht, vegetierte dahin. Das würde sie nie begreifen!

In den letzten Jahren ihrer Lehrertätigkeit war ihr aufgefallen, dass sie die Kinder in der Schule nicht mehr so gut erreichte. Sie hatte ihre Schüler und Schülerinnen immer gefordert. Sie wusste, welcher Ruf ihr vorauseilte, und stand dazu: Die allermeisten Schüler hatten jedenfalls davon profitiert. Die Kinder hatten gespürt, dass sie ihr nicht egal waren, dass sie für sie das Beste wollte und nicht leicht aufgab. Sie hatte ihren Beruf eben ernst genommen.

Schon immer war sie an ihre Grenzen gestoßen. Es war nicht möglich, in der Schule alles zu kompensieren, was zu Hause falsch lief. Und als Volksschullehrerin bekam man einen umfassenden Einblick in das Familienleben der

Schüler! Im Laufe der Jahre hatte sie Leibnitz auf diesem indirekten, heimlichen Weg sehr gut kennengelernt.

Den Großteil der sozialen Arbeit erledigten die Kinder ohnehin selbst. Die Gruppe war eine Macht, sodass die meisten Ausreißer nach oben wie nach unten ins gemeinsame Boot, sprich in die Klassengemeinschaft, geholt werden konnten. Kinder wollten dazugehören.

Aber in ihren letzten vielleicht zehn Dienstjahren waren die Vorfälle in der Schule heftiger geworden und vor allem der Dialog mit vielen Eltern schwieriger. Das Niveau der Schule hatte stark abgenommen. Nicht nur bei den Schülern, sondern auch bei ihren Kollegen und Kolleginnen. Die waren schon zufrieden, wenn die Kinder auf ihren Sesseln sitzen blieben und einander in Ruhe ließen. Der Werteverlust in der Gesellschaft spiegelte sich in der Schule wider, da hatte der Georg absolut recht. Vielleicht zog ja wirklich ein Zeitalter der Barbarei herauf.

War nicht ihre eigene Tochter ein Paradebeispiel für diesen neuen Schlendrian? Schon als Kind war Claudia schlampig gewesen und trotz all ihrer Bemühungen geblieben. Das hatte sie wohl von ihrem Vater geerbt, der ein liebenswürdiger Chaot gewesen war. Das und ihre Musikalität. Anna lächelte. Sie wusste, wie schrecklich sie selbst sang. Ihr Exmann Wolfgang war hingegen sehr musikalisch gewesen. Bis zu seinem Tod war der ein Kind geblieben, sie hatte es nie bereut, dass sie sich von ihm hatte scheiden lassen.

Anna konzentrierte sich, kam zurück ins Jetzt.

Christian überraschte sie heute wirklich. Nach diesem fürchterlichen Grillfest hatte es eine Aussprache zwischen Christian, Claudia und ihr gegeben, und sie hatten sich seither mehrmals gesehen. Er wusste, dass sie sich seit damals regelmäßig mit Claudia traf und über die Ehe ihrer Tochter Bescheid wusste. Besser gesagt, er wusste, dass sie wusste, was Claudia ihr über ihn erzählte, aber er wusste nicht, was das war.

»Wir wollen es einfach ausprobieren. Vielleicht sind wir ja in einem Jahr wieder hier.«

»Glaube ich nicht, das passt weder zu dir noch zum Georg.«

Christian zuckte innerlich zusammen. Soeben war ihm ein Bild durch den Kopf geschossen: Er hielt die weinende Claudia im Arm, die soeben die Nachricht vom Tod Annas und Georgs bei irgendeinem Unfall in der kanadischen Wildnis erhalten hatte. Sofort verbannte er den pietätlosen Gedanken: »Wie … wie heißt es eigentlich dort, wo ihr hinzieht? Ist das in der Nähe einer Stadt oder komplett in der Wildnis?«

»Wir werden ungefähr eine Stunde entfernt von einer Stadt namens Saskatoon wohnen. Das ist eine ganz ruhige Kleinstadt im südlichen Teil des Bundesstaats Saskatchewan. Also, Kleinstadt für kanadische Verhältnisse, ich glaube, es hat ungefähr so viele Einwohner wie Graz. Wir stellen uns vor, dass wir einmal in der Woche dort unsere Einkäufe erledigen werden. Außerdem gibt es da eine gute medizinische Versorgung, falls wir einmal etwas brauchen. Ich bin schon sehr gespannt! Wobei … wir werden zu Beginn gar nicht lange dort sein. Wir müssen zuerst einige organisatorische Dinge erledigen. Formalitäten, ein paar Kleinigkeiten besorgen. Wenn das geschafft ist, wollen wir gleich eine erste ausgedehnte Reise machen, um der kanadischen Winterkälte zu entfliehen. Es kann dort, wo wir wohnen, minus 40 Grad haben! Wir wollen mit Mexiko beginnen. Du weißt ja, wie sehr sich Georg für die amerikanische

Urbevölkerung interessiert. Darum hat er sich auch für Saskatchewan entschieden, angeblich ist das noch immer sehr authentisch und bei den Kanadiern selbst ein Geheimtipp. Er hat Hunderte Orte im Kopf, die er gern sehen möchte. Am liebsten würden wir den ganzen Kontinent so lange bereisen, bis wir genug davon haben, aber das ist natürlich eine Geldfrage. In der Umgebung vom Lake Manitou gibt es eine europäische Community. Georg meint, dass es leicht sein wird, Bekanntschaften zu schließen. Er war ja letztes Jahr bereits dort und hat davon geschwärmt, wie offen die Leute sind. Nicht wie bei uns.« Sie merkte, dass sie sich von der eigenen Begeisterung hatte mitreißen lassen, und musste lachen. Dass ihre letzte Bemerkung für Christian verletzend sein könnte, kam ihr nicht in den Sinn.

»Entschuldige bitte! Du hast noch nicht gesagt, wie es dir und Claudia geht. Wie geht es dir übrigens damit?« Sie tippte an sein Glas. Jetzt fand Christian sie überhaupt nicht mehr attraktiv. Die 40 Dienstjahre als Lehrerin waren ihr ebenso ins Gesicht geschrieben wie ihre bäuerliche Herkunft. Da war sie wieder: eine pingelige, alte Hexe, die immer den Finger auf irgendeine Wunde legen musste und jeden behandelte, als wäre er ihr Schüler. Gott sei Dank hatte Christian sie nie wirklich als Lehrerin gehabt. Sie passte wunderbar zu ihrem langhaarigen Tiroler Weltverbesserer. Durchschnaufen, aussitzen. »Alles fest im Griff. Mach dir keine Sorgen.«

Sie wollte Christian noch etwas Aufbauendes sagen, ihm ihre Tochter gewissermaßen erneut anvertrauen. Aber der Moment war vorbei, Christian war mit dem letzten Wort aufgestanden und wieder an den Ofen getreten. Sein Glas hatte er mitgenommen. Er stellte es vorsichtig neben dem Ofen auf dem Boden ab und begutachtete die Kastanien.

Anna schloss die Augen, sie genoss die Sonne, die trotz der fortgeschrittenen Jahreszeit den Weg in den Garten der Familie Grebien gefunden hatte. Sie atmete tief ein, roch Holzrauch, nasses Laub, frische Luft. Die Kastanien gaben ein pfeifendes Geräusch von sich. In diesem kurzen Moment der Ruhe gelang es Anna, die Beklemmung abzuschütteln, die sich den ganzen Tag über in ihr aufgestaut hatte. Da platzte eine Kastanie mit lautem Knall. Sie zuckte erschrocken zusammen und öffnete die Augen. Christian lachte, während er schnell die Pfanne vom Ofen nahm und die wild zischenden Kastanien mit rüttelnden Armbewegungen in der Pfanne tanzen ließ: »Entschuldige, ich wollte dich nicht aufwecken!« Anna lachte auch.

Sie konnte sich noch genau daran erinnern, was ihr durch den Kopf gegangen war, als die aufgelöste Claudia ihr damals ihre Affäre gebeichtet hatte: Ich will mit dieser verlogenen Scheiße nichts mehr zu tun haben! Nicht sehr mütterlich, das gab sie zu, aber von ihrer Warte aus betrachtet nachvollziehbar. Das war nun fast drei Jahre her …

Natürlich war sie für sie da gewesen. Eher aus einem vagen Verantwortungsgefühl heraus als aus Mitleid, das gab sie zu. Es war ihr nicht leichtgefallen, ihre Tochter in einer Situation zu trösten, die in ihren Augen unentschuldbar war. Sie an ihrer Stelle hätte sich längst von Christian scheiden lassen. Sie hätte so jemanden gar nicht erst geheiratet. Aber Fehler passierten, entscheidend war, dass man sie erkannte und die Konsequenzen daraus zog. Das hatte sie selbst immer getan. Sie war schließlich schon einmal von zu Hause weggegangen, aus eigenem Antrieb. Niemand hatte ihr etwas geschenkt.

Anna kam von einem Bauernhof in der Leutschacher Gegend. Dort war Leibnitz »die Stadt«, wie für die Leibnitzer Graz »die Stadt« war. In Leibnitz hatte sie 40 Jahre gelebt, aber sie war hier nie ganz heimisch geworden. Die Schulzeit in Graz in den frühen 60ern waren ihre glücklichsten Jahre gewesen, eine aufregende Zeit voll neuer, fremder, faszinierender Eindrücke, in der alles möglich war. Die Vernunft und die Liebe hatten sie nach Leibnitz und somit den halben Weg zurück aufs Land geführt und hier gehalten. Manchmal hatte sie das bedauert. Die Kleinstadt Leibnitz war für sie immer ein unbefriedigendes Mittelding zwischen Stadt und Land geblieben, aus dem man entweder in die umliegende Natur oder in die weite Welt hinaus entfloh. Sie liebte es zu reisen und hatte im Rahmen ihrer Möglichkeiten schon einiges von der Welt gesehen.

Volksschullehrerin zu werden war in Annas Jugend für ein Bauernmädchen eine realistische Möglichkeit gewesen, von daheim wegzukommen. Es hatte Intelligenz dafür gebraucht, einen starken Willen und letztlich die Zustimmung der Eltern. Sie hatte ihren Traum verwirklicht, aber im Kopf war sie noch lange daheim auf dem Bauernhof geblieben.

Bis zum Tod der Eltern und vor allem in der Zeit als alleinerziehende Mutter war sie fast jede Woche hingefahren. Die Eltern hatten keinerlei Verständnis für ihre Situation gehabt. Schließlich hatte sie sich aus freien Stücken scheiden lassen! Sünde, Schande für die Familie.

Georg hatte ihr klargemacht, dass sie kein schlechtes Gewissen haben musste, wenn sie Claudia den Kontakt zu ihrer Familie nicht um den Preis der eigenen Demütigung ermöglichte. Das hatte ihr sehr geholfen. Die materielle Unterstützung war sowieso nie erwähnenswert gewesen. Von da an hatte sie aufgehört, sich vor den Eltern zu verleugnen, und ihnen offen gesagt, was sie von ihrer Weltsicht hielt. Es war zu einer schrecklichen Konfrontation gekommen, ihr Vater hatte gebrüllt wie ein Wahnsinniger, und ihr eigener Bruder hatte sie geschlagen und hinausgeschmissen. Brisanterweise waren kurz darauf alle beide, erst die Mutter, dann der Vater, innerhalb weniger Wochen gestorben, ohne dass es zu einer Versöhnung zwischen Anna und ihnen gekommen wäre. Ihr älterer Bruder übernahm wie geplant den Hof, den Anna bei der Aufbahrung ihres Vaters das letzte Mal betreten hatte. Auf ihren Pflichtteil hatte sie verzichtet.

Etwas in ihr war Bäuerin geblieben, obwohl sie das vehement abgestritten hätte: Sie konnte sich selbst und anderen gegenüber sehr hart sein. Wenn sie etwas ohne große Mühe bekam, hatte sie Schuldgefühle. Und ihre Bindung zur Erde und zur Natur überhaupt war so unmittelbar, wie es nur bei einem Bauernkind der Fall sein konnte.

Sie würde die Gegend doch sehr vermissen, fuhr es ihr durch den Kopf. Sie schaute sich um. Auf einmal war ihr kalt.

Seit ihrer Pensionierung gab es keinen Grund mehr hierzubleiben. Sie und Georg wollten von nun an möglichst wenige Verpflichtungen haben und das Leben genießen. Anna hatte den Vorschlag gemacht, eine kleine Wohnung in Graz zu kaufen und von dort aus Reisen zu unternehmen. Aber das kam für Georg nicht infrage. Erstens wollte er in die Natur, in die Stille und zweitens meinte er – zu Recht, wie sie fand –, wenn sie schon einen Ortswechsel vollzögen, dann könnten sie gleich etwas ganz Neues ausprobieren. Sollte es ihnen nicht gefallen, würden sie eben wieder zurückkommen, schlimmstenfalls etwas Geld verlieren.

Allmählich hatte sie sich mit dem Gedanken an ein Leben in Kanada angefreundet. Als die Sache konkret wurde und sie im Sommer darauf hinüberfliegen wollten, um einige Häuser, die Georg im Internet gefunden hatte, anzuschauen, hatte sie Claudia in ihre Pläne einweihen wollen. Aber sie hatte es immer wieder aufgeschoben. Claudia war gerade das zweite Mal schwanger und dementsprechend sensibel gewesen, die zweijährige Sarah und der Haushalt hatten sie ziemlich auf Trab gehalten. Und dann starb ihr Exmann, Claudias Vater, völlig überraschend – es hatte einfach nie gepasst! Sie hatte ihre Tochter allmählich darauf vorbereiten wollen, dass sie in ein, zwei Jahren auswandern würde, aber Claudia selbst hatte ihr mit ihrer Ehekrise einen Strich durch die Rechnung gemacht.

Georg war im Jahr darauf allein hinübergeflogen, während sie vergeblich versucht hatte, Claudias kleinbürgerliche Zweifel zu zerstreuen. Sie hatte zur Kenntnis nehmen müssen, dass sich ihre Tochter in einer tiefen Krise befand und ein in ihren Augen jämmerliches Leben führte. Das machte sie traurig, aber es war kein Grund, ihre eigenen Pläne über Bord zu werfen. Sie hatte lange genug Rücksicht genommen. Wenn Claudia nicht den Kontakt gesucht hätte …

Es war bei Andeutungen geblieben: Sie hatte Claudia erzählt, wie schön es in Kanada war und dass Georg am liebsten gar nicht mehr vom letzten Trip zurückgekommen wäre. Eine Frage von Claudia hätte genügt und sie hätte ihr reinen Wein eingeschenkt! Aber die Frage war ausgeblieben, ihre Tochter hatte sich geweigert, die Hinweise zu verstehen, und Anna hatte vergeblich auf eine stabile Phase gewartet.

Mittlerweile konnte sie es kaum mehr erwarten wegzukommen. Sie freute sich auf ihr neues Blockhaus, das wunderschön im Wald oberhalb des Sees lag und aussah wie die Kulisse aus einem Western. Georg hatte darauf geachtet, dass das Haus zwar einsam lag, aber leicht zu erreichen und barrierefrei zugänglich war. Sie wollten schließlich dort alt werden.

Das Datum stand seit über einem Jahr fest: Am 1. Dezember mussten sie das Haus in Neudorf übergeben. Das hieß, sie hatten noch einen guten Monat Zeit.

Mit der ihm eigenen Hartnäckigkeit und Gründlichkeit hatte Georg alle finanziellen, bürokratischen und organisatorischen Dinge erledigt. Sie hatte sich beinahe um nichts kümmern müssen. Unzählige Male war er nach Wien gefahren, bis alle Formalitäten erledigt waren. Er hatte einen Käufer für ihr Haus und einen Nachfolger für sein Lokal gefunden. Manchmal merkte sie, wie erschöpft er war, wenn er abends während des Essens oder mitten im Gespräch einschlief.

Georg war ein Unikat in Leibnitz. Vielleicht fühlte sie sich deshalb so zu ihm hingezogen: weil er gleichzeitig Außenseiter und trotzdem wichtiger Bestandteil des lokalen Lebens war. Oder weil sie beide die Natur und gute Bücher liebten, weil sie noch immer gemeinsam lachen und streiten konnten und aus Hundert anderen Gründen. Anna fühlte sich gut. Was auch immer ihre Tochter noch auf Lager hatte, ein Ende war in Sicht.

Sie sprang plötzlich auf und lief beschwingt durch den Garten zu Georg und den Kindern.

Christian schaute ihr hinterher. Er schüttelte den Kopf.

Die Pfanne so schwenken, dass die Kastanien in die Luft flogen und dann hoffentlich alle wieder in der Pfanne landeten, wo sich durch den Aufprall nach und nach ihre Schale ablöste. – Das war vor allem bei der ersten Pfanne der Saison eine heikle Sache. Der Arm musste sich an die richtige Bewegung, den guten Schwung erinnern. Dazwischen mussten die Kastanien weiterrösten. Nur ja nicht zu lange, sonst verbrannten sie. Er liebte diesen Rhythmus von gelassener Konzentration beim Schwenken und hektischem Trinken, während die Pfanne auf dem Feuer stand. Auf die Frische der Kastanien und auf das Feuer kam es an, wenn sie gut durch, leicht zu schälen und nicht zu verbrannt sein sollten.

Er schwang die Pfanne, trank von seiner weißen Mischung, schwang erneut die Pfanne.

Anna war bei Georg und den Kindern angekommen. Jakob zeigte Georg gerade, wie er mit seinem eigenen kleinen Rechen das Laub unter dem Apfelbaum wegputzen konnte, Sarah schaukelte. »Sind die Kastanien schon fertig?«, rief sie Anna zu.

»Ich glaube, die erste Pfanne ist jeden Moment fertig. Ich wollte mir vorher noch schnell euer tolles Baumhaus anschauen!« Sarah und Jakob begannen sofort, die verschiedenen Funktionen und Möglichkeiten ihres Reiches vorzuführen. Das »Baumhaus« war eine knallbunte Ansammlung diverser Plastikspielzeuge aus dem Baumarkt, die mit einer massiven Holzkonstruktion aneinander und an einem großen Apfelbaum befestigt waren. Das Ganze beinhaltete Sandkasten, Rutsche, Schaukel und diverse Kletterseile und erinnerte eher an einen öffentlichen Spielplatz. Auf dem Rasen rundherum standen und lagen mindestens 20 Kinderfahrzeuge und jede Menge anderes Spielzeug.

In jedem zweiten Garten in Leibnitz sah es so aus, überall die gleichen Rutschen, Sandkästen und Trampoline, je nachdem, was in der jeweiligen Saison beim Baumarkt im Sonderangebot gewesen war. Nicht gerade hilfreich, die Kleinen zum gemeinsamen Spielen und zum Teilen zu erziehen, und vom ökologischen Standpunkt ein Alptraum.

Anna beobachtete Georg. Sie wusste, dass er das oder Ähnliches dachte, während er säuerlich lächelnd den Freizeitpark betrachtete. Sie hakte sich bei ihm unter. Er unterdrückte ein Gähnen und lächelte sie an: »Und?« Beide schauten kurz zum Haus.

»Ich weiß nicht. Ich denke, sie wird schon noch herauskommen. Das Essen war jedenfalls eine schwachsinnige Idee. Ich habe mir das ganz anders vorgestellt.«

»Ich weiß! Du hast gedacht, alle freuen sich, dass wir da sind, und die alten Differenzen lösen sich in Wohlgefallen auf. Wir stellen erfreut fest, dass der Haussegen bei deiner Tochter und ihrem verkannten Elektronikgenie nicht mehr schiefhängt, und du erwähnst beiläufig zwischen Suppe und Schweinsbraten, dass wir den Kontinent wechseln. Für immer.«

Anna lachte, im Nachhinein betrachtet war sie wirklich naiv gewesen. »So ungefähr. Jedenfalls freue ich mich schon wieder etwas mehr auf unser Häuschen in der Wildnis.«

»Immerhin etwas! Übrigens: Was spricht der Herr Schwiegersohn? Bei dem weiß ich nie, geht es ihm blendend oder rastet er in der nächsten Sekunde aus.«

3

Claudia lag angezogen auf dem Bett. Sie war enttäuscht, sie fühlte sich so einsam. Sie hatte wieder einmal das Gefühl, vollkommen wertlos zu sein. Alles hatte sie falsch gemacht, ihr ganzes Leben lang. Oder wann hatte das begonnen? Hatte sie überhaupt jemals eine Chance gehabt? Sie hasste ihre Mutter.

Die Aktion in der Küche war typisch gewesen. »Claudia, hör einmal zu.« Sie sah ihre Mutter vor sich, wie sie mit verschränkten Armen am Küchentisch gelehnt hatte. Ganz ruhig und freundlich, als wäre es das Normalste auf der Welt, hatte sie erklärt: »Es ist jetzt so weit. Wir ziehen nach Kanada.« Claudia hatte es schon lange geahnt, eigentlich gewusst, stets verdrängt. »Wann?« Sie war dem strengen, forschenden Blick ihrer Mutter ausgewichen und hatte begonnen, die Kaffeemaschine zu bedienen. »In einem Monat.« Es hatte sie förmlich herumgerissen, fassungslos hatte sie ihre Mutter angesehen, die unbewegt dagestanden und zurückgeschaut hatte. »Ich sage es dir erst jetzt, weil ich uns beiden sinnlose Dramen ersparen wollte. So ist es, als würde man ein Pflaster von der Haut abreißen.« Das also war sie für ihre Mutter: Ein Pflaster, das man wegschmiss, wenn man es nicht mehr brauchte. Der vielleicht endgültige Abschied von der einzigen Tochter war für sie eine lästige Pflicht. Da gab es nichts zu beschönigen.

Sie war wortlos zum Fenster gegangen und hatte sich eine Zigarette angezündet. Hatte es nicht fassen können, konnte es noch immer nicht fassen. Wie konnte man so herzlos sein? »Bitte, Claudia … sag etwas!« Sie hatte ihre Mutter zappeln lassen.

»Was soll ich sagen?«

»Du könntest mir alles Gute wünschen.«

»Alles Gute.«

»Claudia!«

Sie hatte rauchend aus dem Fenster gesehen, den Blick ihrer Mutter im Rücken. Gerade noch hatte sie die Tränen unterdrücken können, die sie hochkommen gefühlt hatte. Vor ihr zu weinen – das wäre das Letzte gewesen! Die Zigarette hatte geholfen! Einen Zug noch, dann war sie an ihrer Mutter vorbei zurück zur Kaffeemaschine gegangen. »Jetzt weiß ich wenigstens, was deine Versprechen wert sind.« Sie hatte die volle Tasse auf ein Tablett und eine leere bei der Maschine untergestellt.

»Bitte, du kannst doch nicht …«

Claudia hatte auf den Knopf gedrückt, der Lärm des Mahlwerks hatte ihrer Mutter das Wort abgeschnitten. »Nein, nein … lass nur … es wundert mich, dass du überhaupt Bescheid gesagt hast.«

»Claudia, ich erwarte von dir, dass du meine Entscheidung respektierst.«

»Rede nicht mit mir wie mit einer Schülerin! Apropos: Die Kinder werden sich freuen, wenn sie die Neuigkeit erfahren. Oder wissen die es eh schon?«

»Bitte, Claudia …« Der Kaffee war fertig. Sie hatte das Tablett genommen und ihre Mutter einfach stehen lassen. Ein guter Abgang!

Jetzt konnte sie ruhig weinen, allein, sie war so allein! Claudia schlüpfte unter die Bettdecke, sie dachte an ihren Vater, der mit nur 60 Jahren völlig unerwartet gestorben war. Herzinfarkt – sie war gerade schwanger mit Jakob gewesen. Wäre es heute anders, wenn er noch da wäre? War sie ehrlich zu sich selbst, lautete die Antwort: Nein.

Sie hatte ihren Vater nicht wirklich gut gekannt. An die Zeit vor der Scheidung ihrer Eltern konnte sie sich nicht erinnern, da war sie erst zwei Jahre alt gewesen. Sie war bei ihrer Mutter aufgewachsen, die hatte dann Georg kennengelernt und einige Jahre später geheiratet. Georg war nie ein richtiger Vater für sie gewesen, und Wolfgang, ihr leiblicher Vater, hatte bald nach der Scheidung eine andere Familie gegründet und den Kontakt zu ihr auf ein Minimum beschränkt. Aber er war immer lieb zu ihr gewesen, sie hatten sich ab und zu gesehen, bei der Geburt von Sarah hatte er ihr ein Paar wunderschöne Ohrringe von seiner Mutter geschenkt.

Wieder rannen ein paar Tränen über ihr Gesicht. Vielleicht hätte ihr Vater sie verstanden. Schließlich war er auch einmal fremdgegangen, hatte ihre Mutter betrogen. Claudia war damals ungefähr so alt gewesen wie Jakob vor drei Jahren, als ihr das Gleiche passiert war. Es war ihr passiert! Zuerst … War es ihrem Vater auch passiert? Er fehlte ihr heute, obwohl er sich aus ihrem Leben davongestohlen hatte, und zwar nicht erst mit seinem Tod.

Und jetzt ließ ihre Mutter sie im Stich, jetzt war sie ganz allein, bis auf ihren Mann und die Kinder. Dabei hatte sie sich immer eine große Familie gewünscht. Sie hatte die Kinder beneidet, die mit ihren Geschwistern, ihren Eltern, ihren Onkeln und Tanten, Cousins und Cousinen zusammenlebten. Wo immer was los und niemand allein war!

Für sie war ihre Mutter die Familie gewesen. Sie hatte keine Geschwister, sowohl väterlicherseits als auch mütterlicherseits hatte sie keine Großeltern mehr. An Letztere konnte sie sich wenigstens noch erinnern. Claudia war sechs Jahre alt gewesen, als sie gestorben waren. Sie hatte wenige, aber schöne Erinnerungen an den Bauernhof.

Von ihrem Onkel Franz wusste sie nur, dass es ihn gab. Was genau zwischen ihm und ihrer Mutter vorgefallen war, hatte sie nie herausgefunden. Einmal, da war sie schon in der Pubertät gewesen, hatte Claudia ihrer Mutter vorgeworfen, dass sie ihr den normalen Kontakt zu ihren einzigen Blutsverwandten vorenthielt. Die Reaktion war heftig ausgefallen: Ihre Mutter hatte sie angefaucht, sie sei ein freier Mensch und könne treffen, wen sie wolle. Vorausgesetzt, sie verschone sie mit Begegnungen und Erzählungen und hielte derlei Pack von »ihrem Haus« fern – sie wohnten damals erst seit Kurzem bei Georg, deshalb hatte sich Claudia die Formulierung gemerkt.

Jahre später war sie einmal mit Christian zum Hof ihrer Vorfahren gefahren. Er lag sehr abgelegen, beinahe an der slowenischen Grenze. Als sie aus dem Auto ausgestiegen waren, hatte sie auf einmal Angst gehabt und nicht mehr gewusst, warum sie überhaupt hergekommen war. Von ihrer Verwandtschaft hatte schließlich auch niemals jemand versucht, Kontakt zu ihr aufzunehmen. Außerdem war sie sich sicher, dass ihrer Mutter irgendein Unrecht widerfahren war und sie auf dem Hof des verhassten Onkels nichts zu suchen hatte. Sie waren weggefahren.

So war sie das Einsamste geblieben, was es gab – Einzelkind einer Alleinerziehenden.

Und nicht irgendeiner Alleinerziehenden – ihre Mutter war besessen davon gewesen, ihrer Tochter alles zu bieten, was ihr selbst als Bauernkind nicht möglich gewesen war. Claudia war die Spielwiese für ihre Ambitionen gewesen und hatte als Kind fast jeden Tag nach der Schule noch Programm gehabt: Turnen, Gitarre, Reiten, Tennis, Theater, sie hatten das damalige Angebot in Leibnitz und das Budget ihrer Mutter voll ausgeschöpft.

Claudia hatte sich ihrer Erinnerung nach meistens ehrlich bemüht, alles Mögliche ausprobiert. Aber sie hatte auf keinem Gebiet herausragende Leistungen erbracht und im Unterschied zu ihrer Mutter kein Problem damit gehabt. Der musste erst der jeweilige Trainer die Aussichtslosigkeit des Unterfangens beibringen, bevor Claudia die Aktivität begraben durfte.

Georg hatte ihre Mutter dann Gott sei Dank etwas von ihrer Person abgelenkt. Einerseits war sie ihm dankbar dafür gewesen, andererseits hatte sie darunter gelitten, weniger Aufmerksamkeit von ihr zu bekommen, auch wenn diese hauptsächlich darin bestanden hatte, sie bei irgendetwas anzuspornen. Aber sie hatte durchaus auch schöne Erinnerungen an ihren »Weiberhaushalt«, wie sie es immer genannt hatten.

Seit sie selbst Kinder hatte, konnte sie die Leistung ihrer Mutter als Alleinerziehende würdigen. Claudia konnte sich nicht erinnern, sie jemals verzweifelt oder überfordert erlebt zu haben. Dafür bewunderte sie ihre Mutter.

Claudia rieb sich die verheulten Augen. Sollten sie doch abhauen, es war besser so: Ihre Mutter hatte ausnahmsweise recht gehabt! Was konnte sie in Zukunft schon von ihr erwarten, wenn bis jetzt ausgeblieben war, was Claudia gebraucht hätte? Ihre Mutter konnte nicht aus ihrer Haut heraus. Konnte nicht oder wollte nicht, das blieb sich gleich. Die würde sich nicht mehr ändern.

Sie setzte sich auf, ihr Blick ging ins Leere. Sie war eine Enttäuschung. Nicht nur für ihre Mutter, auch für ihren Mann. Damit musste sie leben. Sie konnte sich nicht umbringen, weil sie einen Fehler gemacht hatte. Sie hatte Kinder, die sie brauchten.

Der Unterschied zwischen ihrer Mutter und Christian war, dass er verstand, dass man schwach sein konnte. Weil er es selbst war. Deshalb war es vielleicht möglich, dass sie wieder zusammenkamen. Für ihre Mutter war ihre Ehe eine Sackgasse, aus der es einfach herauszukommen galt. Aber heraus wohin? Sie atmete tief durch, etwas hatte sich in ihr gelöst.

Wichtig war ihre eigene Familie, ihr Mann, ihre Kinder, die Schwiegereltern, mit denen sie in einem Haus lebte. Das war die Zukunft, um die sie sich kümmern musste. Sie war es gewesen, die die Familie gefährdet hatte. Warum? Sie wusste, dass sie nicht glücklich gewesen war. Aber war das nicht normal? Wer war glücklich? Sie hatte ihre Lektion gelernt – auf die harte Tour. Christian hatte sie bezahlen lassen. Sie hatte ihm wehgetan, also war er im Recht gewesen – trotzdem verachtete sie ihn dafür, wie er im Selbstmitleid gebadet hatte.

Und irgendwo in ihr drinnen war sie trotz all der Folgen froh über diese ihre Verfehlung. Die Affäre mit Goran war das Aufregendste, was ihr in ihrem Leben passiert war. Die Gymnastikstunde war damals ihre wöchentliche Auszeit von zu Hause gewesen. Es war einfach passiert.

Sie war meistens die Letzte in der Garderobe gewesen, nach dem Kurs ließ sie sich Zeit und genoss jede Minute. Sie hatte sich angewöhnt, ausgiebig zu duschen und danach in der Garderobe etwas Körperpflege zu machen, sobald die anderen Frauen und die Kursleiterin weg waren. Sie hatte es nicht eilig gehabt, nach Hause zu kommen.

Und dann dieser schicksalhafte Moment – sie hatte die Erinnerung festgehalten, gepflegt, konnte jede Sekunde wieder erleben.

Goran war eines Tages versehentlich hereingeplatzt, als sie sich gerade die Beine rasiert hatte. Natürlich waren sie beide erschrocken: ein kurzer, schriller Schrei, er war mit einem »Ohh …« zurückgeprallt, während sie aufgesprungen war, den Rasierer in eine Ecke gepfeffert und das Handtuch, auf dem sie zuvor nackt gesessen hatte, an ihren Körper gedrückt hatte.

Goran hatte entschuldigend die Hand gehoben und war schon wieder halb zur Tür hinaus gewesen, als er sich noch einmal umgedreht hatte. Es war ihm eingefallen, dass er Claudia ja kannte.

Goran war damals Aushilfe und Wochenendvertretung für ihren Schwiegervater und wurde im Jahr darauf nach dessen Pensionierung sein Nachfolger als Hallenwart im Sportzentrum. Sie waren einander einmal bei einer Veranstaltung vorgestellt worden, wussten jedoch fast nichts voneinander.

Unschlüssig hatte er dagestanden, zu Boden geschaut, dann zur regungslosen Claudia mit ihrem Handtuch: »Claudia, stimmt's?« Langsam, aber ganz selbstverständlich, als wäre es das Normalste auf der Welt, war er näher gekommen. »Fritz hat mir Foto gezeigt von deinem Baby. Ist schönes Kind, ganz wie Mama.« Auf einmal hatte er ganz nah vor ihr gestanden. »Wenn schlafen, Kind immer schön.« Sie hatte nur genickt und in seine dunklen Augen geschaut. Sie war aufgeregt gewesen wie ein Teenager, das musste er gespürt haben. Plötzlich lag seine Hand auf ihrer Brust. Sie wusste bis heute nicht, wie er das gemacht hatte. Claudia legte sich wieder zurück auf das Bett. Sie öffnete ihre Jeans und begann sich zu streicheln, schwelgte in verbotenen Erinnerungen.

Von da an hatten sie es jeden Dienstag miteinander getrieben. Irgendwie passte es zu ihrer verpfuschten Jugend, dass sie nach so langer Zeit ausgerechnet in einer Umkleidekabine vögelte, die sie an den Turnunterricht in ihrer Schulzeit erinnerte. Bis dahin hatte sie ausschließlich im Bett Sex gehabt. Sie war erstaunt gewesen, welche Möglichkeiten ein kahler Raum mit Holzbänken und Garderobenhaken bot.

Aber das Faszinierendste für Claudia war die Einfachheit des Ganzen gewesen. Es hatte weder Romantik noch Derbheiten zwischen ihnen gegeben. Sie hatten einander ganz natürlich, intensiv, aber mit der nötigen Vorsicht berührt und gespürt. So eine Form der Sexualität hatte sie vorher nicht gekannt.

Claudia vermutete, dass ihre vom Stillen angeschwollenen Brüste der ausschlaggebende Grund für Gorans verwegenes Vorgehen gewesen waren. Sie hatte von Anfang an geahnt, dass er schon mit vielen Frauen vor ihr geschlafen hatte: Er war entspannt, geschickt und verstellte sich nicht.

Sie war nicht jedes Mal gekommen, aber damit hatten sie kein Problem gehabt. Geredet hatten sie kaum etwas. Bei aller Intimität waren sie einander fremd geblieben und hatten beide keine Illusionen gehabt. Das hatte sie extrem angenehm gefunden. Es ging um Sex, um nichts anderes.

Für Claudia war das die echte »freie Liebe«: Wenn man mit dem Körper des anderen Spaß haben wollte, sollte man den Rest in Ruhe lassen. Weder die Monogamen hatten recht noch die Kommunenfreunde ihrer Eltern, bei denen der Alltag obszön und der Sex verkopft war.

Irgendwann war der Kurs vorbei gewesen und sie hatten erfinderischer werden müssen. Sie sahen sich nicht mehr wöchentlich, aber doch regelmäßig, manchmal sogar öfter als vorher. Sie erinnerte sich gern an diese heimlichen Treffen. Dieses Geheimnis war ihr Schatz gewesen. Einmal hatte sie einen Lachkrampf bekommen, als ihr Christian nach einem Treffen mit Goran ein Kompliment über ihren frischen Teint gemacht hatte.

Schuldgefühle hatte es natürlich gegeben. Trotzdem war sie nach dem vollzogenen Ehebruch einfach so zu ihrem Mann und ihren Kindern heimgegangen und hatte sich in diesen Momenten nicht schlecht gefühlt. Später hatte sich der Kopf wieder eingeschaltet. Es war gewesen, als ob ihr Körper es einfach brauchte und sich problemlos gegen ihre Vernunft durchsetzen konnte. Ein Workout nach dem Workout sozusagen. Sie war sonntags in die Kirche gegangen. Sie hatte gewusst, dass das, was sie da machte, nicht richtig war, und doch hatte sie nicht damit aufhören können. Als müsste sie die Sünde bis zur Neige auskosten. Ja, sie war schlecht, war sündig, würde den Preis bezahlen müssen. Wie alle anderen auch. So war der Mensch.

Hatte sie erwischt werden wollen? Um für ihren Ungehorsam bestraft zu werden? Hatte sie insgeheim gespürt, dass ihre Affäre ein Ablaufdatum hatte, und diese beenden wollen, solange zwischen Goran und ihr noch alles stimmte? Oder war sie einfach zu nachlässig gewesen?

Sie hatte natürlich vorher gewusst, dass ein Seitensprung für Christian keine Lappalie war und dass es schwer für ihn sein würde, ihr zu verzeihen. Dass es ausgerechnet Goran war, machte die Sache nicht einfacher, auch das war ihr bewusst gewesen. Wozu er und seine Eltern dann fähig waren, das hatte sie nicht gewusst.

Dass ihre Libido so spät geweckt worden war, dass nicht ihr Mann, sondern ein anderer sie aus dem Dornröschenschlaf geweckt hatte, stellte nach wie vor ein echtes Problem für ihre Ehe dar. Noch schlimmer war der Gedanke

Christians, dass Claudia sich nie in ihn verliebt hätte, wenn sie Goran oder einen anderen vor ihm gehabt hätte.

Jetzt verfluchte sich Claudia dafür, dass sie ihre Jugend mit affektiertem Getue und kindischen Jungfrauenfantasien verplempert hatte. Sie hatte zu spät begriffen, wie geil, wie großartig Sex sein konnte.

Leute wie Christians Eltern taten ihr leid, weil sie ihnen unterstellte, diese Erfahrung niemals gemacht zu haben.

Seit ihrem Seitensprung sah sie sich die Männer bewusster an, wenn sie außer Haus ging. Sie unterschied zwischen möglichen Sexualpartnern und solchen, die nicht infrage kamen, stellte sich die Leute auf der Straße oder im Supermarkt nackt vor, unglaublich kindisch, aber total harmlos. Leider wurde sie seither auch anders wahrgenommen. Da Christian damals die Sache an die große Glocke gehängt hatte, war sie eine Zeit lang Ortsgespräch Nummer eins gewesen. Das war in einem Kaff wie Leibnitz unvermeidlich. Seitdem schauten ihr die Männer nach, sie galt als leichte Beute. Von der Heiligen zur Hure, dazwischen gab es für die offenbar nichts. Dieses Mann-Frau-Spiel, das sie früher so verachtet hatte, konnte Spaß machen, das musste sie zugeben. Aber sie würde ihren Fehler niemals wiederholen, das hatte sie sich geschworen. Ein bisschen Koketterie für das Selbstwertgefühl war erlaubt, mehr nicht!

Außerdem waren es die Männer mit ihrem Gemache nicht wert, dass sie sich in Schwierigkeiten brachte. Auch Goran war im Grunde genommen ein lächerlicher Gockel. Sie hätte sich nie in ihn verlieben können. Am liebsten würde sie ihre sexuellen Bedürfnisse mit Christian ausleben, das war klar. Obwohl er nicht schön war und vielleicht nie ein großartiger Liebhaber sein würde. Aber die Lage war selten entspannt genug.

In ihrer Fantasie stellten sie wenigstens von Zeit zu Zeit aufregende Sachen miteinander an.

Sie war feucht geworden, was sie einerseits aufbaute, andererseits störte. Sie nahm die Hand aus der Hose, stand auf, steckte ihre Bluse in die Jeans, knöpfte sie zu und stellte sich vor den Spiegel.

Als die Affäre mit Goran aufgeflogen war, war sie überhaupt nicht auf den Gedanken gekommen zu leugnen. Schon eigenartig. Christian hatte sie zur Rede gestellt, und sie hatte auf der Stelle alles zugegeben. Wenn er damals so analytisch und kontrolliert gehandelt hätte, wie er immer behauptete zu sein, wäre vielleicht nicht viel passiert. Sie hätte die Affäre beendet und Christian angefleht, ihr zu verzeihen. Und dem wäre das sicher viel leichter gefallen, wäre es unter ihnen geblieben. Auch seine Eltern hätte man nicht einweihen sollen. Das hätte ihnen beiden viel erspart.

Die Wahrheit war, dass es viel einfacher war, den Schein nach außen hin aufrechtzuerhalten, als das Problem wirklich zu lösen. Vielleicht war es auf der ganzen Welt so, in Leibnitz jedenfalls. Jeder wusste über jeden, dass er etwas zu verbergen hatte, und alle schauten absichtlich nicht so genau hin, damit man unbelastet nebeneinanderher leben konnte. Aber wenn einmal etwas nach außen drang, wollte sich keiner die Schadenfreude nehmen lassen, dann war das Private öffentliches Gut. Das war der Tratsch, neben dem Alkohol der soziale Kitt der Kleinstadt. So war es immer gewesen und würde es immer sein. Sie war nicht so dumm, wie alle glaubten.

Claudia richtete ihre Frisur.

Leider war Christian so blöd gewesen, im Vollrausch zwei Freunden seine »Schande« zu beichten. Am nächsten Tag wusste der ganze Ort Bescheid, und die Sympathien waren klar verteilt. So schnell konnte man allein dastehen in einem Ort, in dem man sein ganzes Leben verbracht hatte.

Claudia hatte von ihren Schwiegereltern quasi Hausverbot erhalten, das hieß, sie hatte das Erdgeschoss des Hauses nicht betreten und sie nicht ansprechen dürfen, wenn es nicht unbedingt notwendig war. Am liebsten hätten die sie rausgeschmissen und die Kinder behalten. Da das nicht möglich war, mussten sie sie wohl oder übel im Haus dulden. Die erste Bedingung von Fritz und Maria war gewesen, dass sie zur Beichte ging. Davor hatten sie sich geweigert, sie auch nur anzusehen.

Damit hatten sie ihr, ohne es zu wollen, einen Gefallen getan: Ausgerechnet dort, wo sie keinesfalls damit gerechnet hätte, hatte sie Unterstützung bekommen. Der Herr Pfarrer hatte ihre Geschichte sehr gelassen angehört. Sie war ja auch wirklich nichts Neues.

Er hatte wissen wollen, ob sie ihren Mann noch liebte, was sie bejaht hatte, und sie in ihrem Wunsch bestärkt, bei ihm und ihren Kindern zu bleiben. Ihr größtes Bedenken war gewesen, eine gute Christin zu sein, obwohl ihr die fleischlichen Genüsse so großes Vergnügen bereitet hatten und sie oft noch sehnsüchtig daran dachte. Pfarrer Joham hatte ihr mit einem amüsierten Gesichtsausdruck, aber in ernsthaftem Ton erklärt, dass sie ja kein Gelöbnis der Keuschheit abgelegt hätte, weshalb sie die Liebe mit einem Mann ruhig genießen solle. Das zu können, sei ein Segen und kein Fluch. Mit diesen Worten hatte er ihr viel Druck genommen.

Wohl aber habe sie ihrem Mann vor Gott die Treue gelobt. Lüge und Ehebruch seien Sünden. Nicht nur gegenüber ihrem Mann, sondern auch gegenüber den anderen Menschen, mit denen sie unter einem Dach lebte.

Das hatte sie verstanden. Sie war dem Pfarrer so dankbar gewesen! Der Rest war Reue und Vergebung. Vor Gott hatte sie bereut und von ihm durch Pfarrer Joham Vergebung erlangt. Bei den Menschen war es schwieriger.

Dieses Gespräch hatte auch ihrem Glauben eine neue Qualität gegeben. Er war seitdem in ihren Augen erwachsener und menschlicher geworden. Sie war froh, Teil der Kirche zu sein, hatte aber auch erkannt, dass es gewisse Dinge auf der Welt und in ihr gab, die sich nicht mit deren Auffassungen in Einklang bringen ließen. Wer war sie, alles verstehen zu wollen? Nein, im Glauben lief es genau andersherum.

Bevor der Pfarrer ihr die Absolution erteilte und sie Gelegenheit hatte, ihn darauf anzusprechen, hatte er ihr von sich aus angeboten, mit ihren Schwiegereltern zu reden. Das war Gold wert. Sie wusste, dass ein Satz von ihm bei ihnen mehr bewirken würde als alles, was sie an Buße zu leisten imstande war. Und es hatte geholfen, wenigstens ein bisschen.

Sie wollte vergessen. Beide mussten sie vergessen, Christian und sie. Vergessen und vergeben, sonst war alles umsonst.

Christians Leid war Ausdruck seiner Liebe. Wenn sie sich das nicht immer wieder gesagt hätte, wäre sie auf und davon gegangen. So wie in diesen ersten Wochen hatte sie ihn noch nie zuvor erlebt: Christian war beinahe ständig betrunken gewesen, ein einziger Ausnahmezustand.

Sie hatte sich gefürchtet, wenn er sie hasserfüllt oder mit Tränen in den Augen angeschaut hatte, einmal hatte er sogar vor ihr ausgespuckt. Sie war jeden Augenblick darauf gefasst gewesen, dass er sie schlug. Gott sei Dank war das nie geschehen! Er hatte sich damit begnügt, sie angewidert zu betrachten und Beschimpfungen oder Drohungen zwischen den Zähnen herauszupressen, wenn er ihr den Rücken zukehrte.

Aber Christian war nicht dumm, und anscheinend liebte er sie noch, denn er hatte es schließlich geschafft, über seinen Schatten zu springen und mit ihr zu reden. Ein Schritt nach vorne und zwei zurück, so hatte es sich für sie oft angefühlt. Es war schwierig, die Fortschritte, die sie in einem Gespräch erzielt hatten, die nächsten Tage aufrechtzuerhalten.

Unter vier Augen konnte sie ihn erreichen. Wenn sie sich entschuldigt, geweint, sich vor ihn hingekniet hatte, war er weich geworden und sie kamen einander nahe wie schon lange nicht mehr. Aber am nächsten Morgen war alles wieder anders, er war verschlossen und feindselig.

Entweder spielten ihre Schwiegereltern ein perfides Spiel oder konnten schlicht und einfach nicht anders. Sie setzten Claudia immer, auch in seiner Gegenwart und der der Kinder, herab. Gleichzeitig gefielen sie sich in der Opferrolle. Christians Mutter war lange Zeit mit bedrückter Miene durchs Haus geschlichen, als ob jemand im Sterben läge. Zu ihnen nach oben war sie nur gekommen, wenn sie wusste, dass Christian da war. Dann hatte sie mit Leichenbittermiene die Kinder gestreichelt, während sie mit Christian irgendetwas besprochen und Claudia wie Luft behandelt hatte. Für Fritz war sie das sowieso. Er war ein gebrochener Mann, das eigentliche Opfer bei der ganzen Geschichte. Zumindest sah er es so.

Dabei war ihr Schwiegervater, nachdem sie zusammengezogen waren, noch am ehesten ihr Verbündeter in der neuen Konstellation gewesen. Christian war ein klassisches Mamaburli und entschuldigte fast immer die Übergriffe seiner Mutter. Fritz war es gewesen, der Claudia zumindest einige Male in Schutz genommen hatte. Seine beschwipste Gemütlichkeit hatte dem Haushalt gutgetan. Damit war es seit Claudias Verfehlung vorbei. Sie konnte sich nicht vorstellen, dass er ihr jemals wieder freundschaftlich begegnen würde. Seit einem klärenden Gespräch zwischen ihm und Christian – eigentlich war es eine noch nie dagewesene Schreierei gewesen, das hatte ihr Christian später erzählt – bemühte sich Fritz um einen sachlichen, neutralen Umgangston. Mehr konnte sie nicht verlangen.

In den letzten paar Monaten war wieder so etwas wie Normalität eingekehrt. Ein Familienleben hatten sie lange nicht gehabt. Sie wollte gar nicht daran denken, was diese Zeit mit ihren Kindern gemacht hatte. Vor allem Sarah hatte Dinge gesehen und mitangehört, die nicht gut für sie sein konnten. Jakob hatte sie damals monatelang mehr oder minder den ganzen Tag mit sich herumtragen müssen. Sie konnte es nicht ändern, es war passiert. Sie konnte sich nur bemühen, es irgendwie wiedergutzumachen, ihnen die Liebe zu geben, die sie brauchten. Und ihnen wieder glaubhaft zu machen, dass Mama und Papa sich lieb hatten.

Eigenartigerweise hatte weder sie noch Christian jemals das Wort »Scheidung« ausgesprochen. Obwohl ihr eine Reihe von Leuten dazu geraten hatte, allen voran ihre Mutter. Für sie kam eine Scheidung nicht infrage, lieber ging sie in ihrer Ehe zugrunde. Sie hatte sich ihren Mann selbst ausgesucht. Ihre Kinder verdienten eine normale Familie, Eltern, die Zeit mit ihnen verbrachten, Großeltern. Alles das, was sie selbst nicht gehabt und worum sie die anderen immer beneidet hatte. Sie durfte auf dieser Ebene nicht versagen. Sie gehörte in diese Familie, zu diesen Menschen. Mehr hatte sie nicht.

Sie war sich nicht sicher, ob es ohne den Chor und die Vermittlung durch Gottfried nicht doch zu einer Trennung gekommen wäre.

Christian hatte sich als gehörntem Ehemann selbst einen Freibrief ausgestellt. Wenn er das Gespött des Ortes war, durfte er auch machen, was er wollte. Das schien seine Logik gewesen zu sein. Eine schreckliche Zeit, sie hatte sich so geschämt. Aber es hatte sich ausgezahlt. Sie waren noch zusammen.

Claudia legte die Hände auf ihre Augen und atmete kräftig durch. Jetzt würde sie hinaus zu ihren süßen Kindern gehen und mit ihnen Kastanien essen. Ihre Mutter war für sie gestorben.

4

»Hallo.« Claudia kam langsam mit verschränkten Armen auf die Gruppe zu.

Anna, Georg und die Kinder saßen am Tisch und waren mit den Kastanien beschäftigt, Christian schwang die Pfanne. Alle schauten zu ihr, eine kleine Pause entstand. Jakob entschärfte die Situation, indem er Claudia lachend eine geschälte Kastanie entgegenhielt. »Danke, mein Schatz!«, sagte sie, steckte sie in den Mund, setzte sich schüchtern lächelnd auf die Bank und nahm ihren Sohn auf den Schoß.

Während Georg konzentriert an einer Kastanie herumkletzelte, schaute Anna Claudia an. Ihre Verunsicherung war ihr anzusehen. Christian grinste vom Ofen herüber: »Na endlich, die Mama ist da! Nimm dir Sturm, Schatzi, die nächsten Kästen sind in einer Minute fertig.«

Claudia schenkte sich ein und tat so, als würde sie den forschenden Blick ihrer Mutter nicht bemerken. »Schmeckt's dir, Sarah?«, fragte sie ihre Tochter, die, auf ihren vollen Mund deutend, lebhaft nickte. Sie trank, der Sturm schmeckte ihr nicht. »Geh Christian, ich hätte Lust auf einen Prosecco. Haben wir noch einen da?« Sie nahm eine Handvoll Kastanien aus dem Häfen, da kam Christian mit der nächsten Pfanne und leerte den heißen Inhalt in den Topf. Claudia deckte alles schnell mit dem Geschirrtuch zu – ein eingespieltes Team. Sie lächelte ihn an, er legte seine Hand auf ihre Schulter, schnappte sich mit der anderen ihr Glas und roch daran. »Die gnädige Frau wünscht Prosecco? Ist der Sturm nicht gut?«

»Doch, aber ich habe heute Lust auf etwas Besonderes. Zur Feier des Tages.«

Christian wusste nicht, ob er lachen sollte. Er schaute zu Anna, dann wieder zu Claudia, die ihre Mutter noch immer nicht angesehen hatte. »Na gut, wenn du willst, ich glaube, es ist noch einer im Keller.« Er legte die Pfanne auf den Boden und ging zum Haus. Claudia schälte und aß in aller Ruhe Kastanien. Georg und Anna sahen sich an, kauten und schälten auch. Keiner sagte etwas. Irgendwann fragte Sarah, die schon satt war: »Was für eine Feier des Tages?«

»Die Oma und der Opa brechen bald zu einer großen Reise auf, weißt du, mein Liebling. So etwas muss man feiern.«

»Nach Amerika?«

»Ja, nach Amerika.«

»Können wir sie dort besuchen?«

»Das weiß ich nicht. Wenn sie dich einladen …«

Anna konnte sich nicht mehr zurückhalten. »Natürlich seid ihr alle jederzeit willkommen, sobald wir uns eingelebt haben und nicht gerade selbst unterwegs sind«, und zu Sarah: »Aber das ist eine weite Reise, mein Schatz. Da muss man erst lange Zeit im Flugzeug sitzen und dann noch ein paar Stunden mit dem Auto fahren.«

»Ist Kanada am Meer?«

»Ja, Sarah, Kanada liegt am Meer. Aber dort, wo wir wohnen, gibt es keines. Dafür einen See.«

»So wie den Sulmsee?«

»Ja, aber viel größer.«

»Kann man da baden?«

»Sicher.«

»Gibt es da Fische?«

»Jetzt lass die Oma in Ruhe.« Christian war zurück, er hatte nicht nur Prosecco mitgebracht, sondern auch eine Flasche Sekt und Sektgläser. »Wenn schon, denn schon, habe ich mir gedacht.«

*

Er schaute von oben in den Ofen: Glut war noch da, er konnte jederzeit das Feuer für eine weitere Pfanne anfachen. Aber wie es aussah, hatten alle genug. Christian schaute zu seinen Schwiegereltern. Sie saßen eng nebeneinander und plauderten, hatten ein müdes Lächeln im Gesicht und etwas glasige Augen. Claudia hatte die Kinder, denen kalt geworden war, zum Fernsehen ins Haus gebracht und würde gleich herauskommen. Christian genoss die Wärme des Ofens. Ein denkwürdiger Nachmittag, keine Frage.

Dass sich alles in Wohlgefallen aufgelöst hatte, hatten sie ihm zu verdanken! War denen das bewusst? Irgendwie hatte er zur richtigen Zeit die richtigen Knöpfe gedrückt und die Leute zum Reden gebracht.

Zugegeben, Claudia hielt sich extrem gut: Anstatt, wie befürchtet, hysterisch zu werden und einen Eklat zu produzieren, hatte sie nach der Flasche Prosecco, die sie im Alleingang geleert hatte, einen echt guten Spruch entwickelt. So lustig hatte er sie in Anwesenheit ihrer Mutter überhaupt noch nie erlebt. Offensichtlich wollte sie ihr etwas beweisen. Wahrscheinlich war sie deshalb auch so fürsorglich und liebevoll ihm gegenüber. Sollte ihm recht sein.

Er musste lachen. Sie hatte ihm mehrmals vor den anderen den Hintern getätschelt. Das hätte sie sich vor seinen Eltern sicher nicht getraut!

Er selbst war äußerst angenehm eingespritzt. Der Sekt schmeckte zwar grauenhaft – er verstand überhaupt nicht, warum man einem Wein das antat –, aber er fuhr ein. Wie spät war es jetzt? Er schaute auf sein Handy. Halb vier. Und alle hatten einen sitzen – haha! Er schmiss doch noch etwas Holz in den Ofen. Sie würden vermutlich noch länger draußen bleiben, da war ein Feuerchen das Richtige.

Christian setzte sich zu den Gästen, trank von seiner Mischung und tat so, als würde er ihnen zuhören.

Dieser Tiroler Weltverbesserer, der jedem seine Meinung aufs Auge drückte und auf die hiesigen Leute herabsah, obwohl, oder vielleicht gerade weil er kein Gefühl dafür hatte, wie es hier in Leibnitz lief! Das würde der nie kapieren, und damals war er der Auslöser gewesen, kein Gespür, keinen Genierer hatte der!

Es sprach für sich, dass er und Georg es schafften, sich monatelang nicht über den Weg zu laufen, obwohl Georgs Lokal, Christians Büro, die Volksschule, wo Anna bis vor einem Jahr unterrichtet hatte, sowie die Musikschule, in der Claudia und er jeden Mittwoch probten, in einem Umkreis von wenigen Hundert Metern im Ortszentrum lagen. Sogar in einer 10.000-Einwohner-Stadt konnte man ein Leben lang die gleichen paar Straßen benutzen und einander doch nicht begegnen, wenn die Tagesrhythmen der Beteiligten es zuließen und sie es so wollten.

Georg gehörte seit 20 Jahren das »Monte«, ein Abendlokal im Zentrum, das nach wie vor erstaunlich gut lief. Zumindest hieß es so, denn Christian hielt sich vom Lokal seines Schwiegervaters fern.

Er musste sich zusammenreißen, das wusste er. Nur keine unbedachten Äußerungen, am besten gar nichts sagen. Er musste diesen Besuch aussitzen wie eine Wurzelbehandlung! Gerade noch hatte er versucht, mit dem depperten Tiroler ein Gespräch über die neuen GPS-Möglichkeiten zu führen. Gut gemeint hatte er es, hatte den Auswanderern aus seinem Wissensgebiet etwas Sinnvolles mitgeben wollen. Für den Einsatz in der Wildnis war GPS mittlerweile gang und gäbe. Er wusste das. Der Trottel hatte keine Ahnung von den Features seines 450-Euro-Handys! Das W810: eine Monstrosität aus dem Hause Ericsson, die er sich hatte aufschwatzen lassen. Das berühmte »Walkman«-Handy. Zugegeben, der Speicher war imposant, aber wenn endlich das iPhone herauskam, war Speicherplatz kein Thema mehr. Synchronisation war das Zauberwort.

Christian hatte kaum damit begonnen, ihm ein bisschen vom anstehenden Durchbruch in der Navigationstechnologie zu erzählen. Motorola und Siemens hatten mit dem A780 beziehungsweise mit dem sx975 die ersten GPS-fähigen Handys mit einer vernünftigen Energiebalance herausgebracht. Das war wirklich interessant, aber schon hatte ihn der alte Hippie wieder einmal abgeschaselt. Christians Mund verzog sich zu einem schiefen Lächeln. Obergescheit von zurückgehaltenen Patenten, geheimer Spyware im iPhone und so weiter daherreden. Krudes Zeug, lächerlich, woher hatte der das? Er war auf der Stelle heißgelaufen. Gott sei Dank war er kontrolliert geblieben und, statt zu streiten, schiffen gegangen. Gut so. Blender! Mit seinen 1,90 Meter, dem langen Bart und der ewigen, stinkenden Zigarillo. Und daneben seine Schwiegermutter, die das Geschwafel mit verkniffenen Mundwinkeln abnickte. Die Frau Gscheit! Arrogant waren die, da hatten seine Eltern recht! Bildeten sich wer weiß was darauf ein, dass sie ständig in der Weltgeschichte herumgondelten.

Egal, bald war es vorbei. Er saß einfach da, lächelte, trank seine Mischungen und dachte sich seinen Teil.

Das hätte er damals bei dieser elenden Grillerei auch machen sollen. Aber die Wunde war zu frisch gewesen. Jeder Tag war damals eine Achterbahn der Gefühle für ihn gewesen: Er schlief mit dem schönen Gefühl ein, sie hätten es geschafft, und wachte am nächsten Morgen mit dem Gedanken auf, dass er für alle inklusive seiner Frau und deren Stecher die Lachnummer war. Nie zuvor in seinem Leben hatten ihn die Gefühle dermaßen übermannt. Es war vorgekommen, dass er aus dem Nichts heraus in Tränen ausgebrochen war. Sogar im Büro war ihm das einmal passiert. Aus Trauer über den Schmerz, den seine Frau ihm und seiner Liebe angetan hatte. Darüber, wie sehr sie sich und die ganze Familie voreinander, vor den anderen und vor Gott erniedrigt hatte!

Sie hatte ihm genommen, worauf er stolz gewesen war, was er in seinem Leben an Erfolg zu bieten hatte: eine gute, liebe, treue Ehefrau zu haben.

Wenn er sie in der Zeit nach ihrem Geständnis beobachtet hatte, wie sie in ihrer schmuddeligen Hauskleidung, aus der sie kaum rausgekommen war, mit hängenden Mundwinkeln und Tränensäcken den brüllenden Jakob gewickelt oder gefüttert hatte, war manchmal Hass in ihm hochgekocht … und Ekel. Wie sollte er sich in so etwas wieder verlieben? Sie war gebrochen, beschmutzt, eine unwürdige Mutter seiner Kinder. In diesen Momenten hätte er sie erschlagen können wie eine Ratte. Heroische Bilder waren aufgetaucht. Tabula rasa. Gott sei Dank war keine Tragödie passiert! Später wollte er sie dann nicht mehr leiden sehen, er wollte nur vergessen. Leichter gesagt als getan.

Warum hatte Gott seiner Frau diese engelsgleiche Stimme geschenkt? Einmal in der Woche verzauberte sie ihn. Wenn er sie singen hörte, konnte er ihr nicht böse sein. Dann liebte er sie einfach.

Aber dass sie sich von allen Männern in Leibnitz ausgerechnet den Zrnčič hatte aussuchen müssen! Christian konnte sich noch genau daran erinnern, wie stolz sein Vater ihm damals seinen neuen Mitarbeiter präsentiert hatte. Der Zrnčič war ein paar Jahre älter als er und hatte von 1988 bis 1994 beim FC Leibnitz gespielt, bevor eine Verletzung seine Karriere als Fußballer beendet hatte. Verständlicherweise hatte er damals nicht wieder nach Kroatien zurückgehen wollen. Zum einen wegen des Krieges, außerdem hatte er schon eine Dorfschönheit aus Gralla geheiratet und mit ihr zwei Kinder. Die Gemeinde hatte für das langjährige Kernstück der Mannschaft einen Posten geschaffen. Für Christians Vater war das eine unglaubliche Verbesserung seiner Lebensqualität gewesen. Bis dahin hatte er mehr oder weniger in der Sporthalle gelebt. Fast jedes Wochenende hatten irgendwelche Veranstaltungen stattgefunden: Turniere der diversen Ballmannschaften in sämtlichen Altersstufen, Bälle, Konzerte, Ehrungen füllten den Kalender, sodass Fritz Grebien im Normalfall eine Sechs-bis-sieben-Tage-Woche hatte. Zugegeben, die Arbeit war nicht besonders anstrengend, und die Leute, mit denen er zu tun gehabt hatte, waren anscheinend in Ordnung gewesen. Er hatte sich nie beklagt, auch aus Angst, man würde zwei Teilzeitstellen schaffen. Nichtsdestoweniger waren die Wochenenden ein Problem: Sein Vater ging zumindest einmal in der Woche zum Gottesdienst, das war ihm noch wichtiger als sein Job, der den Rest seines Lebens ausfüllte. Dazu kam seine Leidenschaft für Sturm Graz, er war gern zu den Heimspielen, damals noch in der »Gruabn«, nach Graz gefahren, allzu oft hatte er es nicht geschafft. Dafür wurde im Fernsehen Fußball geschaut, sooft nur irgendetwas übertragen wurde. Christian hatte seinen Vater nur selten gesehen. Am ehesten noch unter der Woche am Abend, aber da war er mit Haus und Garten beschäftigt gewesen oder hatte vor dem Fernseher sein Bier getrunken.

Und dann kam Goran: Es war eine Win-win-Situation gewesen. Goran bekam einen Job und die Dienstwohnung, die sein Vater nie in Anspruch genommen hatte, die Gemeinde hatte durch das Wegfallen der Wochenendzulagen und Überstunden, die sein Vater bis dahin kassiert hatte, gar nicht so viele Mehrkosten, und Fritz hatte endlich einen Gehilfen und somit seine Wochenenden.

Christian war da schon 23 und mit Claudia zusammen gewesen. Er hatte sich, sehr zum Leidwesen seines Vaters, nie sonderlich für Sport interessiert und war Goran dankbar dafür gewesen, dass er seinen Vater, der allmählich alt wurde, entlastete. Ansonsten hatten sich ihre Sphären nie berührt.

Der Plan war gewesen, dass sein Vater 2006 – das war ja heuer! – in Ruhestand ging, aber es war für ihn immer selbstverständlich gewesen, dass er seinem Arbeitsplatz bis zu seinem Tod verbunden bleiben würde. Er kannte jeden, von den Schulen über die Vereine bis zum Bürgermeister. Fritz Grebien war eine Institution, er war der »Hallenwart« für zwei Generationen von Leibnitzern. Das hatte Claudia seinem Vater genommen.

Der hatte, als er von Claudias Affäre erfuhr, umgehend seine Pension eingereicht. Es war ihm anscheinend nicht möglich, mit dem Mann zusammenzuarbeiten, der die Ehe und die Ehre seines Sohnes beleidigt hatte. Zumindest legte Christian das Tun seines Vaters so aus. Gesprochen hatten sie nie darüber. Bis zum Pensionsantritt hatte sein Vater den Urlaub genommen, der ihm noch übrig geblieben war, und war anschließend in Krankenstand gegangen. Ein Gespräch mit dem lieben Goran hatte es – soweit Christian wusste – nie gegeben. Er selbst hatte ihn ja auch nicht zur Rede gestellt. Mehrere Male war er knapp davor gewesen, aber … Was hätte er ihm sagen sollen? Goran war als Weiberheld im Ort verschrien, angeblich wusste seine Frau davon und hatte sich abgefunden. Christian war das Gerücht ebenfalls bekannt gewesen, dass der »Jugo« – wie ihn viele nannten, ohne es böse zu meinen – diverse Hausfrauen von Leibnitz durchpuderte. Eine amüsante Kleinigkeit, bis es ihn auf einmal selbst betroffen hatte.

Dass ihn seine Frau betrog, war ein Schlag aus heiterem Himmel gewesen, vollkommen außerhalb seiner Vorstellung. Er hatte ungläubig auf ihr Handy gestarrt. Heiß und kalt war ihm geworden, während er sich durch ihre SMS gescrollt hatte. Sogar mit ihrem Handy war sie schlampig! Sie hatte die alten Nachrichten nicht gelöscht, noch nicht einmal einen Decknamen für den Kontakt gewählt: »Goran«, hatte er gelesen, Uhrzeiten, Smileys, nicht viel mehr. In wenigen Sekunden hatte er sich einen Überblick über die Affäre seiner Frau verschaffen können. Die älteste Nachricht war vom 5. Februar 2003 gewesen. Er erinnerte sich an diesen Moment, in dem ihm klargeworden war – seine Ehefrau schlief seit Monaten mit einem anderen!

Das Display mit der pixeligen Schrift, das war noch das Nokia 3210 gewesen, genau. Schluss mit dem sinnlosen Herumwühlen! Das 3210, ein unverwüstlicher Klassiker. In seiner Sammlung hatte er noch eines. Sein geliebtes Motorola RAZR V3 hatte er zu Weihnachten 2004 von Claudia bekommen, ein elektronischer Ölzweig sozusagen. Er hatte dann noch ein paar Monate gewartet, bis es das C113 zu einem vernünftigen Preis gab, bevor er es Claudia gekauft hatte. Heute wartete die ganze Welt auf das iPhone. Wie die Zeit verging! Bei den Kindern und bei der IT merkte man es am meisten.

Christian schloss die Augen und versuchte, seinen Schwiegereltern zuzuhören. Es ging um irgendein südamerikanisches Land und er hätte nicht sagen können, ob sie einer Meinung waren oder ob sie sich stritten.

Er sah Claudia schwankend die Außentreppe herunterkommen, sie hielt sich am Geländer fest und kicherte.

*

Anna war betrunken. Christian hatte sie – so wie es generell in der Gegend für den Gastgeber üblich war – ordentlich eingewassert. Sie vertrug nicht viel und fühlte sich jetzt müde, erschöpft, aber auch erleichtert. Sie hatten es geschafft: Dieser unumgängliche Besuch neigte sich dem Ende zu.

Sie schaute sich noch einmal den Garten in dem Bewusstsein an, dass sie, wenn es nach ihr ging, das letzte Mal hier war. Kurz überkam sie eine melancholische Anwandlung, sie drückte Georgs Hand und sah ihn gerührt an. Auch er war nicht mehr nüchtern. Taten sie das Richtige? Ja, sie brauchte sich nur umzusehen und wusste, dass sie weg von hier wollte. Claudia saß auf Christians Schoß, hatte einen Arm um ihn geschlungen, mit dem anderen hielt sie ihre Zigarette möglichst weit von ihm weg, damit ihn der Rauch nicht störte. Er streichelte ihren Rücken, schaute zu ihnen herüber und hielt, ohne dass Claudia es sehen konnte, grinsend sein Glas in die Höhe. Ihr Schwiegersohn war ein selbstgefälliger Prolet und ein Schwächling. Er war auf dem besten Weg, Alkoholiker zu werden, wenn er es nicht schon war. Was war Claudia da nur eingefallen? Wie hatte dieser pubertäre Spleen von Frömmigkeit und Spießbürgertum so lange überleben können, wie konnte sie mit diesem Mann zusammenleben?

Anna machte es sich nach langer Zeit wieder einmal bewusst: Ihre Scheidung damals, als Claudia klein war, war der richtige Schritt gewesen. Sie hatte es nicht akzeptiert, betrogen zu werden, und konsequent gehandelt. Natürlich war sie verletzt und enttäuscht gewesen, nie wieder hatte sie sich so allein und gleichzeitig stark gefühlt wie damals mit ihren 26 Jahren. Und jetzt mit 62? Vielleicht nicht mehr so stark, dafür aber auch nicht allein! Müde war sie, das

Ganze hatte sie mehr mitgenommen, als sie gedacht hatte. Sie sollten jetzt gehen. Der Gedanke an ihr kahles, halb ausgeräumtes Haus war aber nicht sehr verlockend. Das war kein richtiges Heim mehr. Sie lehnte sich zu Georg und meinte leise: »Jetzt würde ich mich am liebsten so richtig ansaufen und dann in ein Flugzeug steigen.«

Er lachte. »Willkommen im Club. Christian! Die Gäste sind durstig!«

*

Es war schon dunkel, als die Grebiens vom Friedhof zurückkamen und zu ihrer Überraschung den Pick-up von Georg noch in der Auffahrt und eine feuchtfröhliche Runde im Garten vorfanden. Das weckte böse Erinnerungen in ihnen und sie begnügten sich damit, beiläufig zu winken, bevor sie eilig im Haus verschwanden. Christian sprang auf und lief ihnen nach. Wenig später kamen sie zurück, Fritz mit einer weiteren Flasche Sekt in der Hand. »Das sind ja wirklich aufregende Neuigkeiten.«

»Bitte, das wäre doch nicht nötig gewesen!« Anna merkte, dass sie lallte und was für einen Blödsinn sie zusammenredete, und musste fürchterlich darüber lachen. Georg fiel meckernd in ihr Lachen ein.

Während Christian die Reste aus den herumstehenden Sektflöten schüttete und sie austeilte, ohne darauf zu achten, wer davor aus welchem getrunken hatte, war Claudia endlich aus dem Liegestuhl, den sie an den Ofen gezogen hatte, herausgekrabbelt. Sie wankte, in ihrer alten Jacke unförmig wirkend, auf Maria zu und fiel ihr um den Hals.

Die war überfordert: »Wo … wo sind denn die Kinder?«, stotterte sie.

»Die sitzen vor dem Fernseher. Mein Gott, wie spät ist es? Ich muss sie noch in die Badewanne stecken.«

»Soll ich das machen? Das macht mir nichts aus. Sie können bei uns zu Abend essen.« Maria traute dem Frieden wohl nicht und wollte möglichst rasch hinein und in Sicherheit kommen. Claudia folgte ihr ein paar Minuten später ins Haus. Sie schaute todmüde aus, und Christian vermutete, dass sie bei den Kindern im Zimmer einschlafen würde.

Er war, abgesehen von seinem Vater, der Nüchternste in der Runde, obwohl er am meisten von allen getrunken hatte.

Die Verabschiedung von Claudia und seiner Schwiegermutter hatte ihn amüsiert: Die beiden hatten einander gegenübergestanden und sich an den Armen gehalten, als müssten sie sonst umfallen. Sie hatten sich dabei todernst in die Augen gesehen, keine hatte etwas zu sagen gewusst. Schließlich hatte seine Frau hörbar ausgeatmet. »Kommt gut heim.« Christian hatte Anna genau beobachtet: Sie hatte leicht schwankend dagestanden und Claudia mit gerunzelter Stirn nachgeschaut. Uralt hatte sie in dem Moment ausgesehen. Aber als sie sich wieder zu Georg umgedreht und gefragt hatte: »Kannst du noch fahren?«, da hatte sie schon wieder gelacht.

Sein Vater hatte die beiden schließlich heimgefahren. Georg wollte sein Auto morgen früh abholen. Christian war in einer gefährlichen Stimmung, schaffte es aber gerade noch, sich korrekt von den beiden zu verabschieden. Wobei er Floskeln wie »Wenn ihr irgendetwas braucht …« vermied. Wenn er Glück und ein paar gute Ausreden parat hatte, würde er die beiden nie wiedersehen müssen.

2008

1

Draußen war es noch dunkel, Claudia war hellwach. Sie hatte mehr als zwölf Stunden geschlafen.

In der Küche war es angenehm kühl. Sie schaltete die Kaffeemaschine ein und holte ihren Morgenmantel.

Zigaretten und Kaffee in der Hand, ging sie kurz darauf hinunter in den taunassen Garten. Die Vögel zwitscherten wie verrückt. Es klang so, als wären es Hunderte. Verwundert schaute sie zu den Hecken und Büschen, die ihr Grundstück umschlossen. Sie hatte gar nicht gewusst, dass der Garten um diese Stunde so laut war. Bald würde die Sonne aufgehen. Der Himmel war im Osten beige und wurde gegen Westen hin immer dunkler. Sie setzte sich auf einen Gartenstuhl, ohne ihn vorher abzuwischen. Die Nässe drang erst durch den Morgenmantel, dann durch ihr Nachthemd. Es störte sie nicht, zurzeit kühlte es nicht einmal in der Nacht richtig ab. Bevor sie die Zigarette in ihrem Mund anzündete, saß sie einen Moment nur da. Auch das gab es also.

Ihre Hand hob sich wie von selbst. Sie schloss die Augen, inhalierte tief, hörte in sich hinein: Das Leben ging weiter, ging einfach weiter. War es normal, dass sie so ruhig war? Mehr als ruhig, sie war wie ausgeschaltet, ein Gefühl, das an Taubheit erinnerte. Sie öffnete die Augen: Der Himmel war heller als noch vor einem Augenblick. Alles veränderte sich. Das war schön. Diese spezielle, ungewohnte Tageszeit. Claudia war neugierig, ohne dass diese Neugier gerichtet war. Sie fühlte sich wie neugeboren, wie ein Tierchen nach dem Aufwachen.

Sie rauchte und beobachtete den Himmel. Bilder und Gedanken drängten in ihr Bewusstsein. Sie wollte noch nicht an Details denken, dafür war es zu früh. Sie wollte diesen einmaligen Moment, der nur ihr gehörte, in dem die Zukunft noch ganz ungewiss vor ihr lag, genießen.

Der lange Schlaf, diese ohnmachtsähnliche Erholungsphase hatte alles weggewischt, aber jetzt musste sie funktionieren, jetzt war sie dran. Erinnerung stellte sich ein. Von heute an würde sie ihrer Umgebung den Stempel aufdrücken und nicht umgekehrt. Sie hatte keine Wahl. Das war ein Vorteil. Irgendetwas hatte für sie entschieden. Nun kam doch ein Anflug von Panik: Ihr Leben würde sich von Grund auf ändern. Die Familie versorgen, Christian. War das zu schaffen?

Ihr fiel ein, dass sie nicht wusste, wann die Kinder gestern zu Bett gegangen waren. Dementsprechend konnte sie nicht abschätzen, ob sie im nächsten Moment oder erst in ein paar Stunden aufstehen würden. Claudia schmiss den glühenden Zigarettenstummel in die Wiese, trank einen Schluck Kaffee und zündete sich die nächste Zigarette an.

Sie dachte nach: Als sie sich Christian ausgesucht hatte, war das die Entscheidung für eine Lebensart gewesen und kein spontaner Akt der Liebe. Das war ihr immer bewusst gewesen. Oder war es andersherum gelaufen? Hatte sie sich ein Bild von einem Lebensstil gemacht und im Leibnitzer Biotop Ausschau nach dem passenden Partner gehalten?

Ihre Mutter hatte diesen Lebensstil früher Claudias »persönliche Gegenreformation« genannt. Dass sie mit 15 nach der Hauptschule in die Handelsakademie und nicht in eine allgemeinbildende höhere Schule gegangen war, war für ihre Mutter ein Schlag gewesen. Sie war davon ausgegangen, dass ihre Tochter einmal studieren würde, aber Claudia war stur geblieben. Damals, als sich ihre Mutter nach jahrelangem Hin und Her endlich dazu entschlossen hatte, ihre Wohnung aufzugeben und zu Georg zu ziehen, war sie zwölf Jahre alt gewesen.

Die erste Zeit im gemeinsamen Haushalt war für alle extrem anstrengend gewesen. Im Hause Mader wurde alles basisdemokratisch geregelt. Das klang gut, in Wirklichkeit hieß es aber lediglich, dass mit Argumenten aufeinander eingedroschen wurde, bis einer klein beigab, ein Konsens erstritten wurde, mit dem in Wahrheit keiner ganz zufrieden war, oder alle einfach schlafen gingen. Immerhin hatte Claudia schnell gelernt, das neue System für ihre Vorteile auszunutzen. Sie hatte schließlich nichts zu verlieren gehabt als ihre Ketten.

Claudia kicherte leise vor sich hin. Wie lächerlich das alles war! Sie musste husten, schmiss die zweite Zigarette angewidert in die Wiese und lehnte sich zurück. Der Tag brach an, es wurde immer schneller heller. Es ging ihr viel zu schnell, sie hätte diese Stimmung gern festgehalten, diese Dämmerung sollte noch viel länger andauern. Von ihr aus für immer.

Sie hatte damals sogar mit der Gitarre aufgehört, obwohl sie schon ziemlich gut gewesen war. In dem Alter war so viel passiert. Sie war vom Kind zur Frau geworden, inklusive aller unliebsamen Irritationen und Veränderungen. In der Schule war sie weder unbeliebt noch besonders beliebt gewesen. Unauffällig – eine Enttäuschung für ihre Mutter.

Pummelig war sie schon immer gewesen. In der Hauptschule hatte sie das dann zu stören begonnen. Sport war nie ihr Ding gewesen. Sie hasste es, sich anzustrengen, und konnte nicht verstehen, wie man daran Gefallen finden konnte. Also hatte sie versucht, weniger zu essen. Mit geringem Erfolg – bis heute probierte sie immer wieder einmal eine Diät aus, aber es half nichts. Wollte sie wirklich dünn sein, müsste sie ihre Ernährungsgewohnheiten für immer und ewig umstellen. Zu einem lebenslangen Fasten, während alle rund um sie herum weiter das Leben genossen, war sie einfach nicht bereit. Wozu auch?

Ihre Mutter hatte Claudia gepredigt, dass Grenzen nur in ihrem Kopf existierten, dass alles aus ihr werden könnte, wenn sie sich nur genug anstrengte. Mit der Zeit hatten sie beide registrieren müssen, dass dem nicht so war und sie eigentlich nichts richtig gut konnte. Sie war weder besonders hübsch noch besonders klug, vom Sport ganz zu schweigen. Und Selbstbewusstsein hatte sie damals noch weniger gehabt als heute, wenn das überhaupt möglich war.

Sie sang gern. Aber Pop, Rock und andere zeitgenössische Jugendmusik gefiel ihr heute genauso wenig wie damals als Teenager. Da hatte sie nie mitreden können.

Allein das Wort »Gitarre« reichte aus, dass Claudia schwitzige Hände bekam. Ihre Mutter hatte täglich überwacht, dass sie eine Stunde übte. Claudia hatte alles gehasst: das Fußschemelchen, den Notenständer, das Metronom. Sie hatte gezupft, während ihre Mutter im Nebenzimmer bei offener Tür irgendwelche Sachen erledigt und einen Wecker gestellt hatte. Claudia erinnerte sich noch genau an das Schrillen am Ende der Übungsstunde, das fast gleich wie die Schulglocke geklungen hatte. Dass sie dieses elende Instrument losgeworden war, würde sie Georg nie vergessen.

Das Singen war etwas ganz anderes. Dafür hatte sie nie üben müssen. Claudia wusste, dass sie ein gutes Gehör und eine angenehme Stimme besaß. Es fiel ihr einfach leicht, richtig zu intonieren. Sie verstand nicht, was daran schwer oder besonders sein sollte. Schon in der Volksschule hatte sie im Chor gesungen. Wahrscheinlich hatte ihre Mutter sie einfach reingesteckt, Claudia konnte sich nicht mehr erinnern. Irgendwann in der dritten oder vierten Klasse hatte sie dann ein kleines Solo bei einem Schulgottesdienst gehabt, eine bekannte kleine Bachkadenz auf »lalala«. Sie hätte sie jetzt aus dem Gedächtnis singen können. Claudia erlebte die Situation geradezu körperlich noch einmal: das Bauchweh, die kalte Luft und den Weihrauchgeruch in der ihr damals riesengroß erscheinenden Kirche. Stille. Der Chorleiter hatte auf sie gezeigt. Und dann war ihre Stimme so zittrig und dünn aus ihr herausgekommen, dass es gar nicht mehr ihre Stimme gewesen war. Kein Ton hatte gestimmt, nicht einmal das Tempo. Sie hatte sich damals geschworen, nie wieder vor anderen Leuten zu singen. Regina hatte sie Jahre später bekehrt und sie, als sie in der HAK wieder in der gleichen Klasse gelandet waren, in den Kirchenchor hineingebracht. Und dort hatte sie Christian kennengelernt und durch ihn die LS.

Sie war noch immer ein bisschen nervös, wenn sie auf der Bühne stand. Doch sie war alt genug und nahm sich nicht mehr so wichtig. Meist konnte sie die Auftritte mittlerweile genießen. Ein Laienchor war ideal für jemanden, der wie sie gerne sang, aber etwas schüchtern war. Sie wusste, dass ihr Beitrag geschätzt wurde. Und da der halbe Zuschauerraum bei den Konzerten aus Bekannten und Verwandten bestand, waren die Konzerte meistens sowieso ein Heimspiel. Sie hatte nie ernsthaft in Erwägung gezogen, eine professionelle Sängerin zu werden. Auch wenn ihr dazu geraten worden war. Egal in welchem Genre, sie hätte das nie geschafft. Abgesehen von der Konkurrenz, hätte sie ein derartiges Leben sicher nicht ausgehalten.

Damals in der Hauptschule hatte sie jedenfalls – außer sie war im Unterricht dazu gezwungen – nie gesungen. Eine Scheißzeit war das gewesen! Sie hatte unter ihren großen Brüsten gelitten, die auf die Burschen wie ein Magnet gewirkt hatten. Jeden Morgen vor der Schule hatte sie vor den Blicken und den derben Sprüchen Angst gehabt, sich vor sich selbst gegraust und sich noch mehr zurückgezogen. Die anderen Mädels in der Klasse waren auch keine große Hilfe gewesen.

Daran, dass sie so wenige Freundinnen gehabt hatte, war natürlich ihre Mutter schuld: Die hatte an jeder etwas auszusetzen gehabt. Claudia hatte sich in ihrer Kindheit und Jugend unzählige Male für ihre brüske Art geschämt. Gut, mittlerweile interessierte sie das nicht mehr – sollte sie bleiben, wo der Pfeffer wächst –, aber damals war sie oft unglaublich wütend auf ihre Mutter gewesen.

Vielleicht weil sie als Kind die klassische Familiensituation vermisst hatte, vielleicht aus Trotz gegen das militante 68er-Getue ihrer Mutter und ihres Stiefvaters – in dem Alter, in dem viele Jugendliche unvernünftig und rebellisch wurden, hatte sie ihre Liebe zur Kirche und zu den traditionellen Werten entdeckt. Die hatte sie bei den einzigen zwei Freundinnen, die sie trotz ihrer Mutter gefunden und länger behalten hatte, vorgelebt bekommen. Die Regina und die Alexandra. Sie hatte die friedliche, unaufgeregte Umgebung bei denen zu Hause genossen und gleichzeitig unter fürchterlichen Minderwertigkeitskomplexen gelitten. Alles war blitzsauber und liebevoll dekoriert gewesen, die Eltern ausgeglichen und ordentlich angezogen. Damals war der Wunsch in ihr aufgekommen, einmal ihr eigenes blitzsauberes Haus für ihre eigene Familie dekorieren zu können.

Claudia lächelte resigniert und blinzelte in die aufgehende Sonne. Sie hatte es bis heute nicht geschafft, ihre Hälfte des Hauses auch nur annähernd so blitzsauber hinzubekommen, wie es für die Mütter ihrer damaligen Freundinnen und für die Mutter von Christian Standard war. Warum war das so? Warum wirkten deren Wohnungen und sie selbst immer so aufgeräumt, als stünden sie außerhalb von Zeit und Raum, während Claudia ständig das Gefühl hatte, einen aussichtslosen Kampf gegen das Chaos zu kämpfen. Sie brauchte eine frische Bluse nur anzuziehen, und schon sah es aus, als hätte sie darin geschlafen. Das Gleiche galt für das Haus. War das genetisch?

Mit der Regina war sie bereits in der Volksschule in die gleiche Klasse gegangen. Die Alexandra hatte sie in der Hauptschule kennengelernt. In der gnadenlosen Atmosphäre ihrer Klasse waren die beiden ihre Zuflucht gewesen.

Alexandras Vater hatte eine Installationsfirma besessen, weswegen die Familie zu den »Oberen Hundert« von Leibnitz gehörte, der Papa von Regina hatte als einfacher Maurer oder Fliesenleger gearbeitet. Aber obwohl die Familien so unterschiedlichen Milieus angehörten, war die Atmosphäre bei beiden ähnlich gewesen.

Von den dreien war Claudia die Beste in der Schule gewesen, gefolgt von Regina, während vor allem Alexandra unendlich schwer von Begriff gewesen war. Trotzdem, die hatte ihr Glück gefunden und war so wie ihre Mutter – und im Unterschied zu Claudia – selbst eine erfolgreiche Hausfrau und Mutter geworden. Sie trafen sich beinahe jeden Sonntag in der Kirche, redeten aber nicht miteinander. Warum hatten sie eigentlich keinen Kontakt mehr?

Sie hatten nach der Schule beide recht bald geheiratet. Anscheinend reichte das aus. Claudia konnte sich nicht vorstellen, dass Alexandra heute mit ähnlichen Sorgen zu kämpfen hatte wie sie. Die wirkte immer gleich, blitzsauber eben. Was Claudia zu sein versuchte, war ihre Schulfreundin ganz einfach! Bewunderung? Neid? Sie wusste nicht, was sie heute für Alexandra empfand.

Auf die Regina war sie jedenfalls nicht eifersüchtig. Die war noch immer allein und das nicht gern. Sie hatte nie den Richtigen gefunden. Kein Wunder. Regina war ihre beste Freundin, wenn man das so sagen konnte. Leider war es ihr nicht gegeben, andere zu unterstützen. Seit sie sich kannten, hatte sie selbst das Unglück gepachtet und schenkte ihm ihre ganze Aufmerksamkeit. Für die Sorgen anderer war Regina ziemlich unempfänglich. Außerdem trank sie mehr, als gut für sie war. Aber da war Claudia vielleicht ungerecht oder überempfindlich.

Die beiden hatten sie damals in der Hauptschulzeit quasi zum Christentum bekehrt. Sollte sie ihnen dafür dankbar sein? Vorgestern hätte sie noch Ja gesagt. Natürlich war sie schon vorher katholisch gewesen, getauft, hatte die Erstkommunion bekommen, und es war damals klar gewesen, dass sie sich auch firmen lassen würde. Ansonsten waren sie und ihre Mutter nur pro forma römisch-katholisch gewesen.

Eigenartigerweise war ihre Mutter in dieser Hinsicht nicht konsequent. Sie war niemals mit ihr in die Kirche gegangen, sondern hatte über die bigotten Pfaffen und Betschwestern geschimpft, solange Claudia denken konnte. Aber ausgetreten war sie nicht. Im Unterschied zu Georg, der sich als »materialistischen Animisten« bezeichnete und nur Hohn und Verachtung für Gott und das Christentum übrig hatte. Da endete seine angebliche »universelle« Toleranz. Eine Zeit lang hatte Claudia es geliebt, wenn sie ihn mit seinen Argumenten hatte anrennen lassen. Ihre neue Herzenswahrheit hatte ihn mehr provoziert als alles andere. Er hätte lieber ein Che-Guevara-Plakat über ihrem Bett gesehen als das Kruzifix, das war klar.

Das Gebet, die Stille in der Kirche und die Liturgie hatten ihr damals wahnsinnig viel gegeben. Irgendwie war es beim Glauben wie in einem Zeichentrickfilm: Alles war sauber, einfach und klar. Das Leben bekam einen Sinn, wenn man darauf vertraute, dass es einen göttlichen Plan gab. Sie wollte nicht in der kaputten Welt ihrer Eltern leben. Hörte sie denen zu, war es eigentlich nur inkonsequent, dass sie sich nicht schon längst umgebracht hatten.

Außerdem war die Kirche ein Zufluchtsort für Außenseiter:

Man musste nicht schön, klug, reich oder erfolgreich sein, um dort mitmachen zu können. Sie stellte die Kaffeetasse ab und rieb sich kopfschüttelnd die Augen.

Seitdem war so viel passiert. Heute wusste sie ein bisschen mehr über die Menschen und über sich selbst. Sie dachte nach. Die Vögel waren verstummt. Tausende andere

Geräusche erfüllten die Luft. Der Tag war endgültig angebrochen.

Konnte es einen gerechten Gott geben? War das, was sich jetzt bei ihr abspielte, ein Akt göttlicher Gerechtigkeit? Ein Zeichen, Sühne, die Sintflut. Sollte sie beten? Aus irgendeinem Grund wollte sie nicht.

Sie hatte ihre Jugend versäumt. Damals in der Pubertät hatten die anderen Jugendlichen sie abgeschreckt. Sie hatte so sein wollen wie die Erwachsenen, wie Erwachsene, die sich auch so benahmen, nicht so wie ihre Eltern!

Jetzt war es zu spät: Jetzt musste sie endlich wirklich erwachsen werden und nicht nur so tun, als ob!

Der Kirchenchor hatte Claudia mit 14 Jahren genau das gegeben, was sie gesucht hatte. Christian war außer ihr einer der Jüngsten im Chor gewesen, für sie aber schon ein Erwachsener! Er war zwar gerade erst mit der Schule fertig geworden, doch fünf Jahre waren in dem Alter ein gewaltiger Unterschied. Außerdem war er für seine 19 Jahre sehr vernünftig gewesen, hatte schon einen Job nach dem Bundesheer in Aussicht und ein Auto gehabt. Im Vergleich mit ihren Mitschülern in der HAK, die sich ständig zur Schau stellen mussten, war er ein Mann. Ihr Mann, das hatte sie bald für sich entschieden. Claudia erinnerte sich wehmütig: vernünftig und vorausschauend hatte sie sein wollen. Ihr Ziel war ein beschauliches Leben an der Seite eines lieben Mannes hier daheim in Leibnitz gewesen.

Dass sie ihm gefiel, war bald klar gewesen. Dass er sich dann so schüchtern und unbeholfen angestellt hatte, war wiederum ihr sympathisch gewesen. Es hatte noch ewig gedauert, bis sie sich das erste Mal auf einem Sommerfest geküsst hatten. Wie lange war das jetzt her? Christian hatte schon seine Wohnung gehabt. 15 Jahre? Das war fast die Hälfte ihres Lebens. Im September waren sie zehn Jahre verheiratet. War sie damals glücklich gewesen?

In ihrer Erinnerung tauchte eine unbeschwerte Zeit voll Vertrauen in die Zukunft auf, die erste gemeinsame Zeit in Christians Wohnung, als sie noch als Sprechstundenhilfe gearbeitet hatte.

Claudia erinnerte sich an die Feste, die Ausflüge auf die Weinstraße, die sonntäglichen Kirchgänge, Wanderungen, die Auftritte mit dem Chor. Waren sie damals überhaupt irgendwann zu Hause gewesen? Oft nicht. Hatten sie Sorgen gehabt? Sie konnte sich an keine erinnern. Alles hatte sich wie von selbst ergeben. Man lebte dahin, ganz einfach. Beschaulich, wunschlos glücklich.

Seitdem sie mit Christian verheiratet war, zählte sie sich zu den echten Leibnitzern. Seine Familie war alteingesessen, während ihre Mutter als Leutschacherin und ihr leiblicher Vater, dessen Eltern aus Graz stammten, als zugereist galten.

Claudia erschrak. Mit einem ratternden Geräusch wurde das Rollo am Schlafzimmerfenster ihrer Schwiegereltern hinaufgezogen. Das verschlafene Gesicht ihres Schwiegervaters erschien im offenen Fenster, keine fünf Meter von ihr entfernt. Als er Claudia bemerkte, stutzte er und hob reflexartig die Hand zum Gruß. Dann runzelte er die Stirn und verschwand wortlos. Wenige Augenblicke später erschien der zerzauste Kopf von Maria.

»Guten Morgen.« Claudia erschrak über ihre eigene Stimme. Sie sollte wirklich weniger rauchen.

»Guten Morgen. Sind die Kinder schon auf?«

»Nein. Wann sind sie denn schlafen gegangen?«

»Ich habe sie um acht Uhr ins Bett gebracht.«

Claudia nahm ihr Häferl und stand auf. »Warte, ich hole mir noch schnell oben einen Kaffee und komme dann zu euch runter.«

Was sollte sie ihnen sagen? Es würde wieder ein heißer Tag werden. Badewetter, so wie gestern und vorgestern. Dieser Juli war extrem.

2

Er fühlte sich wie neugeboren. Unendlich weit weg von seinem früheren Ich. Wer war er? Genau.

Helligkeit. Er hatte das Gefühl, als zöge jemand an seinen Haaren. War er in einem Krankenhaus? Wahrscheinlich, oder war das …? Nein, das konnte nur ein Krankenhaus sein! Das Piepsen der Maschinen und – jetzt sah er es erst: Über ihm baumelten allerlei Dinge von dem Metallding, das nur die Betten in Krankenhäusern hatten.

Wie ein Blitzschlag kam die Erinnerung: Alles klar – das Auto … und wieder weg.

Nebel zog auf, in seinen Ohren rauschte und gluckste es, sein Bewusstsein flackerte, hakte irgendwo ein. Der Nebel verzog sich. Dieses Mal war es also nicht gut gegangen.

Er wusste nicht, wie oft er schon mit dem verdammten Auto irgendwo reingefahren war! Gott sei Dank war nie etwas Schlimmes passiert: ein abgefahrener Rückspiegel oder eine kaputte Stoßstange, Lackschäden. Das hatte er immer über seinen Hawera regeln können, ohne Anzeige oder Versicherung. Der Thomas war ein begnadeter Kfz-Mechaniker, alte Schule, und ein wüster Säufer, den seine Pannen immer amüsiert hatten. Sie kannten sich von klein auf. Christian hatte alle seine Autos über ihn gekauft. Auch das letzte, den Nissan. Ob der noch zu reparieren war?

Im Dienst nahm er immer freiwillig das älteste Fahrzeug, bei dem kleine Schäden nicht so auffielen. Und wenn ihm mit ihrem privaten Pkw ein Malheur passierte, tarnte er die Kosten vor Claudia als notwendige Reparaturen.

Die Gendarmen im Ort kannte er persönlich, und entweder ließen sie Gnade vor Recht ergehen oder er hatte einfach unglaubliches Schwein: Er war noch nie in seinem Leben bei einer Verkehrskontrolle aufgehalten worden. Obwohl er jeden Tag mit dem Auto unterwegs war! Vielleicht wurden Dienstautos nicht kontrolliert, außerdem: Er fuhr defensiv und nur kurze Strecken, hatte es in der Arbeit auch nie eilig. Das mochte die Erklärung sein. Dass sich die Polizei in einer Gegend, die vom Wein lebte und ohne eigenes Fahrzeug kaum zu erreichen war, mit den Kontrollen zurückhielt, mochte ebenfalls eine Rolle spielen.

Wenn sie weiter wegfuhren, nach Graz oder auf Urlaub, ließ er Claudia ans Steuer. Ihr machte es Spaß und er hatte keinen Stress. Außerdem plante er jeden Tag im Voraus! Er koordinierte seinen Konsum mit seinen Pflichten. Bevor er sich betrank, musste er sicher sein, dass er an diesem Tag nicht mehr zu fahren brauchte. Das war eine Grundregel. Und seit er akzeptiert hatte, dass die Vergesslichkeit sein Feind war, notierte er jede Kleinigkeit in seinem Handy. Das iPhone. Wo war das? Wie spät war es?

Es hätte eigentlich nicht passieren dürfen! Warum war es passiert? Warum war er so schnell gefahren?

Leider gab es dieses großartige Stadium des Rausches, in dem er euphorisch wurde. Dann fühlte er sich brillant, übermenschlich und unzerstörbar. Das war eine gefährliche Stimmung, er wurde entweder streitlustig oder übermütig – nicht gut, wenn man am Steuer saß! Er drehte manchmal die Musik im Auto voll auf und fuhr wie eine gesengte Sau. »Den Tod am Bart zausen.« Das hatte er irgendwo gelesen.

Nachdem er bei so einer Aktion einmal von der Straße abgekommen, durch ein Kukuruzfeld und wie durch ein Wunder unverletzt wieder auf die Straße gekommen war, hatte er beschlossen, das lieber bleiben zu lassen. Seine Tochter war damals gerade auf die Welt gekommen. Seither hatte er darauf geachtet, nicht mehr in so einer Stimmung zu fahren. Und trotzdem war es passiert.

Er konnte sich nicht genau erinnern. Aber er wusste, dass er zum Zeitpunkt des Unfalls wütend gewesen war. Irgendetwas … Leider gab es die anderen. Er musste das Opfer besonderer Umstände geworden sein. Nicht seine Schuld.

Der normale Spiegel war okay. Das war klar, sonst hätte er gar nicht mehr ins Auto steigen können. Nur diese gefährliche Stimmung kurz nach dem Point of no Return, wie er es nannte, war gefährlich. Wenn aus dem Spiegel der Fetzen wurde … Schöne Formulierung, Christian schmunzelte – das erinnerte ihn augenblicklich an das Hier und Jetzt: Verdammt, tat das weh!

Irgendetwas drückte und kratzte in seinem Hals. Er wollte schlucken, hörte aber sofort auf, als er merkte, dass das unmöglich war und höllisch schmerzte. Er blinzelte.

Ihm war ein bisschen schwindlig, im Bauch hatte er ein flaues Gefühl. Ansonsten fühlte er sich wohl. Sein Körper hatte eine angenehme Schwere. Etwas warm war ihm. Er nahm einen pulsierenden Druck wahr, konnte ihn aber nicht lokalisieren. Wenn er einfach nur ruhig dalag, spürte er keine Schmerzen – gut!

Was war mit seinem Körper los? Das Auto … Erinnerung – in dem Moment, in dem er die Kontrolle über das Auto verloren hatte, war ein Gefühl der Schwerelosigkeit eingetreten. Alles hatte sich gedreht, war gekippt.

Nächstes Bild: Das Handy auf einem Holztisch. Es vibriert, auf dem Display erscheint das Foto von Claudia und ihr Klingelton geht los. »Simply the best«: Tatataa, tatataa, tatatataa, tataaaa … Was hatte er gedacht, bevor er den Anruf angenommen hatte? Hitze, Rausch.

Allmählich entstand der Kontext in seinem Kopf: Er war beim Buschenschank gewesen und hatte sich ein Nachmittagsräuscherl angetrunken. Kein bekanntes Gesicht, Stille, Hitze, herrliche Aussicht! Er hatte nichts mehr vorgehabt. Es war einer dieser Tage, an denen er irgendwann im Laufe des Abends nach Hause kommen wollte, idealerweise, wenn die Kinder schon schliefen. Dann hätte er sich mit irgendeiner Ausrede in sein Computerzimmer zurückgezogen oder wäre gleich schlafen gegangen. Alles bestens. Er war müde gewesen, hatte mit geschlossenen Augen in der Sonne gesessen und fast geschlafen, als das Handy geläutet hatte. Was hatte er da intus gehabt?

Er wusste jetzt wieder alles, was an dem Tag passiert war. Bis zu dem Moment, als das Auto durch die Luft flog, danach – nichts mehr. War das heute gewesen oder gestern? Oder lag er schon viel länger in diesem Bett? Er hatte keine Ahnung. Er wusste nicht, wo er war und welche Tageszeit sie hatten. Das Jetzt war nicht greifbar, also zurück zur Erinnerung: Er hatte zum Mittagessen ein Krügerl Bier getrunken und im Buschenschank beim dritten halben Liter gesessen, als der Anruf kam. Nein, stimmte nicht: Es waren zwei Krügerl Bier gewesen, an den Wein konnte er sich noch gut erinnern: ein ziemlich feiner Weißburgunder.

Den ersten halben Liter trank er gern schnell und mit gleich viel Wasser. Bei der Hitze war die Mischung auf seiner Zunge förmlich verdunstet. Den zweiten halben Liter verdünnte er normalerweise nur wenig. War der Wein gut, mischte er ihn gar nicht, sondern trank lieber Wasser aus einem extra Glas dazu. Wenn er keinen Stress hatte, glitt er während dieses zweiten halben Liters bereits hinüber in seine private Parallelwelt, in der er sich so wohlfühlte. Alles Gehetze fiel von ihm ab, und die Umgebung wurde bunter und weniger langweilig. War er allein – wie an diesem Nachmittag –, beobachtete er gut gelaunt das Treiben um ihn herum oder genoss den Blick in eine Landschaft, während ihm allerlei durch den Kopf ging.

Nach dem zweiten halben Liter war Schluss, wenn er noch etwas zu erledigen hatte. In jedem Fall war es dann Zeit, etwas zu essen. Beim Buschenschank ging das schnell, gut, fett und billig. Hörte er anschließend auf, lallte oder wankte er nicht, ließ nichts fallen und die Augen glänzten noch nicht. Das hatte er im Selbststudium herausgefunden. In seinem Bauch hatte er ein warmes Gefühl, er war redselig und etwas aufgedreht, das war alles. Mittlerweile wusste er, dass er nach Erreichen dieses Quantums, egal zu welcher Tageszeit das war, müde wurde. Entweder legte er dann nach oder ging schlafen. Wenn es ein guter Tag war.

In den letzten Monaten war er etwas schlampiger geworden. An sich hatte er sich vorgenommen, nur am Wochenende die »Litergrenze« zu überschreiten. Die paar Bier, die zum Essen, bei der Arbeit oder daheim dazukamen, zählte er nicht mit. Es war in der warmen Jahreszeit eben schwieriger, weil die Tage so elendslang waren.

Gestern jedenfalls – irgendwie hatte er das Gefühl, es wäre gestern gewesen – hatte er keinen Grund gehabt, sich einen Zwang anzutun: Den Tag davor war er brav gewesen, das Wochenende inklusive Familienstress stand vor der Tür – so ein schöner Freitag im Hochsommer war perfekt für einen anständigen Rausch. Die Stadt war vollkommen ausgestorben gewesen. Siesta in Leibnitz: Die Leute drängten sich in den Bädern oder hatten sich in die kühlsten Winkel ihrer Häuser zurückgezogen. Er mochte diese Hitze nicht und hatte sich verflucht, dass er nicht einfach daheim geblieben war. Auch auf die Gefahr hin, dass ihn seine Mutter für irgendetwas eingespannt hätte. Ausnahmsweise hatte er nicht zu Hause, sondern im Wirtshaus zu Mittag gegessen, die Arbeitstasche daheim vorbeigebracht und war zu Fuß – eben weil er geglaubt hatte zu wissen, was kommen würde! – die ungefähr drei Kilometer zum Grabner, einem Buschenschank zwischen Leibnitz und Gamlitz, gegangen. Den Weg hatte er schon sturzbetrunken, mitten in der Nacht und bei jedem Wetter geschafft, er hätte ihn mit geschlossenen Augen gehen können. Bei der Affenhitze war es ein Martyrium gewesen.

Einmal angekommen und den ersten Durst gestillt, hatte es nach einem perfekten Sommerabend ausgeschaut. Bald würde sich der Gastgarten füllen. Wenn alle anderen Tische besetzt waren, war es an der Zeit heimzugehen.

Möglicherweise wäre er dann schon auf weiße Mischungen umgestiegen. Aber es war ja alles anders gekommen …

Weiter: Der dritte halbe Liter änderte für ihn nicht viel. Es wurde meistens alles noch gemütlicher, manchmal auch intensiver. Wenn er online Schach spielte, war er in dieser Phase extrem inspiriert, aber auch fehleranfällig. In Gesellschaft wurde er für gewöhnlich lustig, seltener aggressiv.

Er hatte im äußersten Winkel des mäßig gefüllten Gastgartens gesessen. Den anderen Gästen hatten weder seine halblauten Selbstgespräche noch sein stierer werdender Blick auffallen können. Er wusste, dass Letzterer nicht zu verhindern war, und hatte sich schon vor Jahren angewöhnt, immer sein Spiegelbild zu kontrollieren, wenn er aufs Klo ging. Er tat es nur aus Eigeninteresse. Lallte er beim Zahlen und schwankte er beim Verlassen des Lokals, spielte das für ihn keine Rolle. Was die Wirtsleute von ihm dachten, war ihm egal. Die lebten schließlich von seinem Rausch, Betrunkene waren ihr tägliches Brot.

Und dann dieser Anruf! Soviel er wusste, war Claudia mit den Kindern zum Sulmsee baden gegangen, weshalb sie kein Mittagessen gekocht hatte. Eine Bekannte, die gleichaltrige Kinder und einen VW-Bus hatte, wollte sie und die Kinder mitnehmen. Für den Abend war Pizza essen in der Stadt geplant, ursprünglich hätte er dort dazustoßen sollen. Claudia hatte ganz schön sauer geschaut, als er ihr irgendeine Ausrede aufgetischt hatte. Aber sie hatte nichts mehr gesagt, er hatte frei gehabt! Was wollte sie jetzt schon wieder von ihm?

Was hatte sie wirklich von ihm gewollt? Die Erinnerung setzte kurz aus, er war verwirrt. Das Auto … aber … Warum war sie nicht selbst gefahren? Dann hätte er sie nicht holen müssen und es wäre nichts passiert, gar nichts.

Angenehm warm war es, die Augen schließen, die Sonne noch einen Moment genießen, im Buschenschank …

*

Blendendes Licht, sein Brustkorb tat weh, es fühlte sich an, als hätte man ihm mit einer Eisenstange ins Genick geschlagen. Was war los? Eingeschlafen. Er hatte Durst. Der Hals schmerzte, er versuchte zu schlucken – ging nicht. Er versuchte, sich umzuschauen – ging nicht. Aber er musste den Nacken bewegen, sonst würde er auf der Stelle durchdrehen!

Es ging! Er wackelte vorsichtig mit dem Kopf. Dabei fühlte er, dass er eine Halskrause trug und Schläuche in der Nase hatte. Seinen Mund konnte er nur ganz wenig öffnen und schließen.

Weiter mit den Gliedmaßen: Die Arme konnte er bewegen. Der rechte fühlte sich viel schwerer an als der linke, den er ohne große Probleme so weit aufheben konnte, dass die Hand in sein Blickfeld kam. Anscheinend hatte man ihm in der Armbeuge einen Zugang gelegt, denn er spürte ein Ziehen bei der Bewegung. An den Fingern sah er Elektroden und dünne Kabel. Den anderen Arm konnte er nur wenig anheben, er fühlte einen Druck vom Ellenbogen abwärts, als wäre die Hand in einen Schraubstock eingespannt.

Jetzt die Beine: Das linke schien okay zu sein, er konnte den Fuß bewegen, drehen, mit den Zehen spielen – keine Querschnittslähmung, Gott sei Dank! Es wurde ihm übel, er atmete tief ein und aus, ein rasselndes Geräusch kam aus seinem Hals. Weiter: Mit dem rechten Bein war eindeutig etwas nicht in Ordnung. Er versuchte, Genaueres zu erfühlen, konzentrierte sich auf die Hüfte, den Oberschenkel, das

Knie. Das Resultat war beunruhigend: Unterhalb des Knies spürte er gar nichts, er tastete mit dem linken Fuß, wühlte sich durch die Decke – ein Schmerz, der ihn fast ohnmächtig werden ließ – der rechte Fuß war noch da! Gott sei Dank!

Er schloss die Augen, erholte sich etwas von den Strapazen. Als der Schmerz abgeklungen war, begann er, mit der Zunge im Mund herumzutasten. Er bemerkte, dass sie kaum Platz in der Mundhöhle hatte. Wenn er atmete, rasselte es bedenklich. Er litt extrem darunter, dass er weder schlucken noch seinen Mund schließen konnte. Christian bekam Angst, er öffnete die Augen wieder: Sein Blickfeld war sehr klein. Immerhin konnte er den Kopf ein bisschen bewegen. Warum war niemand bei ihm? Seiner Einschätzung nach war er sehr schwer verletzt! Was, wenn er erstickte? Er wollte schreien: Schmerzen, ein Fiepen und Krächzen. Er merkte, wie sich sein Puls beschleunigte, und hörte aus Angst, ohnmächtig zu werden, sofort auf. Verzweifelt suchte er mit den Augen nach dem Ding, mit dem man die Schwester rief, und sah es über seiner Brust von dem Galgen – genau, so hieß das Metallding – baumeln.

Christian hob den linken Arm, bekam das Ding zu fassen und zog es mit ungelenken Bewegungen näher vor seine Augen. Er fand den richtigen Knopf und drückte ihn. Nichts geschah, er drückte und drückte, endlich hörte er Schritte. Das Ding behielt er in der Hand.

*

Er wusste jetzt Bescheid. Er hatte mehr Glück als Verstand gehabt. Der Oberarzt hatte ihm das Wichtigste erklärt:

Er war am Vortag mit dem Notarztwagen ins Landeskrankenhaus Wagna gebracht und sofort operiert worden.

Die Verletzungen waren schwer, aber nicht lebensgefährlich. »Eine Herausforderung«, hatte der Doktor gemeint. Aber die Operation war gut verlaufen. Wobei der massive Gewebeverlust – der Begriff war ihm hängen geblieben – im Bereich des Unterschenkels weitere Operationen nötig machen würde. Er hatte Glück gehabt, dass ein orthopädischer Chirurg gerade in Leibnitz Dienst gehabt hatte, sonst hätte er nach Graz gebracht werden müssen. »Knieluxation« – das klang zumindest nicht so ernst wie Amputation, Drehsplitterbruch oder was es sonst alles gab.

Sein Unterkiefer war an zwei Stellen gebrochen, außerdem hatte er ein paar Zähne verloren und sich fast die Zunge abgebissen. Sein rechter Arm, ein Jochbein und vier Rippen waren ebenfalls gebrochen. Eine schwere Gehirnerschütterung, Schleudertrauma und tiefe Schnittwunden an den Händen und im Gesicht rundeten das Krankheitsbild ab.

Auf der Intensivstation war er aber deshalb, weil er einen sogenannten Pneumothorax erlitten hatte. Christian war stolz, dass er sich alles so gut gemerkt hatte. Ein »Lungenpatschen« war das: Eine Rippe hatte die Lunge angestochen wie ein Nagel einen Fahrradreifen. Er hatte gar nicht gewusst, dass es das gab!

Wenn alles gut ging, konnte er schon bald auf eine normale Station verlegt werden, gute Nachrichten! Er musste jetzt einfach geduldig sein. Kein Problem, wobei …

Christian fiel wieder ein, wie sich der Arzt nah zu seinem Kopf hinuntergebeugt und gesagt hatte: »Herr Grebien, Sie weisen Symptome einer fortgeschrittenen Alkoholerkrankung auf: Ihre Leberwerte sind schlecht, die Pankreas leicht entzündet und Ihr Blutdruck zu hoch. Außerdem hatten Sie bei Ihrer Einlieferung 2,2 Promille

Alkohol im Blut. Wir werden dieses Faktum sowohl bei der Medikation als auch im weiteren Therapieverlauf miteinbeziehen müssen. Der Entzug wird Sie wahrscheinlich psychisch belasten. Versuchen Sie, positiv zu denken und das Ganze als Chance zu sehen.«

So oder so ähnlich, dem Tonfall nach hätte er auch von einer Verstopfung reden können. Christian war vollkommen perplex gewesen. Hatte keine Rolle gespielt, er hätte in seinem Zustand sowieso keine Frage stellen können, selbst wenn ihm eine eingefallen wäre. Das fühlte sich alles so unwirklich an, wie ein Scherz, ein Traum, eine Geschichte. Aber es war wahr, glaubte er zumindest.

Nach dem Arzt war Claudia bei ihm gewesen. Er hatte ihr die durchwachte Nacht angesehen. Sie hatte erstaunlich gefasst gewirkt. Der Arzt hatte bereits mit ihr geredet. Sie wusste sogar mehr als er selbst. In den paar Minuten, bevor sie von der Schwester hinausgescheucht worden war, hatte sie ihm seine Situation auseinandergesetzt. Eisern war sie bei den medizinischen Fakten geblieben, hatte kaum Emotionen gezeigt. Vielleicht hatte sie ja ein Beruhigungsmittel bekommen.

Die Aussichten waren jedenfalls nicht schön: Er musste durch die Schläuche in der Nase und mittels Infusionen ernährt werden, bis die Schwellungen und Wunden in Mund und Rachenraum abgeheilt waren und er wieder schlucken konnte. Außerdem wurden die Fragmente des Unterkieferknochens von Drähten und Schrauben in der richtigen Stellung gehalten, sodass er den Mund weder gut öffnen noch schließen konnte. Er durfte das auch nicht probieren, sonst bestand die Gefahr, dass sich die Bruchstücke verschoben. In drei Wochen sollten die Brüche verheilt sein, damit das Eisenzeug rauskonnte. Bis es so weit war, würde er leider nicht verständlich sprechen können, weil die Zunge in ihrer Bewegungsfreiheit stark eingeschränkt war. Es war ohnehin ein Wunder, dass weder der Kehlkopf noch die Wirbelsäule etwas abbekommen hatten. Dass er den rechten Arm gebrochen hatte, war hingegen ein besonderes Pech, weil ihm das Schreiben mit der linken Hand – momentan seine einzige Möglichkeit der Kommunikation außer Nicken und Kopfschütteln – schwerfiel. Die Halskrause hatten sie ihm schon abgenommen.

Er lag nun die ganze Zeit mit halb geöffnetem Mund auf der linken Gesichtshälfte, um den pochenden, heißen Kiefer auf der rechten Seite zu schonen. Er schluckte, Schmerz! Ging ja nicht. Er weinte still, ohne zu schluchzen. Ein paar Tränen flossen ihm über das Gesicht in den Mund. Es war ein gutes Gefühl, auch wenn es brannte. Claudia hatte ihn mit einem unbeschreiblichen Gesichtsausdruck angesehen, ihn auf die Stirn geküsst und war gegangen, nachdem sie versprochen hatte, ihn so oft wie möglich zu besuchen.

Wenigstens sparten die hier nicht mit Schmerzmitteln. Als der Arzt und Claudia mit ihm gesprochen hatten, war es Vormittag gewesen. Claudia hatte die Uhrzeit erwähnt. Er konnte ja nicht einmal eine so einfache Frage stellen und war darauf angewiesen, dass sie ihm von sich aus das Richtige sagte!

Er war eingeschlafen, aufgewacht, wieder eingeschlafen. Irgendwann war eine korpulente Schwester mit kurzen, grauen Haaren gekommen, hatte die Infusion, das EKG und das Blutdruckmessgerät, das sich alle paar Minuten von selbst aufpumpte, überprüft und sich anschließend in sein Blickfeld gestellt. Sie hatte sich vorgestellt – peinlicherweise hatte er den Namen vergessen.

Er war sich vorgekommen wie beim Bundesheer: Die Schwester hatte sich ein Klemmbrett, das am Bett hing, geschnappt und mit einem »Was haben wir denn eigentlich beim Herrn Grebien?« den ganzen lateinischen Fachjargon vorgelesen und für ihn in verständliches Deutsch übersetzt. Sie schien sich gut auszukennen. Dann hatte sie ihm eingeschärft, dass er auf keinen Fall versuchen sollte aufzustehen, und erklärt, dass er eine eigene Infusion für ein Schmerzmittel hatte, das er sich selbst je nach Bedarf zuführen konnte. Sie hatte ihm gezeigt, wie es funktionierte. Das Gerät war so eingestellt, dass er sich keine gefährliche Dosis verabreichen konnte.

»Sie müssen nicht unnötig leiden, das strengt Sie zu sehr an. Auf der anderen Seite hat der Herr Doktor gemeint, dass Sie ein Alkoholproblem haben.« Sie hatte geseufzt und ihn mit gerunzelter Stirn betrachtet: »Am besten werde ich meinen Sermon gleich los. Ich rate Ihnen: Vertauschen Sie nicht die Flasche mit der Tablettenschachtel, das zahlt sich nicht aus! Hier passen wir auf Sie auf, keine Sorge. Aber später müssen Sie das selbst tun. Natürlich gilt hier absolutes Alkoholverbot! Kommen Sie nicht auf die Idee, etwas hereinzuschmuggeln. Ja, schauen Sie nicht so, ich hab schon alles erlebt. Sie bringen sich in Lebensgefahr, wenn Sie trinken! Es ist schwer einzuschätzen, wie Sie reagieren werden. Für Entzugserscheinungen ist es zu früh, außerdem sind Sie randvoll mit Morphium. Dass Sie uns nicht gut sagen können, wie es Ihnen geht, ist leider ungünstig. Und wissen Sie, die Dosierung von Schmerzmitteln ist bei Alkoholikern immer problematisch.« Dann hatte sie einen heiteren Ton angeschlagen: »Aber das werden wir schon hinkriegen. Sie schaffen das, Herr Grebien! Und jetzt mache ich Ihnen einen Vorschlag: Statt zu reden, werden Sie einfach blinzeln. Wie im Kinderfilm. Einmal blinzeln heißt Ja, zweimal blinzeln heißt Nein. Haben Sie das verstanden?« Er hatte geblinzelt. »Sehr gut! EKG und Blutdruck sind in Ordnung, wir werden in zwei Stunden Fieber messen und Blut abnehmen. Schlafen Sie, so viel Sie können! Morgen früh wird die Kollegin Sie waschen und die Verbände erneuern. Später kommt der Herr Doktor wieder zu Ihnen.«

Er war fast umgekommen vor Scham! So hatte noch nie jemand mit ihm geredet. Er hatte vollkommen wehrlos daliegen und sich als Alkoholiker, als Süchtler beschimpfen lassen müssen. Kein Wort hatte er entgegnen können. Was für eine Demütigung! Er war froh, dass niemand aus seinem Bekanntenkreis hier arbeitete. So war er wenigstens nur ein Name, eine Nummer, ein Fall. Ein File, das in irgendeinem Rechner zurückblieb, wenn er schon lange weg von hier war.

Der Arzt und vor allem die Schwester schienen überhaupt kein Mitgefühl zu besitzen. Er hatte anscheinend kein Recht auf seine Würde: Er konnte nicht selbst essen und trinken, er konnte nicht sagen, wie er sich fühlte, er konnte nicht einmal aufs Klo gehen. Und das würde noch wochenlang so weitergehen. Diese Aussicht war schlimmer als alle Schmerzen, die er sich vorstellen konnte. Am liebsten wäre er gestorben. Es blieb nur der Rückzug ins Innere: abschalten, sich selbst aufgeben, es geschehen lassen.

Der Schwesternknopf wurde nur im äußersten Notfall gedrückt! Das schwor er sich. Er würde sich schlafend stellen, wenn sie wiederkam.

*

Sein ganzer Körper schien eine einzige Wunde zu sein. Jede Sekunde klopfte, zog, drückte, brannte es woanders und in unterschiedlichen Intensitäten. Pausenlos wummerte es in seinem Kopf. Es war schon wieder einige Stunden her, seit sich die Nachtschwester vorgestellt und ihm die Uhrzeit genannt hatte. Das war seine zweite Nacht hier.

Zeit spielte keine Rolle, Zeit würde lange keine Rolle spielen, Zeit gab es nicht. Für ihn gab es nicht einmal Tag und Nacht, es war immer gleich hell, gleich schrecklich. Solange er hier war, bestimmten andere über ihn.

Der verdammte Schalter für die Schmerzinfusion funktionierte nicht oder die Dosierung war zu niedrig eingestellt, so brachte das gar nichts! Wahrscheinlich vertrug er einfach mehr als andere. Dass das mit seinen Trinkgewohnheiten zu tun hatte, konnte sein. Aber warum hatte der Arzt das nicht vorhergesehen und die Dosis entsprechend erhöht?

Natürlich wusste er schon lange, dass er zu viel trank – so wie halb Österreich! Er hatte bereits daran gedacht, eine Saufpause einzulegen. Er war nicht mehr der Jüngste, und täglicher Alkoholkonsum war nicht gesund, das wusste jeder. Aber so ein Hascherl, wie die taten, war er nun auch wieder nicht! Sein Vater trank, seit er denken konnte, täglich sein Bier, und noch immer, mit fast 70 Jahren, hatte er mindestens einmal die Woche einen ziemlichen Spitz. Und der lebte nicht schlecht damit. Wenn die Erzählungen stimmten, hatte sein Großvater sein Lebtag lang gesoffen wie ein Stier und war bis ins hohe Alter stark und klar im Kopf geblieben.

Also konnte man sehr wohl mit dem Alkohol leben! Und dass er trotz der fürchterlichen Situation, in der er sich befand, keine Sekunde an Alkohol gedacht hatte, sprach ebenfalls Bände. Entzugserscheinungen – lächerlich! Er war schwer verletzt und hatte Schmerzen, das war sein Problem.

Er hielt es nicht mehr aus und drückte mehrmals auf den Knopf für die Schwester. Die Nachtschwester war jünger und schlanker als die andere, lächelte auch im Unterschied zu ihr. Er hasste sie.

»Ich darf die Dosierung nicht verändern, ohne dass ein Arzt es anordnet, Herr Grebien. Haben Sie das jetzt verstanden?« Er blinzelte. »Sie haben sich das Quantum für die nächsten sechs Stunden bereits verabreicht, warten Sie ab, vielleicht setzt die Wirkung noch ein.« Wie sollte er ihr erklären, dass er es nicht mehr aushielt, dass er nicht verstand, warum nicht einfach ein Arzt vorbeikam und ihm eine Spritze gab? Er strampelte unter der Decke mit dem linken Bein und deutete mit der linken Hand auf Kiefer und rechtes Bein. »Herr Grebien, es tut mir leid, bis zur Visite müssen Sie sich gedulden. Versuchen Sie zu schlafen und klingeln Sie bitte nicht mehr. Ich habe noch andere Patienten zu betreuen.«

Er dachte nach: Eine Prüfung, das war es! So musste er an die Sache herangehen. Er begann zu beten: »Vater unser, der du bist im Himmel …« Die Schmerzen und seine Verzweiflung ließen tatsächlich nach. Warum war er nicht schon früher auf den Gedanken gekommen zu beten? Alles würde gut werden! Der liebe Gott wachte über ihn, prüfte ihn wohl gerade, würde ihn aber leiten.

3

Claudia räumte den Geschirrspüler ein, die Kinder saßen vor dem Fernseher. Draußen kündigte sich der nächste heiße Tag an.

Sie duschte ausgiebig, ließ eiskaltes Wasser über ihren Kopf laufen. Dann zog sie sich an, schaute, ob bei den Kindern alles okay war, und setzte sich in der Küche mit ihren Zigaretten ans Fenster.

Es war erstaunlich, wie schnell ihre Schwiegereltern umschalten konnten. Am Vortag hatten beide noch total neben sich gestanden und heute … Anscheinend genügte es ihnen, einmal über eine Sache zu schlafen, damit sie wieder funktionierten. Gut, im Prinzip war es bei ihr nicht anders gewesen.

Der Unterschied zwischen ihnen war: Claudia wusste, dass von jetzt an alles anders sein würde, während ihre Schwiegereltern offenbar so schnell wie möglich zu ihrem alten Trott zurückkehren wollten.

Christian musste trocken bleiben! Das sahen die Alten nicht so dramatisch. Ihr Sohn war mit stark überhöhter Geschwindigkeit und zwei Promille Alkohol im Blut mitten am Tag aus einer Kurve geflogen, die er ausgezeichnet kannte, und nur durch ein Wunder war niemand getötet und außer ihm niemand verletzt worden, schließlich hätte der Unfall ja auch auf der Rückfahrt passieren können, da hätten die Kinder und sie im Auto gesessen.

Claudia musste aufpassen, dass sie nicht hysterisch wurde. Das alles schienen die Grebiens eher als Schicksalsschlag, als Glück im Unglück oder Schutzengel zu betrachten. Marias noch tränenfeuchte Augen waren eine letzte Reminiszenz an den gestrigen Unglückstag, an den Zustand ihres Sohnes, der schließlich immer noch ernst war. Es konnten jederzeit Komplikationen auftreten. Das hatte ihr der Arzt gestern früh gesagt, und sie hatte es ihnen gleich nach der Rückkehr vom Krankenhaus weitererzählt.

Sie hatte noch keine Distanz zum Vorgefallenen. Vorgestern, gestern, heute – das waren unterschiedliche Welten. Als sie Christian das erste Mal nach dem Unfall gesehen hatte … Davor, als sie erfahren hatte, dass er außer Lebensgefahr war, war alles andere nebensächlich gewesen. Die paar Worte, die der Doktor abgesehen von den medizinischen Fakten an sie gerichtet hatte, waren ihr entfallen. Die Schwester hatte sie vorgewarnt und ihr freundlich die Hand gedrückt, bevor sie zu ihm hineingegangen war.

Es war wie in einem Film gewesen: all die Geräte, die Schläuche. Christian dermaßen einbandagiert, dass sie Mühe gehabt hatte, ihn zu erkennen.

Eine groteske Situation. Das erste Mal in ihrer Ehe hatte sie keine Probleme damit gehabt, das letzte Wort zu behalten. Claudia lachte auf und schämte sich auf der Stelle für ihre Geschmacklosigkeit. Es musste schrecklich für ihren Mann sein! Sie konnte sich nicht vorstellen, was in ihm vorging und wie er sich fühlte. Aber das war nicht ihre Schuld.

So ähnlich hatte auch der Rat der Schwester gelautet, als sie gefragt hatte, was sie tun könne: »Sie können den Heilungsverlauf nicht direkt beeinflussen. Da kann noch so viel passieren. Natürlich ist es wichtig, dass Sie Ihren Mann unterstützen, doch Sie sollten auch auf sich schauen, Sie werden sicher genug zu tun haben. Wenn Sie Hilfe brauchen, holen Sie sich welche. Es gibt Leute …« Dann hatte sie ihr einige Broschüren in die Hand gedrückt und sich verabschiedet.

Sie hatte versucht, Christian das Gefühl zu geben, dass sie für ihn da war. In ihrem Kopf hatten sich die Gedanken überschlagen, sie wusste nicht mehr, was sie überhaupt gedacht hatte.

Auf dem Heimweg war ihr schwindlig geworden und sie hatte sich auf eine Bank gesetzt, die wie bestellt im Schatten eines Baumes vor ihr aufgetaucht war. Keuchend hatte sie gewartet, dass ihr besser wurde. Sie war körperlich so erschöpft gewesen, dass sie nicht wusste: Sollte sie die Augen schließen und einschlafen oder musste sie sich übergeben?

Dieser Fußmarsch in der ärgsten Mittagshitze nach einer durchwachten Nacht mit blanken Nerven und zu vielen Zigaretten hatte ihr den Rest gegeben. Aber sie hatten ja leider kein Auto mehr. Ihr Haus lag nur ungefähr 20 Minuten Fußmarsch vom Krankenhaus entfernt. Sie hatte sich dafür verflucht, dass sie für den Rückweg nicht etwas zu trinken aus dem Krankenhaus mitgenommen hatte. Trotz Durst und Schwindelgefühl hatte sie eine Zigarette geraucht und im Schatten des Baumes die Broschüren durchgeblättert: Heilmittelbedarfs- und Physiotherapiezentren, Anlaufstellen für psychologische Hilfe, für Traumabewältigung und schließlich – ein Flyer von den Anonymen Alkoholikern! Auf dieser Bank war ihr klargeworden, dass es Zeit für ein Ultimatum war. Sie hatte sehr wohl Möglichkeiten! Sie hatte immer wieder auf den unscheinbaren Flyer in ihrer Hand geschaut. Wenn Christian nicht entzog, würde sie ausziehen. Ganz einfach. Und: Sie würde sich gegenüber seinen Eltern emanzipieren, die Grebien-Front stürmen und ihren Mann vor die Wahl stellen: Frau und Kinder oder Alk und Eltern. Ganz einfach.

Sie wusste nicht, wie die Zukunft konkret aussehen würde, aber es konnte nur bergauf gehen. Wenn Christian es schaffte und er keinen Alkohol mehr trank, konnte das für ihn und für ihre Beziehung ein Neubeginn sein. Und sollte er es nicht schaffen, gab es wenigstens einen Schnitt und er würde nie mehr sagen können, dass er alles unter Kontrolle hatte.

Es ging um das Outing, das hatte Claudia endlich verstanden. Um den Schein – natürlich! Die öffentliche Meinung konnte auch zu ihrer Waffe werden. Wenn sie Christian dazu brachte, dass er zu seinem Problem stand, gab es keine Grauzonen und keine Ausreden mehr. Und kein Zurück zum Alkohol ohne Gesichtsverlust.

Wie er vor ihr dagelegen hatte – so wehrlos und zerstört –, da hatte sie ihn unheimlich geliebt. Er hatte sie nicht verlassen! Ihr Mann brauchte sie jetzt und sie würde zu ihm stehen. Das Ganze war eine Chance für ein Miteinander ohne Heimlichkeiten! Seine Verletzungen beunruhigten sie eigentlich gar nicht so sehr. Das waren Äußerlichkeiten. Sie waren beide keine Sportler, körperliche Bewegung spielte in ihrem Leben keine große Rolle. Claudia vertraute dem Arzt, der Christian operiert hatte. Seine Warnungen und Bedenken konnte sie aber nicht ernst nehmen. Wahrscheinlich sicherte sich der nur in alle Richtungen ab.

Es waren nur gebrochene Knochen und Wunden, kein Krebs oder eine andere heimtückische Krankheit. Keine Lebensgefahr, darum ging es.

In diesem Geist war sie, körperlich am Ende, zu Hause angekommen. Während die Kinder nicht von ihrer Seite gewichen waren und pausenlos auf sie eingeredet hatten, hatte sie sich geduscht, umgezogen und im Garten unter den Sonnenschirm gesetzt, wo ihre Schwiegereltern mit dem Mittagessen gewartet hatten. Vor den Kleinen hatte Claudia eine Show abgezogen und vom Unfall abgelenkt. In einem Anfall von Heißhunger und zum Gaudium der Kinder hatte sie vier Berner Würstl verputzt und die Kinder nach dem Essen mit einem Eis vor den Fernseher gesetzt. Dann erst hatte Claudia ihre Schwiegereltern, die sie die ganze Zeit mit angstgeweiteten Augen angestarrt hatten, über den Stand der Dinge informieren können. Parallel dazu hatte sie ihre Mailbox abgehört. Das Handy hatte sie am Abend davor, dem Unfalltag, zum Aufladen – oder war das …? Das hier spielte sich alles so weit abseits des Alltäglichen ab, dass sie mit den Tageszeiten durcheinanderkam. Heute war Sonntag. Der Unfall war Freitag am Nachmittag passiert, genau.

Um kurz vor vier hatte sie Christian angerufen. Natürlich hatte er sich beschwert, aber sie konnte doch auch nichts dafür! Wie oft hatte sie sich seitdem gefragt, warum sie nicht selbst gefahren war. Unzählige Male. Wort für Wort hatte sie das Telefonat mit der schrecklichen Astrid zu rekonstruieren versucht. Die hatte darauf bestanden, sie und Sarah mitzunehmen, und sie hatte nur höflich sein wollen.

Eigentlich hatte sie das Ganze nur für Sarah gemacht. Vor den Ferien hatte sie ihr versprochen, dass sie einen gemeinsamen Badetag mit ihrer Schulfreundin machen würden. Die Kleine war schon am Vortag ganz aufgeregt gewesen.

Die verdammte Astrid hatte sie dann überrumpelt. Sie kannte sie kaum, wusste nur, dass ihr das Schreibwarengeschäft im Stadtzentrum gehörte. Sie war geschieden und anscheinend alleinerziehende Mutter von zwei Töchtern, deren jüngere, Lilli, mit Sarah in die gleiche Klasse ging.

Warum war sie immer so defensiv? Sie hätte einfach sagen sollen, dass sie lieber selbst fuhr, aus, basta! Dann hätten sie sich im Bad getroffen, und das alles wäre nicht passiert. Wie sie diese Frau hasste!

Die war eine von denen, die immer auf die Butterseite fielen, die mit ihrer aufdringlichen und schusseligen Art immer durchkamen und ganz selbstverständlich davon ausgingen, dass die anderen ihnen ihre Fehler nachsahen und ausbügelten. Natürlich war sie zu spät gekommen, und natürlich hatte sie es nicht für nötig gehalten, sich dafür zu entschuldigen. Im Bad hatte sie alles bestimmt und die ganze Zeit geplappert. Obwohl Astrid drei Jahre älter als sie war, hatte sie eine aufdringliche jugendliche Art, die Claudia auf die Nerven ging.

Und dann der Höhepunkt: Es war ihr »plötzlich eingefallen«, dass sie noch »kurz nach Graz« musste. Sie hatte einer Freundin versprochen, sie vom Bahnhof abzuholen und das total vergessen. Claudia hatte es nicht glauben können. Astrid war es nicht einmal besonders peinlich gewesen! Sie hatte gemeint, dass sie in den Ferien und bei dieser Hitze sowieso nicht vor acht oder neun zu Abend essen würden, bis dahin sei sie sicher zurück. Ausgemacht war gewesen, dass sie noch gemeinsam in eine Pizzeria gingen, und Claudia hatte dafür extra schöne Sachen zum Anziehen für sich und die Kinder ins Freibad mitgeschleppt. Sie hatte an alles gedacht, es war nicht ihre Schuld.

Sie hatte Astrid klar zu verstehen gegeben, dass es für sie unangenehm und für Sarah eine Enttäuschung sein würde, wenn jetzt alles anders wäre. Ausgerechnet heute wäre bei ihnen niemand zu Hause, der sie abholen könnte – Fritz und Maria waren mit dem Seniorenverein nach Mariazell gefahren und würden erst am frühen Abend zurückkommen. In der größten Hitze wolle sie aber auch nicht aufbrechen, außerdem würde Jakob da sicher nicht mitspielen.

Alleine mit ihren und den beiden anderen Kindern dazubleiben, wie Astrid es locker vorgeschlagen hatte, kam für Claudia nicht infrage: Das Bad war voll, eine chaotische, unübersehbare Masse an Köpfen schaukelte im Wasser auf und ab, und auf der Liegewiese gab es zwischen den Badetüchern kaum Platz zum Durchgehen. Sie musste ständig bei Jakob bleiben, der noch nicht schwimmen konnte. Auch noch auf die Mädchen aufzupassen war unmöglich und eine viel zu große Verantwortung. Der blöden Kuh war das egal gewesen, die hatte sogar irgendwie gereizt reagiert und so getan, als wäre Claudia das Problem!

Sie erinnerte sich gerührt, wie die Mädchen sich voll Vorfreude auf den Restaurantbesuch am Abend voneinander verabschiedet hatten. Und dann war alles anders gekommen. Nachdem sie Christian angerufen hatte, waren sie noch fast zwei Stunden am See gewesen. Um Punkt sechs Uhr hatten sie vor dem Eingang gestanden. Sie hatte sich gewundert, dass er noch nicht da gewesen war. Christian hasste es, wenn jemand zu spät kam, und war selbst immer früher als notwendig dran. Nach zehn Minuten hatte sie ihn vergeblich versucht anzurufen. Akku leer, hatte sie sich gedacht.

Dann hatte sie Fritz auf dem Handy angerufen. Ihre Schwiegereltern waren gerade nach Hause gekommen. Das Auto war nicht da, also musste Christian unterwegs sein. Ein paar Minuten später rief Fritz von sich aus an, ob sie schon auf dem Heimweg wären. Der Sulmsee war keine fünf Kilometer von ihrem Haus entfernt, Christian hätte längst bei ihnen sein müssen, wenn er von zu Hause direkt zum See gefahren wäre. Ihr Schwiegervater versprach widerwillig, sie abholen zu kommen. Sorgen hatten sie sich beide keine gemacht. Sie war davon ausgegangen, dass Christian jemanden getroffen – und sich wahrscheinlich versoffen – hatte. Fritz schien derselben Meinung zu sein, wie sie seinem brummeligen Kommentar am Telefon entnommen hatte.

Die Kinder hatten schon vor Hunger und Müdigkeit gequengelt, als Fritz endlich gekommen war. Sie hatte sich gerade angeschnallt, als der Anruf kam: »Spreche ich mit Frau Claudia Grebien?« Sie hatten es zuerst bei ihrer Festnetznummer probiert. »Wo befinden Sie sich?« Woher hatte die Polizei eigentlich ihre Handynummer? »Ihr Mann hatte einen Autounfall.« Und warum hatten sie nicht beim Festnetz ihrer Schwiegereltern angerufen? »Ihr Mann ist mit der Rettung unterwegs ins LKH Wagna …«

An die Autofahrt erinnerte sich Claudia überhaupt nicht und von dem, was zu Hause geschehen war, wusste sie auch kaum mehr etwas. Sie musste doch den Kindern irgendetwas gesagt haben, bevor sie ins Krankenhaus gefahren war.

In der Nacht war sie kurz nach Hause gekommen, nachdem sie stundenlang sinnlos gewartet hatte. Das war ungefähr um drei Uhr früh gewesen. Der Akku von ihrem Handy war schon im Spital leer gewesen – wahrscheinlich, weil ihre Schwiegermutter sie alle paar Minuten sinnlos angerufen hatte. Sie hatte es zum Aufladen angesteckt und wegen des hektischen Abschieds von den Kindern in der Früh vergessen mitzunehmen, als Fritz sie mit dem Auto wieder ins Krankenhaus gebracht hatte.

Die Mailbox, die sie nach den Berner Würsteln abgehört hatte, war eine grausige Chronik der Ereignisse gewesen: Erst verheulte Nachrichten von Maria, die nicht verstand, warum Claudia nicht antwortete, Astrid, die erst belustigt, dann verärgert nachfragte, warum sie nicht in der Pizzeria aufgetaucht waren, danach eine Nachricht von der Polizei und eine vom Krankenhaus, schließlich wieder Astrid. Diesmal betroffenes Gestammel, sie war, wie Claudia mittlerweile wusste, am Vormittag vorbeigekommen und hatte durch ihre Schwiegermutter von dem Unfall erfahren.

Während sie die Ausführungen des Arztes wiederholt hatte, hatte Maria geweint und Fritz sich immer wieder die Augen gewischt. Ihre Not war zwar rührend gewesen, aber Claudia wusste, dass es für ihre Schwiegereltern schwierig war, die Nachrichten über ihren Sohn von ihr erfahren zu müssen. Trotz ihrer Müdigkeit war es Claudia gelungen, kein Wort zu viel zu sagen. Sie kannte ihre Schwiegereltern gut genug, um sich in Acht zu nehmen. Sie würde auch in Zukunft auf sie angewiesen sein.

Ganz kurz hatte sie mit ihnen vereinbart, dass Fritz und Maria die Kinder bis zum nächsten Tag betreuen sollten, während Claudia sich ausschlief.

Anschließend hatte sie sich zu Jakob und Sarah vor den Fernseher gelegt und mit ihnen gekuschelt. Dabei war sie eingeschlafen, mitten am Nachmittag. Irgendwann, es war noch hell gewesen und sie hatte Stimmen gehört, war sie aufgewacht und in ihr Schlafzimmer gewankt, wo sie sofort weitergeschlafen hatte.

Und heute war sie mit einer neuen Kraft aufgewacht. Diesen Kaffee in der Früh im Garten, den würde sie sich lange merken.

Claudia ging ins Wohnzimmer und erinnerte die Kinder daran, dass die Oma die Mama zum Papa bringen und gleich wieder nach Hause kommen würde. Wahrscheinlich wäre der Opa dann schon aus der Kirche zurück. Claudia ermahnte sie, nichts anzustellen, und hoffte, dass die Kinder alles mitbekommen hatten. Wenn der Fernseher lief, war es fast unmöglich, Augenkontakt zu ihnen herzustellen. Sie hatte noch etwas Zeit, also ging sie zurück in die Küche.

Um ein Haar hätte sie vorhin bei ihren Schwiegereltern die Fassung verloren. Sie hatte möglichst nebenbei gesagt, dass es am besten wäre, Christian würde die momentan zwangsweise auferlegte Abstinenz dazu nutzen, überhaupt mit dem Trinken aufzuhören.

Die Reaktion war ein Schulterzucken von Seiten Marias und ein verächtliches Schnaufen von Fritz gewesen. Am liebsten hätte sie sie angeschrien: »Euer Kind ist ein Säufer und hat sich vorgestern fast umgebracht!« Aber die ausgeschlafene Claudia, die neue Claudia, war ruhig geblieben: »Ich werde ihn jedenfalls nicht aus den Augen lassen, sobald er zu Hause ist, und dafür sorgen, dass er seine Ruhe hat.«

Die Grebiens hatten sich etwas irritiert angeschaut. »Haben wir Besuchsverbot, oder wie stellst du dir das vor?«

Claudia hatte improvisiert, sie wunderte sich selbst im Nachhinein über ihre Abgeklärtheit. »Nein, der Christian wird wegen seines Beins sowieso bei euch unten wohnen müssen. Das heißt, wir sollten den Alkohol entweder im Keller oder oben bei uns lagern und auch nur dort konsumieren.« Der Blick von Fritz war unschlagbar gewesen.

Mit Jakob und Sarah hatte sie ein langes Gespräch geführt. Sie hatte sich den dritten Kaffee geholt, für die Kinder Marmeladebrote geschmiert, Kakao gekocht und dann hatten sie zu dritt und, soweit sie sich erinnern konnte, das erste Mal überhaupt, draußen gefrühstückt.

Claudia wollte ihre momentane Energie nutzen, handeln. Nur nicht innehalten, die Sache am Laufen halten. Sie würde einige Telefonate führen müssen: Mit der Firma wegen Christians Krankmeldung, mit der Kfz-Versicherung, der Polizei und dem Schrottplatz wegen des Autos, das abgemeldet und entsorgt werden musste, und all dem anderen, was mit dem Unfall zu tun hatte, mit der Sozialversicherung wegen des Krankenstands. Ihr fiel ein, dass heute Sonntag war, da ging gar nichts. Auch gut, der richtige Tag, um einmal alles zu sortieren.

Sie holte Papier und Bleistift, um eine Liste zu machen. Plötzlich fiel ihr das Hotel in Caorle ein: In einer Woche hatten sie auf Urlaub fahren wollen. Sie verbrachten ihren Familienurlaub seit vier Jahren in Caorle. Sie freute sich jedes Jahr darauf, obwohl sie wegen ihrer Figur nicht gern am Strand war. Und natürlich hatte sie auch im Urlaub genug zu tun, eigentlich mehr als zu Hause. Aber sie genoss den Tapetenwechsel. Christian war ebenfalls meistens gut drauf und knauserte im Urlaub nicht. Mit einer Engelsgeduld, die er zu Hause nie aufgebracht hätte, beriet er sie, wenn sie in der Fußgängerzone einen Pareo, eine Sonnenbrille oder Sandalen ausprobierte, und bezahlte, ohne ein Wort darüber zu verlieren. Die Kinder bekamen Eis, Pizza und Spielsachen bis zum Abwinken.

Heuer würden sie auf den Urlaub verzichten müssen. Ihr wurde bewusst, dass der Unfall ein Loch in ihr Budget reißen würde. Sie hatte keine Ahnung, wie sie finanziell genau dastanden. Würde Christian seinen normalen Lohn beziehen, auch wenn er im Krankenstand war? Claudia atmete tief durch. Morgen war Montag, auch das würde ein spannender Tag werden. Was sollte sie mit den Kindern machen? Sommerferien! Sie konnte und wollte sie nicht ständig bei ihren Schwiegereltern abstellen, deshalb wäre der Urlaub ja auch …

Moment: Das Hotel war ja schon bezahlt, oder? Claudia glaubte sich zu erinnern, dass sie das Hotel nicht mehr kündigen konnten, ohne eine hohe Stornogebühr zu bezahlen. Das Geld war also weg. Christian würde den Sommer im Bett verbringen, so viel war klar. Konnte sie allein mit den Kindern auf Urlaub fahren, während ihr Mann im Krankenhaus lag? War das verwegen oder pietätlos? Ihr graute davor, den Kindern sagen zu müssen, dass sie den ganzen Sommer in Leibnitz verbringen mussten. Die machten ohnehin genug mit. Also fahren! Zu dritt! Die Kinder würden den Urlaub brauchen und sie ebenfalls. Das würde ein Präzedenzfall werden! Den Ausdruck hatte sie sich von den Diskussionen ihrer Eltern gemerkt. Sie musste herausfinden, ob das mit dem Storno wirklich so war, wie sie glaubte. Dazu musste sie die Unterlagen finden. Die waren sicher im Arbeitszimmer.

Christian kümmerte sich bei ihnen daheim um alle Belege, er liebte es geradezu, alles in eine logische Ordnung zu bringen. Claudia war immer heilfroh gewesen, dass sie sich darum nicht hatte kümmern müssen. Jetzt stand sie erstmals vor dem mächtigen Regal, aus dem ihr eine Armee von Ordnern, Mappen, Schachteln und CD-Hüllen entgegenstarrte. Alles war beschriftet und alphabetisch geordnet. Claudia suchte vergeblich nach dem Stichwort »Urlaub«. Sie wollte schon enttäuscht aufgeben. Sie musste wohl abwarten und Christian zu einem späteren Zeitpunkt fragen.

Nein! Sie würde nicht nachfragen, nicht warten! Das hier war eine Prüfung. Schaffte sie es nicht einmal, einen Beleg zu finden, war es mit der neuen, praktischen, entscheidungsfreudigen Claudia nicht weit her. Dann konnte sie ihren Präzedenzfall vergessen. Sie musste nachdenken und versuchen, das System ihres Mannes zu verstehen.

Claudia schaltete den Computer ein. Christian hatte mit Sicherheit die Urlaubsunterlagen irgendwo abgespeichert. Der scannte jeden Zettel ein, von dem er glaubte, dass er ihn vielleicht noch einmal brauchen könnte. Leider war sein Benutzerkonto mit einem Passwort geschützt. Sie hatte keine Ahnung, wie es lautete. Was jetzt? Sie zog einen Ordner mit der Aufschrift »Ausgaben« aus dem Regal. Keine Belege vom Urlaub. Langsam wurde die Zeit knapp, sie wollte um elf Uhr im Krankenhaus sein.

Natürlich! Warum war ihr das nicht vorher eingefallen? Sie wusste ja, wie das Hotel hieß! Claudia wechselte am Computer auf ihr Benutzerkonto und überlegte kurz. Dann öffnete sie den Browser, suchte nach »Casa Armonia Caorle« und notierte die Telefonnummer. Sie hoffte, dass sie jemanden fand, der Deutsch sprach. Aber das hatte Zeit, bis sie wieder zu Hause war. Hauptsache, sie hatte sich zu helfen gewusst. Alles am Laufen halten, nur nicht klein beigeben!

Claudia schaute auf die Uhr: Verdammt, Maria wartete sicher schon unten beim Auto. Die Grebiens, ihre persönlichen Chauffeure! Claudia schmunzelte kurz. Christian hatte sich immer über den Fahrstil seiner Mutter ausgelassen. Sie fuhr heute, wenn sie sich richtig erinnerte, das erste Mal mit ihrer Schwiegermutter mit. Schon komisch, was so ein Unfall alles bewirkte. Auf einmal wollte sie unbedingt bei ihm sein. Was machte sie noch hier? Sie griff nach den Zeichnungen der Kinder, dem einzig sinnvollen Mitbringsel für Christian, schlüpfte in ihre Sandalen und steckte das Handy in die Handtasche.

*

Wieder der gleiche Weg vom Spital nach Hause. Diesmal hatte sie schon vorher gewusst, wann die Bank unter dem großen Ahorn kommen würde. Jetzt saß sie im Schatten und genoss die Ruhe und die unspektakuläre Aussicht: Äcker, Baumreihen, weiter hinten eine Straße, auf der ab und zu ein in der Sonne glitzerndes Auto vorbeizog. Es war, wenn das überhaupt möglich war, noch heißer als am Vortag. Sie hatte Hunger. Seit gestern zu Mittag hatte sie nichts mehr gegessen. Jetzt war es bald eins. Ringsherum waren Gewitterwolken aufgezogen. Es konnte gut sein, dass es später regnete, es roch alles sehr intensiv. Claudia holte die Wasserflasche, die sie diesmal vorsorglich im Krankenhaus gekauft hatte, aus ihrer Tasche und trank.

Während der Autofahrt ins Spital hatte sie an die Geburt ihres ersten Kindes denken müssen. Da war sie auch im Auto ihrer Schwiegereltern den gleichen Weg gefahren. Christian war nicht da gewesen, als die Fruchtblase geplatzt war, er hatte es dann gerade noch rechtzeitig ins Krankenhaus geschafft. Sie war so naiv gewesen, nicht nur, was die Geburt betraf. Glücklicherweise hatte Sarah es ihr leichtgemacht: Um neun Uhr vormittags waren sie zu Hause losgefahren, drei Stunden später war sie da gewesen. Zu schätzen hatte sie das erst gewusst, als ihr Jakob bei seiner Geburt gezeigt hatte, dass es auch anders ging.

Jedenfalls war es naiv von ihr gewesen, ihren Schwiegereltern so blind zu vertrauen. Sie hatte sich vor allem von Maria viel zu viel gefallen lassen. Es war ihr damals alles zu schnell gegangen: Nach der Hochzeit und der ersten Zeit der Verliebtheit, in der sie außer Spaß nicht viel im Sinn gehabt hatten, war eine Phase gekommen, in der sie immer ungeduldiger darauf gewartet hatten, dass sie endlich schwanger wurde. Schließlich hatte es geklappt. Claudia erinnerte sich an die Aufregung, die Liebe und Fürsorge, die sie und Christian füreinander aufgebracht hatten, an die ersten, heiligen Momente mit der neugeborenen Sarah. Viel war aus ihren damaligen Vorsätzen nicht geworden.

Es hatte irgendwie ihrer Vorstellung entsprochen, dass sich der Mann um alles kümmerte, während es ihre Aufgabe war, einen prächtigen Bauch durch die Gegend zu tragen, Babysachen zu kaufen und einem Menschen das Leben zu schenken. Naiv.

Als sie dann fixer Bestandteil der Grebienschen Hausgemeinschaft geworden waren, war ihr die kinderlose Zeit in der eigenen Wohnung wie das verlorene Paradies vorgekommen. Dabei hatte sie die Idee zuerst großartig gefunden, dass ihre Kinder mit den Großeltern im gleichen Haus aufwuchsen. Sie war ihren Schwiegereltern dankbar dafür gewesen, dass sie ihnen diese Möglichkeit boten. Aber schon bald hatte Claudia hinter deren Großzügigkeit geschaut. Ihre Schwiegereltern waren möglicherweise sehr fromm. Uneigennützig konnte man sie nicht nennen. Sie hatte denen ihr Herz geöffnet, hatte tatsächlich geglaubt, dass die Eltern ihres Mannes ihre Freunde werden könnten. Diese Dinosaurier, die nie über den Tellerrand ihrer Vorurteile und Gewohnheiten hinausgeschaut hatten!

Als sie erkannt hatte, dass ihre Schwiegermutter sie als Konkurrenz empfand, war es zu spät gewesen. Sie hatte Maria und Fritz genug Angriffsfläche geboten, ihnen schon viel zu viel von sich erzählt, worauf sie als verwöhnter Nichtsnutz abgestempelt worden war. Und das war es dann: Sie tat nichts und konnte nichts.

Wenn Leute wie ihre Schwiegereltern einmal eine Meinung über jemanden gefasst hatten, hielten sie lebenslang daran fest. Sie pickten sich aus dem Leben nur die Ereignisse heraus, die sie in ihren Urteilen bestätigten. Claudia dachte nach: Eigentlich hatten die Grebiens an jedem außerhalb der Familie etwas auszusetzen. Sie war sich ziemlich sicher, dass es im Grunde belanglos war, wie sie sich damals verhalten hatte. Ihre Funktion als Schwiegertochter reichte aus. Sie war für die Alten ein Eindringling und eine Bedrohung. Die erwarteten von ihren Mitmenschen prinzipiell nichts Gutes. Wie hätte sie es in eine solche Familie hineinschaffen sollen? Sie war immer ein Eindringling geblieben und seit der Sache mit Goran sowieso unten durch. Sie hatte Geborgenheit gesucht und war im Gefängnis aufgewacht.

Claudia seufzte, machte den Ansatz aufzustehen, überlegte es sich dann aber anders und ließ sich zurück auf die Bank fallen. Kein Lufthauch war zu spüren, das Summen der Insekten war so laut, dass es alle anderen Geräusche überdeckte. Diese drückende Hitze war echt eine Grenzerfahrung! Ihr Magen knurrte – Zeit für eine Zigarette.

Ihre Schwiegereltern waren Menschenfeinde, die dieses Leben ertrugen und abarbeiteten, um dafür im Jenseits belohnt zu werden. So klar hatte das Claudia noch nie gesehen. Sie erkannte, dass sie von einem Extrem ins andere geraten war. Ihre Eltern waren das krasse Gegenteil der Grebiens und genossen das Leben in vollen Zügen, weil sie davon ausgingen, dass nach dem Tod nichts mehr kam.

Aber die Unterschiede zwischen den Grebiens und der Familie Mader-Herbst waren viel offensichtlicher. Zum Beispiel Bücher: Claudia hatte als Kind und Jugendliche nicht besonders gern gelesen. Sehr zum Verdruss ihrer Eltern natürlich, die beide unglaublich belesen waren. Das Haus war eine Bibliothek gewesen, sogar auf dem Klo hatten Bücher herumgestanden und gerade dort solche, die sie entweder nicht verstand oder die sie geradezu empörten, wenn sie aus Langeweile darin herumblätterte. Bücher waren für ihre Eltern wichtiger als Menschen, hatte sie immer gedacht und die beiden dafür verachtet. Bei den Grebiens wurden gar keine Bücher gelesen, nicht einmal die Bibel, aber die Menschen zählten auch nichts. Abgesehen von der Tageszeitung waren die Werbebeilagen der Supermärkte, die sie akribisch nach Sonderangeboten durchforsteten, ihr einziger Lesestoff. Dementsprechend wurde auch eingekauft und gegessen.

Die fortwährenden Sticheleien und erfolgreichen Versuche, ihr ein schlechtes Gewissen zu machen, wenn sie einmal gemeinsam zum Supermarkt fuhren oder Claudia ein neues Kleidungsstück trug, waren so zermürbend.

Leider hatte sie kein eigenes Geld. Sie bekam von Christian, was sie brauchte, und er vertraute ihr. Sie hatten deshalb noch nie Streit gehabt, Claudia wusste, dass sie keine großen Sprünge machen konnten, aber es ging sich aus. Christian führte genau Buch, brauchte sie einmal mehr als gewöhnlich, wollte er wissen, wofür. Sie hatte das gut gefunden, und wenn sie ehrlich war, entsprach es noch immer ihren Vorstellungen von einer guten Ehe, dass der Mann das Geld heimbrachte und für die Familie sorgte. Aber jetzt …

Nach der Matura hatte sie ungefähr ein Jahr lang als Sprechstundenhilfe gearbeitet, war allerdings froh gewesen, als sie endlich schwanger wurde und damit aufhören konnte. Doktor Maier hatte sie nur als Teilzeitkraft angestellt und ihr die anfallenden Überstunden schwarz ausgezahlt. Das war okay für sie gewesen, später hatte es sich als bürokratischer Albtraum erwiesen. Sie war über oder unter irgendeiner Grenze gewesen und hatte deshalb fast keine Ansprüche auf Sozialleistungen, geschweige denn auf Arbeitslosengeld gehabt. Was für ein Arschloch, Claudia wusste genau, dass das kein Versehen gewesen war.

Sie war im Grunde total von Christian abhängig. Ihre Mutter lebte in Kanada und zehrte dort ihre Pension auf. An die würde sie sich nur wenden, wenn es gar nicht mehr anders ging. Was sie von ihrem Vater geerbt hatte, war dafür draufgegangen, Christians kleinen Bruder Andreas auszuzahlen, damit der auf seinen Anteil am Haus verzichtete. Dass sich die Brüder einigten, war Bedingung von Fritz und Maria für ihren Einzug gewesen. Wie die Sache mit Christians älterer Schwester geregelt war, wusste Claudia nicht. Wahrscheinlich wusste die nicht einmal, dass es sie und die Kinder gab.

Sie war immer froh gewesen, dass Christian ihren Wunsch, daheim bei den Kindern zu bleiben, geteilt und unterstützt hatte. Der Gedanke, dass ihre Schwiegereltern die Kinder großzogen, während sie in irgendeinem Büro saß, war schrecklich.

Sie überwand sich und stand endlich auf.

Die Luft flirrte, und sie hatte das Gefühl, als stünde sie neben einem Feuer, als sie aus dem Schatten in die pralle Sonne trat. Die Bluse klebte an ihrem Rücken, ihr war ein bisschen schwindlig. Kein Wunder.

Am Sonntag gab es bei den Grebiens entweder Schweinsbraten oder Backhendl, egal ob es Sommer oder Winter war.

Claudia seufzte. Es wäre schön, wenn sie mit jemandem reden könnte. Sie bereute, dass sie sich so zurückgezogen hatte. Sie sollte den Kontakt zu Alexandra suchen, vielleicht konnte die ihr helfen. Zu verlieren hatte sie nichts. Sie spürte, dass sie dringend eine Perspektive von außen brauchte, eine

Person, die sie verstand und der sie vertrauen konnte. Die Alexandra kannte sie von klein auf. Sie war immer nett gewesen. Außerdem hatten sie doch viel gemeinsam, da müsste sie doch zumindest mit einem gewissen Verständnis rechnen können. Außer ihr fiel ihr niemand ein: Ihre Mutter war erstens weg und zweitens als Vertrauensperson unbrauchbar, die Regina hatte keine Ahnung von Eheproblemen und Kindern und den Gottfried wollte sie erst einmal außen vor lassen. Obwohl er ihr – so wie der ganze Chor – fehlte. Jetzt war Sommerpause – keine Proben, keine Auftritte. Auf der anderen Seite hätte es vielleicht komisch ausgesehen, wenn sie singen gegangen wäre, während ihr Mann nach einem Autounfall auf der Intensivstation lag.

Christian. Dem würde sie bis zu einem gewissen Grad eine Komödie vorspielen müssen. Es war nicht fair, ihn jetzt mit ihren Problemen zu belasten. Er hatte genug mit der Aufarbeitung der Unfallfolgen und einem Leben ohne Alkohol zu tun! Sie hatte sich noch in der ersten Nacht im Krankenhaus geschworen, dass sie ihn vorerst nicht auf das Trinken ansprechen würde. Das hatte Zeit. Aber ihr Vorsatz stand fest: entweder … oder.

Er hatte ihr heute unheimlich leidgetan. Nach der ersten Erleichterung darüber, dass er noch am Leben war, trat der furchtbare Zustand, in dem sich ihr Mann befand, in den Vordergrund. Sein Gesicht hatte schrecklich ausgesehen, vollkommen aus der Form geraten. Was die Verbände nicht verdeckt hatten, war wund und blau gewesen.

Dass er nicht reden konnte, hatte das Ganze geradezu abartig gemacht. Er hatte sich mit seinen Augen mitgeteilt und sie hatte alles verstanden: Angst, Schmerz, aber auch Trauer und Liebe. Claudia glaubte, dass sie noch nie so liebevoll angeschaut worden war.

4

Verstanden. Es war so weit: Das war das Ende einer einsamen Zeit. Ständige Selbstkontrolle, ständige Angst vor Fehlern, die unweigerlich passierten. Das war das Ende von Scham und von schlechtem Gewissen wegen unbedachter Äußerungen und peinlicher Auftritte, das Ende von physischem und psychischem Raubbau an sich selbst. Von jetzt an würde er die Welt nüchtern betrachten!

Es war wohl auch das Ende des Christian, den alle kannten, den er selbst kannte. Beunruhigend, aufregend, aber Christian war zuversichtlich. Er lag schon seit einer ganzen Weile auf der Chirurgischen Abteilung in einem Dreibettzimmer und hatte sich einigermaßen an den Status quo gewöhnt.

Die letzten Wochen waren eine Achterbahn der Gefühle gewesen. Noch nie in seinem Leben hatte er so viel nachgedacht, sich notgedrungen so intensiv mit sich selbst auseinandergesetzt. Es war ja sonst nichts da.

Die Umwelt war kalt, funktional und unpersönlich. Sein Körper, seine Schmerzen, seine Gefühle, seine Ängste, seine Vergangenheit und seine Erwartungen an die Zukunft – damit beschäftigte er seinen Geist, während sein Körper auf Hochtouren arbeitete, um zu heilen.

Das Jetzt, die Zeit an sich, spielte nach wie vor keine große Rolle für ihn. Er hatte keine Eile. Immerhin gab es sie wieder. Dinge veränderten sich, es gab einen Rhythmus. Seine körperlichen Fähigkeiten entwickelten sich. Nach der Geburt – dem Aufwachen nach der Narkose – hatte er das Stadium des Neugeborenen durchlaufen und befand sich nun in der Babyphase. Krabbeln konnte er noch nicht, aber er war gerade wieder dabei, die Toilette zu erobern. Dieses Mal würde er im Unterschied zu seiner echten Kindheit den ersten Klogang in Erinnerung behalten! Unter Missachtung des strengen ärztlichen Verbotes war er vor einigen Tagen heimlich aufgestanden. Auf einem Bein humpelnd und sich am Infusionsständer festhaltend, hatte er den Ort seiner Sehnsucht erreicht. Schweißgebadet hatte er auf der Muschel gesessen, sein verletztes Bein hatte schrecklich geschmerzt und pulsiert, sein Kiefer ebenfalls. Christian hatte gewusst, dass ein Sturz den Heilungsprozess um Wochen zurückwerfen würde. Das Ganze war natürlich hirnrissig gewesen, im Nachhinein lächerlich. Aber die Toilette war zu einem Symbol für ihn geworden. Stundenlang hatte er die Klotür angestarrt. Seine Notdurft selbst zu verrichten und sich anschließend zu säubern, war zu einer regelrechten Sehnsucht geworden, die mit jedem Tag wuchs. Deswegen war er das Risiko eingegangen.

Jetzt, wo er es einmal geschafft hatte, konnte er die Bettpfanne leichter ertragen. Ein paar Wochen noch. Er hatte einen Orientierungspunkt. Dieser Erfolg seiner Sturheit hatte ihm aber auch eindrucksvoll seine Hinfälligkeit demonstriert. Christian war nach dem erfolgreichen Rückweg zum Bett und der viel schwieriger zu bewerkstelligenden Rückkehr in seine ursprüngliche Lage vollkommen erschöpft und verängstigt gewesen. Da er nicht zu laut hatte werden dürfen, um seine Zimmergenossen nicht zu wecken, hatte er in sein Kopfpolster hineingekeucht. Alles hatte fürchterlich wehgetan: Arm, Bein, Kopf. Er hatte geglaubt, sämtliche Nähte wären aufgegangen, und er konnte nur mühsam der Verlockung widerstehen, die Schwester zu rufen und ihr seine Aktion zu beichten, damit sie ihn untersuchte. Er hatte sich gefühlt, als hätte er eine körperliche Höchstleistung vollbracht, nassgeschwitzt dagelegen und seinem rasenden Herzen zugehört. In diesem Moment war ihm erstmals klargeworden, was es bedeuten würde, sollte er nie wieder gesund werden. Und eine Woge des Selbstmitleids war über ihn hereingebrochen. Irgendwann war er eingeschlafen.

Am nächsten Morgen, als er festgestellt hatte, dass kein wirklicher Schaden entstanden war, hatte er ein Vaterunser gebetet und die Freude über seinen heimlichen Erfolg genossen, den er allerdings selbst Claudia noch nicht zu erzählen gewagt hatte.

Gerade war sie gegangen. Sie war heute mit den Kindern aus Italien zurückgekommen und gleich zu ihm gelaufen, nachdem sie die beiden zu Hause abgesetzt hatte. Das waren 14 verdammt lange Tage ohne seine Frau gewesen. Wichtige Tage!

Als sie ihn das erste Mal auf das Hotel in Caorle angesprochen hatte, war er perplex gewesen. Das lag so weit außerhalb seiner Gedanken. Aber Claudias erfrischende, neue, unsentimentale und direkte Art, die Dinge anzusprechen, hatte es ihm leichtgemacht, Wehmut gar nicht erst aufkommen zu lassen. Beim gleichen Besuch hatte sie ihn eine Vollmacht und einige Einverständniserklärungen unterschreiben lassen, damit sie handlungsfähig war. Ganz pragmatisch und praktisch, die Frau hatte wirklich so etwas wie eine Läuterung erfahren. Er hätte sie fast nicht wiedererkannt.

Das Kennwort für die Bank und sein Computer-Passwort hatte sie auch gebraucht. Christian dachte mit mulmigem Gefühl an diverse Ausflüge ins Internet, von denen sie eigentlich nichts zu wissen brauchte, und hoffte, dass sie nicht in die Chronik hineinschaute. Dass Claudia Einblick in ihre finanzielle Situation und allgemein in die ganze Bürokratie bekam, bereitete ihm kein Kopfzerbrechen. Im Gegenteil: Er hatte nichts zu verbergen und es war ganz gut, dass sie einmal mitbekam, wie viel Arbeit es machte, alles in Ordnung zu halten.

Was den Urlaub betraf, hatte sie natürlich recht gehabt. Netterweise hatten seine Eltern ihr Auto zur Verfügung gestellt, aber Claudia hatte es sich bis zuletzt offengehalten, ob sie fahren würde oder nicht. Sie hatte unbedingt da sein wollen, wenn er aus der Intensivstation rauskäme, und zurück, bevor er die Drähte rausbekam und sozusagen seine ersten Worte sagen würde.

Während ihrer Abwesenheit hatten ihn seine Eltern jeden Tag besucht, aber das war nicht das Gleiche. Die waren einfach nicht so sensibel wie Claudia und hatten ihn eher damit genervt, dass sie ihn wieder wie ein kleines Kind behandelt hatten. Nein, er gönnte seiner Frau diesen Urlaub von Herzen! So energiegeladen und bestimmt hatte er sie noch nie erlebt. Sie hatte die Kinder und den Haushalt offenbar im Griff und es klang alles wunderbar, wenn sie erzählte. In diesen Momenten hatte er Sehnsucht nach daheim, aber dann überkam ihn gleich ein Unbehagen. Er konnte es sich nicht vorstellen, wieder draußen zu sein, in der Realität.

Claudia hatte sich um alles, was mit dem Unfall zu tun hatte, gekümmert. Er hatte lediglich einmal Besuch von einem relativ freundlichen Polizisten bekommen, mit dem er mittels Kopfnicken und Gestikulieren das Unfallprotokoll erstellt hatte. Schreiben hatte er da auch schon wieder mit der rechten Hand gekonnt, indem er sich einen Stift vorne in den Gips gesteckt und die Finger zu einer losen Faust geballt hatte. Das zog unangenehm, und er konnte diese Stellung nur einige Sekunden halten, aber für ein paar Unterschriften ging es. Claudia war einfach großartig, sie hatte zu ihm gesagt: »Dein Job ist es, gesund zu werden!«

Natürlich hatte es mit der Situation zu tun, dass sie zurzeit so bestimmend war. Er konnte ja noch immer kaum reden, nur den Kopf bewegen, gutturale Laute ausstoßen und gestikulieren. Seitdem er hier lag, hatte er sie nie grantig, ungut oder lieblos erlebt. Sie streichelte ihn und versuchte mit rührendem Einsatz, seine Haut, sein Haar und seine Nägel zu pflegen, seinen Nacken oder seine Gelenke vorsichtig zu lockern und mittels unzähliger Ja-Nein-Fragen herauszufinden, wie es ihm ging und was ihn beschäftigte.

Er war gespannt, ob die Kleinen braun geworden waren, und freute sich darauf, sie zu sehen. Sie hatten damals nach dem Unfall Bilder für ihn gemalt. Es war rührend zu beobachten gewesen, wie sie sich bemüht hatten, tapfer zu sein, und doch mit großen Augen dicht neben Claudia stehen geblieben waren, weil sein Anblick ihnen offensichtlich Angst eingejagt hatte.

Claudia hatte ihm später erzählt, dass der Besuch für die beiden ganz wichtig gewesen sei. Jakob hatte vorher immer wieder nachgefragt, ob der Papa wirklich noch am Leben war. Nachdem er ihn gesehen hatte, war alles gut. Dass Wunden verheilen mussten, verstand er ja schon. Und Sarah sowieso.

Claudia sprach viel über die nächsten Schritte mit ihm. Sie hatte mehrmals mit ihrem Hausarzt und mit anderen Leuten aus ihrem Bekanntenkreis, die Erfahrungen mit schweren Verletzungen hatten, geredet. Die Ärzte und Schwestern im Spital hatte sie regelrecht gelöchert. Heute hatte sie mit ihm über die Zeit nach seiner Entlassung geredet und ihn aufzumuntern versucht.

An sich freute er sich natürlich darauf, das Krankenhaus mit seinem starren Rhythmus, dem Essen, das ihm nicht schmeckte, und den Zimmerkollegen, die man sich nicht aussuchen konnte, zu verlassen. Er freute sich auf so vieles: die frische Luft, sein eigenes Bett, die Familie. Da waren aber auch jede Menge Sachen, die ihm Angst machten. Viele Verlockungen. Jeder Winkel seines Hauses, ja ganz Leibnitz war mit Erinnerungen an den Alkohol besetzt. Hier in seinem Bett, abgetrennt von der Welt, fühlte er sich sicher. Hier konnte er sich Schritt für Schritt an das neue Leben gewöhnen.

Normalität. Seit er sich auf einer normalen Station mit anderen normalen Patienten im Zimmer befand, fühlte er sich allmählich wieder wie ein normaler Mensch. Die Realität war faszinierend, aber auch beängstigend. Als hätte sich sein Status verändert, als wäre er eine Art Mönch in einem High-Tech-Kloster gewesen, der nun wieder hinaus in die weite Welt zog.

Er hatte keine Ahnung, was da auf ihn zukommen würde. Manchmal erfasste ihn Rührung und er hatte ein warmes Gefühl in der Brust. Gott hatte ihm ein Zeichen gegeben! Der schreckliche Unfall war die Chance für einen Neubeginn, da hatte der Herr Doktor sicher recht.

Er würde dankbar dafür sein und demütig als Geschenk begreifen, was er bisher so selbstverständlich hingenommen hatte. Wie ein kleines Kind durfte er die Welt noch einmal neu entdecken. Leider schaffte er es nicht immer, diese Einstellung festzuhalten. Zweifel kamen auf. Er sah sich zum Beispiel inmitten seiner Chorkollegen vor einem Auftritt hinter der Bühne. In dieser Situation hatte jeder sein eigenes Ritual, um mit dem Lampenfieber fertig zu werden: Der eine summte vor sich hin, der andere las konzentriert in seiner Notenmappe, manche plauderten bemüht ungezwungen über Alltägliches.

Er hatte immer ein Bier getrunken. Nur eines, während er mit geschlossenen Augen die Unruhe hinter der Bühne und den gedämpften Lärm von der anderen Seite des Vorhanges, wo sich der Saal mit Menschen füllte, genossen hatte. Alle Nervosität war dann von ihm abgefallen, und er hatte sich auf das Konzert gefreut. Dieses Bier würde ihm fehlen! Die Vorstellung von ihm mit einem Glas Mineralwasser in der Hand mutete merkwürdig und lächerlich an. Dass dem so war, machte ihn nervös. Würde er überhaupt in der Lage sein, ohne Alkohol auf die Bühne zu gehen? Was würden die anderen denken? Schlagartig wurde ihm bewusst, dass es alle mitbekommen würden! Alle! Zwischendurch konnte er diese Tatsache eine Zeit lang verdrängen, aber unweigerlich kam sie ins Bewusstsein, und dann machte sein Hochgefühl Angst, Einsamkeit und Trauer Platz.

So ging das hin und her, hinauf und hinunter, tagein, tagaus. Mal langweilte er sich zu Tode, dann brachte ihn wieder ein winziges Ereignis vollkommen aus der Fassung.

Die beste Zuflucht war der Schlaf. Den hatte er entdeckt! Er hatte noch nie in seinem Leben so viel geschlafen. Wenn er nicht mehr nachdenken wollte, schloss er die Augen. Mittlerweile kannte er sich so genau, dass er abschätzen konnte, wie lange es dauern würde, bis er einschlief. Er genoss auch die Phase davor, wenn er versuchte, an gar nichts zu denken, und sein Geist lose herumtrieb, immer langsamer, bis der erlösende Schlaf kam.

Wollte es einmal gar nicht klappen, griff Christian zum Gebet. Das hatte bis jetzt jedes Mal funktioniert.

Mangels anderer Aktivitäten hatte Christian aus der Selbstbeobachtung eine aufschlussreiche Leidenschaft gemacht. Er konnte Stunden damit verbringen, seinen Kiefer abzutasten und ganz leicht zu bewegen. Er folgte im Geist seinen diversen Schmerzen, versuchte, sie genau zu lokalisieren und ihre Intensität zu bewerten. Das war schwierig, die Empfindung entzog sich ihm häufig. Er konnte sozusagen mental selten den Finger darauf legen. Er entwickelte verschiedene Kategorien von Schmerzen: dumpfe, helle, drückende, kitzelnde, stechende, brennende, einschüchternde, schreiende und so weiter. Er überprüfte Temperatur, Empfindlichkeit und Beweglichkeit seiner Gliedmaßen. Heilung war wie das Altern ein fließender Prozess mit sprunghaften Veränderungen. Relativ bald, noch auf der Intensivstation, hatte er seine Beobachtungen wissenschaftlich einordnen wollen und sich vorgenommen, möglichst viel über den menschlichen Körper zu lernen.

Das Lesen strengte ihn unheimlich an. Claudia hatte ihm zwei Bücher gebracht, die er gierig verschlungen und immer wieder gelesen hatte, um sich die lateinischen Begriffe und Bilder einzuprägen. Eines Tages hatte der Doktor bei der Visite die Bücher bemerkt und durchgeblättert. Christian war die Sache peinlich gewesen, er hatte angenommen, dass Doktor Heidinger seine laienhafte Neugierde lächerlich fand. Am Nachmittag war er dann aber unerwartet aufgetaucht und hatte ihm ein wuchtiges Buch mit den Worten auf die Bettdecke geworfen: »Wenn Sie schon lesen müssen, dann lesen Sie wenigstens etwas Gescheites. Außerdem haben Sie da das Armtraining gleich inklusive.« Schmunzelnd hatte er Christian zugenickt und war gegangen. »Pschyrembel, Klinisches Wörterbuch«, hatte er gelesen. Dieser Name hatte für ihn nach wie vor etwas Magisches, auch wenn der Körper eine Maschine war. Als Techniker mochte er Maschinen, und da es sein Job war, gesund zu werden, wollte er wissen, wie er konstruiert war. Mein Gott, war das kompliziert, manchmal wunderte sich Christian, dass ein Mensch in seiner Gesamtheit überhaupt funktionieren konnte. Die mathematische Seite an der Medizin hatte es ihm angetan. Medizin war auch Statistik.

Er wusste im Wesentlichen, wie es bei ihm weitergehen würde. Das war natürlich gut, brachte aber mit sich, dass er sich über die Zukunft Gedanken machte, für die er sich eigentlich noch nicht bereit fühlte. Schlafen, warten, studieren – dafür reichte seine Kraft gerade aus. Wie sollte er in eine Umgebung einsteigen, die gleich geblieben war, während er von vorne anfing? Er wusste es nicht, aber es gab keinen Plan B.

Wenigstens wusste er mittlerweile, was die Schwester und der Arzt gemeint hatten, als sie vom »Entzug« gesprochen hatten. »Entzug« – das Wort kannte er, seit er ein Kind war. Es war das hochdeutsche Pendant zur steirischen »Saufpause«. So wie die meisten hochdeutschen Entsprechungen hatte der Begriff keinen Charme im Vergleich zum Dialektwort. Entzug war etwas für Drogensüchtige und Alkoholiker. Wenn man offiziell einen Entzug machte, war man als Verlierer stigmatisiert. Ein Mann brauchte so etwas nicht. Er würde den Begriff nie verwenden. Auch dann nicht, wenn er gezwungen wäre, über seine Abstinenz zu reden. Aber es gab ihn, das konnte er nicht leugnen. Die Gefühlsschwankungen waren unglaublich gewesen, er hatte so etwas nicht gekannt, sich selbst so nicht. Vollkommen irrationale Impulse, die er nur mit großer Mühe hatte unterdrücken können: sich die Schläuche rausreißen, abhauen, ein letzter Rausch … Gott sei Dank hatte er das hinter sich. Aber es war ihm klar geworden, dass ihm diese

Saufpause quasi in letzter Sekunde geschenkt worden war, welche Macht der Alkohol über ihn gehabt hatte. Er war ein Alki! Hier in seinem Krankenzimmer konnte er damit umgehen, hier gab es keine Versuchungen. Die körperliche Ohnmacht war ein Geschenk in diesem Kampf. Doktor Heidinger hatte ihm erklärt, dass akute Lebensgefahr durch Ersticken bestand, wenn er sich übergeben musste. Wegen der Drähte in seinem Mund. Sogar das hätte ihn anfangs nicht abgehalten zu trinken, wenn er die Gelegenheit gehabt hätte. Aber die hatte er nicht. Seit drei Wochen hatte er keinen Tropfen getrunken.

Claudia hatte ihn auf den Alkohol angesprochen, kurz nachdem er aus der Intensivstation rausgekommen und bevor sie in den wohlverdienten Urlaub gefahren war. An dem Tag war er einigermaßen über den Berg gewesen. Er hatte sich an die Dosierung des Schmerzmittels gewöhnt, vor allem an den Rhythmus der Schmerzen: Der Morgen war dumpf, im Laufe des Vormittages meldeten sich die heilenden Partien und Wunden immer stärker. Er fühlte, wie die Maschine arbeitete und er allmählich genas. Um die Mittagszeit änderte sich meistens die Qualität der Schmerzen, er wartete mittlerweile neugierig, welche Partie seines geschundenen Körpers sich an diesem Tag in den Vordergrund drängen würde. An einem Tag erwischte er den Zeitpunkt für das Schmerzmittel besser, am anderen schlechter.

In der Nacht vor Claudias Besuch hatte er schlecht geschlafen, die Wirbelsäule und die Rippen hatten ihm zu schaffen gemacht. Durch die lange Bettruhe war er fürchterlich verspannt. Es war ihm kalt gewesen und er hatte sich Sorgen gemacht: Er durfte auf keinen Fall eine Erkältung bekommen! Das hätte sich für das Atmen – seiner momentanen Hauptbeschäftigung neben dem Denken – katastrophal ausgewirkt. Er hatte durch das Fenster den blauen Himmel gesehen. Draußen hatte es bestimmt 30 Grad gehabt, und er musste in diesem Kühlschrank hier frieren. Wenn Claudia seine schlechte Laune aufgefallen war, hatte sie es nicht gezeigt. Sie hatte sich bestimmt vorher genau überlegt, was sie ihm bei diesem Besuch alles sagen würde. Es hatte vorbereitet geklungen, außerdem war das ihre Art.

Die Einsicht seiner Frau hatte ihn erschüttert. Er hatte trotz allem noch immer gehofft, dass sie nichts vom Ausmaß seiner Abhängigkeit ahnte. Bis zu diesem Tag hatte sie mit keinem Wort erwähnt, dass er bei dem Unfall betrunken gewesen war. Sie hatte ihm überhaupt jeden Vorwurf erspart. Er war ihr dankbar dafür gewesen, hatte geglaubt, sein Problem diskret und für sich behandeln zu können. Ein moderates Trinkverhalten nach seiner Heilung – das war damals das Ziel seiner Träume gewesen.

An diesem Tag wurde er eines Besseren belehrt. Durch seine Sprachlosigkeit kam es zwangsläufig zu stillen Momenten, in denen ihr Blickkontakt unheimlich intensiv wurde. Manchmal löste sie den Blick, manchmal schloss er die Augen, manchmal weinten sie beide stumm.

An diesem Tag hatte Claudia nach wenigen Sekunden intensiven Blickkontakts zu sprechen begonnen: »Christian, es ist mir wichtig, dass du keinen Alkohol mehr trinkst. Auch nicht, wenn du wieder gesund bist. Verstehst du das?« Er hatte genickt. »Ich habe viel über dich nachgedacht: Du bist ein lieber, guter Mann, aber das Trinken macht dich kaputt. Siehst du das auch so?« Sie hatte auf Antwort gewartet, ihr Blick war ängstlich geworden. Während er sie ausdruckslos angestarrt hatte, traf er in Sekundenschnelle eine schwerwiegende Entscheidung: Er würde ganz mit dem Trinken aufhören! Davor hatte er nur bis zu seiner vollständigen Wiederherstellung pausieren wollen. Saufpause eben. Wie gesagt, ein Achterl war bekanntlich Medizin. Wie hätte er Claudia das in dieser Situation begreiflich machen sollen? Ein Nein wäre ohnehin unmöglich gewesen, abgesehen davon, dass er in diesem Moment nicht taktieren hatte können. Ihre Angst um ihn und um ihre Ehe hatte ihn tief berührt, also hatte er einfach genickt. Christian sah Claudia wieder vor sich, wie ihre Schultern sich, während sie die angehaltene Luft aus ihrer Lunge hatte strömen lassen, gesenkt hatten. »Ich weiß, dass das für dich sehr schwer sein wird. Bitte glaub mir: Ich werde immer für dich da sein! Glaubst du mir das?« Er hatte ihr die über ihr Gesicht laufenden Tränen abgewischt und genickt. »Hast du eigentlich Entzugserscheinungen?« Da war auch bei ihm der Damm gebrochen. Aus dem Nichts heraus hatte er einen Heulkrampf bekommen, der seinen ganzen Körper durchgeschüttelt und ihm schreckliche Laute abgerungen hatte. Claudia hatte auch geweint und ihn umarmt, so gut es ging, während er mit aller Kraft ihre Hand gedrückt hatte. Was für ein Druck war von ihm abgefallen. Er war Claudia unendlich dankbar, obwohl er nach wie vor wusste, dass sie nicht nachvollziehen konnte, was er durchmachte.

Seitdem war er zwar relativ zuversichtlich, dass er nicht rückfällig werden würde. Das müsste schon blöd hergehen, aber er freute sich nicht mehr auf ein Leben ohne Rausch. Er hatte Angst, was das aus ihm machte. Er war ja eigentlich immer zumindest ein bisschen eingespritzt gewesen, wenn er unterwegs gewesen war. Konnte er nüchtern lustig sein? Würde er die anderen aushalten?

Morgen kamen die Drähte aus seinem Kiefer raus, dann

konnte er endlich wieder sprechen. Die Mundhöhle und das Gesicht waren fast ganz abgeschwollen, die Zunge war schon viel beweglicher und tat nicht mehr weh. Wahrscheinlich würden keine sichtbaren Spuren an Kopf und Hals zurückbleiben, und der Arzt hatte gemeint, dass er sehr bald normal würde essen können! Das große Glück war, dass fast alle Zähne erhalten geblieben waren, so würden sich auch die Kosten in Grenzen halten. Er musste zwar mit Schwierigkeiten bei der Artikulation rechnen, aber seine Stimme sollte wieder normal klingen. Das war wegen des Singens natürlich besonders wichtig!

Sprechen, essen, trinken, das Klo benutzen – das alles würde er bald wieder können. Nur mit dem Gehen musste er geduldig sein. Eine Operation wartete noch auf ihn. Der Oberarzt hatte jedes Mal einen verdammt ernsten Gesichtsausdruck, wenn er die Verbände wechselte und das rechte Bein abtastete. Dabei tat es ihm dort gar nicht besonders weh. Verlief die OP gut, musste er danach nur ein paar Tage zur Beobachtung hierbleiben. Er freute sich auf ganz unterschiedliche Dinge: auf seine Kinder, auf die Bank im Garten, auf das Internet.

Er dachte oft darüber nach, wie viel Zeit er bisher verplempert hatte. Wenn ihm langweilig gewesen war, hatte er sich betrunken. Was würde er jetzt tun? Seinen Traum von der Selbstständigkeit hatte er vor langer Zeit begraben. Sollte er es jetzt noch versuchen? Es war zu früh, um an so etwas zu denken. Vor einigen Jahren hatte er in Erwägung gezogen, sein Interesse für Elektronik und speziell für Handys zum Beruf zu machen und einen Shop in Leibnitz zu eröffnen. Aber gerade auf dem Sektor änderte sich alles so schnell.

Früher hatte er davon geträumt, den Chor professionell aufzustellen und zu managen – jugendlicher Übermut oder vergebene Chance? Möglicherweise war der Suff dafür verantwortlich, dass er so wenig aus sich gemacht hatte. Dann gab es noch Hoffnung! Oder überschätzte er sich? Was lag an ihm und was lag am Alkohol?

Christian versuchte, ein Resümee seiner Trinkerlaufbahn zu ziehen: Wie hatte es so weit kommen können? Der erste Rausch mit 14 und die diversen Entgleisungen in der Schulzeit zählten nicht, das hatten wirklich alle gemacht. Von der anderen Seite her betrachtet fiel Christian kein »alter Trankler« in seinem Bekanntenkreis ein, der nicht schon früh damit begonnen hatte. Waren die Weichen zu seiner Trunksucht also vielleicht schon damals in der Jugend gestellt worden? Oder musste er noch weiter zurückgehen?

Er dachte an seinen Vater mit der ewigen Bierflasche. Es war richtig: Bei ihnen zu Hause war der Alkohol nichts Böses gewesen, sondern vielmehr eine Belohnung für das geduldige Ertragen des mehr oder weniger mühseligen Alltags. Im Leben seiner Eltern gab es keine positiven Überraschungen. Man lebte mit den althergebrachten Gewohnheiten und wollte einigermaßen bequem über die Runden kommen. Der Alkohol half gegen die heimlichen Sehnsüchte, die Langeweile und den Frust. Christian fand das nicht tragisch, sondern einfach alltäglich. Das war das Leben. Das Bier war das Glück des kleinen Mannes, dagegen gab es wirklich nichts zu sagen. Das war auch die Gegend. Er hatte sich als Mann gefühlt, als er mit dem Biertrinken begonnen hatte. Das war schon eine Art Initiationsritus für ihn gewesen, noch dazu etwas früher als gesetzlich erlaubt, das machte es zu etwas Besonderem. Und von außen betrachtet war es wie beim Mopedfahren: Wenn man nicht allzu unverfroren vorging und nichts Schlimmes passierte, wurde ein Auge zugedrückt, vor allem bei den Burschen. Er hatte für seine Größe und sein Gewicht schon immer recht viel vertragen und es sehr lustig gehabt. Jetzt kamen ihm wieder Zweifel, ob er ernsthaft süchtig war. Wenn das die Krankheit war: dass man ohne den Alkohol, der einen fröhlich und glücklich machte, nur schwer leben konnte – dann wusste er nicht, ob diese Krankheit nicht vielmehr eine Errungenschaft der Menschheit war! Schließlich wurde überall auf dem Planeten gesoffen, sogar die Naturvölker hatten sich auf die Suche nach irgendwelchen Substanzen gemacht, mit denen sie sich von Zeit zu Zeit betäuben konnten.

Wie ehrlich konnte der Mensch sein? Wie klar und wie nüchtern, ehe das Leben unerträglich wurde? Ja sicher, er konnte sich vorstellen, dass ein Millionär, ein Genie oder eine sagenhaft schöne Frau es nicht notwendig hatten, sich das Leben ab und zu schönzusaufen. Aber Leute wie er? Was blieb denen schon anderes übrig? Waren das gefährliche Gedanken? Versuchte sein Unterbewusstes, ihn zu beruhigen, zu verleiten? Wie machten das die anderen? Es war verdammt schwierig, vernünftig über etwas nachzudenken, wenn man sich selbst nicht trauen konnte!

Er brauchte mehr Informationen. Vielleicht wäre es gut, sich die Quantitäten bewusst zu machen? Also, als Schüler regelmäßiger, nicht ungewöhnlicher Alkoholkonsum. Ein paar Exzesse, für die er am nächsten Morgen bitter gebüßt hatte und für die er immer streng von seinen Eltern bestraft worden war.

Was hieß das in Litern Bier oder Wein pro Woche, Monat oder Jahr? Keine Ahnung, war das wichtig? Seiner Einschätzung nach hatte er eine harmlose Jugend gehabt. Er war während seiner Schulzeit in Leibnitz, bevor er nach Weiz ins Internat gekommen war, nicht besonders beliebt gewesen, da hatte er sich nie irgendwelchen Illusionen hingegeben. Er war schon immer viel allein gewesen, auch innerhalb der Familie. Seinen Vater hatte er sowieso kaum gesehen, seine Mutter hatte sich um ihn und seine Geschwister gekümmert.

Mit seiner um vier Jahre älteren Schwester Maria hatte er sich nie verstanden. Ein älterer Bruder war wenige Wochen nach der Geburt gestorben, und der drei Jahre jüngere Andreas war nur bedingt ein Spielkamerad gewesen. Christian hatte relativ früh festgestellt, dass er den anderen Familienmitgliedern geistig überlegen war. Er war immer der »Gescheite« gewesen und hatte seine Eltern damals insgeheim für ihre Dummheit verachtet, sich gleichzeitig aber dafür geschämt, weil er gewusst hatte, wie undankbar solche Gedanken waren.

Als er mit 14 nach Weiz an die HTL und ins Schülerheim gekommen war, hatte sich viel für ihn verändert. Er konnte sich gut daran erinnern, wie er zwischen den Koffern im Fond des elterlichen Ford Taunus auf dem Weg in die Freiheit gesessen hatte. Er hatte sich damals fest vorgenommen, in Weiz die Chance zu nutzen, dass er dort noch ein unbeschriebenes Blatt war. Natürlich hatte er weder seine Statur noch seine Talente und Schwächen ändern können, aber er hatte damals gewusst, dass es auch um das Auftreten ging, wenn man beliebt sein wollte. Und das konnte er selbst bestimmen. Er hatte freundlich, aber nicht schleimig, selbstbewusst, aber nicht arrogant, gelassen, aber nicht langweilig, intelligent, aber nicht streberhaft wirken wollen. Eine solche Quadratur des Kreises hatte er zwar nicht geschafft und in der Klassenhierarchie nie ganz oben gestanden, aber es war viel besser als in Leibnitz gewesen.

Sein technischer Verstand und seine handwerklichen

Talente hatten zu seinem Ansehen beigetragen, während seine Unsportlichkeit und Religiosität ihm in der Schule eher geschadet hatten. Und so hatte er gelernt, diese Seiten nach Möglichkeit zu verbergen. Frauen waren anfangs kein Thema gewesen. Die wenigen Mädchen in der Schule waren so heiß umkämpft gewesen, dass er es gar nicht erst bei ihnen versucht hatte.

Christian versuchte, sich an seine Zimmergenossen zu erinnern. Er war im zweiten Jahr nach Eröffnung des Kolpinghauses Weiz dort eingezogen. Sein Vater hatte über die Kirche gute Beziehungen gehabt, und finanziell war es sich ausgegangen, weil seine ältere Schwester gerade die dreijährige Hotelfachschule in Gleichenberg abgeschlossen und im Sommer vor seinem Schulbeginn in einem Hotel in München zu arbeiten begonnen hatte. Die hatte die erste Gelegenheit genützt, um für immer von zu Hause abzuhauen. Sie war seit 20 Jahren mit einem Hamburger Hotelier verheiratet. Außer der obligatorischen Weihnachtskarte gab es keinen Kontakt. Christian vermisste sie nicht. Warum dachte er überhaupt an sie?

Zurück zu seiner Geschichte: Mit wem hatte er damals im Heim das Zimmer geteilt? Gesichter tauchten vor seinem inneren Auge auf. Es dauerte, bis er die Erinnerungen chronologisch geordnet hatte. Er hatte in einem Dreibettzimmer gewohnt, genauso wie hier im Krankenhaus. Christian schaute sich um und musste schmunzeln.

Der Horsti und der Martin! So hatten seine Zimmergenossen geheißen! Jetzt sah er sie förmlich vor sich stehen. Kinder! Natürlich waren sie sich damals enorm wichtig vorgekommen, obwohl sie als Erstklässler ganz unten in der Hackordnung gestanden hatten.

Der Horsti war ein lieber, aber strohdummer Bauernbub aus der Voitsberger Gegend gewesen, der nach dem ersten Jahr das Handtuch geworfen hatte. Deshalb war er Christian nicht gleich eingefallen. Die einzelnen Jahre seiner HTL-Zeit gerieten durcheinander.

An den Martin konnte er sich besser erinnern. Sie waren die ganzen fünf Jahre zusammen im Zimmer geblieben, nur der dritte Mann hatte gewechselt. Christian erinnerte sich amüsiert und nostalgisch an die Absprachen, Verhandlungen und kleinen Bestechungen, aus denen der Internatsalltag bestanden hatte. Sie hatten sich ihren Mitbewohner in den folgenden Jahren aussuchen können. Martin war einer der beliebtesten Burschen gewesen: bärenstark, gutmütig und nicht dumm, auch wenn er im Schach gegen ihn nie eine Chance gehabt hatte. Aber das war keine Schande gewesen, Christians Spitzname im Internat war »Chessman« gewesen. Gott, war das lange her!

Nach dem Horsti war der Erich gekommen: ein ruhiger Bursche, aus Murau, der schon im letzten Jahr gewesen war, sich mit einem Ghettoblaster eingekauft und sie beide weitestgehend ignoriert hatte.

Die restlichen drei Jahre bis zur Matura dann der »Mäx«, eigentlich hatte der Markus Trummer geheißen. Hatte der Martin einen Spitznamen gehabt? Christian wusste es nicht mehr, aber er ging davon aus. Wie war noch mal sein Nachname gewesen? Es lag ihm auf der Zunge … Feibel, ja genau: Feibel Martin, Trummer Markus, Grebien Christian. Sie waren in die gleiche Klasse gegangen und bis zum Schluss gute Kumpels geblieben. Er hätte es schlechter erwischen können.

Christian dachte nach: In Wirklichkeit waren sie alle miteinander brav und harmlos gewesen. Ganz selten war es vorgekommen, dass einer einen gröberen Blödsinn gemacht hatte. Natürlich wurde Bier getrunken, wenn sie Ausgang hatten. Aber er konnte sich, abgesehen von den Maturabällen, an keine wirklichen Exzesse erinnern. So viel zu Weiz. Sein Leben war damals allerdings zweigeteilt verlaufen. Waren die HTL-Jahre im Internat relativ gesittet und harmlos gewesen, so hatten es die Wochenenden in Leibnitz schon eher in sich gehabt: Jeden Freitag war er nach der Schule nach Hause gefahren und Sonntag am Abend zurück ins Heim. Die Abmachung mit seinen Eltern, dass er am Samstag fortgehen konnte, so lange er wollte, wenn er am Sonntag mit in die Kirche kam, hatte seine ganze Schulzeit hindurch gehalten. Auch wenn er oft den Großteil des Gottesdienstes verschlafen hatte, die physische Anwesenheit hatte seinen Eltern gereicht.

Mit dem Fortgehen am Samstag war für ihn eine neue Lebensphase angebrochen. In den Lokalen hatte er eine neue Welt der Geselligkeit entdeckt, die ihm, verglichen mit der Langeweile zu Hause, geradezu wunderbar vorkam. Andere Leute, die er vorher kaum gekannt hatte und mit denen er nun einen ganzen Abend plaudern konnte, wenn es passte. In die Disco hatte es ihn nie gezogen. Üblicherweise hatte er mit seinen Kumpels bei einem zu Hause oder beim Buschenschank vorgeglüht, bevor sie gemeinsam in ihr Stammlokal, das »Brunnenstüberl« – das gab es auch schon lange nicht mehr –, gezogen waren und sich mit Kartenspielen, Würfeln oder Schach die Zeit vertrieben, geblödelt und zusammen getrunken hatten. Für Jahre war das Lokal der wichtigste Ort in seinem Leben gewesen. Lustig …

Wenn er sich richtig erinnerte, hatte er wohl fast jede Woche einen Vollrausch gehabt. Sowohl der Heimweg als auch das Türschloss hatten ihn manchmal vor ziemliche

Probleme gestellt. Aber was hieß das schon? Das war die Pubertät – und ein wichtiger Ausgleich zu Internat und Schule. In den Ferien hatten ihn seine Eltern in Beschlag genommen. Heute verstand er das, damals hatte er, wenn er sich richtig erinnerte, jeden Sommer sehnsüchtig auf den Schulbeginn gewartet.

Weiter in der Geschichte: Nach der Schule Präsenzdienst in Graz, in der Belgierkaserne. Was sollte man da sagen? Wieder Langeweile und eine extrem feuchte Zeit. Da stimmte einfach das Klischee: Beim Bundesheer war das Saufen das einzige Highlight.

Anschließend war er zurück nach Leibnitz gegangen. Dabei hätte es auch anders kommen können. Nein, eigentlich nicht: Zu der Zeit hatte er Claudia bereits gekannt! Für ihn war es damals fast unbegreiflich gewesen, dass sie sich in ihn verliebt hatte. Was hatte er schon zu bieten gehabt? Er war wohl zur richtigen Zeit am richtigen Ort gewesen. Schicksal oder göttliche Fügung?

Im Herbst nach der Matura hatte er sie zum ersten Mal gesehen, natürlich war er keine Jungfrau mehr gewesen, er hatte vor Claudia aber nie eine feste Freundin gehabt. Mehrmals war er unglücklich verliebt gewesen, wie sich das in der Pubertät so gehörte. Er hatte der jeweils Angebeteten seine Liebe gar nicht erst gestanden, sondern sie nur aus der Ferne im aberwitzigen Glauben angeschmachtet, irgendwann würde sich die Gelegenheit zu einem Kuss oder mehr ergeben. Was selbstverständlich nie der Fall gewesen war. Seine sexuellen Erfahrungen waren vor Claudia allesamt »bsoffene Gschichten« gewesen. Entjungfert worden war er standesgemäß während eines Maturaballs in seiner Bude im Internat. Von einem Lehrmädel, das schon mehr oder weniger besinnungslos gewesen war. Eine unangenehme Erinnerung. Er hatte danach das Lebensmittelgeschäft, in dem die Kleine gearbeitet hatte, nie wieder betreten.

Als er Claudia beim Kirchenchor kennengelernt hatte, war sie noch ein Kind gewesen. Ein pummeliges, schwarzhaariges Engelchen, aber außerhalb seiner Begierden.

Die waren in dieser Zeit auf die Sonja gerichtet gewesen. Mit der hatte er am ehesten so etwas wie eine Beziehung gehabt. Vielleicht zwei Jahre lang waren sie in Intervallen von ein paar Wochen getrennt oder zusammen gewesen, wobei sie sich sowieso nur an den Wochenenden gesehen hatten. In diesen zwei Jahren war mit Claudia viel passiert. Sie war zwar leise und schüchtern geblieben, hatte ihn aber manchmal bei den Proben so offensiv und lange angeschaut, dass es ihm und den anderen hatte auffallen müssen. Angeflirtet zu werden war eine völlig neue Erfahrung für ihn gewesen!

Noch dazu war aus dem pummeligen Mädchen eine bildschöne junge Frau geworden. Claudia war heute noch immer attraktiv. Mit fünf Kilo weniger – na ja, vielleicht zehn – wäre sie ein steiler Zahn! Gut genug für ihn war sie allemal. Und Gott sei Dank auch nicht größer als er. Er war nie besonders fesch gewesen, nicht gerade hässlich, aber eben maximal Durchschnitt. Warum hatte sie sich ausgerechnet in ihn verschaut, obwohl sie in der Schule und anderswo so vielen anderen begegnet sein musste, die eine bessere Partie waren? Er wusste es bis heute nicht, hatte allerdings von Anfang an gespürt, dass sie es ernst gemeint hatte. Und schließlich, nach ein paar Monaten, war es auch passiert.

In dieser Lebensphase hatte er das Glück anscheinend gepachtet gehabt. Das zweite Wunder war der mühelose

Wechsel von der Schule in den Job gewesen. Er hatte sich während seines letzten Schuljahres umgesehen und einige Bewerbungsgespräche in Graz geführt. Mit seiner Ausbildung als Elektrotechniker in Leibnitz einen guten Job zu finden war vollkommen unrealistisch gewesen. Als er zum Grundwehrdienst eingerückt war, hatte er eine Zusage von einer Firma in Graz gehabt und sich schon auf Wohnungssuche gemacht. Was wäre wohl aus ihm geworden?

Zwei Wochen vor dem Ende seines Präsenzdienstes war schließlich das Wunder passiert. Sein Vater hatte in der Kaserne angerufen und einen familiären Notfall vorgeschützt, damit er zum Bewerbungsgespräch beim Elektrizitätswerk in Kaindorf hatte fahren können. Christian wusste noch, dass ihm diese Lüge seines Vaters imponiert hatte. Ein Mitarbeiter war in Frühpension gegangen, sein Vater hatte das erfahren und die Firma Christian mit Handkuss genommen. Kein Wunder, schließlich war er frisch aus der Schule, ortsansässig und hatte sicher ausgestrahlt, wie sehr er den Job gewollt hatte. Auch da hätte er es schlechter erwischen können.

Christian konnte sich über seinen Posten nicht beklagen, aber wenn er momentan etwas nicht vermisste, war es die Arbeit.

Er hatte sich damals eine eigene Wohnung gesucht. Seine Eltern hatten ihm angeboten, wieder daheim bei ihnen zu wohnen, aber er hatte das nicht gewollt. Heute, mit den Kindern, war es natürlich sinnvoll, dass sie alle zusammenlebten, damals hatte er das ungebundene Leben genossen. Offiziell war er ja Single gewesen, erst 1993 war er richtig mit Claudia zusammengekommen. Endlich erwachsen, unabhängig, verliebt, voller Energie und ständig unterwegs – eine super Zeit!

Und – zurück zum Thema – sie waren beide oft im Öl

gewesen. Mein Gott, es war die Zeit der großen Freiheit und ihrer jungen Liebe gewesen, natürlich war auch der Alkohol in Strömen geflossen. Mit Schaudern dachte Christian zurück an die Räusche und Getränke seiner Jugend: Ribiselmischung, Apfelkorn, Kirschrum, Lambrusco, Billigschnäpse …

Damit war spätestens nach ihrer Hochzeit und dem ersten Kind Schluss gewesen, also 1999! Er war, so wie die anderen auch, ruhiger geworden. Das Fortgehen war nicht mehr angebracht. Wenn man sich traf, dann zu einem bestimmten Anlass. Abgesehen davon waren damals sowieso die LS das Wichtigste in seinem Leben gewesen – abgesehen von Claudia natürlich, aber beides hing miteinander zusammen.

Zurück zur Fragestellung: Wenn ihn seine Erinnerung nicht trog, hatte er in dieser Phase deutlich weniger getrunken. Er war erwachsen geworden und hatte kein Problem damit gehabt. Tolle Frau, angenehmer Job und der Chor. Das hatte gereicht. Was hätte er sonst noch wollen können?

Den guten Wein hatte er zu der Zeit für sich entdeckt. Sein Vater hatte stets die Nase darüber gerümpft. Für den war das Wichtigtuerei, etwas für Snobs und Städter. Christian hingegen konnte nicht verstehen, dass man inmitten eines weltbekannten Weinanbaugebiets so gleichgültig gegenüber dem lokalen Wein sein konnte. Außerdem war es viel erwachsener, guten Wein als Genuss- und nicht als Rauschmittel zu konsumieren, eine Trinkkultur zu pflegen. Italienisches Vorbild sozusagen.

Der nächste Ausreißer nach oben, was den Alkoholkonsum betraf, war die Baustelle gewesen. Klassiker! Irgendwo in dieser Lebensphase lag wohl der Hund begraben. Beim Hackeln mit den Arbeitern hatte sich die Dosis schlagartig erhöht. Damals wurde am Bau noch gesoffen. Heute war es angeblich anders, es wurde viel mehr kontrolliert, und die Bosnier und Kosovaren tranken sowieso nichts. Vor zehn, fünfzehn Jahren war Bier Grundnahrungsmittel gewesen. War keines da, sank die Arbeitsmoral. Es waren Entscheidungen zu treffen gewesen, das Geld war ihm zwischen den Fingern zerronnen. Da hatte er damit begonnen, gegen den Stress zu trinken und nicht, wie davor, um Langeweile in Lustigkeit zu verwandeln. Interessant, der Alkohol hatte eine neue Funktion erhalten, der Umbau fast ein Jahr gedauert.

Christian nickte zufrieden. Jetzt hatte er schon einiges sortiert, etwas Klarheit gewonnen, und die Scham über seine Schwäche nahm menschliche Ausmaße an.

Seit damals hatte er jedenfalls automatisch Bier anstelle von Wasser gegen den Durst getrunken. Bier und weiße Mischungen, auch das war in der Gegend nicht ungewöhnlich. Aber Christian musste zugeben, dass sein Konsum sicher überdurchschnittlich gewesen war. Darüber hatte er sich irgendwie nie Gedanken gemacht. Moment, das stimmte nicht ganz: Er hatte immer wieder über eine Saufpause nachgedacht, durchaus. Aber halt nie realisiert.

Es war ein Wunder, wie er die Baustelle, Claudias Schwangerschaft, den Umzug, die Geburt von Sarah, seinen Job und den Chor auf die Reihe bekommen hatte. Der Alkohol war in der Phase einfach notwendig gewesen! Andere rauchten. Damals hatte ihm wenigstens niemand Vorwürfe gemacht, nicht einmal Claudia, geschweige denn ihre Mutter! Hätten sie das vielleicht tun sollen?

Das Leben als Erwachsener war jedenfalls sehr schnell verdammt ernst geworden. Gleichzeitig waren die ersten Enttäuschungen im Chor gekommen und die Veränderung

Claudias von der süßen Goldkehle zur ständig überforderten und leidenden Jungmutter. Schleichend hatte sich sein Körper an den Alkohol gewöhnt. Er büßte dafür, dass er einen zu hohen Pegel hatte einreißen lassen, das war alles! Er war unaufmerksam, fahrlässig und bequem gewesen. Sein Vater lebte ihm ja einen kontrollierten Alkoholismus vor, von dem er wahrscheinlich selbst nichts wusste. Wenn das bei ihm funktionierte und bei Christian nicht, dann lag es vielleicht ja doch auch an der Ehefrau. Seine Mutter hatte seinen Vater nie betrogen. Deswegen hatte er schließlich die zweite Stufe auf dem Flug in die Abhängigkeit gezündet. Das war Claudias Schuld, daran gab es keinen Zweifel!

Wie war das damals genau gelaufen? Zugegeben, es war keine leichte Zeit für sie gewesen, aber was hätte er denn anders machen sollen? Sie hatte keinen Finger auf der Baustelle gerührt. Wenn er hundemüde zu ihr gekommen war, hatten anstatt aufbauender Worte und praktischer Unterstützung Tränen, Bitten und Sorgen auf ihn gewartet. Er hatte sie mit seinen Problemen verschont, hatte von ihr nur erwartet, dass sie mitmachte. Vergeblich, wieder Vorwürfe und dieser kindische Hausfrauenkrieg mit seiner Mutter – kein Wunder, dass er gesoffen hatte! Ihretwegen hatte er seinen Spiegel hinaufsetzen müssen, überhaupt erst damit begonnen, tagsüber zu trinken, das war die Wahrheit! Ihr war dazu nichts anderes eingefallen, als wiederum das Opfer zu spielen.

Es war wirklich zum Lachen: Er hatte ein schlechtes Gewissen gehabt, wenn er bei einer Chorprobe abends nicht ganz nüchtern gewesen war, und dann die Gewissheit: Claudia betrog ihn! Das hatte alle Schleusen bei ihm geöffnet. Er hatte sich mit dem Saufen nicht trösten, sondern wehtun wollen! Denn diese Räusche waren regelrechte Selbstzerstörungen gewesen. Er war tagelang nicht aus dem Dusel herausgekommen, hatte gekotzt und weitergetrunken, gestunken und gelallt. Natürlich hatte er sie damit auch bestrafen wollen. Claudia war seine Trophäe gewesen.

Christian konnte sich noch sehr gut daran erinnern, wie sich die Wirkung des Alkohols damals verändert hatte. Er hatte sich ständig mit kleinen 4cl-Wodkafläschchen eingedeckt. Das konnte er im Job und gegenüber seinen Kindern am ehesten vertreten, weil es nicht roch, wenn er danach Kaugummi kaute. Er wusste noch genau, wie es ihm beim ersten Mal den Magen umgedreht hatte, als er in der Früh auf dem Weg in die Arbeit so einen doppelten Wodka gekippt hatte.

Nach wenigen Tagen war das kein Problem mehr gewesen. Dieser erste Wodka hatte sich in weiterer Folge immer göttlich angefühlt: Kaum im Magen angekommen, von wo sich ein warmes Gefühl in seinem Bauch ausgebreitet hatte, war er zu Kopf gestiegen. Er hatte es darauf angelegt, dass jeder seinen Zustand mitbekam. Die leeren Fläschchen hatte er absichtlich zu Hause und im Auto herumliegen lassen, um Claudia eins auszuwischen. Kindisch, aber so war die Liebe. Diese Selbstgeißelung mithilfe des Alkohols war eben seine Waffe gewesen.

Im Nachhinein erstaunte es Christian, dass ihm damals nichts Schlimmes passiert war. Hätte er sich nicht schon vorher eine ordentliche Kondition angesoffen, wäre er sicher das eine oder andere Mal im Spital gelandet. Aber auch so hatte er seine Grenzen ausgelotet. Bemerkenswert, dass ihn außerhalb der Familie weder in der Arbeit noch sonst irgendwo jemand auf seinen offensichtlich desolaten Zustand angesprochen hatte. Andererseits, so merkwürdig war das nicht. Die Leute schauten eben lieber weg. Lange hätte er so ein Level jedenfalls nicht durchgehalten, aber er hatte sich mit dieser Harakiri-Pose sowieso nicht wirklich ruinieren, sondern es Claudia einfach ein bisschen heimzahlen wollen.

Mit der Zeit hatte sich die Lage normalisiert, und er war mit seinem Konsum zurückgerudert.

Christian musste gähnen. Das war immer ein unangenehmes Ereignis: Die aufgebaute Spannung in seinem Rachen zerrte an den Nähten, sandte heiße Schmerzen aus und ließ ihn jedes Mal fürchten, dass irgendetwas riss. Er hatte eine Technik entwickelt, den Druck teilweise durch die Nase entweichen zu lassen. Er war müde, Zeit für ein Schläfchen.

Wenn er aufwachte, würde er sich wieder den Pschyrembel vornehmen. Den Körper lernen, wie einen Bauplan. Er hatte Zeit und würde während seiner weiteren Genesung und auch später an all den kommenden nüchternen Abenden, wenn er wieder gesund war, Unmengen von Zeit haben. Je mehr er über seine Blessuren wusste, desto gezielter konnte er seine Rekonvaleszenz vorantreiben. Er brauchte Struktur, er musste mehr über sich herausfinden. Jetzt wurde er wirklich müde! Ganz schön plötzlich.

Aber bevor er einschlief, wollte er den Gedanken zu Ende führen: der Alkohol als Ventil für seine Wut und Enttäuschung. Der Gottfried hatte das erkannt! Der hatte ihn nicht dafür verurteilt, sondern verstanden. Der sonst so schüchterne Gottfried hatte sich nicht abweisen lassen und ihn zu einem ebenso emotionalen wie klaren Gespräch gezwungen. Das würde er ihm nie vergessen.

Seitdem war er bis zu dem verdammten Unfall einigermaßen brav gewesen. So ein Pech! Andererseits: Er hatte zu viel getrunken, das war ein Faktum. So gesehen war er froh, dass er hier lag. Das Trinken war ein unheimlicher Stress gewesen. Christian schloss die Augen. Spürte Claudia ihre Mitschuld an der ganzen Entwicklung und war deshalb so fürsorglich und liebevoll? Blödsinn, das waren dunkle Gedanken. Außerdem nützten sie ihm nicht. Sein Job war es, gesund zu werden.

5

Raststation Völkermarkt – die letzte Pause lag hinter ihnen, von nun an würden sie ohne Unterbrechung bis Leibnitz durchfahren. Brav schnurrte der Toyota Corolla, die Landschaft zog vorbei. Soeben passierten sie eine Abfahrt: »Griffen« – noch waren sie in Kärnten. Claudia fühlte sich gut. Sie war nicht erschöpft und mochte es, auf der Autobahn dahinzurasen. Mittlerweile hatte sie sich an das Auto gewöhnt, es war wenig Verkehr und die Kinder waren satt und dementsprechend zufrieden. Sie hatte das Radio ausgeschaltet und genoss das monotone Fahrgeräusch. Ihre Finger spielten mit dem Lenkrad, umschlossen es und hielten es schließlich so fest, dass die Fingerknöchel weiß hervortraten. Jetzt ging es wieder los.

Dieser Urlaub hatte es voll gebracht! Sie war zum ersten Mal allein mit den Kindern im Ausland gewesen. Und natürlich war es kein Pappenstiel gewesen, die lieben Kleinen von früh bis spät zu versorgen. Am Abend war sie gemeinsam mit den Kindern schlafen gegangen, anstatt wie in früheren Jahren mit Christian auf dem Balkon bei einem Glas Wein den Abend ausklingen zu lassen. Wahrscheinlich fühlte sie sich auch deshalb so fit, weil es einfach gesund war, den ganzen Tag draußen zu sein und früh schlafen zu gehen. Der Strand, die Sonne und das Meer hatten ihr so gutgetan!

Die Hitze war anders in Italien, passte irgendwie besser in die Landschaft: das Geröll in den ausgetrockneten Flussbetten, die staubigen Wege, das dürre Gras, der glühend heiße Sand. Sie hatte sogar abgenommen, obwohl sie sich genauso wie die Kinder hauptsächlich von Snacks, Pizza und Eis ernährt hatte.

Alles hatte geklappt. Sie hatte nichts vergessen, auf Anhieb zum Hotel gefunden und überhaupt zu ihrer Freude festgestellt, dass sie allein ganz gut zurechtkam. Zugegeben, es hatte keine großen Herausforderungen gegeben. Sie kannten seit Jahren Ort und Hotel, und die Kinder waren verhältnismäßig brav gewesen. Vielleicht, weil dieser Urlaub ohne den Papa auch für sie eine neue Erfahrung war.

Die Italiener waren einfach nett! Wie konnte es sein, dass man nach ein paar Stunden Fahrt aus dem Auto ausstieg und alles so anders war? Auch jetzt auf der Rückfahrt war ihr der Unterschied bei den Raststationen sofort aufgefallen. In Italien waren der Kaffee und die Panini billig und köstlich gewesen. Das Wiener Schnitzel vorhin im Kärntner Raststättenrestaurant – na ja, den Kindern hatte es geschmeckt.

Nach dem Frühstück waren sie immer gleich zum Meer spaziert. Dieser Weg in der Früh war so unspektakulär wie schön gewesen: der Duft von Kaffee und frischem

Gebäck, alles lief ruhig ab, einheimische Jugendliche fegten verschlafen die Gehsteige vor den Bars und Geschäften.

Am Vormittag war es am Strand am besten. Sie hatte darauf geachtet, immer den gleichen Sonnenschirm zu bekommen, damit sich die Kinder leichter orientieren konnten. Ab dem zweiten Tag war alles schon Routine gewesen: Nachdem sie ihr Plätzchen rund um die Liegen eingerichtet und die Kinder eingeschmiert hatte, bekam Jakob seine Schwimmflügerl und die blaue Mütze, an der sie ihn von Weitem erkannte. Der Rest war Freizeit. Unglaublich, wie lange so ein Strandtag war! Obwohl sie stundenlang mit den Kindern Sandburgen gebaut, Muscheln gesucht und im Wasser gespielt hatte und dazwischen diverse Erfrischungen holen gegangen war, hatte sie noch genug Zeit gehabt, untätig im Schatten zu liegen, die Gedanken treiben zu lassen und die anderen Leute zu beobachten.

So viele Menschen. Alle kamen her, um es sich gut gehen zu lassen. Die Mehrzahl der Touristen sprach deutsch beziehungsweise österreichisch. Aber obwohl man Schirm an Schirm, Liege an Liege lag und der Nachbar alles hören musste, taten sie oft so, als könnte man sie hier nicht verstehen. Oder sie pfiffen darauf und genierten sich nicht, in voller Lautstärke ihre private Wäsche zu waschen, weil sie wussten, dass die Anonymität sie schützte.

Am Strand fand sie die Italiener viel interessanter als die ausländischen Touristen. Wäre sie glücklicher gewesen, wenn sie als Italienerin zur Welt gekommen wäre? Der Unterschied in der Mentalität war augenfällig. Egal in welchem Lebensalter: Die Italiener wirkten gelassener, fröhlicher, einfach stärker im Moment als die verspannten oder aggressiven Österreicher und Deutschen.

Sie hatte die Italienerinnen beobachtet, die halbe Tage im Wasser standen und unaufhörlich redeten. Vielleicht war es gut, dass sie nichts verstanden hatte. So hatte sie auf den Klang der Sprache achten und die sprudelnde Vitalität der Frauen genießen können. Die Männer waren sowieso fantastisch. Wie oft war sie in diesen zwei Wochen angelächelt worden? Wie schafften es die Italiener, so offen, freundlich und hilfsbereit zu sein? Als Frau wurde man hier auf ein Podest gestellt, die häuslichen Qualitäten wurden noch geschätzt, die Kinder geliebt – ein wunderbares Land!

Auch Christian mochte es hier, sonst wären sie nicht jedes Jahr wiedergekommen, aber er hatte auf die Italiener immer herabgesehen. Für ihn waren das Schlawiner, von denen er sich im Urlaub ein bisschen über den Tisch ziehen ließ, mit denen man aber ansonsten besser nichts zu tun hatte.

Sie hatte viel weniger Geld gebraucht als erwartet, vielleicht weil sie keinen Alkohol getrunken hatte. Das ging sicher ins Geld. Was Christian wohl in den letzten Jahren so versoffen hatte? Wenn sie genauer darüber nachdachte, hatte er im Urlaub jede Gelegenheit genutzt. Wie oft hatte er sich am Strand abgeseilt: »Ich hole mir was zum Trinken. Willst du auch etwas?« Sie erinnerte sich, wie er vor dem Abendessen immer im Hotel auf dem Balkon bei einem Glas Wein gesessen oder schon auf einen Aperitif vorausgegangen war, während sie die Kinder und sich selbst fertig gemacht hatte. Schließlich die obligatorische Flasche Rotwein vor dem Schlafengehen – da war bestimmt einiges zusammengekommen! Sie hatte immer gedacht, dass es auch sein Urlaub war und sie kein Recht hatte, ihn zu kritisieren. Er war schließlich der Familienernährer. Außerdem war er viel besser gelaunt, wenn er einen sitzen hatte. Ausgelassen, entspannt… Wie würde das in Zukunft sein? Claudia hatte keine Ahnung. Sie war neugierig.

Die Autobahn stieg an, sie drückte das Gaspedal durch. Bald würden sie die Pack erreichen, dann waren sie in der Steiermark und bald daheim.

Mit dem Wetter hatten sie Glück gehabt. Es war die ganze Zeit über sonnig gewesen, heute war der erste nicht so schöne Tag. Schon bei der Abreise war es dunstig gewesen, und kurz vor der Grenze, wo die Tunnel anfingen und sie die Berge immer so bedrohlich empfand, war die Sonne endgültig hinter den Wolken verschwunden. Ein idealer Reisetag, außerdem hatte das Auto ihrer Schwiegereltern keine Klimaanlage, und sie war froh, dass es nicht allzu heiß war.

Sie hatte sich vor der Abreise ganz schön weit aus dem Fenster gelehnt. Das Auto hatte sie bekommen, aber rückblickend fand sie den ganzen Vorgang schrecklich. Als sie ihnen mitgeteilt hatte, dass sie trotz des Unfalls mit den Kindern nach Italien fahren wollte, war sie erwartungsgemäß auf keinerlei Verständnis gestoßen. Ihr für die Fahrt das Auto zu borgen und zwei Wochen darauf zu verzichten, kam für ihre Schwiegereltern nicht infrage. Auch nachdem Claudia ihnen in aller Ruhe erklärt hatte, dass Christian ebenfalls dafür sei. Fast hätte sie losgeheult. Sie war so froh, dass sie es nicht getan hatte! Stattdessen war sie ins Internet gegangen und hatte ein Mietauto gebucht, ganz einfach! Weil sie keine Kreditkarte besaß, war es nicht ganz so einfach gewesen, aber sie hatte es hinbekommen.

Das Mietauto kostete halb so viel wie das Hotel – egal, oder vielmehr: sehr gut! Claudia wusste um den Geiz ihrer Schwiegereltern und hatte sie richtig eingeschätzt. Rechtzeitig vor Anfallen einer Stornogebühr hatte sie die Alten ganz unauffällig mit ihrer kostspieligen Lösung konfrontiert.

Das hatte sicher gearbeitet, Claudia konnte Fritz förmlich hören, wie er über ihre Verschwendungssucht hergezogen war. Maria hatte wahrscheinlich zu bedenken gegeben, dass es komisch aussehen würde, wenn Christian früher oder später davon erfuhr, dass sie sich geweigert hatten, ihr das Auto zu borgen. Sie war nicht dabei gewesen, das Resultat war jedenfalls so ausgefallen, wie sie es sich erhofft hatte: Noch am gleichen Abend hatte es geklopft und Fritz hatte ihr verkniffen mitgeteilt, das Mietauto sei unnötig. Sie beide würden eben die zwei Wochen ohne Auto auskommen müssen. Präzedenzfall gerettet, Sieg!

Es war natürlich ein Vorteil, dass ihre Schwiegereltern so berechenbar waren. Auf der anderen Seite vergaßen die nichts. Sie würden sich jede Demütigung, jede Zurückweisung, jede Kritik merken und zu gegebener Zeit darauf zurückkommen. Jeder Gefallen war teuer erkauft. Das durfte sie wiederum nie vergessen!

Der Abschied war nicht gut gelaufen. Sie hatte sich nicht einmal zu irgendwelchen Floskeln aufraffen können und die beiden Alten bewusst deplatziert herumstehen und warten lassen, als sie die Kinder angeschnallt hatte.

Kein Händedruck, die Kinder hatten den Großeltern aus dem Inneren des Autos zugewinkt. Die süßen Kleinen. Fritz hatte sich im letzten Moment abgerungen: »Passt's halt auf. Und gib Bescheid, wenn ihr dort seid.«

Das Verhältnis zu ihren Schwiegereltern musste sich dauerhaft ändern, wenn ihre Ehe noch eine Chance haben sollte. Ein Anfang war getan, jetzt lag es an ihr, sich weiterhin Respekt zu verschaffen. Wenn Christian sie in Zukunft besser unterstützte, müssten sie doch eine erträgliche Form von Normalität, vor allem für die Kinder, in dieser Wohngemeinschaft erreichen können. So viel lag an ihm. Zuerst musste er natürlich gesund werden und trocken bleiben. Mein Gott, das war so unüberschaubar, unvorstellbar, neu!

Sie hatte Angst vor daheim! Am liebsten hätte sie umgedreht. Aber eine Flucht war nicht möglich. Sie musste funktionieren – und das war gut so. Sie musste endlich selbstständig werden. Jahrelang hatte sie unter der Eintönigkeit ihres Alltags gelitten, damit war es jetzt vorbei. Das war etwas Positives. Reiß dich zusammen!

Die Straße begann zu steigen und der Toyota quälte sich. Sie befanden sich auf einer beeindruckenden Brücke, die das ganze Tal überspannte. Auf der rechten Seite lag die Koralpe mit der signifikanten Radarstation auf dem Speik. Der Anblick gab ihr zu denken: Diese Berge kannte sie, aber nur von der steirischen Seite. Sie sah heute etwas, was sie von klein auf kannte, zum ersten Mal anders.

In ihrem hektischen Schub nach dem Unfall hatte sie sich bereits durch Christians Buchhaltung gewühlt und sich auch an sein Heiligtum, den Apple-Computer, herangewagt.

Vor Jahren hatte Christian sie einzuweisen versucht, aber sie hatte sich kaum etwas gemerkt, geschweige denn seine Begeisterung geteilt. Computer waren für sie immer eines von diesen Männerdingern gewesen, die sie nicht brauchte. Jetzt faszinierten sie die Möglichkeiten des Internets. Man fand alles! Sie hatte noch immer keine Ahnung und stolperte unbeholfen im Netz herum, aber zumindest war ihr bewusst, dass dem so war. Das Passwort, das Christian mühsam mit der linken Hand auf einen Zettel gekritzelt hatte, war leicht zu behalten: »jG070503!«, das waren die Initialen ihres Sohnes, sein Geburtstag und ein Rufzeichen. Rührend von Christian …

Tunnel, Kurve, Kurve, Tunnel, bergauf, bergauf, bergauf und dann eine gefühlte Ewigkeit bergab, bis man bei Mooskirchen in einer lang gestreckten Rechtskurve steirisches Flachland erreichte – das war die Pack.

Gleich hatten sie es geschafft. Claudia schaute im Rückspiegel nach den Kindern: Alles gut, Jakob war eingeschlafen und Sarah spielte mit ihrem Gameboy. In einer guten halben Stunde würden sie zu Hause sein.

Sie entdeckte Seiten an sich, die ihr nicht gut gefielen. Sie konnte berechnend und schlagfertig sein, wenn sie wollte. Das war neu. Im Krankenhaus war es ihr zum ersten Mal aufgefallen: Sie hatte ganz kühl und praktisch darüber nachgedacht, sich scheiden zu lassen, während ihr Mann auf dem Operationstisch lag – das war nicht schön. Dass sie gewünscht hatte, er wäre tot gewesen, weil dann alles zumindest einfacher für sie gewesen wäre, war noch viel schlimmer. Sie konnte es nicht mehr ändern.

Claudia erinnerte sich: Erst war sie von den unterschiedlichsten Gefühlen überwältigt worden. Zu dem lähmenden Gefühl der Ohnmacht, der Verzweiflung und der Angst war eine unglaubliche Wut auf Christian, auf Astrid und auf sich selbst gekommen. Sie hatte nicht wegen Christian geweint, sondern aus Jammer über ihr eigenes, verpfuschtes Leben. Aber dann war etwas Eigenartiges passiert. Sie war trotz der Aufregung vollkommen klar im Kopf geworden und hatte sachlich nachgedacht. Ihr war eingefallen, dass es im Falle einer Scheidung wohl unumgänglich war, ihre Frau Mutter zu belästigen. Auch wenn die das vielleicht nicht so gern sah. Claudia hatte nicht eine Sekunde lang in Erwägung gezogen, bei ihr Trost zu suchen, sie brauchte Geld. Sie selbst hatte ja keines.

Einige Tage später hatte sie tatsächlich mit ihrer Mutter

Kontakt aufgenommen, manische Phase. Aber sie bereute es nicht! Claudia hatte, seit ihre Mutter nach Kanada ausgewandert war, auf keine ihrer Mails geantwortet. Als ihre Mutter zu Weihnachten angerufen hatte, hatte sie behauptet, den Computer nie zu benutzen. Das stimmte beinahe: Seit Jahren schaute sie zwar von Zeit zu Zeit in ihren Posteingang, öffnete aber kaum einmal eine Nachricht. Sie bekam sowieso nur Junkmails. Die ersten Nachrichten ihrer Mutter hatte sie noch teilweise gelesen: lauter Ortsnamen, die ihr nichts sagten. Auf den angehängten Fotos sahen Georg und ihre Mutter so glücklich aus, dass sie verletzt gewesen war und aus Selbstschutz aufgehört hatte, die Nachrichten zu lesen.

Dementsprechend schwer war es ihr gefallen, sie wieder in ihr Leben hineinzulassen. Aber sie hatte in dem Chaos einfach irgendeine Absicherung gebraucht! Ihre Mutter und Georg waren die einzigen Personen auf der Welt, an die sie sich wenden konnte, und das Schreiben war seltsamerweise eine Erleichterung gewesen. Es hatte geholfen, ihre Gedanken zu ordnen. Sie hatte sich kurzgefasst und versucht, möglichst sachlich zu bleiben.

Ebenso kurz war die Antwort ihrer Mutter gewesen: Fakten, ein Ratschlag, Glückwünsche und genau das, was sie erhofft hatte: das Versprechen, im allerschlimmsten Fall zu helfen.

Das Beste an ihrer Mutter war ihre Direktheit, im Vergleich zu ihren Schwiegereltern war das extrem wohltuend. Die Grebiens hätten Bedingungen gestellt und darüber gejammert, wie entbehrungsreich sie selbst aufgewachsen waren und wie leicht es die Jungen hatten. All das ersparte ihr ihre Mutter: Sie und Georg hatten einen Notgroschen und konnten auch für einen Kredit bürgen. Allerdings nicht in Österreich, weil sie dort keinen Wohnsitz mehr hatten. In Kanada war das jedoch kein Problem, dort waren sie gemeldet und hatten Besitz. Beides käme aber nur infrage, wenn Claudia und die Kinder in existenzielle Bedrängnis gerieten. Immerhin, Claudia war dankbar und erleichtert gewesen.

Dann kam der Ratschlag: Sie solle sich einen Job suchen. Viel mehr hatte sie nicht geschrieben, ihr noch alles Gute und Christian gute Besserung gewünscht. Mit keinem Wort hatte ihre Mutter angedeutet, dass sie persönlich kommen würde, wenn es notwendig wäre. Typisch. So weit ging ihre Hilfsbereitschaft anscheinend nicht. Claudia war das nur recht so.

Sie musste sich eine Arbeit suchen, nur so wurde sie finanziell unabhängig, kam unter die Leute und weg von ihren Schwiegereltern. Würde sie eine Stelle finden, die zu ihr passte? Die Bezahlung war nicht so wichtig, auch das Arbeitsgebiet war ihr egal. Sie konnte sich gut vorstellen, in einer großen Firma oder in einem Familienbetrieb zu arbeiten. Vielleicht wie früher als Sprechstundenhilfe, alles war denkbar – schlimmstenfalls Verkäuferin im Supermarkt. Nur in der Nähe musste der Arbeitsplatz sein, damit sie die Kinder versorgen konnte, wenn Christian wieder arbeiten ging. Keine Ahnung, wann das sein würde. Der Arzt hatte sie bei der Frage nur müde angelächelt.

Das Arbeitsklima war wichtig: Anerkennung, freundliche Kollegen und ein netter Chef, der sie nicht unter Druck setzte oder überforderte. Und wenn es nicht so war – sie würde sich jedenfalls reinhängen wie noch nie in ihrem Leben und ihr Bestes geben. Claudia konnte es kaum erwarten. Am liebsten hätte sie morgen ein Vorstellungsgespräch gehabt.

Freunde wären jetzt auch wichtig! Claudia verfluchte sich, dass sie so fahrlässig mit ihren wenigen Bekanntschaften umgegangen war. Der Chor konnte nicht alles kompensieren. Sie verstand sich mit den meisten anderen Sängern und Sängerinnen ganz gut, aber es war eine unausgesprochene Regel, dass man sich innerhalb des Ensembles nicht zu sehr annäherte, sie trafen sich sowieso mindestens einmal in der Woche zur Probe. Außerdem war es schon vorgekommen, dass aus besten Freunden erbitterte Feinde wurden und der Chor wertvolle Mitglieder verlor. Gottfried hielt immer eine gewisse Distanz ein, vielleicht wollte er aber auch niemanden bevorzugen.

Aus der Schulzeit war nur Regina übrig geblieben, und die war ein eigenes Kapitel. Viele waren aus Leibnitz weggegangen, in der Kirche waren die meisten Leute viel älter als sie.

Die Jugendfreunde, Christians Runde, waren nie ganz ihr Fall gewesen. Das verbindende Element war damals der Rausch und die damit verbundene Albernheit gewesen. Auch Christian hatte kaum mehr Kontakt zu denen.

Brauchten die Männer keine besten Freunde? Tauschten sie dieses Bedürfnis gegen die Familie ein? Christian behauptete immer, dass die Familie alles war und die Kinder das Wichtigste überhaupt. Dafür verbrachte er aber wenig Zeit mit ihnen und zog sich ständig aus der Affäre, wenn sie etwas brauchten. In Wirklichkeit war er ein Einsiedler, so wie seine Eltern. Sie hatte immer Menschen um sich haben wollen! Was war da schiefgelaufen?

Es lag sicher daran, dass sie viel zu viel von der Familie erwartet hatte. Sie war stolz darauf gewesen, »unter der Haube« zu sein, und hatte sich von den Frauen distanziert, die keine Kinder hatten und nicht verheiratet waren. Abgesehen davon war sie ja fast nur zu Hause bei den Kindern! Nach der Sache mit Goran war sie sowieso bei allen unten durch gewesen. Interessanterweise ließen sie die Frauen ihre Verachtung stärker spüren. Was war das? Unverständnis, Neid, Verachtung? Fremdgehen kam doch dauernd vor! Sie hatte gestaunt. Danach hatte auf einmal keine ihrer »Freundinnen« mehr Zeit für einen Kaffee gehabt, und die Proben im Chor waren eine Qual gewesen. Steinerne Gesichter.

Selbst schuld, aber jetzt war das verjährt! Sie hatte gebüßt. Jetzt war sie das unschuldige Opfer. Jetzt konnte sie erhobenen Hauptes in die Kirche gehen. Der Unfall und seine Folgen würden ihr in den Augen der anderen nützen, das wusste Claudia. Vor allem, wenn sie es schaffte, gut damit umzugehen. Sie fing wieder bei null an und, so blöd sich das anhörte, das war besser als nichts!

Schade auch, dass mit den Nachbarn nie etwas anzufangen gewesen war. Hätte neben ihnen eine nette Familie mit Kindern gewohnt … Aber nein: Die Grebiens hätten bald einen Grund gefunden, warum man mit denen besser nichts zu tun hatte. Weder mit den Adelbauers auf der einen Seite noch mit der alten Frau Kröll auf der anderen hatten sie mehr Kontakt als unbedingt nötig. Das eiserne Gesetz des Landlebens: Die Familie und die Nachbarn kann man sich nicht aussuchen, also Vorsicht! Kalt und berechnend waren die Leute. Ein bisschen was davon sollte sie sich abschneiden. Die Alexandra würde sie zuerst anrufen, wenn sie Zeit hatte. Das war eine gute Idee.

Eine nicht enden wollende Rechtskurve, und schon waren sie auf der A9. Letzte Etappe. Eine weiße Wolkenwand zog von Süden die Mur herauf. Südlich von Leibnitz in Richtung Slowenien regnete es bereits.

*

Wenn sie das gewusst hätte, wäre sie den Umweg über die Asphaltstraße gegangen oder hätte sich ein Taxi genommen. Zu Hause war sie gar nicht dazu gekommen, ihren Schwiegervater zu fragen, ob er sie mit dem Auto ins Krankenhaus fahren könnte. Fritz war sofort nach ihrer Ankunft zu einem Großeinkauf oder zu wer weiß was für dringenden Erledigungen aufgebrochen. Sie hatte noch nicht einmal das Gepäck fertig ausgeräumt, als er ihr den Schlüssel aus der Hand gerissen hatte. Sogar die Kinder hatten sich über sein Verhalten gewundert, und Claudia selbst war gleich nach ihrer Ankunft jedweder Illusionen beraubt worden. Diese Leute würden sie niemals angemessen behandeln.

Claudia hatte es geradezu als körperliche Anstrengung wahrgenommen, die positive Stimmung und ihre Vorsätze aus Italien aufrechtzuerhalten und nicht gleich wieder im Grebienschen Morast zu versinken. Fassungslos hatte sie dem schnaufenden Fritz zugeschaut, wie er hektisch den Fahrersitz und die Rückspiegel eingerichtet hatte. Für einen Moment hatte sie seinen hasserfüllten Blick erhascht, bevor er sich ertappt von ihr abgewandt hatte und grußlos abgehauen war. Was war los mit dem Mann? Sie hatte die Regenluft genossen und sich im Garten zwei Zigarettenlängen lang abgekühlt, bevor sie die Koffer und Taschen allein ins Haus geschleppt hatte.

Egal was Claudia oder die Kinder erzählt hatten, für ihre Schwiegermutter war dieser Urlaub Hochverrat an ihrem leidenden Sohn, und sie fand es offenbar geschmacklos, davon zu schwärmen. Maria hatte sich über Claudias Egoismus, die Geldverschwendung und darüber, wie sehr sie das Auto gebraucht hätten, beklagt. Italienisches Essen mochte sie nicht, das Ausland war ihr generell suspekt.

Dass sie schon unterwegs gegessen hatten, kam einer Katastrophe gleich. Warum hatte man ihr nicht Bescheid gegeben? Selbstverständlich hatte sie für sie mitgekocht, das hätte sich Claudia ja denken können. Außerdem wäre Fritz früher an ihr Auto gekommen, wenn sie nicht noch eingekehrt wären. Es hatte schließlich geheißen, sie würden »zu Mittag« wieder da sein. In ihren Augen hieß das »zum Mittagessen«, also gleich eine doppelte Verschwendung. Und so weiter und so fort, es hatte sich angefühlt, als würde etwas in ihr abgetötet.

Wider besseres Wissen hatte sie am Strand in Italien, inmitten fröhlicher Menschen, an die Möglichkeit geglaubt, auch mit ihren Schwiegereltern ein entspanntes, emanzipiertes, geradliniges Verhältnis aufbauen zu können. »Die müssen doch zu knacken sein!«, hatte sie sich gedacht. Nach diesem Gespräch wäre sie am liebsten abgehauen. Aber das ging eben nicht.

Claudia klammerte sich an den Regenschirm. Soeben ging sie an »ihrem Bankerl« vorbei. An eine Pause war heute nicht zu denken. Sie fror und rannte, so schnell sie konnte, weiter. Ihre Beine und ihr Rücken waren nass, mit dem Schirm konnte sie gerade den Kopf und ihre Handtasche, die sie mit der anderen Hand an den Bauch drückte, schützen.

Dort in der Küche war Claudias Welt auf ihren winzigen Aktionsradius zusammengeschrumpft, sie hatte geahnt, was sie in Zukunft erwarten würde, wenn sie sich und ihr Zuhause nicht neu erfand. Claudia dachte an all die schönen Landschaften, die sie vorhin von der Autobahn aus beobachtet hatte. Das war noch keine vier Stunden her! Überall lebten Menschen. Die machten sich das Leben doch bestimmt nicht alle so sinnlos zur Hölle! Die Häuschen und Siedlungen hatten aus der Ferne so idyllisch ausgesehen.

Gut, dann eben ohne seine Eltern, oder vielmehr gegen sie. Christians Verhalten würde entscheidend sein. Der hatte einiges gutzumachen. Sie war mit ihm und nicht mit seinen Eltern verheiratet.

Wenigstens stand sie mit ihrem Hass auf Fritz und Maria nicht ganz allein da. Claudia erinnerte sich daran, wie sie Sarah gesagt hatte, dass sie schnell zum Papa ginge und die Oma auf sie aufpassen würde. »Kann ich mitkommen?« Diese Reaktion ihrer Tochter hatte Claudia gefallen. Sie hatte ihr aber erklären müssen, dass der Papa noch immer nicht reden konnte und die Mama in Ruhe mit den Ärzten sprechen musste. Außerdem kam der Papa ja bald nach Hause. Sarah hatte erklärt, dass es gar nicht um den Papa ging, sondern darum, dass sie nicht mehr mit ihren Großeltern allein daheim sein wollte. Das hatte Claudia noch viel mehr gefallen. »Mama, warum redet die Oma immer so böse?« Hätte sie es nicht eilig gehabt, hätte sie gern nachgefragt. Die Grebiens verspritzten ihr Gift anscheinend in ihrer Abwesenheit auch vor den Kindern! Sie würde das später mit ihrer Tochter besprechen. Ob Fritz schon zurück war?

Sie brauchten möglichst bald wieder ein eigenes Fahrzeug. Claudias Miene hellte sich auf. Autokauf – das war für Christian immer ein freudiges Ereignis gewesen. Ein neuer Wagen für ein neues Leben! Geld hin, Geld her, am Land war man ohne Auto aufgeschmissen. Auto stand hier für

Autonomie von den Grebiens. Der Thomas würde schon etwas Günstiges für sie auftreiben.

Dass sie gerade jetzt daran dachte, war kein Wunder: Ihre flachen Lederschuhe waren hinüber. Die konnte sie wegschmeißen. Der Trampelpfad hatte sich seit ihrem Hinweg vor zwei Stunden in einen Streifen Gatsch verwandelt. Der Regen wurde immer stärker und schließlich schüttete es. Zwischen einem Bächlein und einem Acker führte der Weg entlang, weit und breit gab es keine Möglichkeit, sich unterzustellen. Claudia schien es, als käme der Regen auch waagerecht und von allen Seiten, innerhalb weniger Sekunden war sie nass bis auf die Haut. Es war ihr jetzt egal. Nasser konnte sie nicht mehr werden, und ihre lederne Handtasche würde die paar Minuten bis nach Hause hoffentlich dicht halten.

Allzu oft würde sie den Weg nicht mehr zurücklegen müssen. Wobei … Das Gespräch mit dem Arzt war aufschlussreich, aber nicht besonders ermutigend gewesen. Anscheinend hatte sie Christians Verletzungen doch etwas zu leichtgenommen. Es hätte natürlich noch viel schlimmer kommen können, das war ihr erst vorhin richtig klargeworden.

Doktor Heidinger hatte mindestens eine Stunde lang mit ihr geredet. Sie war ihm unendlich dankbar dafür. Irgendwie hatte sie das Gefühl, dass er Christian mochte. Vielleicht interessierte ihn auch nur der Fall. Jedenfalls war Claudia sicher, dass er sich nicht bei jedem Patienten so viel Zeit für die Angehörigen nehmen konnte.

Übermorgen würde Christian reden können. Das war ein Riesenschritt nach vorne. Abgesehen davon, stand noch die OP an Christians Bein an. All die anderen Verletzungen würden ohne bleibende Schäden ausheilen, aber sein Bein war nach wie vor nicht in Ordnung.

Die medizinischen Details waren ihr zu hoch gewesen, die Nerven und Adern waren das Problem, nicht die gebrochenen Knochen, so viel hatte sie verstanden. Anscheinend war das komplizierter und langwieriger zu operieren. Eigentlich logisch – das Material war ja weicher und glitschiger. Claudia unterdrückte die hochkommenden Bilder und zwang sich, an etwas anderes zu denken.

Ihr war schon immer schlecht geworden, wenn sie Blut, Aufnahmen von Organen oder Ähnliches gesehen hatte. Die beiden Geburten waren Ausnahmesituationen gewesen, die sie erfolgreich verdrängt hatte. Es war sinnlos, darüber nachzudenken, letztendlich war man den Ärzten ausgeliefert und musste ihnen vertrauen. Was ihr bei Doktor Heidinger auch nicht allzu schwerfiel. Er wirkte kompetent auf sie. Ein schrecklicher Beruf.

Vielleicht 500 Meter noch, Claudia stapfte den überfluteten Wiesenweg entlang und schüttelte unwillig den Kopf. Das würde schon wieder werden. Hauptsache, er war bald wieder zu Hause.

2010

1

Es war ein Bild wie aus einer anderen Zeit: Die Sonne war vor etwa einer Stunde untergegangen. Auf dem Meer waren einige kleine Boote zu erkennen, die im abendlichen Dunst weiter draußen zu Schemen verschwammen und sich im Ungewissen auflösten.

Gestern mitten in der Nacht, auf der Fahrt vom Flughafen ins Hotel, hatte sie durch die Fensterscheibe eine ihr unerklärliche Lichterkette gesehen, die weit unterhalb des sternenbesetzten Himmels im schwarzen Nichts gelegen hatte. Der Fahrer hatte ihr erklärt, dass es sich um Fischerboote handelte. Wahrscheinlich waren es dieselben, die jetzt wieder hinausfuhren. Vielleicht waren schon zur Zeit der Pharaonen Boote der gleichen Bauart von diesem Strand auf das ewig gleiche Meer hinausgefahren. Sie wollte, dass es so war. Sie war in Afrika, kaum zu glauben!

Es roch nach Rauch. Unten am Strand brannte ein Feuer, um das einige Menschen hockten. Ob es Einheimische oder Touristen waren, konnte man aus der Entfernung nicht erkennen. Die zusammengeklappten Sonnenschirme direkt vor ihr bildeten ein geometrisches Muster, das an eine Baumschule erinnerte. Ein paar Spaziergänger, ab und zu ein Jogger, der aus der Dunkelheit kam und wieder darin verschwand – Friede.

Claudia saß auf einer Terrasse direkt hinter dem Strand, aber noch innerhalb des eingezäunten Hotelgeländes. Untertags war es ihr an der Sonne zu heiß gewesen, jetzt war sie froh, dass sie ihre Strickjacke anhatte. Der kühle Wind trug das Rauschen des Meeres zu ihr herauf. Außer ihnen war glücklicherweise kein anderer Gast auf die Idee gekommen, sich hierherzusetzen. Die meisten waren wohl noch beim Abendessen.

Sie waren unter den Ersten am Buffet gewesen. Nach der fehlenden Nacht war ihr Tagesrhythmus etwas durcheinander, aber alles in allem hatte sie einen perfekten Einstieg in den Urlaub gehabt. Sie freute sich schon auf morgen. Wenn sie beide ausgeschlafen waren, würde es sicher noch besser werden.

Während sich drinnen in den diversen Restaurants die Gäste drängten – es mussten Hunderte, wenn nicht Tausende sein, so riesig war das Hotel –, saß sie hier draußen in der ägyptischen Nacht. Das war so … romantisch. Aufregend!

Alle paar Minuten kam immer derselbe Hotelbedienstete auf seiner Kontrollrunde vorbei und lächelte ihr mit seinen strahlend weißen Zähnen aus dem Finsteren zu, bevor er weiterging. Dieses Hotel war ein Palast. Ihr Zimmer war schön, und sowohl zum Frühstück als auch zum Abendessen gab es mehr als genug. Das Buffet schien überhaupt kein Ende zu nehmen. In der Früh war sie zu müde gewesen, aber beim Abendessen hatten sie beide ordentlich zugeschlagen. Gott, hatte sie viel gegessen – ein herrliches Gefühl! Sie war aufgeregt gewesen und hatte bereits die letzte Nacht zu Hause nicht gut geschlafen, es fehlten ihr also fast zwei Nächte. Trotzdem war sie nicht müde, durstig war sie!

Christian brauchte ja ewig! Er hatte doch nur auf die Toilette gehen und etwas zum Trinken holen wollen. Musste sie sich Sorgen machen? Claudias Haut und Lippen waren vom Wind und der Sonne ausgetrocknet, und das Essen war ziemlich salzig gewesen. Sie stand auf und schaute zum Haupthaus. Ihr Zimmer war im vierten Stock. Kein Christian zu sehen, hoffentlich war er nicht eingeschlafen. Sie setzte sich wieder hin und versuchte, nicht weiter an den Durst zu denken. Einfach sitzen und genießen – sie merkte erst jetzt, wie urlaubsreif sie war. Sie zwang sich, nicht daran zu denken, dass sie in einer Woche wieder heim mussten. Jeden Moment genießen!

Das Areal war riesig: das mächtige Haupthaus, unzählige Nebengebäude und ein wahres Labyrinth von Pools, Bars und anderen Räumlichkeiten. Sie hatte sich tagsüber ständig verlaufen, aber das Personal war extrem nett. Es war gar nicht nötig zu fragen, ihr suchender Blick hatte ausgereicht, dass ein lächelnder Mitarbeiter zu ihr kam und fragte, ob er ihr behilflich sein könnte. Fantastisch, wenn auch ungewohnt.

Als sie das erste Mal in Badesachen durch die riesigen, blitzsauberen Hallen gelatscht waren, war ihr das total peinlich gewesen. Jetzt, wo sie einen Tag lang die anderen Gäste hatte beobachten können, machte sie sich keine Sorgen mehr um ihr Benehmen oder darüber, dass sie fehl am Platz war.

Das Rote Meer war jedenfalls etwas anderes als ihr Hausmeisterstrand an der oberen Adria! Die Kinder würden es hier lieben. Auch das Publikum war internationaler, deutsche Gespräche sogar eher die Ausnahme. Viele Russen waren da, aber auch Italiener, Franzosen, Skandinavier und

Osteuropäer. Sie verstand nicht nur nicht, was die Leute sagten, sie konnte oft nur raten, um welche Sprache es sich überhaupt handelte – cool!

Es war wie im Märchen, unglaublich, und dass ihre Mutter es ihnen ermöglicht hatte, war noch unglaublicher.

Warum hatte sie das getan? Schlechtes Gewissen? Es war Claudia egal. Sie war einfach nur dankbar. Sie beide auf diesen Urlaub einzuladen und mit den Kindern in der Zwischenzeit nach Istrien zu fahren, war nicht nur großzügig, sondern auch eine so selbstlose, praktische, hilfreiche Aktion, dass Claudia es noch immer nicht glauben konnte.

Dabei, die erste Begegnung nach drei Jahren der Trennung – nichts! Kein Unterschied, ihre Mutter war die Gleiche geblieben. Ein bisschen älter natürlich, aber sonst. Es war auf der Kippe gewesen: Um ein Haar wäre Claudia ihr um den Hals gefallen, den Impuls dazu hatte sie körperlich gespürt, fast so, als hätte sie das Gleichgewicht verloren. Aber dann hatte sie das Entsetzen im Blick ihrer Mutter gesehen. Entsetzen war vielleicht ein zu starker Ausdruck, aber Begeisterung sah anders aus. Das hatte sie verletzt. Claudia wusste selbst, dass sie sich verändert hatte. Verdammt, sie hatte mit dem Rauchen aufgehört! Natürlich hatten sich die Kinder in den mehr als drei Jahren noch viel mehr verändert. »Pah! Jakob! Du bist ja ein Brocken!« Das war ihre Begrüßung gewesen. Er hatte es gelassen genommen, so etwas hörte er öfter. Für seine acht Jahre war er sehr groß und leider auch übergewichtig. Mein Gott, die ganze Familie war nicht dünn!

Außer Sarah natürlich. Die war gertenschlank, dafür in ihrer Klasse die Kleinste und nur eine Handbreit größer als ihr um drei Jahre jüngerer Bruder, worunter sie fürchterlich litt.

Claudia hatte vergessen, wie undiplomatisch ihre Mutter sein konnte.

Als Claudia Christian davon erzählt hatte, dass ihre Mutter nach Österreich kommen würde, hatte er sich mit Händen und Füßen dagegen gewehrt, sie zu sehen. Claudia hatte ihm erklärt, dass sie ihr bereits angeboten hatte, bei ihnen zu wohnen, und seinen Tobsuchtsanfall in Kauf genommen. Sie kannte das. Wenn sie auf alle seine Launen einginge ... Und das war eine Frage des Benehmens! Hätte sie ihre Mutter vielleicht in einem Gasthof oder einem Hotel unterbringen und sie dort besuchen sollen? Christian wäre es so sicher am liebsten gewesen, aber Claudia wollte den Kindern nicht diese einmalige Chance nehmen, ihre andere Oma zu sehen. Außerdem war sie selbst neugierig auf sie gewesen. Später beim Reden war ihr eine kleine Veränderung in ihrem Wesen aufgefallen: Sie war ruhiger geworden, irgendwie unbeteiligter und nicht mehr so verbissen. Glücklich sah sie nicht wirklich aus, neugierig und unhöflich war sie nach wie vor.

Sie hatte Christian über seinen Zustand gelöchert und sich überraschenderweise jeden Kommentars enthalten. Wenn Christian einmal über seine Krankengeschichte sprach, dann war das entweder ein medizinischer Vortrag oder ein bitterer Exkurs über die göttliche Fügung. Gegenüber seiner Mutter hatte er sich hauptsächlich auf Ersteres beschränkt. Als er irgendwann aber doch auf den Willen Gottes zu sprechen gekommen war, hatte es sich ihre Mutter nicht verkneifen können, aufzulachen und mit dem Kopf zu schütteln. Das war so typisch, es war doch klar gewesen, dass ihn das verletzten musste! Ausnahmsweise hatte sie ihren Mann verstanden.

Er hatte sich mit einer Entschuldigung ins Arbeitszimmer zurückgezogen und in den folgenden paar Tagen den Kontakt zu ihrer Mutter auf ein Minimum reduziert. Eigentlich war das für alle Beteiligten das Gescheiteste gewesen.

Mit den alten Grebiens hatte sich ihre Mutter auf einmal sehr gut verstanden und deren endloses Gejammer erstaunlich geduldig ertragen. Das hatte den Alten natürlich geschmeichelt.

Claudia hatte verblüfft, dass ihre Mutter oft nach den richtigen Worten suchen musste und manche auch mit englischem Akzent aussprach. Ganz eigenartig war, dass sie Gesten und Gesichtsausdrücke verwendete, die Claudia früher nie an ihr wahrgenommen hatte. Dass die Frau Lehrerin in so kurzer Zeit ihre Muttersprache verlernt hatte, nahm sie ihr nicht ab. War das ein unbewusster Ausdruck dafür, dass sie mit Österreich nichts mehr zu tun haben wollte? Es kam jedenfalls affig rüber.

Am ersten Abend hatten sie zu zweit bei einer Flasche Wein geredet.

Es hatte ihr gutgetan, dass ihre Mutter auch gejammert hatte. Das war neu. Anscheinend war Georg mittlerweile ein vollkommener Spinner, und auch sonst schien sie sich nur schwer an manche Gegebenheiten in Kanada zu gewöhnen. Indem ihre Mutter sie ein bisschen in ihre Nöte hatte hineinschauen lassen, war sie für Claudia menschlicher geworden, nicht mehr so überlegen, so hart.

Die Zeit war schnell vergangen, es hatte für nicht mehr als ein paar oberflächliche Auskünfte über die Kinder und die Arbeit gereicht, und das war genau richtig so gewesen. Claudia traute dem Frieden nicht ganz, sie hatte sich auf keinen Fall belehren lassen oder rechtfertigen wollen. Aber ihre Mutter hatte sie weiterhin überrascht. Die hatte ihr tatsächlich dazu gratuliert, dass sie mit dem Rauchen aufgehört hatte, und die 20 Kilo Übergewicht mit keinem Wort erwähnt!

An den darauffolgenden Tagen hatten sie sich kaum gesehen, ihre Mutter war morgens mit dem Zug irgendwohin gefahren oder hatte zu Fuß Ausflüge in die Umgebung unternommen. Nachmittags war sie mit den Kindern spazieren gegangen oder hatte mit ihnen gespielt. Christian hatte nach wie vor die beleidigte Leberwurst gespielt und war nur zu den Mahlzeiten aus dem Computerzimmer gekommen. Kein Problem, ihre Mutter durfte ruhig mitbekommen, wie es bei ihnen daheim zuging.

Erst am letzten Abend vor ihrer geplanten Abreise war sie mit ihrer Überraschung herausgerückt: Sie hatte beschlossen, doch nicht gemeinsam mit Georg, der beim Begräbnis seines Bruders in Tirol gewesen war, zurück nach Kanada zu fliegen, sondern erst zwei Wochen später. Sie wollte stattdessen ein paar Tage nach Rom fahren – dort war sie noch nie gewesen – und anschließend in der Karwoche, wenn Osterferien waren, eine Reise mit den Kindern unternehmen. Claudia und Christian sollten in der Zeit einmal gemeinsam ausspannen. Das Ganze sei ihr nachträgliches Geschenk zum zehnjährigen Hochzeitstag.

Den Prospekt hatte sie gleich auf den Tisch gelegt: Hurghada, super Fotos, super Preis. Sie waren erst einmal alle baff gewesen. Die Kinder hatte sie gleich auf ihrer Seite gehabt, als sie vorgeschlagen hatte, mit ihnen nach Kroatien zu fahren. Claudia konnte sich nicht vorstellen, was sie dort den ganzen Tag mit einem Acht- und einer Elfjährigen machen wollte, wenn es zum Baden zu kalt war. Aber das war nicht ihr Problem.

Sie streckte die Beine aus, schloss die Augen. Sie war natürlich sofort Feuer und Flamme gewesen.

Christian hatte zwar noch herumgebrummelt und sich von allen ein bisschen überreden lassen, aber Claudia war sicher, dass er die Idee auch gut gefunden hatte.

Ihre Mutter hatte sie zum Flughafen gefahren, damit sie für ihre Fahrt mit den Kindern das Auto hatte.

Sie würden sich nicht mehr sehen, am Ostersamstag ging ihr Rückflug nach Kanada, und Christian und sie flogen erst am Ostersonntag wieder heim.

Zwei Tage nach dem Gespräch war ihre Mutter zu ihrer Italienreise aufgebrochen. Wie eine 20-jährige Studentin, in Jeans und mit ihrem abgewetzten Rucksack auf dem Rücken. Bei ihrer Rückkehr war sie ziemlich aufgekratzt gewesen und hatte Claudia mit ihrer guten Laune angesteckt.

Gestern war es dann endlich so weit gewesen. Claudia dachte zurück an den Flughafen in Graz. Sie waren beide aufgeregt gewesen wie zwei Jugendliche, schließlich flogen sie nicht alle Tage, aber alles hatte perfekt geklappt.

Claudia öffnete die Augen. Sie hatte ein Geräusch gehört. Endlich – Christian kam. Er hatte eine große Flasche Mineralwasser unter dem Arm und ein Cola Light in der freien Hand. »Tut mir leid, dass es so lang gedauert hat. Ich hab ewig gebraucht, bis ich die richtige Bar gefunden habe, und dann habe ich noch einmal aufs Klo müssen.« Claudia nahm ihm sofort die Wasserflasche ab und öffnete sie. Es zischte, sie trank gierig von dem eiskalten Wasser.

Christian setzte sich zu ihr.

»Danke, das war wichtig. Wie geht's dir? Bist du müde?«

»Und wie! Am liebsten wäre ich gleich auf dem Zimmer geblieben. Das ist ein Wahnsinn da, oder?«

»Wie meinst du das?«

»Du musst dir den Speisesaal anschauen – eine einzige Orgie! Die laden sich die Teller auf, als gäbe es kein Morgen. Und überall steht stapelweise das schmutzige Geschirr herum, mit Bergen von den nicht aufgegessenen Resten darauf. Absolut dekadent!« Christian musste aufstoßen.

Er schaute zu Claudia, die seinen Blick spürte, aber bewusst geradeaus schaute. Auf das Meer, das sie hören, aber nicht sehen konnte, in die ägyptische Nacht. Sie sagte: »Gut, dass wir so früh dran waren. Hier draußen ist es dafür total friedlich. Wie spät ist es?« Christian holte das Handy aus der Brusttasche seines Kurzarmhemds. »20.43 Uhr Ortszeit. Aha, da heraußen hab ich kein WLAN. Drinnen in der Bar hat es funktioniert.« Er seufzte, steckte das Handy ein und lehnte sich zurück.

Nach einigen Momenten der Stille ergriff er wieder das Wort. »Übrigens, inklusive sind am Abend nur die Getränke im Speisesaal. Wenn wir in den Bars etwas konsumieren, müssen wir das extra zahlen. Bis 18.00 Uhr dürfen wir an den Poolbars und dem Strandcafé außer frisch gepressten Säften alles trinken, auch Kaffee und so, es gibt auch Snacks und Kuchen. Wir müssen nur unser Bandl herzeigen, dann zeigen uns die Angestellten, was für uns gratis ist.

Das haben sie uns nämlich alles nicht gesagt! Deshalb auch die blauen Bänder, die uns aufgefallen sind. Wir haben rote, für uns ist das ›alles inklusiv‹, nicht so exklusiv wie für die Herrschaften mit den blauen Bandln. Am Schlimmsten sind allerdings die armen Schweine mit den gelben dran. Die kriegen nur Frühstück und Abendessen gratis und müssen jedes Wasser und jedes Bier extra berappen. Ich habe mir die Preislisten angeschaut – das ist dann bei der Abreise eine böse Überraschung! Bar kann man ja nirgendwo hier zahlen, verstehst du? Die fragen ganz unschuldig nach der Zimmernummer, wenn du etwas bestellst. Ist mir gerade in dieser verstunkenen Shisha-Bar passiert! Natürlich ist es einem peinlich, die Getränke zurückzuschicken, wenn sie schon vor einem stehen, und genau damit rechnen die. Während so einer Urlaubswoche behält doch kaum einer den Überblick, will auch nicht ans Geld denken. Nicht blöd, ein gefinkeltes Bandlsystem. Auf der anderen Seite haben es diese russischen Tiere auch nicht anders verdient. Das Ganze ist abartig, oder? Findest du nicht?«

Claudia ließ ihn reden. Er hatte sich seinen Vortrag sicher vorher überlegt. Sein Bedürfnis zu wortgewandter Kritik kannte sie zur Genüge. Er liebte es, wenn ihm Sätze wie der mit dem inklusive-exklusive einfielen. Es stimmte sicher, was er sagte, aber man konnte halt entweder die Sonne, die Wellen und die ganzen Annehmlichkeiten hier sehen oder den Müll, die lauten Gäste und die Abzocke, die es natürlich auch gab. Es war ihr Urlaub. Der erste Urlaub, seit sie berufstätig war. Im letzten Jahr hatte sie mehr gearbeitet als Christian. Wenn er sich seine Zeit damit vermiesen wollte, dass er ständig nörgelte, sollte er das tun. Sie beschloss, auf Durchzug zu schalten, gar nicht auf sein Gejammer einzugehen. Dann würde er hoffentlich irgendwann damit aufhören. Er war ja so sensibel und intelligent, wie er dauernd betonte.

Astrid hatte recht: Männer waren wehleidige Kinder, die ständig im Mittelpunkt stehen mussten. Zugegeben, die hatte nie viel Glück mit den Männern gehabt, aber auf Christian traf ihr Urteil zu. Claudia wusste nicht, wie anstrengend der Flug und das ganze Drumherum tatsächlich für ihn waren, ob er Schmerzen hatte und deshalb so unleidlich war. Vielleicht spielte auch die Tatsache, dass dies seine erste Urlaubsreise ohne Alkohol war, eine Rolle. Leicht war es nicht für ihn. Sie hatte untertags mehrmals daran gedacht und ihn heimlich beobachtet. Man war den ganzen Tag von saufenden Touristen umgeben, die ganz offensichtlich nach Kräften ausnutzten, dass alles gratis war. Es gab eigenes Personal, das sich nur um den Nachschub und die Entsorgung der Plastikbecher kümmerte, die sich an jeder Ecke stapelten.

Christian hatte andererseits keine Ahnung davon, wie hart es für sie war, nicht zu rauchen!

Hitze und Rauchen hatten früher für sie zusammengehört. Eine Zigarette am Strand war der Inbegriff von Urlaub! Es fiel ihr nicht leicht, sich zu entspannen, wenn ihr der Rauch eines anderen Gastes in die Nase zog und sie schmerzlich daran erinnerte, dass sie aufgehört hatte. Sie konnte Christian also sehr wohl verstehen, im Unterschied zu ihm war sie aber trotzdem in der Lage, dem Ort eine Chance zu geben! Soeben passierte der Wächter wieder die Terrasse, die Zähne blitzten, bevor er um die Ecke verschwand.

Es war leider für sie unmöglich, zwischen den echten Beschwerden Christians und einem ungerechtfertigten Grant, seinem Hass auf die Welt, zu unterscheiden. Sie bemühte sich wirklich und nahm Rücksicht, wo sie nur konnte. Leider reagierte er auf ihr Engagement nicht mit Liebe oder zumindest guter Laune. Leiden schien für ihren Mann unverzichtbar zu sein.

Das passte zur Kirche, dieser scheinheiligen Bagage. Angefangen bei der guten Alexandra, die jeden Sonntag geschminkt und aufgetakelt mit Kind und Kegel zum Gottesdienst kam. Die war weder ein guter noch ein gläubiger Mensch! Christian und sie waren religiös, das würde sie nie infrage stellen. Aber während sie mittlerweile mehr auf ihren Bauch und ihr Urteil vertraute und das gut mit Gott unter einen Hut bringen konnte, hatte ihr Mann sich in eine völlig überzogene Puritanerhaltung hineingesteigert. Der sah überall die Sünde der Welt und die Verworfenheit der Menschen. Damit stieß er bei seinen Eltern auf offene Ohren. Vielleicht gönnte er den anderen keinen Spaß und keine Freude, weil er glaubte, selbst darauf verzichten zu müssen. Konnte er ohne Alkohol wirklich nicht froh sein? Das war erbärmlich. Wann hatte er das letzte Mal so richtig gelacht? Wann hatten sie endlich wieder einmal Sex? Nie wieder? Wofür waren sie dann hier?

»Weißt du, Christian, das ist unser erster Abend. Ich bin müde, lass es uns einfach genießen.«

»Bitte, genieße. Ich wollte dir nicht auf die Nerven gehen. Ich habe gedacht, es interessiert dich, wie das hier läuft.«

»Tut es, ehrlich gesagt, nicht besonders. Schlimmstenfalls zahlen wir halt ein bisschen drauf. Wir sind doch eingeladen, und früher warst du auch nie geizig im Urlaub.«

»Früher habe ich auch doppelt so viel verdient. Außerdem geht es nicht ums Geld, sondern um einen widerwärtigen Mechanismus: Die Gäste werden mit dieser Alles-ist-gratis-Masche über den Tisch gezogen und revanchieren sich ihrerseits, indem sie sich von früh bis spät besaufen und vollfressen. Tiere! Und das noch dazu in einem Land, wo Menschen verhungern und wo man vor den Einheimischen beschützt werden muss!«

Claudia musste lachen. Sie konnte sich nicht zurückhalten, obwohl sie wusste, wie wütend es Christian machte. »Du redest wie meine Mutter. Ihr könnt ja das Dilemma von Club-Urlauben in der dritten Welt diskutieren, wenn wir wieder zu Hause sind. Es klingt so, als wärt ihr ausnahmsweise einmal einer Meinung!«

»Du bist so deppert.«

»Geh, Christian! Ich bin sicher, dass meine Mutter gedacht hat, dass es uns hier gefallen würde. Und ich muss sagen: Bis jetzt gefällt es mir. Dir nicht?«

»Bitte tu nicht so, als ob ich alles schlechtmache. Das stimmt nicht! Mir gefällt es auch. Aber man wird ja wohl einmal etwas Kritisches sagen dürfen! Wie man es macht, ist es falsch: Erst beklagst du dich, dass ich nur über mich rede, der normale Umgangston mit meinen Eltern ist dir zu oberflächlich, aber wenn man einen Blick hinter die Fassade wirft, passt es auch wieder nicht. Vielleicht gibst du mir eine Liste, worüber ich mit dir reden darf.«

Christian trank aus und stellte die leere Cola-Flasche auf einem Sims hinter sich ab. Dann schaute er zu ihr, wartete offensichtlich darauf, dass sie etwas sagte. Den Gefallen tat sie ihm nicht. Sie wollte nicht streiten, ihm aber auch nicht schmeicheln. Also schwieg sie und schaute weiter mit einem stoischen Lächeln geradeaus. Einige Sekunden verstrichen, dann stand er ächzend auf.

»Weißt du was? Ich bin wirklich müde. Ich hole mir eine Flasche Mineralwasser für die Nacht und gehe aufs Zimmer. Du kannst ja bleiben und genießen, wenn du willst.«

Er ging davon aus, dass sie mitkam, das war klar. Aber sie wollte noch zehn Minuten Frieden, bevor sie einschlief. An Sex war nicht zu denken, und neben Christian im Bett zu liegen und fernzusehen, während er auf sein iPhone starrte – dafür war ihr dieser Abend zu schade! Sie war aufgekratzt und nachdenklich und mochte ihren Mann momentan noch etwas weniger als sonst.

»Ja. Danke! Eigentlich würde ich wirklich gern ein bisschen an der frischen Luft bleiben. Lässt du mir die Zimmerkarte da, damit ich dich nicht aufwecken muss, wenn ich komme? Meine liegt leider auf dem Zimmer, du kannst dir ja von einem Hotelmenschen aufsperren lassen, oder?« Ein kurzer Moment der Fassungslosigkeit, dann zog er wortlos die Zimmerkarte aus der Hosentasche, gab sie ihr und hinkte davon. Claudia schaute ihm nach und seufzte. Vielleicht entwickelte sich der morgige Tag in eine positive Richtung, und Christian schaffte es, sich zu entspannen. Sie wollte es einfach glauben.

Es war in der Zwischenzeit finstere Nacht geworden, und plötzlich bekam sie Angst. Ihr wurde für einen Moment bewusst, dass sie sich in diesem Hotel inmitten eines unbekannten, gefährlichen Landes befand, einer Insel der Zivilisation. Auch vom Meer, das sie ganz in der Nähe wusste, ging eine unbestimmte Bedrohung aus. Ihr Herz krampfte sich zusammen. Dann war es vorbei, und sie wunderte sich über sich selbst. Was war das gewesen? Wollte sie wirklich noch hier herumsitzen? Nein, sie hatte genug von der Einsamkeit, aber zu Christian aufs Zimmer wollte sie auch nicht.

Es war doch ganz einfach: Sie musste nur aufstehen und hineingehen! Da drinnen war Licht, Musik, da waren andere Menschen. Claudia schaute an sich hinunter, betrachtete ihr schwarzes Baumwollkleid und die Sandalen. Elegant war anders, aber es würde schon irgendwie gehen. Es konnte ihr schließlich egal sein, was man hier über sie dachte. Sie wollte nur gemütlich ein Glas Wein trinken und ein bisschen Leute schauen.

*

Dezentes Licht, gemütliche Jazzmusik, wuchtige Polstermöbel und nur eine Handvoll Leute – Claudia hatte sich für die »Miles-Bar« im Hauptgebäude entschieden. Es gab noch die »Shisha-Bar« auf der anderen Seite des Geländes, wo man Wasserpfeifen angeboten bekam, und eine Art Disco im Untergeschoss mit lauter Musik und einer Theke, die auf einer Seite direkt in einen Pool überging. Dort war es ihr zu voll beziehungsweise zu verraucht gewesen.

Sie war die einzige Frau ohne Begleitung, die paar älteren Männer, die entweder in ihr Glas oder in eine Zeitung starrten, nahmen sie nicht wahr. Claudia taxierte sie unauffällig. Sie war geil, das war es. Sie war enttäuscht, dass Christian auch hier nicht an Sex dachte. Sie wusste selbst nicht, warum, aber sie hatte gedacht, dass er sie endlich wieder einmal verführen würde. Hatte er es vorgehabt? Hundertprozentig nicht. Von ihrer Seite war auch nichts gekommen, das war richtig. Aber sie war es einfach leid, immer die treibende Kraft zu sein. Sie wollte endlich wieder einmal begehrt und geliebt werden. Sein ständiges Leiden und Klagen machte sie aggressiv, und seine Behinderung war ein Lustkiller.

Sie nippte an ihrem Rotwein, der trotz des imposanten Glases, das der Barkeeper mit ausladender Geste vor ihr abgestellt hatte, furchtbar schmeckte. Jeder der Männer hier hätte sie jetzt haben können, sogar der alte Knacker an der Bar. Wenn die das wüssten! Wahrscheinlich hätten sie trotzdem kein Interesse. Claudia lächelte bitter, sie wusste, wie unvorteilhaft das schwarze Baumwollkleid war. Die Strickjacke konnte ihre Fettpolster nicht kaschieren. Warum hätte sie auf sich achten sollen?

Seit fast zwei Jahren war Christian der Patient und sie die Pflegerin, und davor hatte er ja seine Schmollphase gehabt. Als er noch gesoffen hatte, war es wenigstens ab und zu passiert, auch wenn es selten angenehm für sie gewesen war. Nüchtern war er anscheinend zu verklemmt für Sex. Blöd für sie! Ihre Ehe war indirekt also doch ein Gelübde der Keuschheit. Sich anderweitig umzusehen kam ja nicht infrage. Warum eigentlich nicht?

Claudia sah sich um. Sie hatte den Fehler schon einmal gemacht. Aber das war etwas anderes gewesen. Sie war eine Frau, sie hatte Bedürfnisse, ernsthaft: warum nicht? Die Antwort war einfach: Sie konnte ihren Mann, der im wahrsten Sinn des Wortes damit kämpfte, wieder auf die Beine zu kommen, nicht betrügen. Das würde ihm den Rest geben, bestimmt würde er wieder mit dem Trinken anfangen. Das konnte sie ihm und der ganzen Familie nicht antun. Gott sah alles.

In den letzten Monaten hatte sie andere Sorgen gehabt. Es hatte Monate gedauert, bis sie endlich Arbeit gefunden hatte. Davor war sie dermaßen verzweifelt gewesen, dass sie an nichts anderes hatte denken können. Dazu die Rückschläge bei Christians Genesung und die Nervosität ohne die Zigaretten. Sie wusste so gut wie er, was Sucht bedeutete, hatte ihm damit den Rücken stärken wollen. Claudia war stolz darauf, dass sie es bis zum heutigen Tag geschafft hatte, nicht rückfällig zu werden.

Jetzt war aber einer von diesen Momenten. Was wäre schlimmer? Mit einem anderen Mann ins Bett zu gehen oder zu rauchen? Beides war verboten. Außerdem hatte sie weder einen Liebhaber noch Zigaretten. Claudia seufzte. Der Stress blieb, mangels anderer Ventile naschte sie eben. Sie war auch nur ein Mensch, ein schwaches Menschlein.

Warum fiel ihr plötzlich die blöde Alexandra ein? Weil das Wiedersehen mit ihr so erniedrigend gewesen war? Claudia bekam unglaubliche Lust auf etwas Süßes. Sie trank einen ordentlichen Schluck.

Enttäuschungen gehörten zum Leben dazu. Sie hatte Ungerechtigkeiten stets hingenommen, war davon ausgegangen, dass *sie* falsch lag und nicht die anderen.

Wie machten es die? Woher nahmen die ihr Selbstvertrauen? Wieso hatten die ihr Leben in der Hand? Es gab Leute, denen es viel schlechter ging als ihr, und die ließen sich auch nicht hängen!

Claudia verzog den Mund. Der Satz hätte sowohl von ihrer Mutter als auch von ihrer Schwiegermutter kommen können. Das war ein Satz für Heilige. Es gab bestimmt auch Leute, denen es viel besser ging als ihr und die trotzdem unglücklicher waren. Mit Todesverachtung leerte Claudia das Glas. Die Säure brannte in ihrer Speiseröhre, aber der Wein tat ihr gut. Es gefiel ihr hier immer besser. Der unterbeschäftigte Barkeeper kam lächelnd auf sie zu scharwenzelt, sie nickte auf sein »One more?« Eine Minute später stand ein volles Glas vor ihr.

Claudia erinnerte sich an den Sonntag vor gut zwei Jahren, als sie die Alexandra angequatscht hatte. Deren Söhne ministrierten beide, das dreijährige Nachzügerl hatte sie auch dabei gehabt. Sie hatten toll ausgesehen, das musste Claudia zugeben. Mutter und Kind wie aus einem Katalog. Nach dem Gottesdienst war es üblich, dass die Kirchgänger, wenn es das Wetter zuließ, eine Weile auf dem Vorplatz der Kirche plauderten. Claudia war von allen Seiten gegrüßt worden, man hatte sich nach Christians Befinden erkundigt und Genesungswünsche deponiert. Der war damals ja noch im Spital gewesen. Alexandra hatte mit der kleinen Amelie vor der Tür zur Sakristei auf ihre Buben gewartet. Claudia war mit ihren Kindern zu ihr hingegangen und hatte sie einfach angesprochen.

Sie war froh gewesen, dass sie sich an Amelies Namen hatte erinnern können. Das kam bei Müttern immer gut an. Alexandra hatte natürlich weder Jakobs noch Sarahs Namen parat gehabt. Von Christians Unfall hatte sie gewusst. Kein Wunder, im Rahmen des Gottesdienstes bat der Pfarrer für die abwesenden Kranken um Gottes Segen und erwähnte sie namentlich. Sie hatte das immer schön gefunden: Auch im Unglück war man nicht allein! Aber es war ein eigenartiges Gefühl, wenn man selbst betroffen war.

Alexandra war das Treffen unangenehm gewesen. Das hatte Claudia sofort registriert. Aber so war das bei ihr: Wenn sie einmal einen Entschluss gefasst hatte, zog sie das durch, auch wenn sie eigentlich kein gutes Gefühl mehr bei der Sache hatte.

So hatte sie auch in diesem Fall die Anzeichen ignoriert und sich in einer für sie ganz untypischen Weise mehr oder minder selbst zu einem Besuch eingeladen. Sie hatte gedacht, Alexandra wäre einfach zu dumm, um mit einer ungewohnten Situation fertig zu werden, und würde sich schon wieder daran erinnern, dass sie alte Freundinnen waren. Komisch und eigentlich unlogisch, denn sie hatte ja tatsächlich gehofft, dass sie und Alexandra wieder Freundinnen würden, gleichzeitig aber nicht gerade vorteilhaft über sie gedacht. Sie hatte ganz besonders gescheit sein wollen, das sollte sie in Zukunft bleiben lassen.

Die Frage nach Christians Befinden hatte Claudia abgetan, als sei es eine Kleinigkeit. Sie hatte eine positive Energie ausstrahlen wollen, schließlich war niemand gern mit jemandem befreundet, der schlecht drauf war. Sie hatte die alte Schulfreundin überrumpelt und geglaubt, damit sei das Schwierigste erledigt. Schließlich hatten sie nie Streit gehabt, sie hatten sich nur aus den Augen verloren. Und

Claudia war neugierig gewesen, wie es Alexandra ging, was sie in der Zwischenzeit erlebt hatte. Warum sollte es umgekehrt anders sein? Sie hatten ja so viel gemeinsam: die Kinder, die Kirche, wohnten im gleichen Ort, waren gleich alt.

Dass sie jemanden zum Reden gebraucht hatte, war das eine gewesen. Es war aber auch um eine ganz praktische Sache gegangen: Sie hatte einen Job gebraucht! Claudia hatte die vage Hoffnung gehabt, dass vielleicht Alexandras Mann sie in seiner Firma unterbringen konnte oder zumindest jemanden kannte, der Verwendung für sie hatte. Beziehungen hatte der sicher genug. Das wäre die einfache, logische Lösung gewesen, nach der sie damals gesucht hatte.

In den nächsten Tagen hatte sie nicht lockergelassen und Alexandra so lange hinterhertelefoniert, bis sie es geschafft hatte, mit den Kindern eingeladen zu werden. In der Zwischenzeit hatte sie neben dem Haushalt und den Wegen, die in Folge des Unfalls angefallen waren, nur zur Sicherheit Stellenanzeigen im Internet gesucht. Sie war positiv überrascht gewesen, daran konnte sie sich noch gut erinnern: Auf den ersten Blick gab es eine Fülle von Angeboten, die sie aber eh nicht brauchte, weil auf die Alexandra Verlass war. Absurd aus heutiger Sicht. Sie war dumm, unendlich dumm gewesen. Sie, nicht die Alexandra!

Claudia nippte vorsichtig an ihrem Glas.

Der Wein schmeckte viel besser als der davor, der wohl ein Rest aus einer offenen Flasche gewesen war. Sie schmunzelte. So etwas wäre in Leibnitz in jedem besseren Gasthaus undenkbar.

Christian hätte sich sicher beschwert, früher einmal war er ein richtiger Weinfetischist gewesen. Wie immer, wenn er sich mit irgendetwas beschäftigte, hatte er eine

Zeit lang seine ganze Zeit und Konzentration – und jede Menge Geld – darauf verwendet, alles über Wein zu lernen. Es gab jede Woche irgendwo in der Nähe eine Degustation, eine Weinmesse, eine Präsentation oder sonst einen Anlass für Weinliebhaber. Davon lebte die Gegend. Wie bei allen seinen Interessen, seinen medizinischen Ambitionen, den technischen Spielereien, dem Schach und allem anderen, hatte Christian irgendwann das Interesse verloren und sich dem nächsten Steckenpferd zugewandt. Er hatte sich einen Überblick verschafft, das »System verstanden«, wie er immer sagte, das reichte ihm. Er wusste viel über Wein, das war nicht zu leugnen. Wie »fein sein Gaumen« aber tatsächlich gewesen war, konnte sie nicht sagen. Damit war es seit seinem Unfall jedenfalls vorbei. So wie mit dem Geld rausschmeißen. Das alte Lied.

Claudia nahm einen großen Schluck und ließ den Wein ein paar Sekunden im Mund, bevor sie schluckte. Sie schaute sich um. Das hatten die Moslems davon! Die hatten keine Ahnung vom Wein und der Gefahr dahinter, weil sie ihn nicht trinken durften. Und in Österreich trank der Priester während des Gottesdienstes – verrückt! Wahrscheinlich war es den Ägyptern egal. Ihre Ahnungslosigkeit auf diesem Gebiet mussten ohnehin nur die Touristen ausbaden, die Einheimischen rauchten wahrscheinlich Haschisch. Verachtete sie der Kellner, weil sie vor ihm Alkohol trank? Hatte er ihr ins Glas gespuckt? Sie dachte schon wie Christian.

Wo war sie gewesen? Dieser Nachmittag im August, lohnte es, darüber nachzudenken? Das war lange her und vorbei. Heute konnte ihr die Alexandra gestohlen bleiben. Die Frau – wie hieß die jetzt? Kastner, genau, aber die Firma hieß noch immer Leutold, typisch!

Wenn das mit Alexandra als Freundin und ihrem Mann als Arbeitsvermittler etwas werden sollte, musste sie alles richtig machen, hatte sie gedacht. Solange Christian noch im Krankenhaus war und sie nicht sicher sein konnte, dass er auch trocken bleiben würde, stand eine Trennung im Raum. Dann musste sie sich versorgen können, ein neues Leben beginnen. Was für ein Überdruck!

Immerhin, sie waren noch zusammen. Es ging ihnen zurzeit zwar nicht sehr gut miteinander, aber den Alkohol hatte Christian bis jetzt konsequent von sich ferngehalten. Er hielt sich an ihre Abmachung, also musste sie das auch. Sie wusste nicht, wie schwierig es für ihn war. Sprach sie ihn darauf an, wich er ihr aus. Nur wenn sie ihm seine schlechte Laune und seine Passivität vorwarf, deutete er an, dass er einen einsamen Kampf führte, von dem sie nichts wusste.

Sie trank und schaute sich um. Die Bar war voller geworden, hauptsächlich Paare und eine kleine Gruppe von Senioren am Nebentisch, die französisch sprachen. An der Bar entdeckte sie einen einzelnen Mann und tatsächlich: Er sah in ihre Richtung und hob sein Glas. Wieder so ein Weißkopfseeadler. Sie schaute schnell woanders hin. Der verrückte Gedanke, Christian hier im Hotel zu betrügen, war verflogen. Sie wollte mit niemandem reden. Lieber trinken und nachdenken. Schokolade.

Sie sah es wieder vor sich: die Terrasse der Kastners, ihr suchender Blick, sie hatte damals noch geraucht. Es war wirklich zum Lachen! Offenbar hatte sie sich, ohne zu fragen, eine Zigarette angezündet, sie war so durch den Wind gewesen, und die hatten ihr lieber säuerlich lächelnd dabei zugeschaut, wie sie den Stummel auf ihrer Untertasse ausgedämpft hatte, anstatt ihr einen Aschenbecher zu bringen. Den es in diesem perfekten Haushalt einfach geben musste! Sie hatte leider nicht gewusst, dass Alexandras Mann Armin Marathonläufer war. Fehler. Sie überlegte. Es war egal, es hätte für sie auch dann nichts herausgeschaut, wenn sie etwas anderes gesagt oder getan hätte. Alexandra war hohl. Claudia lachte laut auf, sie kümmerte sich nicht um die Blicke vom Nebentisch. Sie hatte soeben eine Hohlhippe vor ihrem inneren Auge gesehen. Das war das perfekte Bild für die Alexandra: schön anzusehen, langweilig im Geschmack und nichts drin.

Geriet sie immer an die falschen Leute? Oder war die »Freakdichte« – wie Christian es nannte – in Leibnitz wirklich so hoch, gab es in Wirklichkeit gar keine Normalen? Das Problem war, dass man all den Dreck nicht vermutete, wenn man nur oberflächlich mit den Leuten zu tun hatte. Das hatte auch seine Vorteile. Sie dachte dabei an die Kundschaft im Geschäft: freundliche Leute und leicht zufriedenzustellen. Sicher gab es da Abgründe, aber Alexandra und ihre Sippe – das konnte nicht normal sein!

Saubermanns. Haus und Garten blitzsauber, Geschirr, Kleidung, Auto, Kinder – und wahrscheinlich auch die Putzfetzen unter der Abwasch – blitzsauber. Tödlich und bedrohlich war eine solche Ordentlichkeit, in diesem Haus gab es keine Lieder. Die Alexandra und ihr Armin passten perfekt zueinander, waren glatte Oberflächen. Er war die Sportskanone und der Versorger, sie die Mustergattin, Vorzeigemami und Society-Lady. In ihrem Kosmos fühlten sie sich so offensichtlich wohl, dass es wehtat. Als sie Armin zugehört hatte, war ihr erst wieder bewusst geworden, was sie an Christian hatte, wie viel der wusste und wie lebhaft er im Vergleich zu Armin war, diesem anämischen, humorbefreiten Fisch! Sorgen schienen die Kastners jedenfalls nicht zu kennen, ein einziges Strahlen. Sie machten es richtig. Bei ihnen wirkte das Leben ganz einfach.

Claudia verstand nicht, wieso diese perfekt angepassten Konsumtiger in die Kirche gingen. Wahrscheinlich dachten sie darüber gar nicht nach, opferten diese Stunde in der Woche, weil es sich einfach so gehörte. Vielleicht dehnte Armin heimlich unter der Kirchbank. Die beiden kannten Christians Eltern natürlich gut, die Familie Grebien war so wie Alexandras und Armins Vorfahren Leibnitzer Urgestein. Auf diese Solidarität unter Gleichgeborenen – so viele von ihnen gab es schließlich nicht mehr – hatte sie ebenso gebaut wie auf das christliche Gebot der Nächstenliebe. Sie hatte sich sogar schlecht gefühlt, dass sie so berechnend gedacht hatte, und sich vorgestellt, wie sie sich bemühen würde, sich für die erwiesene Hilfe zu revanchieren.

Aber sie war gar nicht dazu gekommen, die vorbereiteten Sätze loszuwerden. Sie hatte sich bemüht, Haus und Garten bewundert, gelobt und gestaunt, wie groß und hübsch die Kinder waren, wie wohlerzogen und weit in der Entwicklung. War alles nicht wahr! Die beiden Buben hatten sich nicht im Geringsten um ihre Kinder gekümmert und waren im Haus verschwunden. Die Kleine war zwar süß, aber total verwöhnt.

Ihre Kinder waren leider auch keine Hilfe gewesen. Sarah hatte unbeeindruckt den Pool genossen und war aus dem Wasser nicht rauszukriegen gewesen, Jakob hingegen hatte die ganze Zeit auf ihrem Schoß gesessen. Dass er alle fünf Minuten gefragt hatte, wann sie wieder gehen würden, war nicht sehr höflich gewesen. Kindermund. Alexandra und Armin hatten sich jedenfalls in keinster Weise zurückgehalten, und obwohl der Kleine sicher nicht alles verstanden hatte, war es eine zusätzliche Demütigung für

Claudia gewesen, dass die beiden sie vor ihrem Sohn so behandelt hatten.

Egal ob sie über die Schulzeit, ihre Eltern oder den Chor erzählt hatte, es kam nichts zurück. Armin hatte ein paar Monologe abgelassen. Anscheinend war es bei den Kastners so, dass der Mann redete und die Frau lächelnd daneben saß. Das übliche Bild. Alexandra hatte sichtlich routiniert hübsch ausgesehen und ihren Mann angehimmelt, während der selbstzufrieden darüber gejammert hatte, wie viel alles kostete und wie unzuverlässig sowohl Arbeiter als auch Kunden waren.

Und wie sie ständig an sich herumgezupft hatten, Armin nur in einem Trägerleiberl und Shorts. Dass er seinen durchtrainierten Körper so zur Schau gestellt hatte, machte ihn für Claudia noch weniger attraktiv. Er war sowieso nicht ihr Typ, aber dieses eitle Getue disqualifizierte ihn für sie als Mann total. Sein Kopf war zu klein, der Hals zu lang und er hatte noch weniger Haare als Christian. Ständig hatte er auf seine Beine geschaut und mit den Muskeln gespielt! Unvermittelt hatte er aufgeschaut und sie auf Christians Unfall angesprochen. Ihn hatte das Wo, Wann, Wie interessiert. Claudia erinnerte sich genau an seinen verschlagenen Gesichtsausdruck.

Als Claudia Christians Verletzungen aufgezählt hatte, hatten beide betroffen mit dem Kopf geschüttelt. Direkt darauf angesprochen, hatte sie nicht leugnen können, dass Christian zum Zeitpunkt des Unfalls betrunken gewesen war. Weiteres betroffenes Kopfschütteln. Mitleid hatte sie keines wahrgenommen. Geschweige denn ein Wort des Trostes, im Gegenteil. Die beiden schienen es beinahe zu bedauern, dass Christian überlebt hatte! Und dann hatte Alexandra die Bombe platzen lassen: Sie hatte Armin mit Jakob ins Haus geschickt, um Eis zu holen, und sich, sobald der Kleine außer Hörweite war, vorgebeugt. Claudia sah ihre Fratze wieder vor sich: die perfekten, semmelblond gefärbten Haare, die leuchtenden Augen und das aufmunternde Lächeln. Sie erinnerte sich an den lustvollen Ton in ihrer Stimme, als sie wissen wollte, ob das Gerücht stimmte, dass das Ganze ein Selbstmordversuch war? Es hieß, dass Claudia wieder »einen hatte« und Christian das nicht verkraftet habe.

Claudia war fassungslos gewesen. Total baff. Dabei hätte sie wissen müssen, dass es so lief: Hure oder Heilige, dazwischen gab es nichts. Alles hatte seinen Grund, nichts passierte einfach so. Schlagartig war klargeworden, warum sie sie überhaupt eingeladen hatten: die Kastners wollten Informationen aus erster Hand, um damit hausieren zu gehen. »Wie bitte?« Sie hatte in dieses dumme, neugierige Gesicht geschaut, gespürt, wie ihr das Blut ins Gesicht gestiegen war. »Sarah! Komm aus dem Wasser raus! Nein, jetzt! Wir gehen. Jakob?« Sie hatte vor Wut und Aufregung gezittert, sich die Kinder geschnappt und fluchtartig das Grundstück verlassen. Keine Verabschiedung, keine Höflichkeiten, die ganze bürgerliche Maskerade war abgefallen. Verbrannte Erde – ihr egal!

Zu Hause hatte sie, noch immer außer sich vor Zorn, ihre Schwiegereltern zur Rede gestellt: Wussten sie etwas von diesem absurden Gerücht? Hatten sie womöglich selbst etwas damit zu tun? Die beiden hatten entsetzt getan. Als würden sie das erste Mal davon hören. Ob das wirklich stimmte, konnte Claudia nicht sagen. Aber sie wusste, die beiden dachten insgeheim, dass es ihr recht geschähe.

Nach diesem denkwürdigen Nachmittag, ihrem ersten großen Scheitern auf dem Weg in die Berufstätigkeit, war dann die schlimmste Zeit gekommen. Die nächsten Enttäuschungen hatten schon auf sie gewartet. Sie hatte das Internet und die Zeitungen nach Stellenangeboten durchforstet, sie hatte im Chor und der Kirche publik gemacht, dass sie Arbeit suchte, sie hatte Hunderte von Bewerbungen abgeschickt – zwecklos. Die meisten Firmen hatten gar nicht geantwortet, der Rest waren Absagen gewesen. Das Alter, die fehlende Berufserfahrung, die überholte Ausbildung.

Zeitgleich war Christian nach Hause gekommen und zu einer weiteren riesigen Enttäuschung und Belastung geworden. Das klang hart, aber es war nun einmal so. Den Großteil der ersten Zeit hatte er unten bei seinen Eltern auf dem Sofa verbracht, ferngesehen oder mit seinem neuen Handy herumgespielt, das sie ihm zur Entlassung aus dem Spital geschenkt hatte. Irgendwann hatte er sich dann, ohne sie vorher zu fragen, einen sauteuren Laptop gekauft. Zugegeben, das war nicht unpraktisch. Abgesehen davon, dass er nicht so einfach hinauf in ihre Wohnung konnte, wo der Computer stand, brauchte sie den die meiste Zeit selbst für ihre Jobsuche. Aber sie mussten sparen, schließlich hatten sie sich noch vor dem Winter ein Auto gekauft. Wenn sie damals gewusst hätten, was für Ausgaben noch auf sie zukommen würden, hätten sie das bleiben lassen.

Er war wie ferngesteuert gewesen. Vielleicht hatten die Schmerzmittel, die er haufenweise eingeworfen hatte, damit zu tun gehabt. Es ging ihm mittlerweile häufig besser, als er zugab, da war sich Claudia sicher. Vor einem Jahr war das vielleicht anders gewesen.

Sein Nuscheln war der erste Folgeschaden gewesen, der ihr als dauerhafte, sprich »lebenslange« Beeinträchtigung bewusst geworden war. Heute konnte er schon ganz gut reden, wenn er wollte. Es lagen ja auch einige Zahn- und

Kieferoperationen dazwischen. Für das, was die gekostet hatten, hätten sie noch ein Auto kaufen können. Stattdessen hatten sie nun eine Hypothek auf das Haus.

Er variierte mit seinem Sprachfehler, setzte ihn je nach Stimmung und Gesprächspartner ein, genau wie seine angeblichen Schmerzen. Sie kannte ihn so gut, sie wusste gleich, wenn er sich verstellte. Aber es war sinnlos, ihn damit zu konfrontieren.

Christian hatte sich jedenfalls von Anfang an gehen lassen. Sie hatte bei Gott versucht, ihn aufzuheitern. Er wies sie grob zurück oder lachte sie aus und gab ihr zu verstehen, dass sie keine Ahnung davon hatte, was er durchmachte. Also hatte sie die Lust verloren und ihn in Ruhe gelassen. Gott sei Dank war er dazwischen immer wieder weg gewesen. Kurz vor Schulbeginn – Jakob war in die erste, Sarah in die vierte Klasse gekommen – hatten die Fahrten nach Graz ins LKH West begonnen. Zweimal wurde er am Bein operiert, beide Eingriffe waren mit einem dreitägigen stationären Aufenthalt verbunden gewesen. Trotz der Anspannung wegen der OPs waren die Tage eine Erholung für sie gewesen. Christian war mit der Rettung hin- und zurückgebracht worden, sie war ihn mit der Bahn besuchen gefahren. Jedes Mal war er noch deprimierter nach Hause gekommen, als er es vorher schon gewesen war. Nach der zweiten Operation war klar gewesen, dass der Nervenschaden am Bein irreparabel war – er würde nie wieder richtig gehen können! Das war ein Hammer gewesen. Für sie alle. Sie erinnerte sich: Christian war kurz danach einmal mitten während des Essens vor den Kindern in Tränen ausgebrochen und hatte sich kaum wieder eingekriegt. Die armen Kleinen.

Seine medizinische Recherche hatte er zu dem Zeitpunkt schon beendet gehabt und die Wissenschaft verworfen. Seine Lösung war der Glaube geworden. Das war auf jeden Fall eine bequeme Möglichkeit für ihn. Sie enthob ihn jeglicher Verpflichtungen. Er tarnte seine Faulheit unter dem Deckmantel der Demut. Leider trug er seine Last nur außerhalb der eigenen vier Wände geduldig, zu Hause war er wehleidig und launisch. Seine Generalausrede, wenn es ihr einmal doch zu viel wurde und sie ihn anpfiff, war sein Kampf gegen den Dämon Alkohol. Ein Totschlagargument, hatte Astrid dazu gesagt.

Claudia trank aus. Sie studierte die Karte, augenblicklich setzte der Kellner sich in Bewegung. »One more vine and one Mousse au chocolat, please!« Man lebte nur einmal.

Christian war trocken. Auch wenn Claudia ihn manchmal lächerlich fand und sich auch das eine oder andere Mal für ihn geschämt hatte, wenn er vor anderen Leuten wie der Großinquisitor persönlich daherredete, musste sie anerkennen, dass ihm sein Glaube anscheinend dabei half. Er zog das ohne Hilfe von außen schon eine ganze Weile durch, das musste sie zugeben.

Sie hatte sich mittlerweile an seinen Stock gewöhnt. Auch an den Anblick seines noch – und wohl für immer – gezeichneten Körpers. Am meisten machten ihr die veränderte Sprache und seine viel schlechter gewordene körperliche und mentale Verfassung zu schaffen. Sie wusste, wer im Glashaus saß, sollte nicht mit Steinen schmeißen, sie war selbst total außer Form. Aber sie bemühte sich auf einer anderen Ebene. Sie hatte ihre ganze Kraft dafür eingesetzt, den Haushalt zu führen und einen Job zu finden. Die Familie zu versorgen. Von seiner Invaliditätsrente könnten sie auf die Dauer nur miserabel oder gar nicht leben. Sie hatte sich die Sorgen gemacht und sie in den Griff bekommen, nicht er.

Dass er seit zwei Monaten als Nachtportier arbeitete, war gut. Hoffentlich behielt er den Job! Obwohl es ihrer Beziehung nicht gerade dienlich war. Er verschlief den halben Tag, und sie sahen sich nur kurz am Nachmittag, wenn sie von der Arbeit nach Hause kam und bevor er zu seinem Dienst musste.

Er machte überhaupt keine körperliche Bewegung mehr. Mit der Behindertenplakette auf dem Auto bekam er überall den besten Parkplatz. Nach den OPs hatte es geheißen, er müsse fleißig sein, dann wäre eine deutliche Verbesserung seines Zustands möglich. »Geduld und Disziplin«, hatten die Physiotherapeuten gepredigt. Er hatte schon nach wenigen Tagen mit den Übungen aufgehört. Hätte sie ihm mehr in den Hintern treten sollen? Sinnlos, außerdem hatte sie anderes zu tun gehabt.

Etwas länger hatte er mit den Stimm- und Sprechübungen durchgehalten. Den ganzen ersten Winter nach dem Unfall hatte sie seine schauderhaften Singversuche mitangehört, zugleich stolz und entsetzt. Irgendwann hatte er eingesehen, dass seine Stimme für immer gepresst und kehlig klingen würde und es mit dem Singen für ihn vorbei war. Schon vor dem Unfall war er unterer Durchschnitt bei den LS gewesen, er hatte das ihr gegenüber sogar zugegeben. Aber jetzt …

Claudia glaubte, dass das für Christian mindestens ebenso schlimm war wie sein Bein, und sie verstand ihn. Wenn sie den Chor nicht gehabt hätte … Das Highlight der Woche war nach wie vor die Probe jeden Mittwoch. Das war neben den Kindern das Einzige von Wert, das sie Christian zu verdanken hatte – die LS! Es gab wieder eine junge und eine ältere Generation im Ensemble, mittlerweile gehörte sie zu Letzterer.

Als sie angefangen hatte, war sie die Jüngste und der Chor gerade im Umbruch gewesen. Gottfried war relativ neu in seiner Position und hatte mit seinen Ambitionen und neuen Vorschlägen viele der Alteingesessenen vor den Kopf gestoßen. Es war zu einer Spaltung gekommen, der Verein war knapp vor dem Aus gewesen. Schließlich hatte sich Gottfried durchgesetzt. Vor allem die Jungen und an vorderster Front Christian, der daraufhin jahrelang im Vorstand gesessen hatte, waren ihm gefolgt, und die anderen hatten das Feld geräumt. In dieser Phase, als sich die Gruppe neu formiert hatte, war sie dazugestoßen. Heute gab es eine Clique von Mitte 20-Jährigen, die untereinander befreundet waren und sich auch abseits der Proben und Auftritte regelmäßig trafen.

Sie, Regina und die paar anderen, die von damals übrig geblieben waren, verstanden sich gut mit den Jungen, man respektierte einander, hatte aber natürlich unterschiedliche Themen und Meinungen. Entscheidend war für alle nach wie vor die Musik. Gottfrieds Ehrgeiz war ansteckend. Für Unterhaltung war dennoch gesorgt. Von kollektiver Ergriffenheit bis zu gemeinsamen Lachkrämpfen war alles möglich, das schweißte zusammen!

Claudia genoss es sehr, dass sie nicht mehr auf Christian angesprochen wurde. Nach dem Unfall war es vor jeder Probe ein Spießrutenlauf gewesen. Immer hatte sie die gleichen Antworten auf die gleichen Fragen geben müssen, bevor sie endlich hatte singen und Christian und alles andere vergessen können.

Mit Gottfried hatte sie ein Vieraugengespräch geführt, in dem er sich tief erschüttert gezeigt hatte. Sein Angebot, Christian irgendwie in den Chor einzubinden, hatte der abgelehnt, nicht einmal besuchen lassen hatte er sich wollen. Gottfried hatte Verständnis gehabt und akzeptiert, dass Christian ihn nicht hatte sehen wollen. Der war wirklich ein feiner Kerl. Es tat ihr gut, wenn er oder ein anderes Chormitglied sie lobte. Das gab ihr das Gefühl, für etwas gut zu sein. Am meisten zählte aber natürlich das Lob des Chorleiters.

Als Christian sie gedrängt hatte, wieder hinzugehen, hatte sie sich nicht einmal zum Schein gesträubt. Es wäre katastrophal für sie gewesen, wenn er ihr das genommen hätte. Einfach war es trotzdem nicht. Nach einem Konzert wusste sie, dass er zu Hause in seinem Elend warten würde. Spätestens auf dem Heimweg musste sie daran denken. Dass er selbst einmal zu einem Konzert gekommen wäre, war undenkbar. Er fragte sie jedes Mal pro forma, wie es war, aber sie hatte gelernt, dass alles, was über ein »Danke, eh fein« hinausging, zu viel war. Er ging überhaupt nicht aus dem Haus, hockte jeden Abend vor seinem Laptop. Das schlechte Gewissen zerstörte die schöne Stimmung, in der sie nach dem Singen war. Am liebsten hätte sie stundenlang weitergeprobt, um ihr Hochgefühl möglichst lang aufrechtzuerhalten.

Sie war 34 Jahre alt. Sie war gesund, nicht dumm und wollte ihr Leben in den Griff bekommen. Das waren gute Voraussetzungen für die Zukunft. Sie musste auf sich schauen.

Ihre Ehe konnte sie nicht allein retten, dafür musste Christian aus seinem Schneckenhaus herauskommen. Sie konnte sich nur zur Verfügung halten, solange sie Kraft und Lust dazu hatte. Sein Martyrium musste sie von sich fernhalten, das war seine Aufgabe, außerdem erklärte er ihr ohnehin ständig, dass sie keine Ahnung von seinen Zuständen hatte. Die Kinder würden sie bald nicht mehr brauchen, es gab ein Leben danach.

Dass sie solche Gedanken hatte, war das Verdienst von Astrid beziehungsweise von deren Therapieerfahrungen, kein Zweifel. Obwohl der Beginn ihrer Bekanntschaft so unglückselig gelaufen war, hatte sich Astrid als rettender Engel erwiesen! Eine erstaunliche Fügung.

Claudia hatte nach dem Unfall den Kontakt zu ihr verweigert. Sie hatte Astrid eine Mitschuld an dem Unfall gegeben und nicht gewusst, wie sie bei einem Treffen reagieren würde. Nach einer Weile ohne Antwort auf ihre Anrufe und SMS hatte Astrid es aufgegeben.

Nach dem Fiasko mit Alexandra und den erfolglosen Wochen danach hatte Claudia sich schon damit angefreundet, putzen zu gehen oder nächtens im Supermarkt die Regale zu befüllen. Sie hätte das nächstbeste Angebot angenommen, egal was es gewesen wäre.

Zu dieser Zeit, kurz nach den Weihnachtsferien, hatte es sich nicht mehr vermeiden lassen, dass sie Astrid begegnete. Sie musste Sarah bei ihr zu Hause abholen. Die hatte wieder einmal ihre Freundin Lilli besucht. Es war an dem Tag so nebelig gewesen, dass sie die Kleine in der hereinbrechenden Dunkelheit nicht allein hatte heimgehen lassen wollen.

Astrid hatte sie ins Haus gebeten, so getan, als ob nichts wäre, und ihr einen Kaffee angeboten. Sie hatte nicht unhöflich sein wollen, die Mädchen hatten gerade so nett gespielt – also war sie ihr widerstrebend in die warme, gemütliche Küche gefolgt. Und dort war es einfach passiert: Sie hatte einen Nervenzusammenbruch gehabt. Anders konnte man das nicht nennen. Aber warum gerade vor dieser Fremden? War an diesem nebligen Wintertag eine höhere Macht im Spiel gewesen?

Astrid hatte nur gefragt: »Wie geht's?« Claudia hatte zu einer der üblichen Floskeln angesetzt, aber auf einmal war es aus gewesen. Überforderung, ein schreckliches Gefühl: Alles war über ihr zusammengeschlagen und herausgebrochen. Gott sei Dank waren die Mädchen in Lillis Zimmer gewesen und hatten nichts mitbekommen. Für Astrid musste die Situation auch schräg gewesen sein, so etwas erlebte man nicht alle Tage.

Sie hatte sie einfach reden lassen, sich ihr gegenüber hingesetzt und irgendwann ihre Hand genommen. Als alles heraußen war, hatte Astrid erst nichts gesagt. Das Schweigen war Claudia wie eine Ewigkeit vorgekommen, sie hatte sich schrecklich geschämt und nicht gewusst, wie sie sich verhalten sollte. Sie hatte Astrid die Betroffenheit und das schlechte Gewissen angesehen, aber nichts abgeschwächt, nichts beschönigt, keine Floskeln gesucht, um die Stille aufzulösen. Eine kleine Retourkutsche in all ihrer Jämmerlichkeit.

Astrids erste Worte würde Claudia nie vergessen: »Du brauchst keine Angst zu haben. Wirst sehen, alles wird wieder gut.« Bei aller Belanglosigkeit hatte sie gefühlt, dass Astrid es ernst gemeint hatte. Und dann die Überraschung: »Wie wäre es, wenn du bei mir im Geschäft arbeiten würdest? Viel zahlen kann ich dir nicht, aber zumindest hättest du was zu tun.«

Sie hatte Astrid fassungslos angeschaut, bevor sie etwas hatte antworten können. »Das wäre unglaublich, meinst du das ernst? Du musst das nicht machen, ich …«

»Ich muss nicht, aber ich kann. Mach dir keine Sorgen! Du musst raus aus deinem Loch, und ich brauche wirklich jemanden im Geschäft. Versuchen wir es einfach. Sollte es aus irgendeinem Grund nicht passen, kannst du dir ja immer noch etwas anderes suchen.«

Warum hatte es so lange gedauert, bis sie zwei sich gefunden hatten? Es war Rettung in letzter Sekunde gewesen, und diesmal war Verlass auf Astrid! Sie hatten noch eine halbe Stunde in der Küche gesessen, Belangloses geplaudert und Kaffee getrunken.

Bevor sie aufgebrochen war, hatte Astrid, ohne es Claudia vorher zu sagen, Sarah erklärt, dass sie von nun an bei ihnen Mittagessen und ihre Aufgaben machen müsste, weil die Mama arbeiten gehen würde. Ob das okay für sie wäre, Sarah sei ja schon ein großes Mädchen, und Lilli würde sich bestimmt freuen. Die Kleine hatte fragend zu Claudia geschaut, und als sie deren Lächeln sah, hatte sie sie jauchzend umarmt. Fast hätte sie wieder zu heulen begonnen, diesmal aus Freude.

Eigentlich war Astrid damit übers Ziel hinausgeschossen, aber sie hatte es sicher gut gemeint. Claudia hatte ihr davor von den Schwierigkeiten mit ihren Schwiegereltern erzählt, und ihre neue Freundin war wohl viel impulsiver als sie. Die Lösung war allerdings perfekt, auch wenn es ein bisschen schnell gegangen war: Jakob war gern bei den Großeltern und sicher froh, sie von nun an für sich allein zu haben. Für Sarah und für sie selbst war das Ganze wie ein Lotto-Sechser.

Und es funktionierte. Selbst als sich Sarah und Lilli im Laufe des Schuljahres einmal fürchterlich zerstritten hatten, war es für ihre Tochter klar gewesen, dass sie nach der Schule weiterhin zu Lilli und deren älterer Schwester Marlene ging und nicht nach Hause zu den Grebiens.

Auf dem Heimweg hatte Claudia ihre Tochter gebeten, nichts zu verraten. Sie hatte noch nicht ganz glauben können, was da gerade passiert war, und mit niemandem darüber reden wollen, bevor nicht alles ganz fix war.

Am nächsten Morgen hatte sie ein mulmiges Gefühl gehabt, als sie vor Astrids Papierwarengeschäft gestanden hatte. War es wirklich ein ernstes Angebot gewesen? Konnte man sich auf Astrid verlassen? Sie kannten sich schließlich kaum. Warum tat die das alles?

Nach und nach hatte Claudia verstanden: Astrid war von ihrem Mann verlassen worden, als sie mit Lilli schwanger gewesen und Marlene zwei Jahre alt war. Deshalb hatte sie Mitleid mit Claudia, die im Unterschied zu ihr ohne eigene Mittel dastand und mit den verhassten Schwiegereltern unter einem Dach leben musste. Sie verurteilte sie auch nicht für ihren Seitensprung mit Goran. Astrid war sehr offen, schon fast schonungslos ehrlich, ähnlich wie ihre Mutter. Im Unterschied zu der wollte sie aber nicht in allem recht behalten, sondern stand dazu, dass sie selbst Fehler machte, chaotisch und oft unglücklich war. Zu ihren Eltern hatte die Glückliche ein wunderbares Verhältnis.

Claudia hatte sich schnell eingearbeitet. Das Schöne war, dass sie niemanden dazu überreden musste, etwas zu kaufen. Die Leute wussten meistens schon, was sie brauchten, und Claudia hatte nur die richtigen Artikel herauszusuchen und abzurechnen. Natürlich waren die Leute anfangs überrascht, sie anstelle von Astrid hinter der Ladentheke anzutreffen. Viele Kunden kannte Claudia aber zumindest dem Namen nach, sodass sie sich wenige Wochen später nicht mehr fremd im Geschäft fühlte. In der Früh begleitete sie Sarah zur Schule und spazierte dann die paar Meter weiter und sperrte den Laden auf. Die Schlüssel hatte ihr Astrid gleich am ersten Tag gegeben.

Den Großteil des Umsatzes machten sie nicht mit Papierwaren und Schreibartikeln, sondern mit individuellen Drucksorten für allerlei Anlässe. Astrid hatte mit dem Geschäft auch das Stammklientel von den Eltern übernommen. Es gehörte für die echten Leibnitzer zum guten

Ton, Partezettel, Jubiläumskarten oder Einladungen für irgendwelche Veranstaltungen bei ihr drucken zu lassen. Die Arbeit hielt sich in Grenzen, es gab diverse Vorlagen, die Astrid nur anpassen musste. Als Astrid nach einigen Wochen gefragt hatte, ob Claudia nicht lieber als Vollzeitkraft arbeiten wollte, hatte sie ihr vorgeschlagen, auch die Buchhaltung zu übernehmen, damit sie genug zu tun hatte. Sie wollte auf keinen Fall den Eindruck erwecken, dass sie ihre Gönnerin ausnutzte. Eine Goldgrube war der Laden sicher nicht, aber er warf genug ab, sodass sie kein schlechtes Gewissen haben musste.

Claudia traf nie irgendwelche Entscheidungen. Es gelang ihnen recht gut, das Professionelle und das Private miteinander zu vereinbaren, auch wenn Claudia manchmal das Gefühl hatte, dass Astrid nach der Arbeit die Rolle als Chefin nicht ganz ablegen konnte. Sie tat das sicher unbewusst oder es entsprach ihrem Wesen. Wenn sie sich ab und zu unkorrekt verhielt, vergaß Claudia das schnell wieder. Alles im grünen Bereich, sie war nicht in der Position, wehleidig zu sein.

Sie arbeitete inzwischen seit mehr als einem Jahr für Astrid. Die Leute mochten sie und kamen gern mit ihr ins Gespräch. Sie war schon ein bisschen die »gute Seele«, die Astrid freundlich unterstützte, wenn die wieder irgendetwas verschusselt hatte.

Da sie im Geschäft genug Zeit miteinander verbrachten, auch oft gemeinsam nach dem Dienst zu Astrid fuhren, von wo Claudia Sarah nach Hause begleitete, trafen sie sich ansonsten privat eher selten. Claudia war das recht, auch wenn sie sonst niemanden hatte. Sie wollte das Verhältnis nicht überspannen. Manchmal gingen sie am Abend gemeinsam zu einer Veranstaltung oder auf ein Glas Wein in ein Lokal in der Stadt. Seit Astrid einmal die LS gehört hatte, war sie ein Fan und kam netterweise regelmäßig zu den Auftritten.

Die Männer waren ein heikles Thema. Astrid hatte sich laut ihren eigenen Erzählungen ausgiebig herumgetrieben, nachdem ihr Mann sie verlassen hatte. Sie war auf verschiedene Arten eingefahren. Manche Männer wollten nur Sex und keine Beziehung, manche hatten es auf ihr Geld abgesehen – sie würde nach dem Tod ihrer Eltern ganz gut dastehen. Keiner war Astrid für eine langfristige Beziehung ehrlich und interessant genug gewesen. Weil sie schon so lange als alleinerziehende Mutter lebte, war sie laut ihren eigenen Worten auch nicht mehr zu großen Opfern oder Veränderungen bereit. Vom Konzept der Ehe hielt sie nichts. Sie hatte seit Jahren ein Verhältnis mit einem verheirateten Mann aus Graz. Der musste ein faszinierender Typ sein, denn sie war nach wie vor sichtlich verliebt und an den Tagen, an denen sie ihn treffen würde, jedes Mal ganz aufgekratzt. Dass er seine Frau seit Ewigkeiten betrog, schien ihr nichts auszumachen.

Claudias Ehe gab sie jedenfalls keine Chance. Das war ein schwieriger Punkt zwischen ihnen beiden. Sie erklärte ihr immer wieder, dass sie viel zu gut für Christian war, und animierte sie regelrecht, sich doch etwas umzuschauen. Das fand Claudia genauso daneben wie die Diätbücher, die sie ihr von Zeit zu Zeit in die Hand drückte. Für sie war ihre Ehe »in guten wie in schlechten Tagen« ein Eid vor Gott und nach wie vor ein gültiges Versprechen an ihren Mann!

Dass Christian mit dem Trinken aufgehört hatte, war ein Liebesbeweis. Er hatte ja nur sie! Leider konnte er diese Liebe nicht mit ihr leben. Er war zu sehr mit sich selbst und seinem Unglück beschäftigt. Das konnte sich aber ändern, sie hatten noch ein halbes Leben vor sich.

Dass er alt und hässlich geworden war, störte sie nicht sehr. So oberflächlich wollte sie nicht sein. Astrid war bei all ihren anderen Qualitäten doch auf eine gewisse Art eine Tussi. Sie war eitel, hatte insgeheim viele Vorurteile und es gab für sie nur Schwarz und Weiß. Ihr Einfluss hatte auch schon auf Sarah abgefärbt, mit der Claudia immer öfter Schwierigkeiten hatte. Aber sie war Astrid trotz allem unendlich dankbar und wünschte, ihr etwas zurückgeben zu können.

Die Grebiens hatte Claudia ziemlich gut im Griff, sie beschränkte den Kontakt mit ihnen auf das Notwendige. Seit sie arbeitete, war das gar nicht anders möglich. Sie waren eine Haus- und Schicksalsgemeinschaft, Freunde würden sie keine mehr werden. Christians Unglück hatte sie einander nicht nähergebracht, sondern weiter entfremdet. Claudia war nicht länger in der Bittposition, sie verdiente das Geld und war die Erhalterin. Das war für ihre Schwiegereltern neu und unangenehm. Sie hatten so etwas wie einen Nichtangriffspakt, während Christian sich nach Möglichkeit aus allem heraushielt. Wenigstens war er eine Art Puffer zwischen ihr und seinen Eltern. Sie wusste, dass die sich bei ihm über sie beschwerten. Ab und zu versuchte er zu vermitteln, meist verschonte er sie aber mit dem Gewäsch der Alten.

Dass Sarah sich von den Grebiens distanziert hatte, war hilfreich für sie, aber diese Allianz zwischen ihr und ihrer Tochter stand auf wackeligen Beinen. Jakob war ihren Schwiegereltern verfallen und umgekehrt: Sie zogen ihn Sarah auf allen Ebenen vor. Der Kleine liebte seine Oma und seinen Opa und Claudia war froh darüber, obwohl sie manchmal ein schlechtes Gewissen hatte. Fritz und Maria wurden langsam alt. Wer wusste schon, wie lange sie noch so für ihn da sein konnten. Sie hatte auch ohne ihn genug um die Ohren, man konnte halt einfach nicht alles haben.

Der Job vergrößerte leider die Distanz zwischen ihr und Christian, wenn das überhaupt noch möglich war. Er hatte Komplexe, das war offensichtlich, während ihr Selbstbewusstsein gestiegen war. Als er im Krankenhaus gelegen hatte, waren sie sich so nahegekommen wie vielleicht nie zuvor, aber seit er zu Hause war, hatten sie einander wieder verloren. Er hatte sich abgekapselt und in seinem Leid begraben. Dass sie arbeiten ging, hatte er zähneknirschend zur Kenntnis nehmen müssen, schließlich brauchten sie das Geld. Ihre Freundschaft zu Astrid passte ihm aber nicht. Er warnte sie, das Private und das Berufliche zu vermischen, womit er gar nicht unrecht hatte.

Claudia musste zugeben, dass es ihr immer schwerer fiel, das frömmelnde Geschwätz ihres Mannes und ihrer Schwiegereltern ohne Widerspruch zu ertragen. Sie ging auch nicht mehr am Sonntag in die Kirche, sondern blieb lieber mit Sarah zu Hause. Für Christians Eltern war das ein Schlag ins Gesicht. Sie hatten sich auch schon bei Christian beschwert, dass sie nicht mit einer dermaßen gottlosen Person unter einem Dach leben konnten.

Claudia hatte ihm im Gegenzug erzählt, wie sie sich damals verhalten hatten, als er im Spital war und sie ihr das Auto nicht hatten borgen wollen. Sie hatte ihm auch davon erzählt, dass sie über Regina erfahren hatte, wie seine Eltern sie vor den anderen Kirchenmäusen schlechtmachten. Gott sei Dank war Christian bewusst, dass sie an Gott und die Sakramente glaubte und vielleicht eine bessere Katholikin war als viele, die regelmäßig zur Messe gingen. Er zelebrierte den sonntäglichen Kirchgang, bei dem er allwöchentlich sein Handicap zur Schau stellen konnte. Mit grimmiger Miene strahlte er aus, welch Jammertal sein Leben war, und nervte mit seinem apokalyptischen Menschenhass alle inklusive des Pfarrers. Seine größte Befriedigung schien darin zu bestehen, dass er sich ausmalte, wie sie alle dereinst im ewigen Feuer braten würden.

Der Kellner brachte das Mousse au chocolat. Oje! Ein Tropfen auf dem heißen Stein.

2

Ein unbeschreibliches Wohlgefühl durchströmte ihn. Putzmunter und doch entspannt – hervorragend.

Claudia war schon hinauf aufs Zimmer gegangen. »Ich bleib noch ein bisschen heraußen an der frischen Luft.« Das hatte sie akzeptieren müssen, gleiches Recht für alle. Gestern hatte sie ihn allein zu Bett gehen lassen und war dann in der Bar versumpft. Dementsprechend müde war sie den ganzen Tag gewesen. Dass er dagegen den ganzen Abend zuvorkommend und gut drauf war, hatte sie überrascht. Sollte ihn das kränken oder nicht? Hatte sie etwas bemerkt? Unmöglich, aber er musste aufpassen.

Christian grinste. Was ging in ihm vor? Verbotene Dinge. Was ging in ihr vor? Es war ungewöhnlich, dass sich Claudia allein betrank. War das ein gutes Zeichen oder ging es ihr schlecht? Ach was, sie war auf Urlaub. Da machte man ungewöhnliche Sachen.

Seit seinem Unfall trank Claudia kaum Alkohol. Es gab im ganzen Haus keinen. Besser gesagt: auf ihrer Etage. Seine Eltern, vor allem sein Vater, tranken genauso wie vor dem Unfall. Sie hatten ihn, nachdem er nach Hause gekommen war, pro forma gefragt, ob ihn das störte, was er verneint hatte.

Es war die Wahrheit: Er fühlte sich nicht besonders in Versuchung, wenn in seiner Gegenwart getrunken wurde. Er mied aber die Leute, sobald sie geladen hatten, weil ihm dann ihre weinselige Jovialität zuwider war. Die Herausforderung lag ganz woanders: Bier, Wein und Schnaps waren allgegenwärtig und so leicht zu bekommen. Heikle Momente hatte es gegeben, vor allem nachts. Da war es schon gut gewesen, dass zumindest nichts griffbereit gewesen war.

Ein paarmal war Claudia abends mit einer Fahne heimgekommen, meistens dann, wenn sie mit ihrer neuen besten Freundin unterwegs gewesen war. Wenn sie neben ihm im Bett lag und er ihren Schlafdunst, ein Gemisch aus Alkohol- und Körpergeruch, einatmen musste, war das verlockend für ihn, nicht abstoßend, wie man hätte annehmen können.

Aber vielleicht hatte sie sich gestern ja nicht allein betrunken?

Christian kam ein furchtbarer Verdacht. Es war schon sehr eigenartig, dass sie nicht mit ihm zusammen schlafen gegangen war. Tat man das am ersten Abend im Urlaub? Sobald er weg gewesen war, war sie in diese kuschelige Bar gegangen, anstatt die frische Luft auf der Terrasse zu genießen, wie sie gesagt hatte. Das hatte sie ja zugegeben.

»Was in Afrika passiert, bleibt in Afrika.« War das nicht auch für sie ein naheliegender Gedanke? Er sah Bilder: wie Claudia mit einem anderen Mann flirtete, lachte, trank, fickte. Er war schon lange nicht mehr so eifersüchtig gewesen. Die Vorstellung schmerzte ihn, aber hatte er überhaupt noch ein Recht auf Eifersucht? Dass er Claudia nicht befriedigen konnte, weder sexuell noch in seiner Funktion als Familienoberhaupt, war ihm schon lange klar.

Christian spielte mit ihrem Handy. Sie hatte versehentlich seines mitgenommen und dafür ihres dagelassen – typisch. Sie hatten das gleiche Modell, ein iPhone 3GS, aber die Hüllen hatten verschiedene Farben, gerade damit sie die Handys nicht vertauschten! Zugegeben, es war dunkel hier, aber er ärgerte sich. Würde sie es merken, wenn sie schlafen ging, und noch einmal runterkommen? Er warf jeden Abend im Bett automatisch einen letzten Blick auf sein Handy. Sie wollte sicher auch wissen, wie spät es war, bevor sie das Licht ausmachte. Nein, richtig, sie verwendete ja ihre Armbanduhr, legte sie zum Schlafen ab. Er hatte seine schon lange nicht mehr getragen. Wofür auch? Das iPhone war Telefon, Kalender, Computer, Uhr, Navigationssystem, Taschenlampe. Christian glaubte nicht, dass sie noch einmal runterkam, Claudia war bequem. Aber ein Restrisiko bestand. Er sollte noch ein paar Minuten warten, bevor er sich auf den Weg machte.

Also wie war das jetzt? Waren ihm letzte Nacht Hörner aufgesetzt worden? Hätte er das nicht riechen müssen? Den fremden Mann. Christian drehte das iPhone auf der Tischplatte. Maschinen betrogen einen nicht, konnten bei einer Fehlfunktion repariert oder weiterentwickelt werden. War ein iPhone für einen Mord verwendbar? Nicht als Tatwaffe natürlich, das war lächerlich, sondern als …

Wie hieß das gleich? Alibi, falsche Fährte oder so. Man konnte jedes iPhone weltweit orten. GPS. Es war doch denkbar, dass man jemanden umbrachte und dann mit dessen Handy irgendwohin ins Ausland flog, in ein Land, wo Touristen verschwanden, wie zum Beispiel: Ägypten. Nein, das funktionierte nicht! Bei einer Flugreise wurde jede Person mehrmals erfasst, das war nicht zu umgehen.

Also musste das ahnungslose Opfer mitfliegen. So wie Claudia jetzt mit ihm und ihrem iPhone, das er ihr großzügigerweise verehrt hatte, hier in Hurghada war. Man musste die Person vor Ort loswerden und mit deren Handy einen Ausflug ins Hinterland unternehmen, auf dem man das Handy an irgendeinem entlegenen Ort liegen ließ. Später konnte die Polizei es dann orten, wenn man dafür sorgte, dass … Nein, das war zu aufwendig. Es war zu kompliziert, einen Überfall vorzutäuschen.

Würde man bei einem Mordverdacht einen Ermittler aus Österreich nach Ägypten schicken, der überprüfte, ob Claudia tatsächlich mit ihm in die Wüste – oder wohin auch immer – gefahren war? Christian konnte es sich eigentlich nicht vorstellen. Also überließ man das den ägyptischen Kollegen? Wie fit waren die hier? Zu viele offene Fragen. Wie dann? Man müsste nach dem Mord bereits wieder nachweislich woanders sein, am besten zu Hause, während das iPhone noch aktiv und unterwegs war. Wie ließ sich so etwas bewerkstelligen? Man brauchte einen Partner, einen Komplizen.

So einen wie Mustafa! Würde sich der auf so etwas einlassen? Wahrscheinlich war das nur eine Frage des Geldes. Er kannte sicher jemanden, der jemanden kannte. Oder war das eine romantische Vorstellung? Wie lief so etwas in Wirklichkeit ab? Christian nahm an, dass es auch als ausländischer Tourist möglich war, jemanden in Ägypten zu finden, der sich bereiterklärte, mit einem Handy herumzufahren und es gemäß präzisen Anweisungen ein- und auszuschalten. Mehr musste der Komplize ja nicht machen. Eventuell konnte man auch mit SMS arbeiten. Aber wie vertrauenswürdig war so jemand? Genügte ein ahnungsloser Trottel oder brauchte man einen richtigen Kriminellen, mit dem man vernünftig planen konnte und der minutiös das Notwendige erledigte? Was war »das Notwendige«?

Es müsste so laufen: zuerst das Opfer erledigen oder erledigen lassen und die Leiche entsorgen. Das allein war schon haarsträubend, unvorstellbar, aber letztlich ein banales Problem, das lösbar war. Etwas Recherche und ein bisschen praktischer Verstand – offiziell war das Opfer ja nicht tot! In einem Hotel wie diesem würde niemand Claudia vor der Abreise vermissen.

Dann begann aber erst das Meisterstück: Man musste entweder einen Überfall während eines Ausflugs behaupten – was, wie gesagt, schwierig war – oder die Tote einfach irgendwann als vermisst melden. Dann würden die Ermittlungen anlaufen. Das dauerte hierzulande sicher eine gewisse Zeit. Währenddessen war der Komplize schon mit dem Handy unterwegs in Richtung Sudan oder wer weiß wohin. Er durfte natürlich nicht geschnappt werden. Das war aber lediglich eine Frage der genauen Planung. Man musste Route und Timing vorher festlegen, es gab bestimmt Regionen im Land, die gefährlich waren, auch für die Polizei.

Er selbst würde scheinbar widerstrebend nach Hause fliegen und dort den fassungslosen, trauernden Witwer spielen, der auf ein Wunder hoffte. Zu einem festgelegten Zeitpunkt musste der Komplize das Handy vollständig zerstören. Irgendwann – seiner Einschätzung nach relativ rasch – würden die Ermittlungen einschlafen. Das war's.

Entscheidend war eine sichere, anonyme Kommunikation mit dem Komplizen. Was das Geld betraf: ein bisschen was vorher, den Rest danach. Er konnte ein halbes Jahr später über ein Drittland nach Ägypten fliegen oder einen Boten engagieren. Da gab es viele Wege.

Und was die Kommunikation betraf: eine fiktive hotmail- oder gmail-Adresse, die er an jedem öffentlichen Internetzugang einrichten konnte, würde es tun. Leichte Übung, er durfte natürlich niemals von einem seiner eigenen elektronischen Geräte aus in Kontakt mit dem Komplizen treten. Die würden nach dem Verschwinden seiner Frau hundertprozentig überprüft werden.

Christian schmunzelte. Ein amüsantes Gedankenspiel, in der Realität brauchte so etwas Nerven aus Stahl, Verschwiegenheit und die Fähigkeit, sich monatelang glaubwürdig zu verstellen. Vor der Polizei, den anderen Leuten, in seinem Fall auch vor seinen Eltern und den Kindern – undenkbar! Aber die logistische Seite wäre kein Problem für ihn. Hatte ein anderer es schon getan? Der Gedanke faszinierte ihn.

Er war sicher nicht der Erste, der auf diese Idee kam. So viel hatte er im Laufe seines Lebens gelernt: Wenn man eine geniale Idee hatte, war bestimmt schon ein anderer vorher draufgekommen, oder die Idee stellte sich bei näherer Betrachtung als gar nicht so genial heraus.

Hatten seine Vorgänger Erfolg gehabt oder waren sie gescheitert? Hatten sie die Idee wieder fallen lassen, es beim Gedankenspiel belassen so wie er und einen alternativen Plan entwickelt? Im Internet konnte er das nicht recherchieren. Das wäre kontraproduktiv.

Christian wurde klar, dass es fatal für einen Mörder sein konnte, wenn er sich vor seiner Tat viel im Internet und vor allem auf den falschen Seiten herumgetrieben hatte. Das war ihm nie bewusst gewesen. Für die Polizei war es sicher einfach, eine vollständige elektronische Vita von einem Verdächtigen zu erstellen, und es mussten gar nicht Waffenkäufe im Darknet sein oder verhängnisvolle E-Mails. Ein blöder Zufall konnte zu einer Erhärtung des Verdachts führen. Also nicht »unaufgeklärte Morde Ehepaare Fernreisen« oder »perfektes Alibi Familientragödie« googlen, wenn man in Erwägung zog, irgendwann ein derartiges Verbrechen in die Tat umzusetzen! Christian grinste.

Er konnte ein anderes Mal in Ruhe weiter darüber nachdenken, im Dienst zum Beispiel. Christian wurde das Grinsen nicht los. Wie gesagt: dieses Hochgefühl! Wer hätte das gedacht? Das Unvorstellbare hatte sich als ganz einfach erwiesen. Er hatte so oft darüber nachgedacht: über die Ausnahme, die Gelegenheit. Aus dem nebulösen Gedankenspiel war Realität geworden. Das konnte beim perfekten Verbrechen ebenso sein. Würde er wieder einen Anstoß von außen brauchen wie jetzt das Geschenk seiner Schwiegermutter? Genügte es, wenn er sicher war, dass Claudia ihn betrog? Das Wichtigste waren auf jeden Fall gründliche Planung und die innere Vorbereitung und Stabilität. Nachdenken. Davor, dabei, danach.

Er hatte Zeit, seine Behinderung hatte ihn isoliert, die »Normalen« interessierten ihn nicht. Da gehörte er nicht mehr dazu. Und die anderen Deformierten, die Krüppel und Gestörten, interessierten ihn noch weniger. Der Mangel an menschlichem Kontakt war ein Segen, der Nachtdienst unterstützte das. Nicht nur, dass er während der

Arbeit allein war und nichts zu tun hatte, sein Rhythmus trennte ihn von den anderen.

Die Wochenenden waren nur dann ein Problem, wenn irgendetwas auf dem Programm stand. Meistens konnte er ausschlafen. Der Schlaf war sein Heiligtum. Die Angewohnheit, unabhängig davon, wie spät es war, schlafen zu gehen, wenn er das Bedürfnis dazu verspürte, hatte er vom Spital nach Hause mitgenommen. Leider schlief er nicht mehr so gut wie im Krankenhaus. Die Schmerzen – es zwickte eigentlich immer irgendwo – waren zwar selten sehr stark, aber die dauernde Konfrontation damit konnte sich keiner vorstellen, der es nicht selbst erlebt hatte. Valium war gut. Er konnte sich darauf verlassen, dass es wirkte, und er übertrieb es nicht damit.

Sein Hausarzt Doktor Pöltl hatte ihm auch ganz unverblümt gesagt, dass er ihm nicht mehr verschreiben würde, als gut für ihn war. Der wusste natürlich auch von den anderen Tabletten. Ein einziges Mal hätte er mehr Valium als üblich gebraucht, aber da hatte er beim Pöltl auf Granit gebissen. War kein Problem gewesen. Es war gut zu wissen, dass er nicht süchtig nach dem Zeug wurde und dass es zur Verfügung stand, wenn sein malträtierter Körper ihn nicht schlafen ließ.

Sein Körper, das Vehikel. Christian nahm seinen Stock in die Hand, drückte den Griff mit aller Kraft und ließ dann die Hand auf der glatten Oberfläche auf und ab gleiten.

Er hatte einen weiten Weg hinter sich. Seine Hinfälligkeit hatte ihn spirituell weitergebracht. Sein Leiden, seine Verzweiflung, sein Kampf. Diese Fülle von klaren Momenten aushalten, Überforderungen und neue Ängste kennenlernen. Dafür war er dankbar, obwohl die Welt nüchtern nicht schöner war!

Nicht zu trinken war eine Aufgabe. Er musste immer ein Mindestmaß an Kontrolle aufbringen, das »Nein« in jeder Situation parat haben. Sowohl wenn es ihm sehr schlecht ging, als auch wenn er sich ausnahmsweise einmal gut fühlte und Hoffnung schöpfte, stieß er an seine Grenzen. Aber er hatte durchgehalten!

Am schlimmsten war es im ersten Jahr zu Weihnachten gewesen:

Schmerzen, Schmerzen, Schmerzen. Jeden Tag das Gleiche, eine schier endlose Abfolge von dunklen Tagen. Er war sich im eigenen Haus fremd vorgekommen, hatte die meiste Zeit unten vor dem Fernseher verbracht. Alles war anstrengend gewesen, jeder Bissen, jeder Schritt. Abgesehen von seinen Eltern, hatten alle etwas von ihm gewollt: die Therapeuten, die Kinder, Claudia.

Wahrscheinlich hatten sie es gut gemeint, aber er hätte mehr Mitleid, Geduld und weniger Ansporn gebraucht. Er hatte es wirklich versucht, aber es war damals einfach zu viel gewesen. Er hatte zuerst wieder singen lernen wollen, bevor er sich mit dem Rest befasste. Tragisch. Manchmal, wenn er in den Spiegel geschaut hatte, waren ihm die Tränen gekommen. Sein Gesicht war entstellt. Für ihn war es so, auch wenn alle anderen behaupteten, man würde es nicht sehen. Durch das gebrochene Jochbein und den operierten Unterkiefer war die Symmetrie zerstört. Außerdem hatte er sich eine leicht schiefe Kopfhaltung angewöhnt, die er nicht mehr ganz wegbekam. Das Schlimmste war aber, dass er nicht mehr singen konnte, dass das für immer vorbei war.

Die Schmerzmittel hatte er immer im Griff gehabt. In den ersten Monaten hatte er die Spätfolgen seiner Verletzungen und die kalte Jahreszeit extrem gespürt, ein Leben ohne »Painkiller« wäre damals undenkbar gewesen. Mit der Zeit hatte er aber Magenschmerzen bekommen, weniger genommen und das Ganze hatte sich so von selbst reguliert. Bis zu dem Zeitpunkt eben, an dem er das Singen begraben hatte. Der Chor und Claudia waren sein Licht am Ende des Tunnels gewesen.

Claudia hatte ihn mehr oder weniger im Stich gelassen. Zugegeben, sie hatte es auch nicht leicht und versuchte, ihr Bestes zu geben. Aber um Liebe, um Mitgefühl bat er vergeblich. Sie gab ungefragt Ratschläge und entschied Dinge über seinen Kopf hinweg. Er war ein Krüppel, eine Last. Insgeheim fürchtete er sich davor, dass sie ihn verlassen würde, sobald sich ihr die Gelegenheit dazu bot. Ihre neue Busenfreundin trieb sie bestimmt dazu an. Würde er sich umbringen oder würde er es einfach hinnehmen, wenn es so weit war?

Der Chor hatte sich schon erledigt. Er war dorthin zurückgekehrt, wo er als Kind gestanden hatte. Das war die Klammer. Er war ein Nerd. Der Ausdruck gefiel ihm. Als Jugendlicher, bevor er mit dem Fortgehen begonnen hatte, war er ein relativ introvertierter, unsportlicher Analytiker mit einem Hang zum Mystischen gewesen. Hätte es damals schon Online-Spiele beziehungsweise das Internet mit seinen heutigen Möglichkeiten gegeben, hätte er womöglich nie mit dem Saufen angefangen. Oder mit dem Singen.

Im Chor war er jemand gewesen, war seinem Nerdtum entflohen. Aber Gott hatte beschlossen, ihn wieder zurückzuführen. An Gott, an den Tod, das Jenseits, an Himmel und Hölle, an die Evolution, die Wiedergeburt und andere Mythen hatte er viele Gedanken verwendet. Er erlebte die Apokalypse, das war ihm klargeworden. Jeder einigermaßen analytische Mensch musste begreifen, dass Überbevölkerung, Klimawandel und Umweltverschmutzung die Spezies in astronomisch absehbarer Zeit auslöschen mussten. Wenn nicht bereits davor ein reinigender Atomkrieg den Planeten vom unwürdigen Abschaum befreite.

Christian hatte außer dem Glauben an die Transzendenz seiner Seele und die Existenz Gottes keine Hoffnung. Die aussichtslose Zukunft und sein Hass auf die Menschheit machten es ihm schwer, die Kinder zu ertragen. Sie waren so unschuldig! Aber sie erinnerten ihn daran, dass es weiterging, dass diese Menschheit sich für zig weitere Generationen im eigenen Dreck suhlen würde. Sie taten ihm leid und es war ihm peinlich, dass er für ihre Existenz verantwortlich war.

Er wusste, dass diese Gedanken nicht erlaubt waren. Er hätte so etwas niemals in einem Chat geschrieben. Das wäre Wahnsinn! Waren solche Gedanken psychopathisch? Selbst diese Überlegung hatte für ihn nichts Erschreckendes, schließlich waren das auch nur Kategorien einer Pseudowissenschaft. Ganz umsonst war die Psychologie aber nicht, Doktor Raimann hatte sich als hilfreich erwiesen. Claudia hatte ihn irgendwann genötigt, sich wegen seines »Alkoholismus« professionelle Hilfe zu besorgen. Das war typisch für sie: Wenn es ihm schlecht ging, sollte er sich helfen lassen, etwas dagegen machen. Nur bitte nicht klagen, schon gar nicht in ihrer Gegenwart! Sie hatte den Termin in Graz vereinbart, er war mit dem Zug reingefahren und hatte sein Gschichterl erzählt. Der Doktor – immerhin ein richtiger Psychiater und nicht irgend so ein schwindliger Therapeut – hatte komplett gleichgültig auf ihn gewirkt. Vielleicht war das Methode, der Doktor hatte ihm jedenfalls zu verstehen gegeben, dass er gute Chancen hätte, trocken zu bleiben, wenn er genug Unterstützung von seiner Familie bekäme, gut auf sich achtgäbe und niemals vergäße, dass Alkoholismus eine lebenslange Krankheit sei. Christian hatte sich nicht zurückhalten können und, obwohl er wusste, dass es sinnlos war, gemeint, dass er gar nicht sicher war, ob er ein Alkoholiker sei. Schließlich habe er es ja allein geschafft, mit dem Trinken aufzuhören. Der Doktor hatte nur den Kopf geschüttelt. Er wäre nicht das erste Unfallopfer, das gezwungenermaßen eine Entziehung durchlaufen habe. Es sei ein Skandal, dass er im Krankenhaus nicht eingehender informiert worden war. Alkoholiker wäre und bliebe er bis zu seinem Tod. Darauf hatte er nichts mehr erwidert.

Zumindest hatte der Psychiater ihn wie einen Erwachsenen behandelt. Auf seine Frage hin hatte der Doktor gemeint, dass er nicht wieder zu ihm zu kommen brauche, außer er hätte das Bedürfnis zu reden. Er war also kein Geschäftemacher, hatte es nicht nötig, sich seine Klienten warmzuhalten, wie man das oft von den Ärzten hörte. Das hatte ihn Christian erst sympathisch werden lassen.

Er hatte Claudia zu Hause alles erzählt, der nichts Besseres eingefallen war, als zu sagen: »Siehst du! Der Doktor sagt auch, du sollst dich nicht hängen lassen. Genieß das Leben doch einfach! Jetzt hast du Zeit dazu!« Leichter gesagt als getan. Er war zu nichts nütze, sein Selbstwert war am Boden, und die Spirale hatte sich nach unten gedreht.

Physische Bewegung als Ersatz für den Alkohol, wie es viele praktizierten, kam leider bei ihm nicht infrage. Er war ständig erschöpft, ständig gereizt gewesen, sein einziges Ventil war bis heute das Internet. Das Macbook war sein Tor zur Welt. Außerhalb der Familie brauchte er keinen Menschen. Die Leute im Ort waren zum Vergessen, seine wenigen Bekannten waren allesamt wackere Tschecheranten. Die paar Begegnungen, die er nicht hatte vermeiden können, hatten gereicht: Man machte erst ein betroffenes Gesicht und dann ein paar unbeholfene Scherze. Dass er nicht mehr »auf ein Bier« oder »nur auf ein Glaserl« blieb, stieß fast immer auf Unverständnis.

Bis zum Frühling war er körperlich so weit genesen, dass er das Gefühl gehabt hatte, besser würde es wohl nicht mehr werden. Die Schmerzen waren erträglich, sein Stock schon so selbstverständlich wie ein Teil seines Körpers geworden. Psychisch hatte er sich leider nicht stabilisiert, immer häufiger waren ihm einfach so, ohne bestimmten Grund, die Tränen gekommen. Wenn er sich unbeobachtet wusste, hatte er laut geschluchzt, jede Scham vor sich selbst verloren. Als dann die Selbstmordgedanken gekommen waren, hatte er das einzig Richtige getan: Er hatte mit seinem Seelsorger gesprochen! Pfarrer Joham war erfahren und gütig, er hatte Christian getauft, gefirmt und getraut. Ihm gegenüber konnte er so offen sein wie zu sonst niemandem und hatte im Beichtstuhl endlich einmal losgelassen. Der Pfarrer hatte ihm empfohlen, im Glauben und in den Menschen Trost zu suchen.

Er hatte es versucht, sich vermehrt um die Kinder bemüht und auch den Kontakt zu Claudia gesucht. Mit Jakob und Sarah hatte das besser funktioniert als mit Claudia, auch wenn er seinen Kindern natürlich nicht das bieten konnte, was man von einem Papa erwartete. In letzter Zeit, seit er als Nachtportier arbeitete, hatte er sich leider wieder von den Kindern entfernt.

Damals hatte er voll Angst dem nächsten Winter entgegengesehen. Er hatte befürchtet, dass seine Depression und die Wetterfühligkeit ihm das Leben unmöglich machen würden. Also war er fast genau ein Jahr nach dem Unfall wieder nach Graz zum Psychiater gefahren. Diesmal, ohne dass Claudia etwas davon gewusst hatte. Der Doc war echt okay gewesen, hatte ihm wieder, ohne eine Miene zu verziehen, zugehört. »Zuerst möchte ich Ihnen gratulieren. Sie haben nichts getrunken, obwohl das letzte Jahr sehr schwierig für Sie war.« Sonst hatte ihm niemand dazu gratuliert, das war eigentlich schon traurig. Seine Eltern sprachen nicht darüber, Claudia hatte ihm zwar zum »Jahrestag« des Unfalls einen Geburtstagskuchen mit einer Kerze besorgt, aber darüber, dass er nun auch ein Jahr trocken war, hatte sie kein Wort verloren. Trocken wie die Sahara – Christian musste lachen: ein lustiges Bild, wenn man gerade in Ägypten war. 40 Jahre war Moses mit dem auserwählten Volk durch die Wüste gezogen. 40 Jahre – eine lange Zeit. Würde er noch so lange leben?

Der Doktor war sachlich geblieben, hatte ihm ein Antidepressivum und ein Beruhigungsmittel – eben das Valium, das er seither vom Pöltl bezog – verschrieben und ihm geraten, eine Kur zu machen. »Sie brauchen etwas Abstand. Fragen Sie Ihre Frau, ob es für sie in Ordnung wäre, wenn Sie ein paar Wochen weg sind. Sie sind nach wie vor gefährdet, und ich weiß nicht, ob die Situation bei Ihnen zu Hause momentan gut für Sie ist. Wobei Sie unbedingt an Ihrer Ehe arbeiten sollten, Sie brauchen Unterstützung.«

Das Antidepressivum nahm er seitdem täglich. Claudia wusste nichts davon, genauso wenig wie von seinen weiteren Besuchen bei Doktor Raimann. Er musste wegen der Rezepte regelmäßig zu ihm nach Graz fahren, was er vormittags erledigte, wenn Claudia nichts davon mitbekam. Das Medikament hatte auf Anhieb gut gewirkt, er hatte sogar wieder etwas Schwung bekommen.

Er hatte nach wie vor seine Stimmungsschwankungen, aber die neue Struktur mit dem Nachtjob, die fortschreitende Gewöhnung an seine Behinderung und der Waffenstillstand mit Claudia – all das bedeutete eine Verbesserung seiner Lebensqualität! Es war gar nicht so einfach, Claudia die Sache mit den Tabletten zu verheimlichen. Warum war ihm das so wichtig? Bei den Schmerz- und den Schlafmitteln hatte er keinerlei Skrupel gehabt. Er wollte wohl bei Claudia einfach keinen Verdacht aufkommen lassen, dass er verrückt war oder es »clean« nicht schaffte.

Der Psychiater war sein geheimer Notnagel für schlechte Zeiten. Dieses heimliche Sicherheitsnetz war wichtig, schuf aber automatisch wieder Distanz zwischen ihm und seiner Frau. Hatte Claudia auch Geheimnisse? Christian glaubte schon. Aber welche?

Seine Eltern waren zwar auf seiner Seite, aber verständlicherweise dachten sie an ihre eigenen Interessen. Er nahm ihnen das nicht übel. Sie hatten genug getan und hielten nach wie vor zu ihm, vor allem seine Mutter. Christian nahm an, sie genoss es, sich wie früher um ihn kümmern zu können. Claudia gegenüber waren seine Eltern nicht immer ganz fair gewesen, da gab es nichts zu beschönigen. Aber er hatte sich zu ihr bekannt. Es war einfach einmal notwendig gewesen, seinen Eltern klarzumachen, dass sie nicht so über seine Frau und die Mutter ihrer Enkelkinder reden konnten.

Auf der anderen Seite war er es leid, seine Eltern Claudia gegenüber ständig verteidigen und von ihr meist vergeblich Verständnis und Dankbarkeit einfordern zu müssen. Manchmal stellte er sich vor, dass er mit den zwei Senioren zusammenlebte, wenn die Kinder und Claudia weg waren. Irgendwann würde sie sicher genug haben, es war nur eine Frage der Zeit. Er würde sich dann um die Eltern kümmern und sie sich um ihn. Weit hatte er es gebracht! Dann könnte er auch wieder mit dem Trinken anfangen.

Dass er nicht trank, war für seine Eltern nach wie vor befremdlich. Es war in der Gegend und in ihrer Generation ja auch wirklich ungewöhnlich. Sein Vater kümmerte sich nicht um Claudias Vorträge und trank eisern seine fünf bis zehn Bier am Tag. Christian gönnte es ihm, der Alte schien auch kein Problem damit zu haben. So richtig betrunken war er selten und seine Aufgaben erledigte er immer zuverlässig.

Man konnte also sehr gut sein Leben lang Alkohol trinken, ohne zwangsläufig Probleme zu bekommen! Das hatte ihm ja auch Doktor Raimann bestätigt, den Konsum seines Vaters allerdings als problematisch angesehen. Na ja, ein Grazer halt: der konnte einen Südsteirer nicht verstehen. Christian schmunzelte. Apropos: Er verstand seinen Vater auch durch seinen neuen Job viel besser. Er wusste jetzt, wie es war, in einem verlassenen Gebäude seinen Dienst zu verrichten. In manchen Momenten war es ein Gefühl der Allmacht, in anderen starrte man auf den Sekundenzeiger der Wanduhr und sehnte sich danach, der Einsamkeit zu entkommen.

Sein Vater musste Tausende von Stunden mit Nichtstun verbracht haben. Aber man tat nie nichts, irgendetwas fand immer statt, das war das Problem.

Ein Hoch auf seine Schwiegermutter! Christian hätte nicht gedacht, dass er jemals etwas Derartiges sagen würde. Ohne sie wäre er nicht hier. Wenn die wüsste! Afrika – das war brillant: Das Erste, was ihm zu Ägypten – neben »Asterix und Kleopatra« – eingefallen war, war dieser Film mit Peter Ustinov gewesen: »Tod auf dem Nil«. Vielleicht kamen daher die mordlüsternen Gedanken. Vor der Abreise waren vor seinem inneren Auge Bilder von gelangweilten englischen Herrschaften in Abendkleidung aufgetaucht, die ständig Drinks kippten, während Hercule Poirot den Fall aufklärte. Da er, seit er nicht mehr trank, bei allem und jedem irgendeinen Zusammenhang mit Alkohol konstruierte, hatte er dem nicht weiter Beachtung geschenkt.

Wahrscheinlich hatte er unbewusst schon seit Langem auf eine Gelegenheit gehofft. Nach dem gestrigen Absturz seiner Frau hatte der Entschluss heute Morgen auf einmal festgestanden: Er würde es tun, er würde seine Abstinenz einmalig durchbrechen. Es musste einfach sein. Er musste Bescheid wissen. So oft hatte er darüber nachgedacht. Wie es wäre, was passieren würde. Und jetzt saß er da. Er spürte den Arak nach wie vor, obwohl er ihn vor mehr als zwei Stunden getrunken hatte.

Christian aktivierte Claudias Display: 21.24 Uhr. Gestern war er um diese Zeit nach oben gegangen und Claudia war sitzen geblieben, heute war es eben umgekehrt, gleiches Recht für alle. Wobei – geraucht hatte sie nicht, das hätte er gerochen. Mit dem Rauchen aufzuhören war natürlich etwas anderes. Das war ja kein wirklicher Verzicht. Außerdem hatte seine Frau einfach die eine Substanz gegen die andere ausgetauscht: Nikotin gegen Zucker. Wenn er ehrlich war, wäre es ihm lieber, sie würde noch rauchen und hätte dafür eine bessere Figur. Das konnte er ihr natürlich nicht sagen, er war bei Gott nicht in der Position, sich über körperliche Mängel zu alterieren. Der Lahme mit dem Sprachfehler.

Würde er saufen, wäre alles noch schlimmer. Das war ihm klar. Aber dazu würde es nicht kommen. Jetzt wusste er ja, worauf er in Zukunft würde verzichten müssen. Das Geheimnis war gelüftet, seine Fantasien hatten ihren Reiz verloren. Das war zu schaffen. Sicher, es war unheimlich fein, endlich wieder einmal rauschig zu sein. Aber es war auch deprimierend. Der Unfall hatte seine Verbindung zum Alkohol, der ein so treuer Begleiter gewesen war, gekappt. Er hatte keinen Abschied nehmen können, was er jetzt nachgeholt hatte. Das war alles.

Was hatte ihm die Abstinenz gebracht? Das Gefühl, er hätte nie wirklich eine Chance gehabt. Es war nicht gerecht, was auf der Welt geschah. Warum war er der Einzige, der so darunter litt? Gab es die Erbsünde tatsächlich? Gott vertrauen und ab und zu ein kleiner Sündenfall, um die eigene Menschlichkeit unter Beweis zu stellen. Gott war allwissend, er würde ihm zweifelsohne diesen heutigen Ausrutscher vergeben.

Bei den Menschen war das anders. Es war sonnenklar: Er durfte keiner Menschenseele jemals davon erzählen! In ein paar Jahren vielleicht. Was brachte die Zukunft? Er hatte nicht mehr viel zu verlieren, möglicherweise schlug das Pendel in die andere Richtung aus und es kamen endlich bessere Tage.

»Was in Afrika passiert, bleibt in Afrika!« Das hatte er sich gesagt, bevor er den Schnaps getrunken hatte.

Christian stand auf. Er hatte lange genug gewartet, jetzt würde Claudia bestimmt nicht mehr herunterkommen, und wenn auch: ein kleiner Abstecher zu Mustafa, dann wollte er noch ein bisschen hier sitzen und die sternenklare, laue Nacht genießen. Dass er noch einmal so eine Wasserpfeife ausprobierte, würde Claudia ihm nicht abnehmen. Das war sein Alibi gewesen. Mustafa hatte es ihm verschafft. Keine Ahnung, wieso, aber der hatte ihn einfach so angesprochen, als er tagsüber ziellos über das Gelände geschlendert war.

»Hello Sir, where do you come from?«, hatte er ihn angegrinst. »Ah, Osterreisch! Sehr schön, Wien, Mozart.« Christian hatte nicht recht gewusst, was tun. »Mein Name Mustafa. Brauchen Sie etwas?« In der Tat hatte Christian darüber nachgedacht, wo er sich, ohne dass Claudia etwas mitbekam, einen Drink organisieren könnte. Er hätte sich mit seinem Armband leicht irgendwo gratis ein Bier, ein Wodka-Orange oder einen anderen Cocktail besorgen können. Aber er wollte nicht minderwertiges Zeug für seinen großen Moment haben, es sollte etwas Besonderes sein! Da aber alle guten Sachen extra kosteten und automatisch auf das Zimmer gebucht wurden – nach irgendwelchen Zwischenfällen war Barzahlung in den Bars und Restaurants nicht mehr möglich –, konnte er sich hier nicht einfach etwas kaufen.

Das Hotelgelände zu verlassen war ihm zu aufwendig, außerdem wusste er nicht, wie es da draußen aussah. Also hatte er Mustafa gefragt: »Wo kann ich etwas zum Trinken kaufen?« Der hatte erst überhaupt nicht verstanden, was das Problem war. Christian hatte es ihm wohl oder übel erklären müssen: Er wollte etwas Gescheites zum Trinken und bar bezahlen, weil seine Frau nichts davon zu wissen brauchte. Der kleine Kerl hatte gelacht und gemeint, am ehesten seien die Männer in der Shisha-Bar unter sich. Für ein kleines Trinkgeld, das er allerdings im Voraus hatte haben wollen, würde er ihm ganz unauffällig statt Wasser Arak zur Wasserpfeife servieren. Wenn Christian etwas Besonderes suche, dann könne er nichts anderes nehmen. Christian hatte beschlossen, sich darauf einzulassen. 20 Euro für ein Achterl Anisschnaps, nicht schlecht! Aber es hatte sich ausgezahlt, der Arak hatte wirklich wunderbar geschmeckt. In etwa so wie Ouzo, wenn er sich richtig erinnerte: würzig, stark, herrlich, wie von einem anderen Stern. Der Beigeschmack des Alkohols, der ihn an Lösungsmittel erinnerte, hatte fast nicht gestört.

Das Alibi hatte perfekt funktioniert. Er hatte behauptet, dass er so eine Shisha ausprobieren wollte, wenn er schon einmal hier war. Claudia hatte sich gewundert, aber keinen Verdacht geschöpft. Wie am Tag davor hatten sie möglichst früh zu Abend gegessen, um den Massen zuvorzukommen. Dann waren sie gemeinsam zur Shisha-Bar spaziert. Claudia hatte angesichts der verqualmten Bar, wo ungefähr 20 Männer auf Polstern sitzend an ihren Wasserpfeifen genuckelt hatten, wie erwartet reagiert: »Entschuldige, aber da gehe ich nicht hinein. Wenn du das ausprobieren willst, musst du es allein machen.« Perfekt.

Sie hatten ausgemacht, dass Claudia in »ihrem Winkerl« auf ihn warten würde. Eine Stunde hatte er sich Zeit genommen. So lange konnte man für so eine Pfeife schon brauchen. Er hatte natürlich nur pro forma ein paarmal angezogen, er war schließlich nie ein Raucher gewesen. Es hatte gar nicht so schlimm geschmeckt, wie er befürchtet hatte. Dafür hatte er so nach dem Qualm gestunken, dass Claudia unmöglich etwas anderes hatte riechen können. Sein schwindeliges Hochgefühl hatte er auf die Pfeife geschoben. Und da Claudia ihm den Gefallen getan hatte, frühzeitig zu verschwinden, würde er noch einen Abschiedstrunk riskieren, einen allerletzten Scheidebecher!

War das okay? Ach was, er sollte sich nicht verrückt machen! Er war ein erwachsener Mann, konnte tun und lassen, was er wollte. Er musste die Sache ja nur zu ihrem eigenen Schutz vor Claudia geheim halten. Er kam zurecht, er war ja kein Volltrottel! Diesen zweiten und letzten Arak wollte er sich nicht von Gewissensbissen und kindischen Ängsten verderben lassen. Diesmal wollte er den Abschied so richtig genießen.

3

Anna holte ein Buch, das aufblasbare Nackenkissen und ihren weichen Schal aus dem Rucksack, bevor sie ihn im Handgepäckfach verstaute. Sie nickte ihrem Sitznachbarn, einem jungen Mann um die 30, zu und setzte sich auf ihren Platz. Sie schloss die Augen. Wie war es jetzt gelaufen, gut oder schlecht? Sie nahm erstaunt wahr, dass sie trotz allem nur ungern wegflog, nach Hause zu Georg.

Na ja, es war halt normal, dass man sentimental wurde, wenn man nach so langer Zeit wieder die Straßen entlanglief, die man davor ein halbes Leben lang benutzt hatte. Dennoch hatte sich die Stadt in den paar Jahren stärker verändert, als sie vermutet hatte. Vielleicht spielte ihr aber auch die Erinnerung einen Streich und sie hatte in Kanada das Leibnitz aus einer früheren Zeit vor Augen gehabt, nicht das von 2006. Der Dialekt war geblieben, sie hatte ihn genossen. Auch die vertrauten Gerüche: Sogar die Erde und das Laub rochen in Leibnitz besonders.

Aber jetzt war das schon wieder weit weg. Sie saß in Frankfurt im Flugzeug. Das war weit weg von Leibnitz.

Kanada war noch weiter weg. Sie hatte der Versuchung, ihre alte Heimat zu besuchen, nicht widerstehen können. Georg hatte überraschend darauf bestanden, zum Begräbnis seines Bruders zu gehen. Die beiden waren einander von Jugend an spinnefeind gewesen, und Georg hatte zu ihm wie zum Rest seiner Familie keinen Kontakt gehabt. Als er vom Tod des älteren Bruders erfahren hatte, war aber wohl irgendetwas bei ihm aufgebrochen. Sie hatte die Einladung, ihn zu begleiten, gleichsam angenommen und ausgeschlagen: Bis nach Salzburg waren sie zusammen unterwegs gewesen. Das war im wahrsten Sinn des Wortes eine Weltreise: Saskatoon – Edmonton, Edmonton – Seattle, Seattle – Frankfurt und Frankfurt – Salzburg. Zurück würde sie über Calgary fliegen. In Salzburg am Bahnhof hatten sich ihre Wege getrennt: Er war nach Westen, sie nach Südosten gefahren, beide in ihre alte Heimat.

Georg wäre es lieber gewesen, wenn sie ihn zum Begräbnis begleitet hätte, aber sie hatte wirklich keine Lust auf einen peinlichen und bizarren Auftritt von Seiten ihres Mannes gehabt. Er hatte natürlich sein Totem und einige indianische Gegenstände mitgenommen und angekündigt, dass er auf seine Weise Abschied von seinem unbekannten einzigen Bruder nehmen wollte. Was das bedeutete, konnte sie sich vorstellen. Und dass es dem Rest seiner Familie, der im Unterschied zu ihm einen echten Bezug zum Verstorbenen hatte, nicht gefallen würde, ebenfalls.

Die Idee, nach Österreich zu reisen, hatte sie jedoch gern aufgegriffen. Es war ansonsten ein Tabuthema zwischen ihnen: Georg hatte Heimatfantasien – wie er es nannte – immer strikt abgelehnt und es als rausgeschmissenes Geld und verlorene Zeit betrachtet, nach Österreich zu fliegen. Sie hatte das anfangs auch so gesehen, aber mit der Zeit hatte ihr Europa immer mehr gefehlt. Obwohl die Kanadier so angenehm waren. Na ja, die Kanadier gab es natürlich nicht, aber es gab einen Common Sense, einen gemeinsamen Spirit, der sich hauptsächlich durch eine hemdsärmelige Freundlichkeit und den Glauben einer Sonderstellung auf dem Globus auszeichnete.

Ob eine Familie schon in der zwölften Generation im Land war und ursprünglich aus Schweden, Frankreich oder England stammte, oder ob jemand aus Vietnam, Serbien oder Leibnitz vor wenigen Jahren eingewandert war, spielte offiziell keine Rolle. Ein großartiges Konzept, in der Realität gab es die gleichen Milieus und Interessensgemeinschaften innerhalb der Gesellschaft wie überall anders auch.

Oder die Leute verschwanden in den Wäldern. Es gab über das Land verteilt Unmengen an Freaks. Das waren sowohl echte Aussteiger, die jahrzehntelang in der Wildnis lebten, als auch Möchtegern-Überlebenskünstler, die es gern können würden. Die meisten waren streitlustig, sonderbar und bewaffnet. Das waren die südsteirischen Bauern allerdings auch alles. Anna schmunzelte. Die Steirer waren einmalig, das musste sie zugeben.

Essen war zu ihrer Überraschung in ihrer neuen Heimat ein großes Thema für sie geworden. Sie verzehrte sich manchmal in Saskatchewan nach Schwarzbrot, Kernöl und Geselchtem.

Heute hatte sie um sechs Uhr in der Früh Osterfleisch, Eier und alles, was dazugehörte, von den Grebiens vorgesetzt bekommen. Obwohl die Fleischweihe erst zu Mittag stattfand! Sie war gerührt gewesen und hatte trotz der frühen Stunde ein Glas Wein runtergestürzt. Karsamstag – und sie saß auf dem Frankfurter Flughafen im Flieger nach Seattle!

Anna war müde, obwohl es erst früher Nachmittag war, der Tag war schon lang gewesen. Sie hatte um neun Uhr in Graz am Flughafen sein müssen. Der war im Vergleich zu Frankfurt ein besserer Greisslerladen, wieder so ein sympathisches Überbleibsel aus einer anderen Zeit.

Das Gepäck war bis Calgary durchgebucht, dort würde Georg sie mit dem Auto abholen.

Ihr graute vor dem langen Flug, hoffentlich ließ man sie schlafen! Sie sollte noch durchhalten, bis das Flugzeug gestartet und die üblichen Prozeduren erledigt waren. Sie wurde alt, langsam nahmen die Wehwehchen zu. Sie hatte sich nie Illusionen über die eigene Vergänglichkeit gemacht, aber jetzt wurde sie für ihren Geschmack zu häufig daran erinnert. Kalt vertrug sie immer schlechter.

Das war ein Punkt, den sie nicht bedacht hatten. Auch Georg gab zu, dass er die Kälte in Kanada unterschätzt hatte. Der letzte Winter hatte ihm sehr zu schaffen gemacht. Er hatte sich im Jahr davor bei einem seiner Meditationstrips in Nunavut im Norden des Landes den kleinen Zeh abgefroren. Wahrscheinlich war er zugedröhnt gewesen und hatte nicht aufgepasst, obwohl er das vehement bestritt. Jedenfalls beeinträchtigte ihn dieses Problemchen enorm. Es war im Vergleich zum Zustand ihres Schwiegersohns so lächerlich, dass sie nicht gewagt hatte, davon zu erzählen.

Christian suhlte sich aber auch in seinem Leid, sogar sein Hinken wirkte wie gespielt. Er schien ausgesprochen gut über seine Verletzungen Bescheid zu wissen, hatte mit Fachausdrücken nur so um sich geworfen.

Der Unterschied zu Georgs Haltung war faszinierend. Ihr Schwiegersohn betrachtete seinen Körper wie eine Maschine, die sein technisches Interesse verdient hatte.

Der Rest war Fatalismus. Die Maschine war irreparabel, das war das Einzige, was ihn interessierte. Man hatte es versucht, leider hatte es nicht funktioniert. Hin war hin.

Alles Feinstoffliche war diesem Mann fremd. Auf der anderen Seite beharrte er noch immer auf seinem abstoßenden, geradezu schwülstigen Gottesglauben. Im Gegensatz zu Christian therapierte sich Georg unaufhörlich mit irgendwelchen exotischen Mittelchen und rannte von einem Heiler zum nächsten, um über sein »verlorenes Glied« zu trauern. Warum konnte er nicht ein bisschen normaler gestrickt sein?

Die Probleme hatten schon in Mexiko bei ihrer ersten Reise begonnen. Er hatte sich eingebildet, während einer nächtlichen Feier auf einem See in der Nähe von Guadalajara bei einer Feier der Huicholen Peyote einzunehmen. Seit diesem Ereignis war er nicht immer er selbst. Noch immer hatte er Momente totaler Abwesenheit. Er vergaß ständig etwas, und seine Hingabe zum Spirituellen hatte ihn ihr von da an zusehends entfremdet. Sie liebte ihn auf eine besondere Weise, er war ein interessanter Mann, aber sie gingen sich, wenn sie nicht gerade unterwegs waren, immer mehr aus dem Weg.

Das gemeinsame Reisen hatte sich erst einmal als ein für beide schaler Kompromiss erwiesen. Obwohl sie schon ewig miteinander verheiratet waren, hatten sie feststellen müssen, dass sie unmöglich gemeinsam spontan sein konnten.

Sie waren beide aufgeschlossen, physisch einigermaßen belastbar und naturbegeistert. Letztlich reizten sie aber unterschiedliche Dinge beim Reisen, und bei aller Akzeptanz und trotz beiderseitigem Bemühen fühlte sich immer einer benachteiligt.

Im Laufe der Zeit hatten sie dazugelernt und pragmatische Lösungen gefunden. So wie jetzt bei diesem Österreich-Trip waren sie schon vorher in Amerika gemeinsam von zu Hause aufgebrochen, dann jeder seinen eigenen Weg gegangen und hatten sich später an einem Ort wiedergetroffen, der sie beide interessierte. Das hatte sich als taugliches Mittel erwiesen. Nach einer Zeit der Trennung freuten sie sich aufeinander, wollten dem anderen erzählen und konnten die Gemeinsamkeit wieder genießen. Auch jetzt war sie schon neugierig auf Georgs Bericht. Dort in Kanada waren sie aufeinander angewiesen, das war kein schlechter Beziehungskitt.

Sie war nicht weise. Sie hatte aber festgestellt, dass sich ihre Prioritäten verschoben hatten. Die unzähligen unterschiedlichen Eindrücke aus der sinnlichen Welt hatten ihr Bild vom Menschen genauer gezeichnet als ihr nicht unbeträchtliches Bücherwissen.

Sie hatte genug Abstand, um die Ehekrise ihrer Tochter nicht zu ernst zu nehmen. Es gab nur zwei Möglichkeiten: Entweder Claudia fand mit Christian einen gemeinsamen Nenner oder sie trennte sich von ihm. Dieser Autounfall war für ihre Tochter insgesamt nicht von Nachteil. Das konnte sie ihr natürlich nicht sagen. Auch wenn ihre Tochter 20 Kilo zu viel auf den Rippen hatte, war sie positiv überrascht gewesen. Endlich hatte sie sich aufgerafft, einigermaßen emanzipiert, übernahm Verantwortung und schien alles im Griff zu haben. Das war neu.

Christian war in den letzten vier Jahren jedenfalls auch nicht schöner geworden. Wenn sie nicht gewusst hätte, dass er erst 39 Jahre alt war, hätte sie ihn für Mitte 50 gehalten. Die Glatze, der Schmerbauch, die demonstrative Hinfälligkeit. Ihre Tochter hatte etwas Besseres verdient.

Irgendwie taten ihr aber auch Christian und seine Eltern leid. Die alten Grebiens waren Gast im eigenen Haus. Da hatte Claudia wirklich Erstaunliches bewirkt. Sie hatte sich ihre Gedanken gemacht und ein ganz gutes Gespräch mit ihrem Schwiegersohn geführt, als sie zufällig einmal allein zu Hause gewesen waren. Bei der Gelegenheit hatte sie ihn direkt gefragt, ob ihm nicht manchmal die Decke auf den Kopf fiele, ob er nicht einmal Urlaub brauche.

Seine Antwort hatte sie schon vorher gekannt: Sie hatten kein Geld, mit den Kindern wäre ein Urlaub keine Entspannung, außerdem: Urlaub wovon? Er leistete nichts, also hatte er auch keinen Urlaub verdient und so weiter. Sie hatte nicht lockergelassen und hypothetisch weitergefragt. So waren sie auf diesen Club-Urlaub gekommen. Für sie persönlich wäre so etwas eine Bestrafung, aber um sie ging es nicht. Sie hoffte, dass es Claudia und Christian gefiel. Sowohl ihre Tochter als auch ihr Schwiegersohn hatten ein kleines Zuckerl verdient. Vielleicht konnten sie die Gelegenheit nutzen und miteinander ins Reine kommen.

Der zweite Teil des Geschenks hatte sich zu ihrer Überraschung als das größere Problem erwiesen. Sie hätte nie gedacht, dass ihr, einer ehemaligen Volksschullehrerin, Kinder dermaßen auf die Nerven gehen könnten! Vor allem der Bub. Obwohl beide nicht dumm waren, Jakob nicht und Sarah schon gar nicht! Die war eigentlich ein super Mädel. Schwierig und heikel – ja! Aber sie hatte einen starken Willen und einen wachen Geist. Sarah war die Außenseiterin in der Familie, nicht nur äußerlich, sondern auch in ihrer Funktion. Sie war weder ein Mama- noch ein Papakind, und ihre Großeltern väterlicherseits verabscheute sie geradezu, was sie wieder von ihrem Bruder isolierte, der der erklärte Liebling der alten Grebiens war. Kein Wunder, dass die Kleine sich zu Hause unwohl fühlte, sie hatte in ihren jungen elf Jahren schon genug mitgemacht. Dass sie bei Claudias Chefin so etwas wie eine Ersatzfamilie gefunden hatte, war gar nicht so schlecht. Die Astrid Leitner. Die Eltern kannte sie natürlich – unangenehme Biedermännchen waren das und die kleine Leitner früher schon ein arroganter Trampel. Aber man musste die Leute an ihren Taten messen. Sie hatte ihrer Tochter geholfen. Sicher nicht ganz uneigennützig, aber dennoch: Anna musste zugeben, dass Astrid das Beste war, was ihrer Tochter und ihrer Enkelin hatte passieren können.

Sie erinnerte sich an ihre eigene Kindheit und daran, wie sie sich vom elterlichen Hof weggesehnt hatte. Da war sie nicht älter gewesen als ihre Enkelin jetzt. Die unzähligen Stunden, die sie auf einer Wiese oder auf einem Baum gesessen hatte und nur wegwollte. Fühlte sie sich deshalb stärker zu Sarah hingezogen als zu Jakob? Nein, der war einfach ein schreckliches Kind, sie konnte sich nicht helfen. Dabei hatte sie sich alles so schön vorgestellt, viel unkomplizierter!

Istrien war ihr eingefallen, weil sie eine alte Freundin in Moščenice hatte. Alles war winzig klein dort: die alten Häuser mit ihren Fensterchen und Türchen, die engen Gässchen, die dem steilen Karstboden abgerungenen Gärtchen. Wahrscheinlich war sie auch deshalb hingefahren: wegen dieser Kleinteiligkeit, die ihr in Kanada am meisten fehlte.

Dort war das Land zu groß, dem Menschen unangemessen. Man kam sich ohnmächtig und verloren vor. Diesem Gefühl konnte sie manchmal durchaus etwas abgewinnen, wollte ihm aber nicht ständig ausgesetzt sein.

In der Steiermark empfand sie die Dimensionen logischerweise angenehm, das war eben ihre Prägung. Das

Häuschen ihrer Freundin in Moščenice war das andere Extrem. Dort war für sie alles niedlich und entzückend in seiner Winzigkeit. Sie hatte gedacht, dass es den Kindern ebenfalls gefallen würde. Die Frühlingsblumen hatten geblüht, das Wetter war für ihr Empfinden okay gewesen.

Ihre Enkel hatten es gehasst. Sarah war anfangs noch gut drauf gewesen, während Jakob schon beim Losfahren geweint hatte. Dass sich Fritz und Maria von ihm verabschiedet hatten, als würden sie ihn nie mehr wiedersehen, hatte auch nicht gerade geholfen. Autofahren war für sie eine Qual, sie tat es so gut wie nie. Dementsprechend ungeübt, angespannt und ängstlich war sie hinter dem Steuer, weshalb sie die Kinder auf der Fahrt auch nicht groß unterhalten hatte können. Sie hätte nie gedacht, dass das ein Thema war! Aber diese Kinder brauchten, wenn sie nicht gerade aßen oder tranken, ständig Unterhaltung. Wenn sie das gewusst hätte, sie hätte ihre Prinzipien über Bord geworfen und ihnen erlaubt, ihre Videospiele mitzunehmen. Jakob war richtiggehend auf Entzug gewesen. Ganz der Papa!

Dabei sah er weder seinem Vater noch seiner Mutter ähnlich. Laut den Grebiens war er ein Abbild ihres jüngsten Sohnes, den sie nie kennengelernt hatte. Glücklicherweise bestand diese Ähnlichkeit in der Familie, sonst hätte ihr Schwiegersohn misstrauisch werden können.

Jakob und sie, das ging überhaupt nicht. Sie hatte sich vor ihrer alten Freundin Petra richtig für den Buben geniert. Das war auch der ausschlaggebende Grund gewesen, warum sie nur zwei Nächte geblieben waren.

Sie war mit den Kindern weiter ins Mirna-Tal gefahren, wo es ein Thermalbad gab. Damit die Fratzen endlich baden konnten! Aber auch dort war ihnen nichts recht gewesen: Das Essen war ungenießbar, der Geruch im Zimmer störte sie und das Bad war langweilig. Sarah, die für gewöhnlich wenig mit ihrem Bruder anfangen konnte, hatte sich auf seine Seite geschlagen, und beide hatten sie spüren lassen, dass sie ihrer Großmutter diesen Urlaub nie verzeihen würden. Als sie aufgegeben und ihnen gesagt hatte, dass sie auch zurück nach Österreich fahren könnten, wenn sie das wollten, war die Freude groß gewesen.

Wenigstens waren die Kinder in ihrem Egoismus noch ehrlich. Ehrlich gesagt, war sie genauso erleichtert gewesen wie die Kinder, schließlich hatte für sie außer Verantwortung und Geldausgeben nichts herausgeschaut. Halb im Scherz hatte sie gemeint, dass die Kinder den Urlaub vor den Eltern und den anderen Großeltern nicht zu schlechtmachen sollten, sonst würden die mit ihr schimpfen. Sarah hatte ohne jede Ironie geantwortet, dass sie vielleicht doch noch irgendwo anders hinfahren sollten, denn wenn sie drei Tage früher als geplant heimkämen, wäre doch klar, dass etwas schiefgegangen war.

»Kennst du Bad Radkersburg, Oma?« Als sie ihr wahrheitsgemäß gesagt hatte, dass sie zwar wusste, wo das lag, aber noch nie in ihrem Leben dort gewesen war, hatten sich die Kinder vor Begeisterung förmlich überschlagen. Sie waren mit ihren Eltern öfters dort gewesen, weil das warme Wasser für den Papa gesund war. Es gab Rutschen, Schnitzel, Eis, alles, was das Grebiensche Herz begehrte.

Also waren sie an Leibnitz vorbei und weiter nach Bad Radkersburg gefahren und sie hatte es in ihrem Leben doch noch in die benachbarte Bezirkshauptstadt geschafft. Die Kinder bekamen ihren Badespaß, sie konnte das Gesicht wahren, und das Ganze wurde doch noch ein Erfolg. Jakob würde sie nie mögen. Sie hoffte, dass er zumindest ein paar positive Erinnerungen an sie behalten würde. Der Abschied von Sarah war aber durchaus herzlich gewesen. Sie beide waren verwandt.

Anna wurde von einer ihr unbekannten Rührung erfasst. Sie fühlte sich verloren in diesem Flugzeug, das sie in ihre neue Heimat brachte. Weg von ihren Verwandten. Würde sie noch einmal zurückkehren? Sie war sich aus irgendeinem Grund sicher, dass sie einmal im Familiengrab auf dem Leutschacher Friedhof liegen würde. War ihr Bruder noch am Leben? Sie ging davon aus, man hätte sie wohl benachrichtigt. Würde man es ihr überhaupt gestatten, bei ihren Vorfahren begraben zu werden? Was würde es kosten? Diese Gedanken waren vollkommen neu für sie. Anscheinend hatte dieser Heimaturlaub etwas in ihr geweckt. Sentimentalitäten.

4

Ein Fleckerlteppich in Grün und Braun. Er presste das Gesicht an die winzige Fensterscheibe und saugte die unter ihm vorüberziehende Landschaft in sich auf. Der Pilot hatte schon den Landeanflug angekündigt, die Stewardessen kontrollierten, ob alle Fluggäste angeschnallt waren, das Flugzeug verlor deutlich an Höhe. Christian sah einen Fluss. Das musste die Mur sein! Waren sie noch über Slowenien? Nein! Es war fantastisch: Gerade flogen sie tatsächlich östlich an Leibnitz vorbei, er war sich ganz sicher. Begeistert klopfte er Claudia auf den Oberschenkel. »Wir sind gerade über den Rosenberg geflogen!« Sie lächelte ihn etwas verkrampft an und kaute wie wild auf ihrem Kaugummi herum. Er hatte für den Moment vergessen, dass sie an Flugangst litt. Das war so lächerlich! Er hätte alles dafür gegeben, öfter in einem Flugzeug zu sitzen. Das hier war erst sein vierter Flug. Sie würden um 11.00 Uhr Ortszeit landen. Er freute sich schon auf daheim, auf die Kinder, die Eltern. Dieser Bausatz einer Landschaft, den er vor sich sah, machte ihn glücklich. Er war froh, dass er von hier war, schön war es hier, hier kannte er sich aus.

In Ägypten hatte er sich verloren gefühlt. Nicht nur das fremde Land und das exotische Aussehen der Einheimischen, auch die Touristen aus aller Herren Länder, die sich an diesem ausgedachten, aus dem Boden gestampften Ort in der Wüste entspannten, hatten ihn irritiert.

Sie kamen dem Erdboden immer näher, es rumpelte, er wurde nach vorne gezogen, das Flugzeug rollte aus. Er schaute zu Claudia, die ihn deutlich erleichtert, aber noch immer etwas angespannt anlächelte. Er nahm ihre Hand, schaute ihr gerührt in die Augen. Sie erwiderte den Blick.

Er war so froh, dass es sie gab! Was hatte er da vor dem Abflug nur aufgeführt? Ihr Rückflug hatte Verspätung gehabt, sie waren viel zu früh am Flughafen gewesen. Mitten in der Nacht hatten sie aufstehen müssen, um dann festzustellen, dass ihr Flieger, der aus Graz kam, schon mit einer Stunde Verspätung losgeflogen war. Claudia hatte versucht, auf zwei metallenen Stühlen vor dem Gate noch etwas zu schlafen, während er herumspaziert war. Die Geschäfte waren noch zu, bis auf das Personal kaum Leute da. Irgendwann war ihm an der Wand ein Monitor aufgefallen, der an einen Computer angeschlossen war. Eine flache Tastatur gab es auch. Er hatte ein bisschen herumgetippt und – zack, war er im Internet gewesen. Was für ein Teufel hatte ihn geritten? Wahrscheinlich einfach Langeweile. Er hatte jedenfalls ein gmail-Konto mit erfundenen Kundendaten erstellt. Dann hatte er in seiner Geldtasche den Zettel herausgekramt, auf dem Mustafa ihm seine E-Mail-Adresse notiert hatte, und ihm eine leere Nachricht mit dem Betreff »Arak« geschickt. Benutzername und Passwort des neuen Kontos hatte er auf den gleichen Zettel notiert. Eigenartig. Wollte er diesem Ort der Sünde verbunden bleiben? Denn sein Ausrutscher war eine Sünde gewesen, das wusste er. Er war schwach gewesen, hatte es genossen, nur an sich gedacht, war ein viel zu hohes Risiko eingegangen.

Die Passagiere wurden gebeten, sitzen zu bleiben, bis das Flugzeug seine endgültige Position erreichte.

Gott sei Dank hatte er die Sache unter Kontrolle behalten. Er hatte in der ganzen Woche nur an zwei Abenden jeweils zwei Gläser von diesem Anisschnaps getrunken. Das blieb in Afrika. Von nun an war wieder Disziplin gefragt. Er war motiviert und freute sich auf die vertraute Umgebung.

Der freiwillige Abschied vom Alk war erledigt. So wie er das mit dem anonymen Mail-Account erledigt hatte. Warum? Er wollte seine Frau doch nicht umbringen! Wollte er sich Mustafa, den Arak-Dealer, für einen weiteren Ausrutscher-Urlaub warmhalten? So ein Aufwand war doch absurd! Weil es nicht schaden konnte, die Idee nun einmal in seinem Kopf gewesen und die Gelegenheit so günstig war? Er wusste es beim besten Willen nicht.

Ein Signal ertönte, die Anschnallsymbole erloschen, allgemeines Gewusel brach aus. Er schnallte sich ab, sie mussten aber noch sitzen bleiben und warten, bis sich der Stau im Gang aufgelöst hatte. Endlich setzten sich die Menschen in Bewegung. Während Claudia aufstand und das Handgepäck aus dem Fach holte, warf er einen letzten Blick durch das Fenster auf die Rollbahn.

Es wäre schön, wenn er zu besonderen Anlässen ein gutes Glas Wein trinken könnte. Er dachte an Weihnachten, er dachte an einen Sauvignon Blanc. Aber das ging eben nicht, zumindest nicht heuer. Vielleicht irgendwann.

2012

1

»Christian? Kommst du? Ich warte im Wohnzimmer.«

Der Geruch des Christbaums, ein Duft von Nadeln und Bienenwachs erfüllte das stille Halbdunkel. Heute war »Unschuldiger Kinder-Tag«. Ein alter Brauch in der Gegend und für die Kinder quasi eine Verlängerung von Weihnachten. In Erinnerung an den Kindsmord in Bethlehem unter Herodes zogen sie am 28. Dezember frühmorgens von Haus zu Haus und klopften den mehr oder weniger verschlafenen Bewohnern mit Haselnussgerten auf die Hintern, während sie ein Sprücherl aufsagten:

»Frisch und gsund, frisch und gsund,
lang leben und gsund bleiben,
nix glunzen und klagen
bis i wieder komm schlagen.«

Dafür gab es Süßigkeiten und etwas Geld. Es war üblich, dass die Kinder die Verwandten, die direkten Nachbarn und vielleicht noch einige andere Bekannte besuchten. Die schickten wiederum ihre Kinder, und so hielten sich die Ausgaben für die Erwachsenen die Waage. Die Kleinen durften erst dann gehen, wenn sie den Spruch ordentlich aufsagen konnten, und spätestens, wenn Stimmbruch, Bart oder der Ansatz eines Busens das Ende der »unschuldigen Kindheit« anzeigten, war Schluss damit. Sarah würde heuer das letzte Mal mitgehen, das hatte sie schon angekündigt. Jakob hatte noch ein paar Jahre.

Für ihre Kinder bedeutete »Frisch und Gsund« die größte Einnahmequelle des Jahres. Die Grebiens hatten viele ältere, enkellose Bekannte, die jedes Jahr auf deren Enkerln warteten. In diesem Jahr begleitete Maria und nicht Fritz die Kinder. Sie würde an jeder Haustüre ein kleines Schwätzchen mit den Bewohnern machen, während die Kleinen die Süßigkeiten verstauten und ihr Geld zählten. Fritz hatte es immer so gemacht und zu Hause Resümee gezogen: Wer alt, senil oder krank geworden war, wer gerade umbaute, wer ein neues Auto gekauft oder sich die Haare gefärbt hatte. Claudia stellte sich vor, wie die immer gleichen paar Sätze gewechselt wurden, alle Jahre wieder, bis hin zu Intonation und Gesichtsausdruck. Jetzt war es acht Uhr, sie hatte mindestens ein, zwei Stunden ihre Ruhe.

Claudia hatte den Brauch als Kind nur aus Erzählungen gekannt und die anderen Kinder in der Klasse beneidet. Für ihre Mutter war die Sache eine würdelose Schnorrerei gewesen, und wenn sich tatsächlich einmal ein unwissendes Kind bis zu ihrer Wohnungstür verirrt hatte, war es mit einem »Danke, wir brauchen nichts« abgekanzelt worden. Peinlich!

Sie hörte Geräusche, erst aus dem Schlafzimmer, dann aus dem Bad. Endlich kam Christian herein. Er sah – wie immer – nicht gut aus. Sicher empfand er es als Zumutung, für seine Verhältnisse zu früh aufstehen zu müssen. Sie hatte ihn am Heiligen Abend nach der Bescherung auf die Seite genommen und vorgewarnt, dass sie an diesem Morgen, wenn die Kinder für ein paar Stunden aus dem Haus waren, ungestört mit ihm reden wollte.

Sternhagelvoll war er gewesen, wissend, dass sie ihm das unmöglich vorwerfen würde. An diesem ersten Weihnachtsfest ohne seinen Vater hatte Christian versucht, den Pater familias zu spielen und war letztendlich im Suff untergegangen. So hatte sie ihn schon länger nicht mehr gesehen. Das war alles traurig. Claudia hoffte, dass er aufnahmebereit und einigermaßen bei Sinnen war.

»Also, was gibt es?« Christian setzte sich an den Esstisch und schaute sie an. Er wirkte gereizt und etwas ängstlich, offenbar rechnete er mit nichts Gutem. Da würde sie ihn nicht enttäuschen! Claudia trank einen Schluck aus der Kaffeetasse, die vor ihr auf dem Tisch stand. Sie hatte eine Flasche kaltes Mineralwasser und ein Glas für Christian bereitgestellt. Er schenkte sich ein und trank ebenfalls.

Keinen Rückzieher machen, etwas sagen: »Christian, es tut mir leid, aber ich kann so nicht weitermachen.« Seine Augen verengten sich etwas. »Ich weiß nicht, ob dir das klar ist, aber ich liebe dich nicht mehr.« Keine weitere Reaktion. »Es ist sicher nicht nur deine Schuld, und es tut mir wirklich leid, aber … so wie du mich behandelst, habe ich auch nicht das Gefühl, dass du noch etwas für mich empfindest.« Sein linker Mundwinkel zuckte. »Zumindest eines ist klar: Der Alkohol hat dein Leben zerstört.« Christian lehnte sich zurück und lächelte sie verächtlich an. Sie wusste, dass er bereits mit einer dahingehenden Bemerkung gerechnet hatte.

Das kannte er schon, auch wenn es diesmal vielleicht etwas heftiger als gewohnt ausfallen würde. Sie las seine Gedanken und redete weiter: »Dass du wieder trinkst, ist für mich ein Schlag ins Gesicht. Es hat nicht den Anschein, als würdest du dich deiner Krankheit stellen. Geschweige denn, dass du dir Hilfe suchst. Das ist das eine. Aber ich kann auch aus anderen Gründen nicht mehr so weitermachen. Es … ich …«

Sie brach ab, wartete darauf, dass er etwas sagte.

Endlich öffnete er den Mund: »Ich werde mir Hilfe holen, wann ich will und von wem ich will. Ich tu doch niemandem etwas, oder?«

»Aber zwischen uns passiert nichts mehr, Christian! Zumindest nichts Gutes!«

Nun begann sie doch zu weinen, obwohl sie sich fest vorgenommen hatte, es nicht zu tun. »Ich weiß nicht, wie du so leben kannst. Ich kann es nicht und ich will es nicht. Ich brauche mehr.«

Christian schüttelte den Kopf und suchte mit gesenktem Blick nach Worten: »Du hast ja keine Ahnung! Du sagst immer das Gleiche. Das Leben ist kein Wunschkonzert. Glaubst du, ich bin glücklich? Mir geht es auch nicht gut, das kannst du mir glauben. Es ist eine harte Zeit.«

Seine Zunge war noch etwas schwer.

Claudia schloss die Augen. Sie sollte gleich zur Sache kommen: »Christian, hör mir zu.« Sie öffnete die Augen wieder und schaute ihn so lange an, bis er ihren Blick erwiderte. »Ich habe mich in einen anderen Mann verliebt. Ich will ihn und er will mich auch. Aber es ist nicht so einfach …«

Sie ließ ihn das erst einmal verdauen. Was würde kommen? Christians Blick war leer geworden, offenbar dachte er angestrengt nach, verarbeitete die Neuigkeit. Sein Mund verzerrte sich zu einem Grinsen. Er begann vor sich hin zu nicken. Ohne sie anzusehen, murmelte er: »Die Ratten verlassen das sinkende Schiff. Logisch.« Claudia schnäuzte sich und schwieg.

Er setzte mehrmals an, bevor er weitersprach: »Ich weiß,

dass ich kein Mann mehr für dich bin, Claudia. Ich bin nicht dumm. Wahrscheinlich war ich das nie.« Christian lachte kurz auf. »Also: gut genug für dich, meine ich! Ich habe nur gedacht … Ich bin einfach weltfremd, das ist alles. Entschuldige.«

Christian schaute sie an, in seinem Blick lagen Schmerz und Enttäuschung. Das war schlimmer als ein Ausbruch. Claudia empfand Mitleid mit ihm, obwohl sie es nicht wollte. Sie zweifelte für eine Sekunde an ihrem Entschluss.

Weitermachen, Ängste und Gefühle beiseiteschieben, sich jetzt auf nichts einlassen! Da musste sie durch. Sie dachte an die vielen unglücklichen Momente, an die Ausweglosigkeit ihrer Ehe. »Nur damit das klar ist: Ich will nicht die Scheidung! Das wäre für mich die schlechteste Lösung und der letzte Ausweg.« Sie bemerkte seine Irritation. »Du wirst gleich alles verstehen, wenn du weißt, um wen es überhaupt geht. Aber erst einmal: Wir haben noch keinen Sex gehabt. Verstehst du? Ich versuche, dir gegenüber fair zu sein. Es ist nicht so wie damals mit dem Goran.« Instinktiv zuckte Christian zusammen, als sie den Namen erwähnte, und schaute sie misstrauisch an.

»Es ist Gottfried.« Christian riss die Augen auf. Die Überraschung war ihr gelungen! Pause, Pause, Pause. Warum musste sie ausgerechnet jetzt aufs Klo? Der Kaffee. Warum sagte er nichts?

Sie wollte das Ganze zu Ende bringen, spannte den Beckenboden an und versuchte, den Drang zu ignorieren: »Wie und weshalb ist egal, es ist jedenfalls eine spezielle Situation. Du weißt, dass die Gertrude MS hat. Sie war ja schon krank, als du noch im Chor warst. Mittlerweile geht es ihr viel schlechter. Im Grunde ist sie ein Pflegefall, ein armer Mensch ohne Hoffnung. Vielleicht kannst gerade du das verstehen. Sie sind katholisch, sonst hätte sie sich wohl schon umgebracht, das hat der Gottfried zumindest angedeutet. Eine Scheidung kommt für beide nicht infrage. Er würde sie nie im Stich lassen und lebt außer für den Chor nur für sie. Aber in Wirklichkeit flieht er, sooft er kann, vor dem Grauen zu Hause in die Musik, so wie ich ja auch.«

Christian setzte wütend zu einer Bemerkung an. Sie ließ ihn nicht zu Wort kommen und sprudelte die vorbereiteten Sätze heraus: »Sie können schon seit Jahren nicht mehr als Mann und Frau zusammen sein, wenn du verstehst, was ich meine, und Gertrude hat es Gottfried freigestellt, seine natürlichen Bedürfnisse woanders zu befriedigen. Ich finde, das ist eine unglaublich großmütige Haltung! Ihre Bedingung ist, dass es diskret passiert und sie nicht damit behelligt wird. Ich glaube, sie will einfach in Ruhe und Würde sterben. Kinder haben die beiden ja keine, im Unterschied zu uns. Und das ist der springende Punkt: Ich will nicht noch mehr Unruhe ins Leben der Kinder bringen. Die letzten Jahre haben gereicht, finde ich. Der Unfall mit all seinen Folgen, der Tod deines Vaters. Die Kinder haben es verdient, dass wir uns diesmal zusammenreißen.«

Christian lachte heiser auf, sie merkte, dass sie etwas Dummes gesagt hatte, spürte seine Wut und hielt kurz inne. Diese Pause benutzte Christian. »Ja, es ist großartig, wie du dich zusammenreißt! Weißt du überhaupt, was du da zusammenredest? Das ist ja jenseits von Gut und Böse!«

»Entschuldige, wenn dich meine Wortwahl ärgert. Ich bitte dich, versuch mich zu verstehen! Ich will wirklich das Beste und habe viel über die Sache nachgedacht. Es ist so, wie es ist. Wir sind durch die Kinder und das Haus aneinander gebunden. Finanziell wäre eine Scheidung katastrophal. Das kannst du mir glauben, ich habe mich erkundigt, und du würdest die Kinder natürlich nicht mehr sehen können, wann du willst. Vielleicht nur jedes zweite Wochenende. Ich weiß nicht, wie wichtig dir das ist, aber … Bitte entschuldige! Ich muss schon die ganze Zeit aufs Klo. Warte bitte, wir reden gleich weiter.«

Sie war beim Reden immer schneller geworden, während Christian zunehmend fassungslos dagesessen und versucht hatte, ihren Worten zu folgen. Mit dem letzten Satz stand sie auf und rannte aus dem Zimmer.

Wie geschmacklos von ihr, er musste glauben, dass sie sich über ihn lustig machte! Aber es musste einfach sein.

Als sie auf dem Klo saß, war sie gar nicht so unfroh über ihren Fauxpas. Sie hatte die Karten auf den Tisch gelegt und eigentlich alles gesagt, was sie sich vorgenommen hatte. Das sollte ruhig ein bisschen sacken. Bis jetzt hatte sie ihn überrumpelt. Sie war auf alles gefasst, es konnte durchaus sein, dass er sie rausschmiss oder selbst das Haus verließ. Wobei – das eher nicht.

Das gemeinsame Schlafzimmer hatte er ja schon lange verlassen. Nach dem Unfall hatte er monatelang unten bei seinen Eltern im Nähzimmer, wo ein Bett stand, geschlafen. Als er einigermaßen die Treppe rauf und runter konnte, war er zwar wieder hinauf ins Schlafzimmer übersiedelt, aber sie hatten sich wegen seiner Nachtdienste mehr oder weniger nur die Klinke in die Hand gedrückt. Vor etwas mehr als einem Jahr war er wieder zum Schlafen nach unten gezogen. Angeblich wegen seines Beins und weil er sie nicht stören wollte, wenn er frühmorgens nach Hause kam. Heute glaubte Claudia, dass es ihm nur darum gegangen war, abends ungestört trinken zu können. Sie hatte damals keine Ahnung gehabt, dass er wieder soff.

Sie atmete kräftig durch. So, fertig. Sollte sie wieder zurück ins Wohnzimmer gehen? Vielleicht war es gut, wenn Christian etwas mehr Zeit zum Nachdenken bekam? Oder war er gar nicht mehr da? Das glaubte sie nicht. Wo sollte er schon hin? Dass er nicht sofort explodiert war, kannte sie von ihm: Er war nicht besonders spontan, kränkte ihn etwas, musste das erst eine Weile in ihm gären, um dann später umso heftiger auszubrechen. Wenn er sich seine Sätze zurechtgelegt hatte, konnte er endlos darauf herumkauen. Sie war auf alles vorbereitet, oder? Hoffentlich betrank er sich nicht und blieb zurechnungsfähig!

Claudia rechnete nicht damit, dass sie auf der Stelle eine Lösung für alles finden würden, aber ein Anfang war getan. Sie musste dranbleiben, sie musste das aushalten, alle Konsequenzen akzeptieren und die Sache durchziehen. Diese Gedanken taten ihr gut, auch wenn sie Angst hatte. Sie wollte nicht länger warten! Wenn es die Scheidung sein musste, dann war es eben so. Eine pragmatischere Lösung wäre ihr allerdings lieber. Einen kompletten eigenen Haushalt mit ihren geringen Mitteln einzurichten und dann die Kinder neben der Arbeit ohne Hilfe großzuziehen war eine Horrorvorstellung! Solche Gedanken verfolgten sie seit Wochen bis in ihre Träume. Aber wenn es nicht anders ging …

Hier im Haus war sie die Chefin. Das hatte sie Christian natürlich nie unter die Nase gerieben, sie hatte ihn nicht noch mehr demütigen wollen. Aber es war so. Seit er nichts mehr verdiente und noch dazu soff, hatte er nicht mehr viel zu melden. Sie hielt alles zusammen, wie er sehr genau wusste. Er würde es sich gut überlegen, ob er allein mit seiner Mutter in dem riesigen Haus bleiben wollte, wo sie sich mit ihren lächerlichen Pensionen gerade einmal die Fixkosten würden leisten können.

Wenn Christian mitspielte, war eine lebbare Zukunft für sie möglich. Zu Hause die Kinder und Christian als Hauswart und Babysitter, die sie durchfüttern musste, und als Belohnung eine Welt mit Gottfried: nach der Arbeit ins Konzert fahren, in Graz ein Hotelzimmer nehmen, endlich ein Paar sein können.

Nicht nur sie wollte reinen Tisch mit Christian machen. Gottfried hatte angeboten, mit ihm zu reden. Claudia hatte das abgelehnt, das war ihre Sache. Aber auch wenn sie mit Christian zu einer Einigung kam – ein angenehmer Dauerzustand konnte nicht dabei herauskommen, das wusste sie. Es ging um ein paar Jahre.

Niemand konnte vorhersagen, wie lange es Gertrude noch gab. Die Kinder waren irgendwann erwachsen, bis dahin … Wenn Christian weiter so soff, war es auch bei ihm nur eine Frage der Zeit, bis er ernsthaft krank wurde oder wieder einen Unfall hatte.

Claudia schloss die Augen und schüttelte den Kopf. Das waren keine schönen Gedanken. Zurück zum Wesentlichen: Sie und Gottfried wollten zusammen sein, aber das ging noch nicht ganz. Sie mussten eine Weile auf die Menschen in ihrer Umgebung Rücksicht nehmen. Rücksichtnahme ja, Selbstverleugnung nein! Sie sollte jetzt zurück ins Wohnzimmer gehen. Sie war bereit. Schon seit Wochen war sie bereit.

*

Er schaute aus dem Fenster: ein grauer, trauriger Wintermorgen. Der perfekte Hintergrund für so etwas. Was war das eigentlich? Er war sich seiner Gefühle nicht sicher. Das war neu, etwas war ins Rutschen gekommen. Sicher, er hatte damit gerechnet, dass Claudia ihn irgendwann betrügen würde. Es wunderte ihn eigentlich, dass sie es nicht schon längst getan hatte. Anscheinend unterschätzte er ihre Skrupel. Oder hatte sie es bereits getan und ihm nichts davon erzählt, weil das im Unterschied zu der Sache mit Gottfried harmlose Abenteuer gewesen waren? Nur Sex.

Sinnlose Hypothesen – was zählte, war die Wirklichkeit. Und die hatte sich für ihn in den letzten Minuten von Grund auf verändert.

Es war ein Ereignis wie ein Hochwasser oder eine Hangrutschung. Während man in der Gefahrenzone lebte, wusste man, dass irgendwann einmal etwas passieren würde. Ein Schock war es dann trotzdem.

Wie sollte er reagieren? Hatte er überhaupt eine Wahl? Claudia hatte sehr entschlossen gewirkt. Er kannte sie gut genug. Es hatte wohl keinen Sinn, sie überreden zu wollen, wenn sie sich einmal zu so einem Geständnis aufgerafft hatte. Sie hatte sich die Sache vorher überlegt, die Sätze hatten vorbereitet geklungen.

Tränen stiegen in ihm hoch. Es tat so weh. Warum tat es eigentlich weh? Selbstmitleid? Ja, das traf es genau, aber er stand dazu: Er hatte Mitleid mit sich selbst! Er war nichts, er hatte nichts. Dass sich seine Frau nun von ihm abwandte, war ein folgerichtiger, aber nichtsdestoweniger harter Schritt auf den Abgrund zu.

Was blieb ihm noch? Das letzte bisschen Würde nach außen hin war fort, und in ihm drinnen war gerade etwas kaputt geworden, von dem er nicht gewusst hatte, dass es noch da gewesen war!

Dieser unerwartbare Schmerz stand ihm zu. Ein Glück, dass er jetzt allein war. Gott sei Dank hatte er vor Claudia nicht die Fassung verloren und diesen intimen Moment hergeschenkt. Den Schmerz verbeißen und vernünftig sein! Wo kein Schaden, da kein Nutzen. Andererseits, war das noch wichtig? Hatte er überhaupt eine Position, um die er kämpfen konnte?

Christian überlegte: Sein Leben war komplett sinnlos. War das der Alkohol? Natürlich war der ein Teufel, das hatte er schon vor langer Zeit erkannt. Aber das reichte als Antwort nicht aus. Er hatte sich aufgegeben. Wann? Allmählich war er in etwas hineingeschlittert, obwohl er für sein Empfinden immer besonnen und bescheiden gewesen war. Er hatte es sich doch gut gerichtet. Warum war alles so schiefgegangen? Reichte es bei ihm einfach nicht für ein normales Leben? Natürlich, der Unfall … Aber auch das war nur ein Puzzleteil. Gesoffen hatte er auch davor – und das war eine großartige Zeit gewesen! Verglichen mit heute jedenfalls.

War es ein Fehler gewesen, Claudia zu heiraten? Er hatte immer gedacht, dass sie das Beste in seinem Leben war. War das ein folgenschwerer Irrtum gewesen? Hatte er zu jung geheiratet? Wäre er mit einer anderen besser gefahren? Möglich, er konnte es nicht wissen, es sich aus heutiger Sicht auch nicht mehr vorstellen.

Die Menschen waren ihm im Laufe seines Lebens immer mehr zuwider geworden. Er wusste, dass in der Wahrnehmung der anderen er dadurch die Zwiderwurzen war. Er hatte nichts zu sagen, was andere hätten hören wollen. Zumindest in Leibnitz war das so, im Internet fand er durchaus Leute, die ähnlich dachten wie er. Online war er nicht so einsam, die unkörperliche und anonyme Erscheinungsform der anderen konnte er ertragen, auch wenn er manchmal nicht umhinkam, sich über die Idioten im Netz aufzuregen. Eine Durchmischung der beiden Sphären wäre eine schreckliche Vorstellung: Weder wollte er Menschen, die er wirklich kannte, im Internet begegnen, noch die wahren Personen hinter den Usernames kennenlernen. Die Vorstellung, dass einer von den Leuten, mit denen er chattete, in Wirklichkeit ein Nachbar von ihm war, hatte etwas Gruseliges. Er musste in Zukunft wirklich besser aufpassen, was er so alles postete! Das hatte er sich schon hundertmal vorgenommen, aber im Eifer des Gefechtes und wenn er nicht ganz nüchtern war … Das Netz vergaß nicht!

Jetzt war Claudia weg. Außer seiner Mutter und den Kindern konnte er nun niemandem mehr vertrauen, und auch denen nur, weil sie so leicht zu durchschauen waren und ihn brauchten. Nicht sehr schön das Ganze, nicht sehr unterhaltsam, aber nun einmal die Realität. Seine Realität: Er erlebte nichts und hatte nichts zu bieten.

Dazu kam der Glaubensverlust. Mit dem Glauben an die Menschheit hatte er auch den Glauben an einen gütigen Gott verloren. Die Einsamkeit nahm dadurch kosmische Dimensionen an. Er war ganz allein auf dieser kalten, unerfreulichen Welt. Egal wo man hinschaute: Verfall, Bestialität, Wahnsinn, Fäulnis.

Dabei hatte er in der letzten Zeit sogar etwas Hoffnung geschöpft – verrückt! Es war in den letzten Monaten einigermaßen erträglich gewesen. Er hatte insgeheim wieder an einen dauerhaften Frieden geglaubt. Mehr wollte er ja gar nicht mehr. Es tat ihm leid, dass auch das eine Illusion gewesen war, andererseits war es eine Erleichterung! Er hatte immer gewusst, dass er nicht gut genug für Claudia war. Jetzt musste er sich wenigstens nicht mehr zusammenreißen oder verstellen. Es war egal, was sie von ihm hielt. Schlagartig kam ihm die Erkenntnis: Von jetzt an hatte er Narrenfreiheit und den Druck hatte sie!

Claudia hatte recht. Sie waren seit Langem kein Ehepaar mehr. Sie hatte mit allem recht gehabt, was sie gerade gesagt hatte. Christian wunderte sich, dass er so ruhig war. Er spürte weder Hass noch Eifersucht. Er war wie eine leere Hülle, ein Ding, ein Kadaver. Für Claudia war er eine Belastung und ein Hindernis geworden, genauso wie Gertrude für Gottfried.

Gottfried! Dem konnte er auch nicht wirklich böse sein, der war einer von den wenigen Guten. Claudia hätte bei einem viel größeren Arschloch landen können. Die beiden passten zusammen, so wie er zu Gertrude passte. Sie vier gehörten ab jetzt zusammen. Wieder einmal eine Schicksalsgemeinschaft. Es fiel ihm schwer, sich zu konzentrieren, ein Schluck Wein wäre gut. Ein Stamperl wäre noch besser! Christian wollte schon aufstehen, überlegte es sich aber anders. Nein, er würde nichts trinken, selbst wenn ihm von jetzt an egal sein konnte, was Claudia über ihn dachte. Die Befriedigung würde er ihr nicht geben! Und er würde sich auch nicht umbringen. Den Gefallen tat er ihnen genauso wenig wie Gertrude, der es viel schlechter als ihm ging. Auch ein gewisser Trost. Es gab gar nicht so wenige Dinge, die ihm das Leben bot: seine Kinder, seine Mutter, aber auch das Saufen, er gab es unumwunden zu.

Warum auch nicht? Er war ein Profi auf dem Gebiet, und es wurde nie langweilig. Es lagen noch viele Räusche vor ihm, viele Vormittage im Garten, viele Abende am Computer – zum Teufel mit der Alten!

*

»Ich sage es einfach heraus. Ich will deinem Glück nicht im Weg stehen.« Claudia hatte soeben wieder Platz genommen und sah ihn ernst und ein wenig besorgt an. »Ich gehe einmal über die ganzen Unterstellungen, Beleidigungen und Unwahrheiten hinweg. Das ist alles nebensächlich. Faktum ist: Du hast entschieden, dass unsere Ehe beendet ist.«

Christian erwartete ganz offensichtlich keine Antwort und es ging weiter:

»Wenn ich dich richtig verstanden habe, willst du mit mir so eine Art Eltern-WG führen und die Kinder gemeinsam großziehen, abgesehen davon aber die absolute Freiheit.« Sie schwieg. »Und wenn ich da nicht mitmache, drohst du mit einer schmutzigen Scheidung und damit, mir die Kinder wegzunehmen. Das sind die Fakten.« Er fixierte sie, und sie sah, dass er knapp vor dem Weinen war. Seine Stimme zitterte, als er fragte: »Haben wir noch eine Chance?« Statt seiner begann nun wieder sie zu heulen. Sie konnte nichts dagegen tun, schluchzte heftig und vergrub das Gesicht in den Händen. Der Anfall dauerte nicht mehr als eine Minute, in der ihr Christian irgendwelche Fragen stellte, die sie nicht verstand. Sie wartete, bis sie sich einigermaßen beruhigt hatte, hob den Blick und schüttelte nur stumm den Kopf. Während sie sich schnäuzte, beobachtete sie ihn. Er starrte auf den Tisch, seine Gesichtsmuskeln arbeiteten.

»Na gut. Mir kann es egal sein. Soll passieren, was passiert. Wenn ich es nicht will, wirst du hier keine Woche durchhalten. Vorbei ist vorbei, deine Vorstellung von unserer Zukunft kenne ich jetzt. Aber dafür, dass ich stillschweigend mitmache, will ich auch etwas haben: Diese neue Freiheit gilt für uns beide! Ich will nie wieder etwas von dir über meinen Alkoholkonsum hören. Überhaupt hast du mir nichts vorzuschreiben. Es interessiert mich nicht mehr, was du von meiner Lebensführung hältst. Es geht dich nichts mehr an. Und ich will, dass du meine Mutter in Zukunft besser behandelst. Vielleicht kapierst du ja irgendwann, dass sie eine Frau ist, die ihr ganzes Leben lang fleißig, treu und anständig war und nie jemandem wehgetan hat.«

Claudia zwang sich, ruhig zu bleiben, und hielt Christians Blick stand. Da musste sie durch. Sie musste bezahlen, sie wollte ja etwas. Und am Ende wäre sie glücklich und er nicht!

»Wie du dir das mit den Kindern vorstellst, weiß ich nicht. Ich werde ihnen nichts sagen, das kannst du schön selbst machen. Aber gemeinsame Aktivitäten wird es schon noch geben, oder? Sonst wird das wirklich schwierig. Oder wie stellst du dir das vor? Haben wir dann einen genauen Zeit- und Raumplan?«

Claudia kannte auch das und begriff, dass Christian sich gefangen hatte. Es half ihm, ein Problem zu analysieren, er bekam dadurch ein Gefühl von Kontrolle. Trotz der eingeflochtenen Beleidigungen war Claudia froh über seine Reaktion. Wenn er Bedingungen stellte, hieß das, er zog ihre Lösung in Erwägung.

»Christian, ich weiß auch nicht, wie wir das alles genau regeln werden. Ich glaube, das wird eine gewisse Zeit brauchen. Mir ist wichtig, dass wir normal miteinander reden. So wie jetzt.«

»Am Reden liegt es ja anscheinend weniger, aber weil es mir gerade einfällt: Was passiert, wenn ich eine andere Frau finde? Ist das dann die Scheidung oder fällt das unter Freiheit innerhalb der Scheinehe?«

»Erstens verspreche ich dir, dass ich mein Möglichstes dafür tun werde, damit wir gut unter einem Dach zusammenleben können. Ich will ja eine Verbesserung der Situation! Aber ich brauche deinen guten Willen. Ich kann dir natürlich nicht verbieten, dich zu verlieben. Weder du noch ich wissen, was dann sein wird. Was den Alkohol angeht, werde ich wegschauen. Ich bitte dich nur, dass du dich vor den Kindern zusammenreißt und nach Möglichkeit nüchtern bist, wenn du mir etwas Wichtiges zu sagen hast.«

Anstelle einer Antwort trank er die Mineralwasserflasche leer. Claudia hatte überlegt, dass sie sich kaum Sorgen wegen Entgleisungen oder Erpressungsversuchen von Seiten Christians machen musste. Er kam nicht unter die Leute. Im Chor wurde sowieso schon lange über sie und Gottfried getuschelt, das hatte Claudia von Regina erfahren. Alles war im grünen Bereich, solange sie sich nicht öffentlich gehen ließen. Und da bestand keine Gefahr. Gottfried war mindestens genauso schüchtern wie sie, und Gertrude lebte so zurückgezogen, dass vage Gerüchte und allfälliges Gerede sie nicht leicht erreichen geschweige denn beeindrucken würden. Was ging in Christian vor? Würde er so wie damals bei Goran in der Opferrolle des gehörnten Ehemanns aufgehen? Sie würde diesmal nicht mitspielen.

Er stierte auf die Tischplatte, sah erschöpft aus. Claudia atmete tief und hörbar aus. Eigentlich war alles gesagt. Plötzlich hob Christian den Kopf: »Was passiert eigentlich, wenn die gute Gertrude stirbt? Gilt der Deal dann auch noch? Oder erlöschen dann alle Bedenken deinerseits? Und wie sieht das der Gottfried? Ihr wartet doch nur darauf, oder?« Claudia brauchte kurz, um sich zu konzentrieren. Sie holte Luft, aber wusste nicht, was sie sagen sollte. Wie kam er jetzt ausgerechnet darauf? Sie hatte sich diese Frage auch schon gestellt, sie aber als pietätlos und außerdem nicht aktuell beiseitegeschoben.

Mit Gottfried darüber zu reden war für Claudia nicht vorstellbar. Zu zerbrechlich und aufregend war es noch zwischen ihnen, und sie wollte ihre wertvolle gemeinsame Zeit nicht belasten. Am liebsten dachte sie gar nicht an die kranke Frau ihres neuen Mannes. Das war Gottfried schon jetzt für sie, auch wenn sie noch nicht miteinander geschlafen hatten. Sie sehnte sich nach ihm, sobald sie von ihm getrennt war. All das Neue, das sie seit einigen Monaten an dem Menschen entdeckte, den sie schon ihr halbes Leben gekannt hatte, beschäftigte sie. Würde Gottfried sie und die Kinder irgendwann bei sich aufnehmen? Konnte sie so etwas von ihm verlangen? Sie wusste, wie verrückt der Gedanke war, er würde sie eines Tages heiraten.

Christian kommentierte ihr Schweigen mit einem verächtlichen Schnaufen. Dann stand er auf und hinkte davon. Sie hörte, wie er den Stock auf jeder Stufe fest aufsetzte. Schließlich fiel die Haustür ins Schloss. Stille.

Claudia war erschöpft. Noch immer klopfte ihr Herz wie verrückt, und erst jetzt bemerkte sie, dass sie im Lauf des Gesprächs sämtliche Papiertaschentücher aus der Packung in winzig kleine Stückchen zerrissen hatte, die nun als Häufchen vor ihr lagen.

Sie hatte es hinter sich gebracht und es war gut gelaufen. Das war es doch, oder? Sie konnte kaum glauben, dass es heraußen war. Hatte sie in ihrer Fantasie die Sache größer gemacht, als sie tatsächlich war? Vielleicht hätte sie gar nicht so lange warten müssen, vielleicht hatte Christian schon mit Derartigem gerechnet. Es musste so sein, sonst hätte er nicht so cool … Oder unterschätzte sie ihn?

Dass ihr Entschluss unumstößlich war, hatte er akzeptiert. So einfach war das Leben anscheinend: Man musste nur kompromisslos auf dem beharren, was man wirklich wollte, und signalisieren, dass man keine Angst vor den Konsequenzen hatte, auch wenn etwas schieflief.

Heute war ihr das gelungen, obwohl sie sich im wahrsten Sinn des Wortes dabei fast in die Hose gemacht hatte.

Claudia stand auf und schaute etwas planlos auf die Uhr – noch nicht einmal neun, allmählich wurde sie ruhiger. Gut, dass sie noch etwas Zeit für sich hatte. Jetzt ging es los! Viele Entscheidungen, viele neue Herausforderungen warteten auf sie. Sie würde noch heute Abend, wenn die Kinder im Bett waren, mit Maria reden. Besser, ihre Schwiegermutter erfuhr es von ihr als von Christian. Sie hatte keine Angst mehr vor diesem Gespräch. Claudia wusste genau, was sie ihr sagen würde. Sie würde versuchen, ihr Angst zu machen, eine andere Sprache verstand die Alte nicht. Natürlich konnte sie ihr nicht den Mund verbieten, aber sie musste aus Rücksicht auf Gertrude dafür sorgen, dass sie dichthielt. Was Maria und der Rest von Leibnitz von ihr hielten, war Claudia im Unterschied zu damals bei ihrem ersten Seitensprung scheißegal. Außerdem hatte sie in der Zwischenzeit gelernt, sich zur Wehr zu setzen. Claudia war sicher, ihre Schwiegermutter würde die pragmatische Lösung bevorzugen.

Außen hui, innen pfui – darauf konnte sie sich verlassen! Fremdgegangen waren die Leute schließlich auch in Marias Jugend. Das berühmte Aussigrasen, das natürlich offiziell den Männern vorbehalten gewesen war. Aber mit irgendwelchen Frauen mussten die es schließlich getan haben! Heute wie damals waren das Wichtigste der gute Ruf und dass die Ehe hielt. Claudia würde Maria begreiflich machen, dass das in Zukunft maßgeblich von ihr und ihrem Sohn abhing. Mit dem musste sie übrigens eine gemeinsame Haltung vereinbaren, sollte seine Schwiegermutter versuchen, sie vor den Kindern schlechtzumachen.

Die Kinder, ach ja, die lagen ihr am meisten im Magen! Wenn sie ganz ehrlich zu sich selbst war, musste sie zugeben: Sie hatte das Gefühl, genug für sie getan zu haben.

Die längste Zeit hatte sie ihr Leben nach ihnen ausgerichtet. Es hatte ihr nichts ausgemacht, war eine Selbstverständlichkeit, schließlich tat man das für seine geliebten Kinder. Aber es war genug. Gottfried hatte ihr nun eine Welt der Erwachsenen eröffnet, auf die sie gierig war. Sie wollte nicht auf der Strecke bleiben. Das konnte doch nicht der Sinn sein! Und trotzdem dachte sie auch in dieser Situation nur an Jakob und Sarah. Wegen ihnen musste sie ihr Leben mit Christian verbringen. Hoffentlich verstanden die Kinder das, zumindest im Nachhinein.

Auch wenn Claudia es ein paar Monate hinauszögerte, es ging kein Weg daran vorbei, den Kindern früher oder später von Gottfried zu erzählen. Vor diesem Gespräch hatte sie Angst. Aber bis es so weit war, konnte viel passieren.

Sie würde so gern mit Gottfried reden. Warum kam sie erst jetzt auf die Idee? Jede Minute war kostbar!

Claudia schnappte sich ihr Handy, schaute ins Stiegenhaus und vergewisserte sich, dass sie wirklich allein war. Sie schickte Gottfried die übliche SMS. Er würde sich melden, wenn er die Möglichkeit dazu hatte. Er wusste, dass heute ihr Gespräch mit Christian stattfand, aber er konnte nie vorhersagen, wann er ungestört war und Zeit zum Reden fand.

Wieder kam ein Anflug von Zweifel: Tat sie das Richtige? Zahlte sich das alles aus? Sie hatte soeben de facto ihre Ehe beendet. Von ihrem Mann hatte sie in Zukunft weder Hilfe noch Mitgefühl zu erwarten, das war klar. Auf der anderen Seite musste sie sich genauso wenig um seine Zustände scheren. Sie war von nun an ausschließlich ihrem eigenen Glück verpflichtet. Die Fakten, die sie heute geschaffen hatte, würden bleiben, egal was die Zukunft brachte. Ein gutes Gefühl.

Aber es gab ein Risiko: Sie hatte Angst, dass die Liebe, die Gottfried und sie momentan füreinander empfanden, irgendwann enden würde. Vielleicht waren sie gar nicht füreinander geschaffen und erkannten das, wenn sie einander näher gekommen waren. Gottfried war eigen, besser gesagt, er war ein ganz besonderer Mensch, sanft und ruhig, aber auch leidenschaftlich, wenn ihm etwas wichtig war. Er war ein Träumer, ging total in der Musik auf und das war ein mächtiges Band.

Wenn es aber zwischen ihnen privat nicht funktionierte, konnte sich Claudia nicht vorstellen, dass sie beide weiter im Chor bleiben konnten. Sie würde die LS verlassen müssen. Das wäre sehr schwer zu ertragen. Was blieb ihr dann? Die Brücken zu Christian und Maria waren mit dem heutigen Tag für immer verbrannt, und für die Bekannten aus Chor und Kirche war sie dann wohl unzumutbar. Die Kinder blieben natürlich – hurra!

Astrid? Schwierig, die hatte es momentan selbst nicht leicht und war kaum belastbar. Ihr Vater brauchte seit einem Schlaganfall rund um die Uhr die Pflege ihrer Mutter. Astrid musste dadurch das erste Mal in ihrem Leben alles ganz allein ohne Hilfe der Eltern machen und sich darüber hinaus auch noch um sie kümmern. Glücklicherweise war Marlene, Astrids Große, für ihre 14 Jahre schon sehr weit. Man konnte sich auf die Mädchen verlassen, und Claudia wusste Sarah nach wie vor gut aufgehoben.

Blöderweise war Astrid genau jetzt auch noch ihr Langzeitgeliebter aus Graz abhandengekommen. Das hatte sie fürchterlich getroffen. Schlussendlich hatte dessen Ehefrau ihm doch noch ein Ultimatum gestellt und er hatte sich für sie entschieden. Das konnte Astrid nicht verwinden und war unausstehlich. Oft erschien sie gar nicht und war nicht erreichbar, und wenn sie doch ins Geschäft kam, war sie keine große Hilfe. Darüber hinaus machte sie immer wieder Claudia für ihre eigenen Versäumnisse verantwortlich.

Dazwischen bekam sie moralische Anwandlungen, entschuldigte sich, heulte sich bei ihr aus oder hielt ihr einen Vortrag über die Schrecken des Alterns und der Einsamkeit, über die Ungerechtigkeiten des Leben und wie scheiße Leibnitz war. Am liebsten würde sie auf und davon gehen, aussteigen, neu anfangen. Aber die Kinder, die Eltern, das Geschäft …

Bis jetzt ertrug Claudia die Stimmungsschwankungen ihrer Chefin. Sie hatte ja gar keine andere Wahl und musste vorsichtig sein. Echte Vertrautheit kam zwischen ihnen aber keine mehr auf. Claudia hatte ihr in einem schwachen Moment von ihrer Zuneigung zu Gottfried erzählt. Wenn Astrid sie nun danach fragte – was Gott sei Dank selten vorkam –, versuchte sie auszuweichen. Abgesehen davon, dass sie sich geschworen hatte, jedes unnötige Risiko für ihre frische Liebe auszuschalten, war das keine verlässliche Freundin. Gespräche über Männer waren gefährlich. Astrid war momentan nicht gerade gut auf das andere Geschlecht zu sprechen, und dass sie ihr eine neue, echte Liebe gönnen würde, konnte Claudia sich beim besten Willen nicht vorstellen.

Ihr Verhältnis gründete ausschließlich auf Claudias Abhängigkeit. Manchmal erinnerte sie sich an ihren ersten

Eindruck damals: am Sulmsee, an diesem furchtbaren Tag. Ihr Charakter und die Dankbarkeit für die erwiesene Hilfe ließen es nicht zu, dass sie Astrid Kontra gab. Sie dachte sich ihren Teil und versuchte, neutral und so wie immer zu sein. Das war anstrengend genug. Wie auch immer, sie wurde bezahlt. Das Gute war, dass Claudia wusste, wie nützlich sie zurzeit für die ohnehin überforderte Astrid war und dass die sie in ihrer momentanen Situation nur schwer würde entbehren können. Sie hoffte nur, dass ihrer Chefin das ebenfalls bewusst war!

Dieser Job war von Anfang an die Fahrkarte in die Freiheit gewesen. Geld war sehr wichtig. Warum hatte sie diese allgemein bekannte Tatsache ihr halbes Leben lang ignoriert? Wie hatte sie so dumm sein können?

Natürlich hatte man sie beeinflusst: Für ihre Eltern war Geld von jeher »Kapital« und somit das Böse schlechthin gewesen. Dabei waren beide, vor allem ihr Stiefvater, bei all ihrem idealistischen Getue im Grunde genommen Klemmer. Beim Geld hörte die Freundschaft auf, eine scheinheilige Bagage. Für Christian war Geld auch böse, aber aus einem anderen Grund: »Eher geht ein Kamel durch ein Nadelöhr, als dass ein Reicher in den Himmel kommt.« Wie oft hatte sie den Spruch von ihm gehört? Letztlich war das nichts anderes als eine Ausrede für fehlenden Mut, Fleiß und Ehrgeiz. Sie hatte ihn durchschaut, aber jetzt war es zu spät. Schnee von gestern.

Sie war nicht gierig, auch wenn sie nichts gegen etwas Luxus einzuwenden gehabt hätte. Der entscheidende Fehler war gewesen, dass sie nicht kapiert hatte, wie wichtig eigenes Geld war, als sie Christian geheiratet hatte. Das konnte sie nur sich selbst vorwerfen. Er hätte sicher nichts dagegen gehabt, wenn sie gearbeitet hätte. Angespornt oder auch nur unterstützt hatte er sie zwar nie, aber sie hätte ... Zu spät, Schnee von gestern!

Jetzt hatte sie ihr eigenes Geld, das ihr zwischen den Fingern zerrann. Blöd war nur die Sache mit Astrid. Sie hatte schon versucht, die Fühler nach etwas anderem auszustrecken. Aber wie sollte man glaubwürdig bei der Arbeitssuche sein, wenn man einen Job hatte und nichts daran aussetzen durfte? Würde Astrid hinten herum erfahren, dass Claudia sich beklagte, dann wäre die Kündigung fix. Das war Claudia klar. Es war zu hoffen, dass ihre Chefin bald wieder einen anständigen Typen fand. Das würde ihrer beider Lebensqualität verbessern.

Sie hatte gedacht, dass vielleicht im Chor etwas gehen könnte. Nach den Proben hatte sie bewusst das Gespräch auf Arbeit und Arbeitsmarkt gelenkt und gehofft, dass sich zufällig eine Gelegenheit ergeben würde. Bald hatte sie frustriert aufgegeben. Anscheinend hatten außer ihr alle schon immer ihren Posten, ob als Beamte, Angestellte oder Selbstständige. Und die Jungen wechselten reibungslos von ihren Schulen oder Universitäten in die Berufswelt.

Sie mit ihrer HAK-Matura und den immerhin schon 36 Jahren, ohne Kontakte, von Erfahrung und Flexibilität ganz zu schweigen – sie würde in kein Amt mehr hineinkommen. In die Kirche ging sie nicht mehr, also konnte sie sich auch von dieser Seite nichts erwarten. Sie war zurzeit auf Astrid angewiesen, es hieß aufpassen, runterschlucken, gewissenhaft sein. Fertig.

Zum wiederholten Mal kontrollierte Claudia ihr Handy – nichts. Hoffentlich hatte Gottfried sein Handy aufgeladen, er war in diesen Dingen ein richtiger Kindskopf. Gerade heute sollte er doch daran gedacht haben!

Claudia kam ins Grübeln. Sie wusste es einfach nicht. Er war so schusselig, richtig weltfremd manchmal. Gottfried war seit 20 Jahren bei der Gemeinde angestellt und schob eine ruhige Kugel auf dem Meldeamt. Für ihn war es perfekt so. Er betrachtete die Arbeit als notwendige Unterbrechung seiner eigentlichen Berufung – der Musik. Reich wurde man allerdings dort nicht, und der finanzielle Aufwand wegen Gertrudes Krankheit würde wohl so bald nicht aufhören. Er konnte unmöglich daneben auch noch sie versorgen. Das erwartete sie gar nicht von ihm!

Claudia seufzte. Von Christian war, auch wenn sie die Alimente einklagte, nicht viel zu erwarten. Sie musste sich langfristig schon selbst durchbringen. Außer sie erbte … Ungelegte Eier.

»Schnee von gestern« und »ungelegte Eier«, das war das Vokabular ihrer Mutter, »im Jetzt leben«, das auch. Die hatte Sorgen.

Claudia hielt die Warterei nicht mehr aus. Sie legte das Handy weg. Sie würde sich wie immer mit einem SMS »abmelden«, wenn sie nicht länger auf seinen Anruf warten konnte, sodass er Bescheid wusste und nicht anrief. Sie lächelte. Heute war der letzte Tag, an dem sie sich verstellen mussten! So oder so. Aber er müsste doch neugierig sein!

Wenn sie ehrlich war, hatte sie wenig Ahnung davon, wie Gottfried im Alltag tickte und wie er in Krisen reagierte. Sie hatten auf dieser Ebene keine gemeinsamen Erfahrungen. Eigentlich waren sie über das Stadium naiver Freude nicht hinausgekommen. Sie durfte nicht zu viel von ihm erwarten, aber das war schwer! Zwei einsame Seelen, die schon jahrelang aufeinander gewartet hatten – äußerlich war Gottfried natürlich nicht der Mann ihrer Träume, auch die anderen Voraussetzungen waren alles andere als günstig, aber es war für sie eine Gewissheit, dass sie zusammengehörten.

Claudia stand nach wie vor unschlüssig im Zimmer herum. Schließlich holte sie sich einen vorbereiteten Teller mit Weihnachtskeksen aus der Speisekammer, setzte sich auf das Sofa und begann zu naschen. Sie erinnerte sich an das Handy, stand noch einmal auf und holte es.

Die Liebe war aufregend. Mit Gottfried fühlte sie sich wie eine 17-Jährige, wie damals bei Goran, aber das war etwas ganz anderes gewesen. Jetzt ging es um eine zweite Chance, um Seelenverwandtschaft.

Es hatte durchaus etwas von einem Rollenspiel: Im Chor war Gottfried ihr Lehrer und sie die Schülerin, privat kehrte sich das Verhältnis um. Da war sie die Aktivere und er der schüchterne Bub. Nach den Proben turtelten sie heimlich miteinander wie Teenager.

Lustigerweise war vor Jahren, als es gar keinen Grund dafür gab, laut Regina im Ensemble das Gerücht kursiert, dass sie beide etwas miteinander hätten. Das Gerede hatte sich totgelaufen, deshalb durften sie sich jetzt ziemlich sicher fühlen. Claudia war gespannt, wie lange es dauern würde, bis sich das Gerücht von Neuem erhärten würde. Sie wollte daran glauben, dass ihnen die anderen ihr Glück vergönnten, solange sie das Private außen vor ließen. Nach und nach würden sie sich im Chor daran gewöhnen, und vielleicht müssten Gottfried und sie sich irgendwann überhaupt nicht mehr verstellen. Geredet würde werden, das war schon klar.

Claudia schloss die Augen, während sie auf einem Vanillekipferl herumkaute. Sie war schon gespannt auf das erste Mal. Sex – das war so weit weg. Von Zeit zu Zeit dachte sie daran. Für Gottfried würde es eine große Sache sein, das hatte sie herausgehört. Obwohl er fast 15 Jahre älter war als sie, würde sie die Initiative ergreifen müssen. Sie freute sich darauf, Gottfried zu verwöhnen und ihm ihre Liebe zu beweisen.

Er war ein Künstler und strahlte im Chor eine natürliche Autorität aus. Er lud die Sänger und Sängerinnen sozusagen ein, seine Welt, die Welt der Musik, zu betreten, in der er sich öffnen, begeistern, aber auch unter Misstönen leiden konnte. Außerhalb dieses geschützten Bereiches wahrte er gegenüber anderen Menschen eine höfliche Distanz. Man mochte ihn, er galt als bescheiden, gewissenhaft und war unauffällig, so selbstsicher er als Chorleiter auftrat, so unsicher war er im normalen Leben. Natürlich war er sehr einsam. Die Liebe zu seiner Frau hatte sich mit den Jahren ebenso verflüchtigt wie sein Traum von einer Profikarriere als Dirigent.

Von wem war es ausgegangen? Wer hatte sich zuerst verliebt, wer den ersten Schritt gemacht? Vor ungefähr acht Monaten hatte es begonnen: Es war ein paar Wochen vor einem Auftritt in Slowenien gewesen. Gottfried wollte, dass Claudia ein Solo sang, und hatte ihr angeboten, nach einer Probe noch ein paar Aufnahmen mit ihm anzuhören. Sie hatten nebeneinander in seinem Kammerl in der Musikschule auf einer durchgelegenen alten Bettbank gesessen, Aufnahmen gehört und gemeinsam in seinem Notenbuch mitgelesen. Als die Musik aus gewesen war, hatte sie die vollkommene Stille registriert und die Tatsache, dass sie beide allein spätabends eng nebeneinander in Gottfrieds Kammerl saßen. Sie hatte auf keinen Fall die Stimmung brechen und zum banalen Alltagsgewäsch wechseln wollen. Nach einigen Sekunden des Schweigens hatte sie zu reden begonnen. An diesem magischen Abend hatten sie nur geredet, nichts weiter. Aber was war das für ein Gespräch gewesen! Ganz allmählich hatten sie sich einander im Wechsel anvertraut. Sie hatten augenscheinlich beide seit Langem jemanden zum Reden gebraucht. Sie hatte angefangen. Gottfried kannte zwar ihre Situation, aber an diesem Abend hatte sie erstmals zugegeben, dass ihre Ehe am Ende war. Als sie sich nach seinem Befinden erkundigt hatte, hatte er erst etwas herumgedruckst, nach und nach aber die furchtbare Situation mit seiner Frau zumindest so weit angedeutet, dass sie begriffen hatte, wie allein und traurig er war.

Keiner hatte dem anderen Ratschläge gegeben. Sie hatten vielmehr darüber geredet, wie wichtig ihnen beiden der Chor war.

Nach dem Konzert in Maribor hatte ihr erstes Treffen als Liebespaar stattgefunden. Wieder mitten in der Nacht und wieder in Gottfrieds Zimmer in der Musikschule, quasi eine Belohnung für das gelungene Konzert. Es war ihr wichtig gewesen, dass er sie geküsst hatte und nicht umgekehrt. So sehr sie seine defensive und höfliche Art zu schätzen wusste, dieses Bekenntnis seinerseits hatte sie haben wollen.

Seitdem wartete sie noch sehnsüchtiger auf jeden Mittwochabend als davor. Seit Christian nicht mehr im Chor war, hatte es Claudia nach der Probe nie eilig gehabt, nach Hause zu kommen, und war immer eine der Letzten gewesen. So fiel es nicht auf, dass sie seit Wochen nach der Probe mit Gottfried allein übrig blieb. Der tat so, als hätte er etwas in seinem Kammerl zu tun, anstatt wie davor möglichst schnell wegzukommen.

Bereits an dem Abend des ersten Kusses hatten sie begonnen, über ihre Perspektive nachzudenken. Sie wollten zusammen sein und hatten beide im Laufe ihres Lebens gelernt, Kompromisse einzugehen. Also würde sich ein Weg finden. Claudia war überglücklich, dass sie einem Menschen so wichtig war!

Jetzt war es so weit. Sie war abgebogen, es gab kein Zurück mehr. Gottfried war unschuldig wie ein Kind, sie traute ihm keine Gemeinheit zu. Sie fand es richtig, dass er Gertrude nicht im Stich ließ, aber weitere Skrupel mussten sie beide nicht haben. Man lebte nur einmal! Zu Weihnachten hatte Gottfried sie mit Karten für eine Opernaufführung in Verona im Sommer überrascht! Sie würden noch so viele wunderschöne Dinge miteinander erleben.

Claudia stand seufzend auf. Sie hatte den ganzen Keksteller aufgegessen und war durstig. Unschlüssig schaute sie sich um. Der Christbaum, die Wohnung, sonderbar.

2

Er keuchte, sein Pulsschlag hämmerte. Noch um die beiden Weiden herum, dann hatte er freie Sicht. Heute war der Ausblick vergleichsweise trübselig. Er kannte diese Stelle, wo er von oben auf die Mündung der Sulm in die Mur schauen konnte, zu jeder Jahreszeit. Christian stand da und atmete weißen Dampf aus, er öffnete die Jacke ein Stück weit und lockerte seinen Schal.

Er hatte schon öfter daran gedacht, den Blick von hier oben zu fotografieren, wenn er beim Walken vorbeikam, was mehrmals die Woche bei gutem wie bei schlechtem Wetter der Fall war. So entstünde mit der Zeit eine Art Kalender. Er hatte sich nie aufraffen können, damit zu beginnen, sollte er es heute tun?

Das Wetter war öde, die Gegend ein fahler Morast. Wie so oft nach Weihnachten, wenn kein Schnee liegen geblieben war. Eine graue Zeit, die abweisende Natur, die kurzen Tage und der Nebel, der ständig von der Mur heraufzog – all das erzeugte einen ungemütlichen, an den Tod gemahnenden Dämmerzustand. Meist hatte es ein paar Grad plus, was viel ungemütlicher war als ein richtiger schöner Frost. Jeder blieb zu Hause, wenn er konnte. Er zog das Walken trotzdem mindestens einmal in der Woche durch.

Christian holte sein Handy aus der Tasche und machte mehrere Fotos. Er hatte keine ruhige Hand und schwitzte. Für seine Verhältnisse war er zu schnell gegangen, aber er hatte sich anstrengen wollen. Das war die »Kleine Runde«, die er unterwegs zur »Großen Runde« ausbauen konnte, wenn er Lust dazu hatte. Es gab auch noch die aus seiner Kindheit stammende »Friedhofsrunde«, die er allerdings nicht mochte und nur in Begleitung seiner Mutter zu Besuchen am Familiengrab nutzte. Sie führte mitten durch den Ort, was ihm unangenehm war. Er hatte keine Lust auf Begegnungen.

Er ging nicht hinaus, weil er die Natur so mochte, sondern weil es gesund für ihn war. Er war tendenziell faul, sein Lebenswandel nicht ideal, das wusste er. Weil er nicht zu fett oder ernsthaft krank werden wollte, hatte er beschlossen, zumindest eine körperlich positive Komponente in seinem Leben zu installieren. Die Disziplin dazu brachte er erstaunlicherweise relativ leicht auf. Er versorgte den Organismus mit Bewegung an der frischen Luft, das war notwendig. Auch wenn er sich manchmal überwinden musste, in der Zwischenzeit wusste er, dass er sich danach immer besser fühlte. Zeit hatte er sowieso mehr als genug.

Die paar Leute, die entlang seiner Routen wohnten und die er mittlerweile dem Aussehen nach kannte, störten ihn nicht. Keinerlei Gespräche, er blieb nie stehen, und so war das Äußerste ein Gruß oder Kopfnicken. So wollte er das haben. Das Nordic Walking war wie für ihn erfunden. Die Stöcke gaben ihm abgesehen von der Sicherheit beim Gehen ein ganz normales Aussehen – er sah zumindest nicht idiotischer aus als die anderen. Er bemühte sich, dass sein Gang möglichst natürlich wirkte, war aber objektiv gesehen natürlich langsam unterwegs. Nüchtern musste er unbedingt sein, sonst hatte es keinen Sinn. Er vermied grundsätzlich rutschige Stellen, nasse Fliesen oder Glatteis und verließ selten seine vermessenen Routen.

Gut, dass er unterwegs war und nicht zu Hause herumsaß. Gut für Bein und Birne.

Es war verletzend und ungerecht von ihr gewesen, wie sie seine Trinkgewohnheiten hingestellt hatte. In Wirklichkeit hatte er nie vor der Entscheidung gestanden: Claudia oder der Alkohol. Sie hätte ihn früher oder später sowieso betrogen, auch wenn er nichts trinken würde. Er war ein Krüppel, arbeitslos und unansehnlich, der zusammen mit seiner Mutter wohnte und Tag und Nacht vor dem Computer saß. Eigentlich erstaunlich, dass sie so lange durchgehalten hatte! Dass ausgerechnet das Singen den Ausschlag gegeben hatte, war aber schon eine Ironie des Schicksals. So schloss sich auch dieser Kreis: Durch das Singen waren sie zusammengekommen, und Claudia verabschiedete sich nun in diese Welt, aus der er seit seinem Unfall ausgeschlossen war. Mehr war da anscheinend nie gewesen. Ein ernüchterndes Resümee.

Gottfried und Claudia, das war logisch: zwei vom Schicksal mit einem kranken Partner geschlagene, einsame Seelen mit einer gemeinsamen Passion – dem Gesang. So sahen die das wohl. Absolut nachvollziehbar, aber nichtsdestoweniger hart.

Christian fror, er sollte weitergehen, sonst würde er sich verkühlen. Die Aussicht war heute ohnehin nichts wert. Selbstmordwetter. Er beschloss, die »Große Runde« anzugehen. Er brauchte Zeit, etwas mehr Kälte und frische Luft. Von diesem Punkt würde er ohne Pause ungefähr eine Stunde bis nach Hause brauchen. Das war gerade richtig.

*

Vielleicht war die Situation gar nicht so schlimm: Claudia war noch nicht weg. Das war sicher wegen der Kinder so, aber vielleicht gab es ja doch noch irgendetwas anderes, das sie bei ihm hielt. Sie waren so lange zusammen.

Genauer betrachtet handelte es sich um eine momentane Verschiebung und keine endgültige Veränderung. Der Vorgang war auch nicht unumkehrbar. Es gab den Kosmos LS. Da konnte er Gottfried den Rang nicht streitig machen. Solange es den Chor gab, würde Claudia dabei sein wollen. Das war klar und von seiner Seite kaum zu beeinflussen. Aber es gab auch die Kinder, das Haus und Gottfrieds Ehefrau, Dinge, die wiederum für ihn sprachen.

Außerdem waren sie seit mehr als zehn Jahren verheiratet, hatten einiges mitgemacht und einen gemeinsamen Kredit. Es war nicht undenkbar, dass Claudia es bald besser fand, wenn Gottfried wieder nur ihr Chorleiter und sonst nichts war. Abwarten.

Eine Schönheit war Gottfried beileibe nicht, und als Liebhaber konnte Christian ihn sich überhaupt nicht vorstellen. Er war auch ziemlich verschroben, zog sich wie ein Trottel an und schaute außerhalb der Musikschule keinem gerade in die Augen. Er war musikalisch begabt – okay! Aber offensichtlich nur für Leibnitzer Verhältnisse, sonst hätte er mehr aus sich gemacht. Sein Faible für die Musik wirkte in Wirklichkeit eher manisch und überambitioniert, fast peinlich. Komplexe hatte der, das war doch klar!

Claudia würde hoffentlich feststellen, dass sie mit Gottfried auch nicht besser dran war als mit ihm. Dann musste er zur Stelle sein. Und zwar in einer guten Verfassung: Er hatte Qualitäten, die Gottfried fehlten. Er war ein Mann. Viel mehr als der, oder? Er musste seiner Frau etwas bieten, das sah er ja ein! Sein Verhalten durfte aber auch nicht zu bemüht wirken.

Er spürte seinen Körper auf eine angenehme Art, seine Wangen glühten. Jetzt in diesem wohligen Zustand sah er ein Licht am Ende des Tunnels. Nach langer Zeit wieder. Vielleicht hatte er diesen Paukenschlag gebraucht? Die harte Tour.

Er würde weniger trinken! Das war eine ausgemachte Sache. Kein Entzug oder so ein Schwachsinn, nur mehr Kontrolle und Vernunft. Sich ihr gegenüber zusammenzureißen und seinen Teil im Haushalt ordentlich zu erledigen war ohne Weiteres zu schaffen. Er musste auch nicht unbedingt jeden Abend vor dem Computer abhängen. Warum nicht einmal gemeinsam fernsehen? Vielleicht fand er sogar wieder einen Job. Langsam, eines nach dem anderen! Fürs Erste war er der Verletzte und Zurückgewiesene. Eindruck schinden konnte er später, trotzdem musste er sich von nun an immer bewusst und kontrolliert verhalten.

Das war eine durchaus ernst zu nehmende Bürde, aber er war motiviert. Kampflos würde er sie nicht ziehen lassen. Er durfte betroffen sein, nur nicht aggressiv! Er musste den stillen Dulder spielen. Das würde gar nicht so leicht werden. Plötzlich wallte Eifersucht in ihm auf, ganz intensiv. Er hasste Gottfried und wünschte ihn zum Teufel! Er wusste nicht, ob ihm ein anderer, irgendein Fremder, nicht lieber gewesen wäre.

Davon durfte Claudia nichts ahnen. Er musste es sich verkneifen, Gottfried vor ihr schlechtzumachen. Auch deshalb durfte er nicht mehr so betrunken sein, dass er die Kontrolle verlor. Rückgrat zeigen, die Bürde tragen und Claudias schlechtes Gewissen maximieren – das war das Motto!

*

Jetzt reichte es ihm, das Bein tat weh und allmählich auch die Schulter und die ganze rechte Seite. Er hinkte deutlich, er hatte nicht mehr die Kraft und den Willen, das zu verhindern. Scheiß drauf. 7,48 Kilometer, und davon das meiste auf und ab, das war nicht ohne. Dennoch musste er besser in Form kommen. Vor allem, wenn er weiterhin trinken wollte, brauchte er einen Ausgleich für seinen Körper. Quid pro quo, der Suff kostete natürlich etwas, verbrauchte Energie. Das hatten schon die alten Römer gewusst und sich nach den Orgien in ihren Bädern wieder gestärkt. Die fröhlichen alten Heiden. Er hatte einiges darüber gelesen, war ja alles um die Ecke: Flavia Solva, die Gegend hatte viel gesehen. Die Römer hatten den Wein hergebracht. Italiener, im Grunde genommen. Dolce far niente.

Er musste seine Einstellung zum Trinken ändern, positiver vorgehen und den Spaß in den Vordergrund stellen. Die unnötigen Drinks vermeiden, auf sich schauen, Spaß haben, sich nicht verleugnen, weniger am Computer sitzen, sich um die Mutter kümmern – italienisches Vorbild eben.

Um seinen Job als Nachtportier tat es ihm nicht leid. Man versäumte das Leben, und es war unfassbar langweilig gewesen. Verordnete Einsamkeit war im Unterschied zur selbst gewählten immer schal. Kein Wunder, dass er wieder mit dem Trinken angefangen hatte! Wahrscheinlich hatte die Nachtarbeit viel zu dem jetzigen Dilemma beigetragen. So etwas machte einen schrullig und empfindlich, man war zu viel allein und ständig müde.

Er erinnerte sich, wie er die erste Flasche Ouzo in die Arbeit mitgebracht hatte. Den Schnaps hatte er in einem Supermarkt in Lebring gekauft. Dort war er einigermaßen sicher gewesen, keinem Bekannten zu begegnen. Ouzo hatte er im Andenken an den Arak in Ägypten gewählt. Wahnsinn, das war schon so weit weg. In den folgenden Monaten war der Schnaps dann sein Arbeitskollege geworden. Christian hatte sein kleines Geheimnis genossen und eine richtige Studie daraus gemacht. Er hatte ausgetestet, wie schnell er wieder mehr vertrug und wie viel er wann trinken musste, damit die Schicht nicht langweilig wurde, er aber, wenn er in der Früh nach Hause fuhr, wieder nüchtern war. Ab und zu war er eingeschlafen. Ein-, zweimal hatte er sogar das Auto stehen lassen und zu Hause behaupten müssen, den Schlüssel verlegt zu haben. Er würde nie wieder betrunken Auto fahren!

Aber die geheime Sauferei in der Firma hatte ihren Tribut gefordert. Er war fast nur noch grantig gewesen, keiner hatte ihn verstanden. Da war es eigentlich ein Entschluss für die Familie gewesen, auch daheim ein bisschen zu tschechern. Nicht aus Genuss und Eigennutz, sondern um für die anderen bei besserer Laune zu sein. Dafür hatte er die Psychopharmaka für immer abgesetzt. Christian hatte davon gehört, wie schlecht die Kombination von Tabletten und Alkohol war, und beschlossen, dass für ihn der Wein die bessere Medizin war.

Mittlerweile konnte er auf nüchternen Magen eine Flasche in zwei großen Schlucken austrinken. Früher hätte er sich bei so etwas angespieben, heute genoss er den Akt. Er nannte es den »Morgenwein«. Es gab auch den »Seelenwein«, den »Vollstrecker«, den »Durstwein« und den »Reparaturwein«, der sich allerdings oft mit dem »Morgenwein« deckte. Der Wein musste möglichst gut sein, egal ob rot oder weiß, vor allem in der Früh. Wenn es nicht anders ging, waren ihm Bier oder Schnaps lieber als schlechter Wein.

Er war eben nicht nur ein Schluckspecht, sondern auch ein Genießer, ein Jünger des Bacchus! Bei seinem schmalen Portemonnaie musste er leider ständig Kompromisse schließen. Nie zuvor, nicht einmal als Schüler, hatte er sich sein Geld so genau einteilen müssen. Wieder eigenes Geld zu verdienen wäre nicht schlecht.

Aber was sollte das für ein Job sein? Wenn er ehrlich war, traute er sich so gut wie gar nichts mehr zu. Früher hatte er sich so leichtgetan. Abgesehen davon, dass er vor Scham umgekommen wäre, den alten Kollegen in seinem

Zustand wiederzubegegnen, hatte er in den letzten Jahren außerhalb der eigenen vier Wände seine Selbstsicherheit eingebüßt. Kein Wunder, er war schon immer ein Außenseiter gewesen. Anscheinend war das sein Schicksal. Aber er fühlte sich zu Hause in seinem kleinen Reich eigentlich ganz wohl. Er hatte es sich nicht schlecht eingerichtet, und seit er es geschafft hatte, seine Mutter ein bisschen auf Distanz zu halten, riss er sich für keinen mehr einen Haxen aus. Wozu auch?

Irgendwann war Claudia dahintergekommen, dass er wieder trank. Das war noch vor seiner Kündigung gewesen. Er wusste nicht, ob sie es von selbst gemerkt hatte oder ob ihn jemand verraten hatte. Mit der Zeit war er leider unvorsichtig geworden, hatte Flaschen herumstehen lassen. Nach ein paar Verwarnungen, die nie besonders ernst geklungen hatten, hatte es aus heiterem Himmel eine Kontrolle inklusive Blasen gegeben und er war auf der Stelle hinausgeschmissen worden. Claudia hatte geschrien und geheult wie eine Irre und ihn vor den Kindern zur Sau gemacht. Wie es ihm dabei gegangen war, hatte keinen interessiert. Das würde er ihr nicht vergessen.

Sie hätte froh sein sollen. Seitdem schupfte er schließlich den Haushalt. Okay, das war übertrieben. Seine Mutter kümmerte sich um die Wäsche, putzte das Haus und kochte. Aber er erledigte die Hundert Kleinigkeiten und versorgte die Kinder. Er hatte sich schnell in seiner neuen Rolle wohlgefühlt und machte seiner Meinung nach seine Sache großteils gut. Er tat sein Bestes und erledigte umgehend alles, was ihn körperlich nicht überforderte, aber Claudia hatte eigentlich immer irgendetwas auszusetzen.

Und das ging nicht nur ihm so. Mit seinen Eltern hatte sie sich nie verstanden, und ihre Trauer über den Tod seines Vaters hatte sich sehr in Grenzen gehalten. Dass sie seitdem nicht netter zu seiner Mutter war, hatte ihn wirklich enttäuscht. Überhaupt musste man sagen, dass Claudia sich, seit er sie kennengelernt hatte, sehr zu ihrem Nachteil verändert hatte. Sie war berechnend und herrisch geworden, rücksichtslos und egoistisch. Wo war das schwarzhaarige Engelchen aus dem Kirchenchor geblieben? Wo war die bescheidene, schüchterne, gläubige Person von damals? Christian vermutete, dass der miserable Charakter von Claudias Busenfreundin Astrid auf sie abgefärbt hatte. Dagegen war er machtlos.

Die gute Astrid erhielt heute seine Familie, nachdem sie vor vier Jahren der Anlass zur Zerstörung seiner Existenz gewesen war. Er hatte ihr nichts zu sagen. Sarah ging nach der Schule noch immer lieber zu denen als zu ihm und der Oma. Das durfte er ihr nicht übelnehmen, er war als Schüler auch lieber mit Gleichaltrigen zusammen gewesen. Und die Mädchen schienen in Ordnung zu sein, vor allem die Ältere hatte es Sarah angetan. Trotzdem: Familie war Familie. Gott sei Dank verbrachte seine Tochter auch mit ihm gerne Zeit. An den späten Nachmittagen und Wochenenden machten sie oft etwas zusammen, wenn er nicht schon zu müde dafür war. Claudia wollte ständig irgendwelche Ausflüge machen, darauf hatte er selten Lust. Er wollte sich nicht zur Schau stellen. Ab und zu gingen sie zu einem Buschenschank, aber richtig lustig, so wie früher, wurde es nie. Wenn einem die Frau bei jedem Schluck mit zusammengekniffenen Lippen vorwurfsvolle Blicke zuwarf, schmeckte der beste Wein nicht. Sarah und er plauderten und blödelten viel, trotz seines Beins ging er mit ihr in den Wald Schwammerl suchen oder er ließ sie an seinen Computer. Claudia durfte das nicht wissen, es war ihr kleines Geheimnis. Dabei machte die Kleine sowieso nichts Schlimmes.

Sarah mochte ihn lieber als Claudia, das traute er sich zu sagen. Bei Jakob war es anders. Der Bub war komplett in sich zurückgezogen. Abgesehen von seinem Gameboy und Unmengen an Nahrung brauchte er von seiner Umgebung anscheinend gar nichts. Christian fand keinen Draht zu ihm, aber auch Claudia hatte damit ihre Probleme, das war nicht zu übersehen. Sie machte es jedenfalls grundfalsch.

Sein Gewicht war ihr ständiger Vorwurf, nicht nur dem Kind, sondern auch ihm und seiner Mutter gegenüber. Dabei gab die dem Kleinen wenigstens Liebe und ungeteilte Aufmerksamkeit! Jakob saß oft stundenlang unten bei der Oma. Von seiner Mutter hörte er nur: »Geh hinaus, beweg dich, iss nicht so viel, nein, nein, nein …«

Es hatten sich Teams innerhalb der Familie gebildet. Nur Claudia stand als die Herrin, die alle herumkommandierte, allein da. Das sollte er ihr einmal humorvoll klarmachen und ihr vorschlagen, sich etwas zu entspannen und wieder in das familiäre Boot zu kommen.

Sie musste sich endlich von der Idee verabschieden, dass er abstinent wurde. Es kam gar nicht infrage, dass er ein so sinnloses Opfer brachte. Sollte sie sich doch Sarah zum Vorbild nehmen: Die hatte ihn schon ziemlich angeschlagen erlebt, das mit ihren 13 Jahren von der lustigen Seite genommen und ihn am nächsten Tag aufgezogen, wenn er verkatert war und den Preis für den vortägigen Exzess bezahlte. Humor, Lebenslust – das wollte Claudia doch auch! Es war verrückt, sie hatten doch im Grunde viel gemeinsam.

Christian konnte das Haus sehen. Er freute sich auf die Dusche und nahm sich vor, bis zum Abend nichts zu trinken. Ein Experiment, er war einfach neugierig, wie es sich anfühlte. Richtig so, guter Impuls! Aber er sollte sich keinen Druck machen, nur einmal schauen, was passierte.

Nüchtern würde er aber auch keine Lust auf den Computer haben, das wusste er jetzt schon. Ein gewisses Maß an alkoholbedingter Heiterkeit brauchte es schon, damit ihm nicht bald langweilig wurde. Er könnte mit den Kindern nach dem Mittagessen ein Brettspiel spielen, das war eine gute Idee! Was gab es heute? Rindsrouladen. Na ja, dann würde er eben zum Essen ein Bier trinken. Alles andere sähe sonderbar aus, und er hatte keine Lust auf Erklärungen.

Richtig! Die Mutter würde die Neuigkeiten ja auch erst erfahren, der Tag war noch nicht vorbei. Christian war gespannt, wie sie reagieren würde. Wahrscheinlich war sie nicht sonderlich schockiert, Claudia war ja eine Wiederholungstäterin. Vielleicht hatte sie sogar schon etwas geahnt. Seine Mutter hatte ein unglaubliches Radar für Geheimnisse.

Würde Claudias erneuter Verrat ihn und seine Mutter einander näherbringen? Der Tod seines Vaters hatte es nicht getan. Seine Mutter hatte ihn nach einer kurzen Phase der Erstarrung als Ersatz für seinen Vater installiert. Anfangs hatte er das verstanden, es hatte ihm sogar geschmeichelt. Aber das Geschwätz seiner Mutter war auf die Dauer unerträglich. Nonsens, purer Schwachsinn. Dauernd hatte sie ihn mit »Fritz« angesprochen, was er zuerst rührend, dann lustig und schließlich gruselig gefunden hatte. War das schon Demenz oder angeborene Dummheit? Sie hatte ja nicht einmal ehrlich und offen getrauert, obwohl der Verlust für sie unbeschreiblich groß gewesen sein musste. Irgendwie war bei ihr alles nur leere Pose. Für jede Situation gab es eine festgelegte Reaktion.

Nach dem Tod ihres Mannes hatte ihre Aufmerksamkeit

dem Gelingen von Begräbnis und Leichenschmaus gegolten. Danach war sie ohne große Anzeichen von Trauer, vom üblichen Gejammer abgesehen, zum Alltag zurückgekehrt.

Ihn selbst erinnerte noch immer jedes Werkzeug an seinen Vater. Nicht dass er tieftraurig war. Sein Vater war ohne großen Todeskampf einfach umgefallen. Wenn es einen Himmel gab, dann war er dort, und wenn nicht, war alles egal. Ersetzen konnte und wollte er ihn nicht. Seine Mutter hatte das endlich eingesehen und sich beleidigt zurückgezogen. Vielleicht hatte sie jetzt wieder mehr Mitgefühl für ihn.

So, geschafft! Christian betrat den Garten. Er spürte sich ordentlich, schlüpfte aus den Schlaufen der Stöcke und stakste steif zum Haus. Morgen würde er Spatzen haben.

Als er vor der Haustür stand, wurde er plötzlich nervös. Was erwartete ihn da drinnen? Alles war neu, er konnte überhaupt nicht vorhersagen, was in den kommenden Tagen und Wochen passieren würde. Eines war sicher: Es wartete Traurigkeit auf ihn. Die nächste Zeit würde hart werden. Wieder eine harte Zeit. Er öffnete die Tür – Wärme und Essensgeruch schlugen ihm entgegen.

2014

1

»Danke schön, auf Wiedersehen. Bitte sehr?«

»Ich hab da den Dreier für 23 Euro, dafür krieg ich bitte zwölf Rubbellose.«

»Gratuliere, Frau Malli! Welche hätten S' denn gern?«

»Na wieder die mit der lebenslangen Rente.«

»Alles? Das wäre dann noch ein Euro bitte.« Claudia nahm den Fünfziger gut gelaunt entgegen. »Und 49 zurück. Danke schön, auf Wiedersehen, Frau Malli. Bitte sehr?«

Am Montag war immer viel los. Sie liebte es, wenn sie zu tun hatte. Aber auch Tage, an denen stundenlang keine Kundschaft kam, gefielen ihr. Sie suchte sich dann einfach etwas zu tun. Das hatte sie bei der Astrid auch so gehalten. Zwar hatte sie jetzt in der Trafik niemanden mehr zum Plaudern, aber dafür umgaben sie Unmengen von Lesestoff. Normalerweise war die Türglocke keine Störung für sie, sondern jedes Mal eine kleine Freude. Heute war es anders.

In zehn Minuten konnte sie zusperren. Anstatt gleich die Kassa zu machen und alles dichtzumachen, wollte sie Gottfried ein langes Mail schreiben. Eigentlich war das übertrieben, sie hatten sich in letzter Zeit ja fast jeden Tag gesehen. Aber Claudia freute sich darauf, irgendwie war es romantisch.

Auch wenn es kein reiner Liebesbrief werden konnte. Sie hatte sich Punkte überlegt. Auf dem Handy war das Schreiben zwar mühsamer als am Computer, aber hier war sie wenigstens ungestört. Zu Hause war das so eine Sache. Sie konnte nie vorhersagen, was sie dort erwartete. Nein, lieber hier im Geschäft, in dem sie ohnehin den größten Teil ihrer wachen Zeit verbrachte.

Sie brauchte eine Angestellte, zumindest Teilzeit. Bis jetzt hatte sie sich das noch nicht leisten können, aber es ging nicht anders. Sie brauchte auch einmal Urlaub! Hätte ihr jemand vor gar nicht so langer Zeit gesagt, dass sie darüber nachdenken würde, eine Person in ihrem eigenen Geschäft anzustellen …

Sie schaute wieder auf die Uhr: acht vor sechs. Vielleicht kam sowieso keiner mehr, die Versuchung, etwas früher zu schließen, war groß, aber sie wusste, dass sie es nicht tun würde. Die Leute kannten die Öffnungszeiten und verließen sich darauf. Außerdem – der Teufel schlief nicht. Es brauchte nur einer in letzter Minute zu kommen und vor verschlossener Türe zu stehen, dann hatte sie die schlechte Nachrede. Sie wollte keinen einzigen Kunden verlieren, das konnte sie sich auch gar nicht leisten.

Sie liebte ihre Trafik. Claudia kam hinter der Budl hervor und schlenderte auf und ab. Sie ließ ihren Blick über die vielen Hundert Artikel schweifen, die sie verkaufte und fast ausnahmslos sofort finden konnte. Das war ihr Reich, ein ganz spezieller Ort, der Sicherheit und Zukunft bedeutete. Ein krisensicheres Gewerbe, sie hatte kein Risiko und kaum Verantwortung, ihr Geschäft war unabhängig von Mode oder Jahreszeit, ihre Ware verdarb nicht. Rauchen und Zeitung lesen würden die

Leute immer! Obwohl man angeblich die Antirauchergesetze spürte und alle jammerten, weil die Zigaretten immer teurer wurden.

Sie war hier gelandet und konnte stolz darauf sein. Sie hatte gekämpft, alles allein gemacht, auch wenn die Idee von Gottfried gekommen war – sie und sonst niemand hatte die Sache durchgezogen!

Wie es so seine Art war, hatte Gottfried eines Abends ganz nebenbei erwähnt, dass der alte Mauser, der kinderlose Pächter der Trafik in der Leitringer Straße, in Pension ging. Sie war sofort Feuer und Flamme gewesen, es lag schließlich auf der Hand: Christian war der ideale Kandidat für eine Trafik.

Leider sah das offiziell nicht ganz so aus, weil er laut des Gutachters von der Sozialversicherung nur zu 40 Prozent behindert war und das Vorzugsrecht erst ab einer Behinderung von 50 Prozent griff.

Dieses verdammte Gutachten hatte sie schon genug gekostet! Nach dem Unfall, noch während Christian im Krankenhaus war, hatte sie ein Gespräch bei seiner Krankenkasse gehabt. Da es ein Freizeitunfall und noch dazu selbst verschuldet war, hatten die sich von Anfang an quergelegt. Zumindest war das ihr Eindruck gewesen, sie hatte keine Ahnung, ob anders reagiert wurde, wenn ein Maurer nüchtern vom Gerüst fiel. Menschlicher. Doktor Heidinger hatte sie nach der letzten OP vorgewarnt. Es sei reine Glückssache, an welchen Gutachter man geriet, und ziemlich sinnlos, gegen den Entscheid anzugehen. Und prompt hatten sie ein Arschloch erwischt.

Der hatte sicher genau gewusst, welche Folgen ein Unterschied von zehn Prozent in ihrem Fall hatte, und der GKK einen Haufen Geld ersparen wollen. Sie war erst nach und nach dahintergekommen. Eine Vielzahl von Vergünstigungen bekam man erst, wenn man zu mindestens 50 Prozent behindert war. Und die Invaliditätspension war ein Witz. Christian bekam ein besseres Taschengeld, vielmehr hatte bekommen, denn seit er offiziell eine Trafik besaß, hatte er natürlich keinen Anspruch mehr darauf. Für das Behinderten-Parkpickerl hatte sie nach dem Unfall Gott und die Welt in Bewegung setzen müssen, obwohl es offensichtlich gewesen war, dass Christian es brauchte. Sein Dank für ihre Mühe hatte sich damals sehr in Grenzen gehalten, bei der Trafik war es nicht anders gewesen.

Für das finale Hearing mit den Leuten von der Monopolverwaltung hatte sie mit Christian geprobt wie für ein Theaterstück. Das hatte sich ausgezahlt.

Ob er heute noch dazu in der Lage wäre? Sie konnte es beim besten Willen nicht sagen. Sie wusste nie, wie klar er wirklich war, wann er wusste, was er tat, und wann nicht.

Damals hatte er perfekt funktioniert. Er war als bescheidener, freundlicher Krüppel mit Verstand und Humor aufgetreten, und sie hatten ihm seine Rolle als abgerutschtes Leibnitzer Original abgekauft. Damit war die Sache klar gewesen.

Bei der Einschulung, die er pro forma hatte mitmachen müssen, hatte sein Engagement schon verdächtig nachgelassen. Nachdem er dann einmal sturzbetrunken im Geschäft aufgetaucht war und um ein Haar einen Skandal verursacht hätte, war ein Gespräch notwendig gewesen. Sie waren übereingekommen, dass er die Trafik in Zukunft nicht wieder betrat. Das war in ihrer beider Interesse und an sich sogar Christians Bedingung gewesen, als sie ihm euphorisch von der Idee mit der Trafik erzählt hatte.

Sie hatten vereinbart, dass er nur formal mitmachen sollte. Im Nachhinein fand Claudia sein Verhalten unglaublich. Sie hatten wieder einen Tiefpunkt erreicht, waren mit Claudias Arbeitslosengeld und Christians Invaliditätspension gerade so über die Runden gekommen. Ihre Schwiegermutter hockte geradezu auf ihrer Witwenpension, die in der Tat nicht besonders hoch war. Fixkosten und Einkäufe wurden genau abgerechnet, sodass niemand dem anderen auch nur das Geringste schuldig blieb. Claudia hatte dieses Verhalten schon immer zwanghaft und unpraktisch gefunden, aber solange sie nichts verdient hatte, war sie ohne Stimme gewesen.

Claudia wusste, dass Maria Christian indirekt mit Alkohol versorgte. Er vernichtete regelmäßig ihre Vorräte und sie kaufte kommentarlos Wein und Bier nach. Ging er für sie einkaufen, überließ sie ihm das Wechselgeld. Trinkgeld, im wahrsten Sinne des Wortes!

Heute brauchte Christian die Almosen seiner Mutter eigentlich nicht mehr, der Herr Trafikant hatte natürlich Zugriff auf das gemeinsame Konto. Aber er übertrieb es nicht, sie prüfte jede Rechnung nach und staunte immer wieder über den rasend schnell wachsenden Flaschenberg im Keller.

Sie selbst musste sich nach wie vor jeden Cent genau einteilen. Das Haus war in die Jahre gekommen, eigentlich gehörte viel mehr gemacht, aber sie mussten sich auf das Notwendigste beschränken. Es würde noch Jahre dauern, bis sie den Kredit für die neue Einrichtung der Trafik zurückgezahlt hatten. Aber dann …

Geld war damals noch nicht einmal ihr einziges Problem gewesen. Als Folge ihrer Kündigung bei Astrid hatte Sarah nach der Schule natürlich auch nicht mehr gut zu deren

Töchtern nach Hause gehen können. Claudia hatte gewusst, dass das eine ziemliche Umstellung für ihre Tochter war, ihre Reaktion hatte sie dann aber doch enttäuscht. Dabei war klar gewesen, dass sie im Herbst auf eine andere Schule gehen würde! Für Sarah war anscheinend alles zu viel gewesen.

Sie redete nur das Notwendigste mit ihr und ignorierte, was von ihrer Seite kam: Bitten, Befehle, Strafen – alles war umsonst. Sie hatte Sarah geradezu um Nähe und Verständnis angefleht, wofür diese sie offenbar noch mehr verachtete. Claudia hatte sich immer gewünscht, dass ihre Tochter eines Tages ihre Freundin wäre. Sie konnte doch nichts dafür, dass Astrid sie hinausgeschmissen hatte! Weil sie ihr einmal Kontra gegeben hatte, weil sie einmal nicht kontrolliert gewesen war, ein einziges Mal in vier Jahren! Warum konnte ihre Tochter sie nicht verstehen? Warum solidarisierte sie sich nicht als Frau mit ihr?

Sarah dachte nur an sich, sie war eine Einzelgängerin, genau wie ihr Vater. Mit dem verstand sie sich anscheinend prächtig. Ganz konnte Claudia das zwar nicht glauben, sie vermutete, dass Sarah nur so tat, um ihr eins auszuwischen, aber es tat ihr trotzdem weh. Christian war kein guter Vater. Der war gar nichts mehr.

Oft ärgerte es sie maßlos, dass offiziell ihm das alles hier gehörte und sie nur seine Angestellte war. Anders wäre es natürlich nicht gegangen. Die Trafik, so segensreich sie war, kettete sie wieder aneinander, machte sie wieder einmal zu einer Schicksalsgemeinschaft. Sie hatte es vorher gewusst, trotzdem war es nicht gerecht. Glücklicherweise mischte sich Christian nicht ein und hielt sich an ihren Deal. Dass sie nach seinem Ableben – oder einer allfälligen Entmündigung, wenn er sich endgültig den Verstand weggesoffen haben würde – nach fünf Jahren Vollzeitbeschäftigung ein

Vorzugsrecht für seine Nachfolge haben würde, hatte sie ihm nicht auf die Nase gebunden.

Diese fünf Jahre noch, dann war sie frei. Nicht einmal mehr fünf Jahre! Wenn nicht schon vorher etwas Unvorhergesehenes passierte, das die Sache beschleunigte.

Christian war verloren, dem konnte keiner mehr helfen. Der Alkohol hatte ihn voll im Griff. Mittlerweile war sie nicht sicher, ob ihn ein Entzug nicht umbringen würde.

Ein müßiger Gedanke – sie wusste, dass Christian niemals mit dem Trinken aufhören würde. Sein Verfall war wirklich nicht schön anzusehen. Noch maximal vier Jahre und ein bisschen …

Claudia sah wieder auf die Uhr: Punkt sechs Uhr, sehr gut! Sie schloss ab und machte bis auf die Lämpchen in der Auslage das Licht aus. Sie setzte sich auf ihren Stuhl hinter der Budl und nahm das Handy zur Hand. Bevor sie zu schreiben begann, zog sie ein Päckchen Zigaretten aus einer Schublade und rauchte sich eine an.

Das war ihr kleines Geheimnis und eigentlich Berufsethos. Eine richtige Trafikantin rauchte eben. Aber weder Gottfried noch ihre Familie mussten das wissen. Christian gönnte sie den Triumph nicht, obwohl es ein reizvoller Gedanke war, den allgegenwärtigen Alkoholdunst im Haus mit Tabakrauch zu bekämpfen. Und Gottfried: Nein, der würde sie sofort dazu bringen wollen, wieder aufzuhören. Zum einen war er Nichtraucher, zum anderen war es für ihn eine Sünde an ihrer Gesundheit und ihrer Stimme. Er hatte ihr das schon früher, als sie noch offiziell geraucht hatte, immer wieder vorgehalten. Lange bevor sie zusammengekommen waren.

Sie inhalierte tief, dachte einen Moment nach und begann zu schreiben.

Lieber Gottfried!

Ich vermisse Dich. Wie geht es Dir? Was machst Du gerade?

Ich weiß, dass ich unvernünftig bin, hoffentlich empfindest Du diesen Brief nicht als aufdringlich. Einerseits bin ich neugierig, das gebe ich zu, andererseits sind mir gestern Gedanken gekommen, die ich mit Dir teilen will.

Die Ungewissheit ist schwer zu ertragen, unsere letzte Zeit hat so viel Lust auf mehr gemacht! Ich weiß nicht, wie lange ich diese verlogene Doppelgleisigkeit noch aushalte.

Du weißt, ich bin innerhalb meiner Familie vollkommen isoliert: Die Kinder meiden mich, mein Mann entfernt sich mehr und mehr von der Wirklichkeit, und meine Schwiegermutter gibt mir die Schuld an der ganzen Misere. Ich weiß, Du bist der Letzte, den ich damit belasten sollte, aber ich muss mir das einmal von der Seele reden, und das fällt mir auf diesem Weg leichter.

Ich liebe meinen Sohn nicht. Während ich unter der Ablehnung meiner Tochter leide, ist es mir vollkommen egal, was Jakob von mir hält. Schon seit Langem verspüre ich ihm gegenüber einen Widerwillen, der sich immer mehr verdichtet. Als Baby habe ich ihn natürlich geliebt, aber schon damals nicht so wie unser erstes Kind. Ich konnte ihm auch nie so viel Liebe und Aufmerksamkeit geben wie Sarah. Wahrscheinlich hat es dort seinen Ursprung, dass er sich so schlecht entwickelt hat. Du kannst mir glauben, dass mir das leidtut, aber ich kann es nicht mehr ändern. Ganz sicher hatten meine Schwiegereltern einen schlechten Einfluss auf den Buben. Mittlerweile kann ich ihn kaum anschauen. Trotz seiner Fettleibigkeit wirkt er nicht gemütlich, sondern verschlagen. Er macht den

Mund nur auf, wenn er etwas haben will, und betet die Phrasen seiner Großmutter nach. In letzter Zeit wird er auch noch pampig. Von der Matura habe ich mich bei ihm sowieso schon verabschiedet, ich kann froh sein, wenn er eine Lehre abschließt und Arbeit findet. Kraft hat er ja jetzt mit seinen zwölf Jahren schon wie ein Stier. Vielleicht geht er eines Tages weit weg auf Montage, so wie sein Onkel Andreas, mit dem er immer verglichen wird und der möglicherweise sein Vorbild ist.

Ich glaube, von dem habe ich Dir nie erzählt. Er ist der jüngere Bruder von Christian, drei Jahre jünger und verglichen mit ihm ein Koloss. Ich habe ihn nur ein einziges Mal gesehen, ich erinnere mich noch gut daran. Es war nach Christians Unfall und bevor wir zusammengekommen sind. Mein Schwiegervater war noch am Leben und ich erinnere mich, dass er einen gewissen Stolz auf den fremden, großen Mann nicht verhehlen konnte, obwohl der durch seine Flucht aus Leibnitz und das vollkommene Desinteresse an seiner Familie natürlich ein verlorener Sohn war. Der zweite verlorene Sohn – Christian hatte noch einen älteren Bruder, der als Baby starb. Aber das führt jetzt zu weit. Ich weiß jedenfalls noch, dass mein Schwiegervater und mein Mann, wenn sie neben ihm standen, hinaufschauen mussten.

Ich fand ihn nicht unsympathisch, ein Elefant im Porzellanladen, der nicht so recht wusste, wie er mit seinen Eltern und seinem Bruder umgehen sollte. Er überspielte sein Unbehagen mit einer polternden Fröhlichkeit, soff wie ein Schwein und scherzte mit den Kleinen. Ich weiß noch, dass Jakob die Tätowierungen ganz toll fand, die die muskulösen Arme seines Onkels zierten. Bestimmt war der auch deshalb so faszinierend für den Kleinen, weil ihn seine Großmutter davor Tausende Male mit ihm verglichen hatte.

Entschuldige, dass ich Dich damit belaste, aber die Sache mit Jakob macht mir wirklich Sorgen. Manchmal habe ich das Gefühl, alles falsch gemacht zu haben. Bin ich eine Egoistin? Zerreiße ich mich nicht seit Jahren für diese Familie? Ich bin nicht schuld daran, dass die Kinder kein normales Elternhaus haben. Ich bin in Wirklichkeit genauso unschuldig in alles hineingeschlittert wie sie. Und ich habe genug davon, um ihre Gunst zu kämpfen.

Das habe ich Jakob vor einer Woche alles an den Kopf geworfen, nachdem er mir wieder einmal blöd gekommen war. Danach hatte ich ein furchtbar schlechtes Gewissen. Es war schrecklich, damit nicht zu Dir kommen zu können! Aber wir wollten ja Urlaub von den Grebiens machen … Bitte glaube mir, das ist kein Vorwurf! Ich habe die letzten drei Wochen unglaublich genossen. So viel Musik! Schon fast zu viel für mich, aber auch das soll kein Vorwurf sein. Mit Dir zusammen macht das Leben Freude – ich liebe Dich!

Ich mache mir aber auch Sorgen. Wann kommt Deine Frau wieder nach Hause? Wie geht es ihr? Wirst Du ihr alles über uns sagen? Dass es nicht nur Sex ist, sondern Liebe?

Du hast gesagt, dass Du den geeigneten Moment abwarten musst. Vielleicht ist er ja in der Zwischenzeit schon da gewesen und ich weiß es nur nicht. Ich bin neugierig, ich träume …

Zum Abschluss will ich Dir von Christian schreiben. Verzeih, ich weiß, Du willst nichts von ihm hören, aber es war so bizarr und erschreckend, dass ich es Dir erzählen muss: Gestern bin ich relativ spät heimgekommen. Nachdem wir uns verabschiedet haben, bin ich noch auf ein Achterl in die Stadt gefahren, einfach so, zum Nachdenken. Weil ich ein paar Sachen mit Christian besprechen muss. Es geht darum, dass ich jemanden in der Trafik anstellen will, auf die Dauer schaffe ich es allein einfach nicht, wenn ich noch irgendetwas vom Leben haben will. Leider brauche ich für so eine Entscheidung Christians Unterschrift, außerdem wollte ich ihn pro forma fragen, ob er irgendwelche Pläne für den Sommer hat, vielleicht – ein letztes Mal – mit den Kindern nach Caorle fahren will.

Als ich heimkam, war er vor dem laufenden Fernseher eingeschlafen und lag schnarchend auf dem Sofa. Ich weiß nicht, welcher Teufel mich geritten hat. Ich hätte ihn einfach schlafen lassen sollen, aber irgendwie war es mir diesmal zu viel.

Ich habe auch ein Anrecht auf das Wohnzimmer, das er seit dem Streit mit seiner Mutter fast jeden Abend besetzt. Also habe ich den Fernseher abgedreht und ihm relativ unsanft auf die Schulter geklopft. Er stank wie ein Weinfass und mir war klar, dass er nicht mehr besonders aufnahmebereit sein würde, aber wie er dann reagiert hat – das war wirklich schräg: aufwachen, mich sehen und mit einem Schrei des Entsetzens aufspringen war eins. So schnell habe ich ihn schon lange nicht mehr in Bewegung gesehen. Im Ernst, er sprang regelrecht vom Sofa und wich vor mir zurück, bis er an eine Wand stieß. Sein entsetztes Gesicht, die aufgerissenen Augen – ich konnte nicht anders, ich musste lachen. Ich versuchte es zu unterdrücken und legte gleichzeitig den Finger auf die Lippen, um ihn daran zu erinnern, dass die Kinder nebenan schliefen. Es war ein Wunder, dass sein Gekreische sie nicht geweckt hat. Er stand da, streckte mir die Hände entgegen und faselte wie ein Irrer: »Wie hast du das gemacht? Wieso bist du gekommen?« oder so ähnlich. Ich wollte ihn einerseits beruhigen, war andererseits aber auch genervt von seinem Verhalten und habe etwas gesagt wie: »Entschuldige, ich wollte dich nicht erschrecken, vielleicht kann ich auch wieder einmal unser Sofa benutzen, das wäre nett. Geh ins Bett und schlaf deinen Rausch aus.«

Er rührte sich nicht vom Fleck und sah mir dabei zu, wie ich demonstrativ die Weinflasche und sein Glas in die Küche räumte, mir eine Tüte Chips holte und es mir auf dem Sofa gemütlich machte. Dann begann er wieder zu stammeln. Ich verstand kein Wort, er fuchtelte herum, deutete auf mein Handy. Ich habe keine Ahnung, was er von mir wollte! Schließlich schnappte er sich Jacke und Schuhe und hinkte fluchtartig aus dem Haus. Heute Morgen, als ich ins Geschäft ging, war er noch nicht zurück. Ich nehme an, er ist entgegen seiner Beteuerungen zu seiner Mutter zurückgekrochen. Wo sollte er sonst die Nacht verbracht haben? Das Auto war da. Es ist nicht so, dass ich mir Sorgen um ihn mache, Gott bewahre! Ich hätte nur gern Deine Meinung zu dem Vorfall.

Ist das nicht zum Fürchten? Ich weiß nicht, was in dem Mann vorgeht. Ich kann nur hoffen, dass er mich nicht eines Tages umbringt oder das Haus abfackelt! Vielleicht sollte man wirklich einmal mit einem Psychiater bezüglich einer Zwangseinweisung reden, die können doch nicht warten, bis etwas passiert, oder? Dann hätten wir ein Problem weniger! Entschuldige, es geht mit mir durch.

In den letzten Monaten ist so viel passiert, ich denke, es geht bergauf und ein Ziel ist in Sicht! Hoffentlich täuscht mich mein Gefühl nicht. Lass mich wissen, was Du von meinen Gedanken, vor allem bezüglich Christians Geisteszustand, hältst. Muss ich mir Sorgen machen? Soll ich handeln?

Bitte antworte, sobald Du kannst!

Ich bin bei Dir,

Bussi,

Claudia Leibnitz, 19.1.2014

Liebe Claudia!

Danke für Deine Nachricht!

Lass mich berichten: Es ist sehr viel passiert. Ich habe meine Frau nach den drei Wochen, die sie seit Neujahr hier ist, total verändert vorgefunden. Ich weiß, dass Religion für Dich momentan ein Reizthema ist, aber das Ganze ist wirklich wie ein Wunder!

Dass Gertrude letztes Jahr anlässlich des Begräbnisses ihres Vaters nach langer Zeit wieder ihre Verwandten getroffen hat, ist an sich nichts Ungewöhnliches, auch wenn es rückblickend fast ein Zeichen ist, dass es bei ihr den Tod des Vaters gebraucht hat, um einmal die eigenen vier Wände zu verlassen. Es ist wahrscheinlich normal, dass man bei so einem Anlass Verwandte, die man lange nicht gesehen hat, zu einem Besuch einlädt, so wie es ihr Neffe getan hat. Trotzdem fand ich es damals nett, und es ist mir nicht entgangen, wie erschüttert alle über den Zustand von Gerti waren.

Dass sie das Angebot angenommen hat und tatsächlich zu Julian und Indira hingefahren ist – oder sich vielmehr von ihrem Bruder hat hinfahren lassen –, ist hingegen, wenn man sie kennt, ein echtes Wunder, und was hier mit ihr passiert, übersteigt alles Erwartbare bei Weitem!

Irgendetwas muss schon während des Begräbnisses mit ihr geschehen sein. Sonst hätte sich meine scheue Gertrude ihren nahezu fremden Verwandten niemals zugemutet! Auch an dem etwas exaltierten Aussehen von Julian, Erichs Sohn, stößt sie sich nicht, was mich sehr wundert. Seine wirren Zöpfe und den langen Bart fand sie damals beim Begräbnis nämlich sehr eigenartig. Hier auf dem Hof rennt er in den albernsten Kleidern herum, die man sich vorstellen kann. Draußen trägt er trotz der Kälte nur Sandalen und eine Art Poncho – verrückt!

Aber er hat ein goldenes Herz, arbeitet wie ein Tier und ist gegenüber Gertrude überaus fürsorglich. Er freut sich offenbar wirklich über seine wiedergefundene Tante, und die wiederum fließt für ihre Verhältnisse vor Dankbarkeit über.

Ich will Dich nicht mit medizinischen Details langweilen, nur so viel: MS ist die Krankheit mit den Tausend Gesichtern, der Krankheitsverlauf folgt aber durchaus einem Muster. Wie Du weißt, wurde die Krankheit bei Gerti relativ früh diagnostiziert. In einem Stadium, in dem sie zwischen ihren Anfällen tagelang praktisch gesund war. Obwohl sie zusätzlich zu den Tabletten alles Mögliche ausprobiert hat, entwickelte sich ihr Leiden typisch. Die Anfälle wurden stärker und häufiger und die Intervalle kürzer. Das Ende wurde immer absehbarer, wir haben resigniert, wissend, dass es keine Rettung gibt. Das alles kennst Du, ich wiederhole es hier nur, um das Mirakel im rechten Licht erscheinen zu lassen und Dir meine Verwirrung begreiflich zu machen.

Aber vielleicht erzähle ich besser alles der Reihe nach: Angekommen bin ich gestern ungefähr um zehn Uhr. Es war ein Wunder, dass ich gleich hergefunden habe. Als ich um die letzte Kurve gebogen und Ausschau nach dem versteckten Wellnesstempel gehalten habe, bin ich an zwei Fußgängern vorbeigekommen. Ich wäre fast in den Graben gefahren, als ich erkannt habe, dass es Gertrude und Julian waren. Zu Fuß!

Ich bin aus dem Auto gesprungen, aber sie hat mich gar nicht erst zu Wort kommen lassen und mich angewiesen, beim Haus auf sie zu warten. Ich war zu perplex, um zu widersprechen, habe mich ins Auto gesetzt und bin das letzte Stück zum Haus gefahren. Du kannst Dir vorstellen, wie neugierig ich war. Als die beiden endlich auch das Haus erreichten, war ich schon von Indira, Julians indischer Frau, empfangen worden. Sie ist die gute Seele an diesem wunderschönen Ort.

Ich weiß selbst nicht genau, was das hier ist. Ursprünglich war es ein bescheidener Bauernhof, wie sie im Südburgenland typisch sind: kleine Gebäude und jede Menge Gegend. Julian und seine Frau haben daraus eine Art Pension gemacht. In den diversen Nebengebäuden sind die Fremdenzimmer. Insgesamt ist für 15 Gäste Platz, wobei mir Indira erzählt hat, dass im Sommer auch schon doppelt so viele da waren. Momentan sind Gerti und ich allerdings die einzigen Gäste und werden dementsprechend aufmerksam umsorgt.

Eine Goldgrube ist das Ganze sicher nicht, aber es scheint zu reichen, um den Besitz zu erhalten und zu pflegen.

Am meisten fasziniert mich der Garten, wenn man von einem solchen überhaupt sprechen kann. Ich würde es eher als Park oder Gesamtkunstwerk inmitten der hügeligen Kulturlandschaft bezeichnen. Indira weiß extrem viel über Pflanzen, es gibt europäische und asiatische. Die meisten befinden sich im Winterschlaf, und das Ganze ist etwas kahl, aber ich habe wirklich beeindruckende Fotos gesehen.

Und sogar jetzt können Familie und Besucher großteils mit hauseigenen Produkten ernährt werden. Es gibt ein beeindruckendes Gewächshaus, das mit einer Solaranlage beheizt wird, frisches Wasser kommt aus einem Brunnen. Alles in allem könnte man sagen, dass es eine wilde Mischung aus gefinkeltem Hightech und althergebrachten, primitiven Lebensgewohnheiten ist.

Indiras Mutter, eine winzige, fast schwarze Frau, deren Alter ich unmöglich schätzen kann, kocht für alle. Ihr indisches Essen ist für mich etwas gewöhnungsbedürftig, aber es schmeckt sehr gesund. Sogar die meisten exotischen Gewürze stammen aus dem eigenen Garten. Fleisch gibt es gar keines, nicht einmal Eier, Milch oder Käse! Auf die Dauer wäre mir die Kost zu einseitig, aber Gerti schwört darauf und will nie wieder etwas anderes essen.

Nach 20 Jahren, in denen sie alle möglichen Diäten ausprobiert hat, hat sie endlich das Richtige gefunden. Aber das Entscheidende ist, dass sich ihr Zustand wirklich deutlich verbessert hat!

Wahrscheinlich hat das nicht nur mit der Ernährung zu tun, auch der Friede, den Mensch und Tier ausstrahlen, die Natur, Sonne, Bewegung, frische Luft – das alles hilft Gerti! Und auch ich kann mich dem Reiz dieses Ortes nicht entziehen, wie Du unschwer aus diesem Brief erkennen wirst.

Indira beherrscht Ayurveda. Nach einem Anfall massiert sie Gerti mit speziellen Ölen. Sie singt dabei. Das Ganze wirkt sehr intensiv, auch wenn es in meinen Ohren sonderbar klingt. Gerti schläft während der Prozedur oft ein, nach dem Aufwachen geht es ihr viel besser, als es für gewöhnlich in den letzten Jahren der Fall war. Sie wirkt fast unbeschwert, ist agil und von einem berührenden Interesse an der Umgebung hier erfüllt. Meistens ist sie mit Indira oder deren Mutter, die allerdings kein Deutsch oder Englisch spricht, zusammen, aber auch Julian beschäftigt sich mit ihr, wenn es seine Arbeit zulässt. Ansonsten ist hier jeder sich selbst überlassen, es ist sehr ungezwungen. Abends gibt es die Hauptmahlzeit, zu der sich alle versammeln.

Ich weiß nicht, wie das für Dich klingt. Ich kann es nicht besser beschreiben. Das hier ist kein Bauernhof, keine Sekte und auch kein richtiges Hotel und doch hat es von allem etwas. Ich bin keine Hundert Kilometer von Leibnitz entfernt, und doch fühlt es sich so an, als wären es Tausende. Und ich bin heute ein anderer Mensch als gestern.

Wobei – nicht ich habe mich geändert, sondern alles um mich herum hat sich gedreht. Das klingt sonderbar, aber ich hoffe, Du verstehst gleich, was ich meine: Gestern Abend nach dem Essen sind wir alle noch sitzen geblieben. Gertrude hat sich auf einer Bettbank ausgestreckt und zugedeckt. Ich war müde vom Essen. Nachdem die Mutter den Tisch abgeräumt hatte, ist sie verschwunden. Es war angenehm still. Gertrude bat mich, zu ihr zu kommen, ich setzte mich neben sie. Sie hat mich ganz ruhig, aber irgendwie lauernd angeschaut und meine Hand genommen. Ich habe automatisch zu Julian und Indira geschaut, die mich angelächelt haben. Gerti hat meine Verlegenheit bemerkt und gesagt, dass ich mich vor den beiden nicht genieren muss, im Gegenteil, sie wolle sie bei dem, was sie mir zu sagen habe, dabeihaben. Du kannst Dir vorstellen, wie neugierig ich war! Sinngemäß hat sie etwa Folgendes gesagt:

»Ich will in Zukunft so viel wie möglich hier sein, bei Julian, Indira und Pujita (etwa so klingt der Name von Indiras Mutter). Du siehst ja, wie gut es mir hier geht. Ich weiß nicht, wie lange das so bleiben wird, aber momentan bin ich hier am besten aufgehoben. Ich habe Angst, dass ich zu Hause wieder in den alten Zustand zurückfalle. Außerdem müsste ich dort auf das Essen und auf Indiras Behandlungen verzichten. Beides ist für mich unverzichtbar. Ich darf bleiben, solange ich will. Indira ist schwanger. Vielleicht kann ich die Geburt miterleben. Das wäre großartig für mich. Kurz gesagt, ich habe beschlossen, hier neu anzufangen. So verrückt das auch klingt. Und das betrifft natürlich auch dich. Du hast viel für mich getan, bist mir immer ein guter Partner gewesen, aber glücklich sind wir zwei schon lange nicht mehr miteinander. Ich habe Angst, dass es mir in Leibnitz schlechter geht. Das hat nichts mit dir als Mensch zu tun, aber du musst mich verstehen: Ich kann meine Zeit nicht verplempern. Wer weiß, wie lange ich noch lebe. Ich habe viel von meiner Lebensenergie verbraucht, meint Indira.«

An der Stelle bin ich misstrauisch geworden und habe mich gefragt, ob Gertrude nicht irgendwie von Julian oder Indira gegen mich aufgehetzt worden ist. Und das sollte sich leider bis zu einem gewissen Grad bestätigen!

Gertrude ließ meine Hand los und setzte sich mühsam auf. Sie sah in diesem Moment fürchterlich erschöpft aus. Indira brachte Gertrude eine Tasse Tee. Die ganze Situation war mir extrem peinlich, ich wusste nicht, wo ich hinschauen sollte.

Gertrude atmete schwer, nippte am Tee und gab mir die Tasse, die ich reflexartig nahm und festhielt, während sie sich auf Indira stützte und sich, ohne ein weiteres Wort zu sagen, zu Bett bringen ließ.

Julian und ich blieben zurück. Ich stand da, die Tasse in der Hand, und wusste nicht, was ich sagen oder machen sollte. Er löste die Situation auf, indem er mich mit den Worten: »Jetzt hol ich einmal etwas Gescheites!« aufforderte, Platz zu nehmen.

Ein paar Slibowitz später waren wir etwas vertrauter geworden. Du weißt, dass ich normalerweise nichts trinke, und kannst Dir denken, dass ich ganz schön benebelt war.

Und jetzt kommt es: Ganz nebenbei, als wäre es das Normalste auf der Welt, sagte er, dass Gertrude ihm von Dir erzählt hat! Ich war natürlich vor den Kopf gestoßen und habe fassungslos zugehört, wie Julian mir erklärt hat, er habe mit seiner Tante in den letzten drei Wochen sehr intensive Gespräche gehabt, irgendwann seien sie auf das Thema Sex gekommen und er habe von dem bedauerlichen Arrangement zwischen Gertrude und mir erfahren.

Keine Angst, es wurde kein Name genannt! Er findet es auch nicht schlimm, dass ich mit jemand anderem schlafe, aber unverzeihlich, dass ich und Gertrude uns in der Vergangenheit nicht mehr Mühe mit dem Sex gegeben haben. Er glaubt, der wäre für ihre Gesundheit extrem wichtig. Angeblich hat Indira auch dahingehend mit Gertrude gearbeitet. Der junge Mann kennt jedenfalls kein Schamgefühl, und wenn nur die Hälfte von dem, was er mir erzählt hat, tatsächlich stattfindet, bin ich von meiner Frau wirklich überrascht. Ich bin kaum zu Wort gekommen, worüber ich ehrlich gesagt sehr froh war.

Gertrude hatte ihm jedenfalls erzählt, dass ich mit einer anderen schliefe. Sie habe Verständnis für meine Bedürfnisse, die sie nicht stillen könne. Anscheinend hat Julian weiter nachgebohrt, denn Gertrude hat behauptet, dass nicht die körperlichen Beschwerden das Hindernis für Sex mit mir gewesen wären. Sie habe sich vor mir geschämt und die fixe Idee entwickelt, dass ich sie wegen ihrer Krankheit und den damit verbundenen Zuständen, die ich miterlebt habe, nicht mehr attraktiv finden könnte und nur aus Mitleid und aus ehelichem Pflichtgefühl den Geschlechtsverkehr anböte. Davon habe sie mich entbinden wollen, weil sie ja ohnehin schon so eine große Last für mich war.

Ich weiß nicht, was da dran ist, Claudia! Zu mir hat sie nie etwas Derartiges gesagt. Julian hat mir in den Kopf setzen wollen, dass diese Situation mitverantwortlich für ihr Leiden ist. Er behauptet, dass Gerti als Frau aufgegeben und ihr Körper das Spiel mitgemacht hat, sprich: dass sie krank geblieben ist, damit ich auf meine Kosten komme! Meinen Einwand, dass ihre Krankheit ein Faktum ist und schon lange vor meinem außerehelichen Geschlechtsverkehr da war, hat er ignoriert.

Julian hat gemeint, es sei höchste Zeit, dass Gertrude und ich wieder Sex haben. Sollte ich dazu nicht imstande sein, wäre eine Trennung für Gertrudes Überleben unvermeidlich. Nicht schlecht, was?

Heute Morgen wusste ich nicht, wie ich Gertrude in die Augen schauen sollte. Sie macht es mir weder leicht noch schwer, wirkt eigenartig distanziert. Und das nach 20 Jahren Ehe! Und auch ich weiß nicht: Soll ich mich freuen oder nicht? Ich bin so zerrissen, dass ich momentan einfach nicht weiß, was richtig ist. Das ist schrecklich für mich.

Nur eines ist mir klargeworden: So wie bisher kann es mit uns nicht weitergehen. Ich habe eine wahnsinnige Angst davor, Gertrude zu verlieren. Ich glaube, ich bin es ihr schuldig, dass ich uns noch eine Chance gebe. Andererseits weiß ich nicht, ob sie das überhaupt will und ob sie nicht ohne mich glücklicher ist. Wenn sie mich nicht mehr will, könnten wir endlich ganz zusammen sein, aber ich weiß nicht, ob ich so tun könnte, als wäre Gertrude gestorben.

Wie soll meine Zukunft aussehen? Ich will auch Dich nicht verlieren! Wie soll ich Dir zumuten, noch länger zu warten oder vielleicht sogar zu teilen? Was ist mit Deinem Mann, Deiner Trafik, Deinen Kindern? Wie stark ist unsere Liebe wirklich?

Das ist ein sehr langer Brief geworden, bitte verzeih mir! Hoffentlich habe ich mich einigermaßen erklärt. Ich habe vor, wie geplant bis zum Wochenende hierzubleiben. Ich muss mit Gerti ins Reine kommen und das alles für mich sortieren.

Jetzt, wo ich mir das Ganze noch einmal durchgelesen habe, noch ein paar Gedanken zu Deiner familiären Situation: Du solltest Dich nicht schuldig fühlen, weil Du Deinen Sohn nicht so liebst, wie Du es gern hättest. Ich habe zwar selbst keine Kinder und kann deshalb nicht mitreden, aber so wie ich das sehe, seid ihr in erster Linie zwei Individuen, und Liebe lässt sich nun einmal nicht befehlen. Solange Du Jakob und Sarah versorgst und fair zu ihnen bist, hast Du Dir nichts vorzuwerfen. Meine Violetta! Was Deinen Mann angeht, so kann ich Dir nur raten, dass Du Dich auf nichts einlässt. Lass Dich nicht provozieren, er ist krank, und so, wie Du es beschreibst, kann er das nicht mehr lange durchhalten. Ob er eine tatsächliche Gefahr für Dich darstellt, kann ich unmöglich einschätzen. Ich denke an Dich, ganz fest! Es tut mir leid, wenn Du das, was ich geschrieben habe, als rücksichtslos oder verletzend empfinden solltest. So ist es nicht gemeint, Du hast das Recht zu wissen, wie es um mich steht. Ich will Dich nicht verlieren. Genauso wenig wie die Musik!

O Gott, der Chor, der Gesang! Mir fehlt mein Kammerl in der Musikschule – verzeih: unser Kammerl natürlich! – Ich muss Schluss machen. Ich liebe Dich.

Gottfried

bei Großpetersdorf, 20. Januar 2014

2

Jeder Tag begann fünf Zentimeter über dem Boden. Das konnte niemand wissen, geschweige denn verstehen. Jeden Tag erwachte er wie aus einer Ohnmacht, schlüpfte wie ein schwerkrankes Küken aus dem Ei. Er war einfach da. Und obwohl es sich schrecklich anfühlte, wollte er leben, kämpfte instinktiv gegen Schwindel, Herzklopfen und Übelkeit an.

Das Aufstehen musste er sich einteilen wie einen Klettersteig. Den Schwindel und andere Beschwerden ertragen und seinen Zustand einschätzen. Hochrisikobereich: Beine aus dem Bett, einen Schluck Wasser in den Mund nehmen, die Zunge baden, nur dann schlucken, wenn man sicher war, dass es unten blieb. Jeden Morgen musste er hoffen, ohne ein Malheur in den Tag zu starten. Manchmal war es besser, schnell zu speiben, oben und unten ein bisschen rauszubluten und den Tag von vorne zu beginnen. Fünf Zentimeter über dem Boden nur ein Gedanke: aufs Klo!

Manchmal musste er weinen, manchmal sang er. In der

Früh konnte er sich selbst überraschen. Ein guter Morgen war einer ohne Erbrechen und ohne Begegnung mit einem Menschen, bevor er sich nicht die Zähne geputzt, sich rasiert und seinen Morgenwein getrunken hatte.

Er hatte alles gelesen. Alles hatte er gelesen. Die Wildkamera – das hatte sie nicht kapiert. Wie auch? Ein unverfänglicher Weihnachtswunsch, ein großartiges Angebot beim Discounter und schon hatte er das Teil. Sie hatte es für eine sinnlose Spinnerei gehalten. Dumm gelaufen – jetzt wusste er Bescheid. Vorsichtig, das war das eine, umsichtig, darauf kam es an.

Er hatte die Kamera so im Regal montiert, dass die Tastatur auf der Schreibtischplatte im Bild war. Beim ersten Versuch hatte ihr Rücken alles verdeckt, also hatte er die Position der Kamera verändert, den Winkel und den Bürostuhl stückweise nach unten gestellt. Schließlich hatte alles gepasst. So hatte er ihr Passwort bekommen und wusste jetzt Bescheid. Er setzte sich schnaufend auf. Bitte einen guten Morgen! Bitte!

Christian trank einen Schluck Wasser, rieb sich die Augen. Schien zu gehen heute. Was war heute für ein Tag? Donnerstag wahrscheinlich. Am Donnerstag war etwas zu tun. Was? Genau: Er musste die Wildkamera, die von seinem Fenster aus nachts den Garten filmte, kontrollieren und gegebenenfalls zum Aufladen am Strom anschließen. Warum eigentlich? Mit der Wildkamera hatte er ihr Passwort in Erfahrung gebracht und wusste jetzt Bescheid! Blödsinn … Blödsinn, Unsinn, nur ein Traum. Er hatte das vorgehabt, so war das. Hatte es in Erwägung gezogen, als er noch online war. Aber er hatte doch … Er wusste Bescheid! Komisch … aber egal. Es war egal, woher er es wusste. Hauptsache, er wusste es.

Viel wichtiger war, dass er jetzt wieder wusste, wo die Wildkamera war. Es war Donnerstag. Die Wildkamera filmte nachts, wenn alles aus den Löchern herauskam, den Garten. Die Nacht war nicht gut, untertags war es auszuhalten mit den Millionen Insekten und anderen Geschöpfen, aber nachts bekam er das Gefühl, die ganze Welt sei hohl. Unter der Oberfläche lauerte etwas Schreckliches, wovon in der Nacht etwas durchsickerte.

Er verließ nachts ungern das Haus, schlief auch seit Langem bei geschlossenem Fenster. Die Wildkamera war seine Sonde, der Engel würde für ihn die Kamera an ihren Computer hängen. Er hatte seinen ja dem Engel geschenkt. Die aufgenommenen Bilder faszinierten ihn, vordergründig war nichts ungewöhnlich, aber die Stimmung insgesamt war verdächtig. Wenn er plötzlich in die glühenden Augen einer aufgenommenen Katze schaute, lief es ihm eiskalt den Rücken hinunter. Katzen waren in beiden Welten zu Hause. Oder gab es mehr als zwei? Vielleicht würden die Katzen einmal die Welt beherrschen, vielleicht hatten sie es vor langer, vergessener Zeit schon einmal getan. Die Verehrung in Ägypten war verdächtig, später dann die Hexen, die Sünde überhaupt, die schwarze Katze als Symbol für den Teufel. Claudia hatte pechschwarzes Haar, Ägypten – irgendwie passte alles zusammen.

Christian griff, ohne hinzuschauen, nach seinem Stock, stand auf. Gut, gut, gut. Donnerstag.

*

Wie immer war er heilfroh, als er endlich unten im Garten war. Wenigstens hatte er diesmal schon etwas im Bauch. Am schlimmsten war die Außentreppe, wenn er nach dem

Speiben nichts zum Trinken gefunden und kein Essen hinuntergebracht hatte. Dann war er so zittrig, dass er sich vor jeder Stufe fürchtete. Er hatte auch schon versucht, auf dem Hintern hinunterzurutschen, das war aber wegen des Stocks und überhaupt noch gefährlicher. Ein Glück, dass er so einen harten Schädel hatte.

Heute schlurfte er gleich um die Ecke zum Eingang in den Keller. Es war heiß, kein Wetter für eine Verschnaufpause in der Sonne. Wenn er sich richtig erinnerte, waren noch ein paar Flaschen Weißwein da. Genug für drei, vier Tage. Im Sommer war der Nachschub nicht so schwierig.

Verdammte Frau. Weigerte sich, ihm die Flaschen hinaufzutragen. Die Mutter brauchte er nicht zu fragen. Unversöhnlich, beide. Durst. Beim Geld hörte die Freundschaft auf, und wenn es um den eigenen Sohn ging! Dabei hätte sie das Sparbuch nie angerührt, er hatte ihr nur die Erbschaftssteuer erspart. Sinnlos. Einen Dieb hatte sie ihn genannt! In Wahrheit hätte er ihr einfach irgendeine Lüge auftischen sollen. War ein Dieb schlimmer als ein Lügner? Seine Frau Mutter war jedenfalls auch nicht ohne Fehler! »Eher geht ein Kamel durch ein Nadelöhr, als dass ein Reicher in den Himmel kommt.« Das hatte ihr Heiland selbst gesagt. Also Schluss! Durst! Hoppla, was war denn das?

*

Christian rülpste. Er klopfte sich auf die Brust. Verdammte Kohlensäure. Aber genau die richtige Temperatur. Wer wohl die Kiste Bier gekauft hatte? Entweder Claudia oder seine Mutter, egal. Die war genau richtig gekommen. Jetzt musste er schon wieder schiffen. Er seufzte. Noch einmal würde er die Kellertreppe, auch wenn es nur drei Stufen waren, nicht wieder hinauf- und hinunterwackeln wollen. Erstaunlich, wie betrunken er nach vier Bier war. Die ersten beiden waren schnell gegangen. Kellerkalt – perfekt für seine Eingeweide. Beim dritten hatte er gemerkt, dass ihn die Blase drückte, hatte es aber noch ausgetrunken, bevor er in den Garten schiffen gegangen war. Wieder zurück unten, hatte er sich noch eines aufgerissen. War ja egal! Was er im Körper hatte, musste er nicht raufschleppen. Aber jetzt half alles nichts: Zwei Weinflaschen konnte er bequem in seiner Stofftasche befördern. Wie ein Esel seinen Futtersack hängte er sich die Tasche um den Hals, um die Hände frei zu haben. Volle Konzentration, er musste auf sich aufpassen. Sonst tat es ja keiner.

Christian trat ins Freie, die Sonne blendete ihn. Er beeilte sich, weil er fürchtete, seiner Mutter zu begegnen. Wahrscheinlich hatte sie das Bier für einen Besuch besorgt oder für irgendwelche Arbeiter. Er schwitzte, das war nicht gut. Er packte den Stock, so fest er konnte, und torkelte zur Treppe. Als er sich am Geländer abstützte, verrutschte die Stofftasche. Mit einer hastigen Bewegung bewahrte Christian die Flaschen vor Schaden, verlor dabei aber den Stock. Er fluchte, fischte den Stock vom Boden und nahm die Treppe in Angriff.

Stufe, Schritt, Stock, Hand am Geländer, ausbalancieren, atmen. Wegen des Engels durfte er nicht sterben, das war der Punkt. Ansonsten wäre es nicht so schwierig gewesen. Stufe, Schritt, Stock, Hand am Geländer, ausbalancieren, atmen. Oder doch tabula rasa, alle weg? Wenn er seine Feinde erledigte – wer kümmerte sich dann um die Kinder? Wo würden sie hinkommen? Die Mutter war zwar unverwüstlich, aber … Stufe, Schritt, Stock, Hand am Geländer, ausbalancieren, atmen. Nein, die musste bleiben! Er sah sie vor sich, wie sie ihre alltäglichen Verrichtungen in einem leeren Haus erledigte, das im Zeitraffertempo um sie herum zerfiel. Ein würdiger Abschluss dieses Trauerspiels … Stufe. Claudia und Gottfried – die wollten ihn fertigmachen. Nur knapp war er der geschlossenen Abteilung im Sigmund-Freud-Krankenhaus entronnen, der berühmten »Gurkerlwiesen«. Christian ging davon aus, dass die beiden zu drastischeren Mitteln greifen würden. Stufe. Die konnten es nicht mehr erwarten, bis er endlich hinüber war – er musste ihnen zuvorkommen, aber der Engel musste gerettet werden. Sarah … Stufe. Aber vielleicht war die Rettung auch für sie der Tod. Wer war er, um sich zum Richter aufzuschwingen? Ein Wrack, das sich mühsam am Leben erhielt. Stufe. Sollte er ihnen nicht einfach den Gefallen tun und abtreten? Ja, das war besser. Aber wer sollte dann richten? Irgendwie ging es ja immer weiter. Stufe. Wenn er dann nicht mehr da war, konnte es ihm eigentlich egal sein, aber … Ägypten? Blödsinn, undurchführbar. Wie sollte er noch einmal mit Claudia dorthin kommen? Und überhaupt, nur wegen der Katzen? Das war zu wenig, eine falsche Fährte. Stufe. Nein, nein! Ohne Rücksicht auf Verluste, wie im Film. Mit der Axt oder einem Küchenmesser und sich dann selbst richten. Die armen Kinder … Stufe. Woanders machen, damit sie nichts mitbekamen, zumindest keine blutüberströmten Leichen sehen mussten, in Gottfrieds Haus mit Gertrude als Kollateralschaden? Erst die beiden, dann Claudia hinlocken? Stufe. Da könnte er unter Umständen sogar mit heiler Haut aus der Sache herauskommen! Falsche Fährten legen … Alibi … Stufe. Das war zu kompliziert. Vielleicht war das alles zu viel für ihn … einmal noch Kastanien braten, einmal noch … alles. Stufe. Man musste sehen.

Aber Achtung, nie vergessen: Gefahr, Alarm! Die wollten ihn weghaben, daran gab es keinen Zweifel. Stufe. Die hatten ihn und den Zufall unterschätzt. Er hatte nur mit ihrem iPhone gespielt, nur ein bisschen herumprobiert. Wieder einmal so ein Ding in der Hand halten, das Internet war einfach zu heiß … Stufe. Das Notebook hatte er Sarah geschenkt, nachdem sie ihm geschworen hatte, vorsichtig damit zu sein. Er brauchte kein Handy. Niemand rief an. Das Internet, die Chats, Facebook, seine geliebten Egoshooter – er brauchte das alles nicht mehr! Stufe. Er spielte offline auf einer PS4, die er sich persönlich, originalverpackt, im Laden geholt hatte und die er mit einem eigenen Trafo betrieb, den er dafür zur Sicherheit vorher vom Strom trennte und später wieder auflud. Und genau das würde er jetzt machen: eine Runde »Grand Theft Auto V« auf der Konsole spielen. Stufe, Schritt, Stock, Griff am Geländer ändern, ausbalancieren, atmen.

Christian war oben angelangt. Er schaute noch einmal hinunter in den Garten, ehe er sich umdrehte und die Wohnungstür öffnete. Wie ausweglos das alles war. Immer drehten sich die Gedanken im Kreis. Warum machte er sich immer so sinnlos fertig? Im Moment war alles fein. Er hatte seinen Spiegel und genug Reserve. Wenn er Lust hatte, konnte er später noch rausgehen. Warum nicht? Ein paar Stunden hatte er aber zu Hause noch seine Ruhe, das sollte er ausnützen. Hoffentlich kam Sarah vor Claudia heim! Donnerstag … schwer zu sagen. Mittwochs kam Claudia sowieso immer erst mitten in der Nacht von der »Chorprobe«, den Tag darauf hielt sie noch am ehesten in ihren eigenen vier Wänden aus. Vielleicht musste Gottfried an dem Tag bei seiner zu Hause antanzen. Christian wusste es nicht, es war jedenfalls heute Abend mit seiner

Frau zu rechnen. Morgen war ein ganz normaler Schultag, also würde auch Sarah nicht allzu spät auftauchen. Bis dahin sollte er wieder einigermaßen gut beieinander sein! Sie mussten heute ja noch die Filme aus der Kamera überspielen. Der Engel wusste das und würde rechtzeitig kommen. Sarah hielt zu ihm. Er sollte wieder einmal etwas Warmes essen.

*

Hihihi. Christian saß auf seinem Bett und zog sich umständlich aus. Er freute sich auf die weiche Matratze, alles tat ihm weh. Ungefähr drei Uhr dürfte es sein. Da würde die Frau Trafikantin morgen ganz schön fertig ausschauen. Ihm konnte es egal sein. Er konnte ja ausschlafen. Selber schuld! Hätte ja nicht aufbleiben müssen, es war nicht das erste Mal, dass er irgendwo versumperte. Im Winter hätte sie sich Sorgen machen sollen, da war er ein-, zweimal fast erfroren, wenn er auf dem Heimweg eingeschlafen war. Na ja, Sorgen hatte sie sich heute wahrscheinlich auch keine gemacht. Das war ein Blick gewesen! Hihihi. Er war so voll. Noch immer. Der Schnaps vom Heini hatte es in sich gehabt. Guter Mann. Claudia musste ihn unglaublich hassen! Als er in die Wohnung gestolpert war und das Licht eingeschaltet hatte, hatte sie plötzlich vor ihm gestanden. Wortlos, mit verschränkten Armen hatte sie ihn angesehen. Sie musste ihn gehört haben, als ihm die Schlüssel auf der verdammten Treppe runtergefallen waren. Eine Sekunde lang hatte er versucht, seinen Rausch zu verbergen, aber die Sinnlosigkeit des Unterfangens war offenkundig gewesen. Also hatte er ein freundliches »Guten Abend« gelallt und war grinsend an ihr vorbei in sein Zimmer gegangen. Kurz nachdem er drinnen war, hatte er die Tür zum Schlafzimmer gehört.

Christian roch an sich. Entweder er oder die Kleider stanken nach Alkohol und Keller. Kein Wunder, er hatte sicher zwei, drei Stunden in dem alten, feuchten, schimmeligen Weinkeller vom Heini geschlafen. Er beschloss, vor dem Schlafengehen noch zu duschen. Claudia würde ihn hören, das Bad lag neben dem Schlafzimmer, aber Christian glaubte nicht, dass sie ihn zur Rede stellen würde. Und wenn auch! Na ja, Sarah würde vielleicht aufwachen, das wollte er nicht. Hoffentlich war sie nicht sauer, dass er nicht da gewesen war.

Das Bett war so schön weich! Gott sei Dank war er zu Hause, der Heimweg war elend gewesen. Und kalt. Warum hatte ihn der Heini, die Sau, rausgeschmissen? Nur weil er selbst wach geworden war! Der hätte ihn doch einfach ausschlafen lassen können. Andererseits wäre das Erwachen viel schlimmer gewesen, Christian kannte das: Es gab nichts Jämmerlicheres, als verkatert an einem fremden Ort aufzuwachen, verspannt und durchgefroren, und einen Heimweg im grellen Tageslicht vor sich zu haben. So hatte ihn der Heini volltrunken rausgeschmissen, und er war wie ein Automat nach Hause gewackelt.

Den ganzen Heimweg hatte er an den Traum denken müssen, aus dem ihn der alte Saufkopf gerissen hatte: Er hatte Schach gespielt, aber die Schachfiguren waren Schnapsfläschchen in der jeweiligen Form, und ständig musste er trinken. Er hatte mit dem Schnaps um den Schnaps gespielt. Auf einmal hatte er mit dem Schachbrett in der Hand in der Trafik vor seiner Frau gestanden. Die hatte ihn ausgelacht und geschrien: »Wir spielen nur Lotto! Lotto! Wir vertrauen dem Glück!« oder so ähnlich.

Gottfried war auch da gewesen und hatte lachend auf das Schachbrett gedeutet. »Jeder Zug bringt dich dem Ende näher. Egal wie du ziehst: Jeder Zug ein Schnaps. Schachmatt!« Dann war er aufgewacht.

Christian stöhnte auf. Der Traum hatte recht, er hatte sich zugrunde gerichtet. Immer hatte er geglaubt, es richten zu können, es zu kontrollieren. Es hatte Phasen gegeben, in denen er gekämpft hatte, so war es nicht. Es hatte halt nicht gereicht.

Letztlich war es egal. Er war jedem egal, deshalb hatte er sich schließlich aufgegeben. Jetzt? Jetzt war alles gelaufen, der Körper zeigte ihm seine Grenzen. Er war vergiftet, durch und durch. Das Ende war in Sicht.

Na ja, so schlimm war es vielleicht auch wieder nicht. Es gab gute und schlechte Tage. Heute war ein guter Tag gewesen, morgen würde vielleicht auch ein guter Tag werden. Es sprach nichts dagegen. Momentan war er wohlig müde und besoffen, nach dem Duschen würde er sich richtig ausschlafen und schauen, worauf er morgen Lust hatte. Gut, dass er nicht im Haus geblieben war, sondern sich aufgerafft hatte.

So wenig er mit den Menschen grundsätzlich am Hut hatte, es gab in Leibnitz, wie in jedem anderen Ort auch, die Dorfsäufer, die mittlerweile sozusagen sein Milieu bildeten. Und wie überall gab es in Leibnitz ein paar »Winden«, die diesen Parias vorbehalten waren. Verraucht und grauslich war es dort und der Wein erbärmlich, aber Christian brauchte von Zeit zu Zeit Ansprache. Und das Gute an diesen Orten war, dass sich keiner zusammenreißen musste. Es war okay, kaputt, betrunken, verrückt oder alles zusammen zu sein. Sicher, es gab auch Typen, die Christian hasste und um die er einen großen Bogen machte. Der eine oder andere mochte sogar gefährlich werden, wenn er zu viel oder zu wenig intus hatte. Aber es gab auch lustige Typen. Den Heini zum Beispiel, obwohl sich der schon den größten Teil von seinem Verstand weggesoffen hatte, wenn überhaupt jemals viel da gewesen war. Alte Weinbauerndynastie. Tagein, tagaus grinste der Heini und tat keiner Menschenseele etwas zuleide. Und er hatte einen Keller voll selbst gebranntem Schnaps daheim. Gratisrausch – spitze! Er musste sich jeden Cent einteilen, und der September dauerte noch lange.

Gott, waren das Zeiten gewesen, als er sein eigenes Geld verdient hatte und damit hatte machen können, was er wollte! Die guten Weine … Bestimmt baute er deshalb so gewaltig ab, weil er sich keinen gescheiten Wein mehr leisten konnte. Daran war natürlich Claudia schuld. Wegen ihr war er gezwungen, minderwertigen Fusel zu trinken, der seiner Gesundheit schadete. Die brachte ihn sozusagen in Raten um. Vor Gericht gehen konnte er deshalb natürlich nicht. Wer verstand schon einen Trinker? Das war alles total tabu. Randgruppenprobleme.

Aber so ganz rechtmäßig konnte der Wisch, den Claudia ihm zum Unterschreiben gegeben hatte, auch nicht sein. Darum hatte auch »Vereinbarung« draufgestanden und nicht »Vertrag« oder so etwas.

In Wirklichkeit war es wahrscheinlich weniger Geiz als vielmehr der Wunsch, ihn zu demütigen und zum Winseln zu bringen. Da konnte sie lange warten. Er war zäher, als sie dachte. Auch als Krüppel, auch als Säufer – Steirerblut.

Aber bequemer war es vorher gewesen. Noch vor einem halben Jahr hatte er seine eigene Bankomatkarte gehabt. Nun waren es 500 Euro pro Monat, die er am Ersten des Monats von Claudia bar auf die Hand bekam. Aus. Davon musste er essen und trinken, weniger als 17 Euro pro Tag! Verhandeln sinnlos. An den Anlass für diese Erpressung konnte er sich beim besten Willen nicht mehr erinnern. Wahrscheinlich hatte es gar keinen gebraucht. Das Sparbuch seiner Mutter hatte er erst danach leer geräumt, eigentlich war das ein Hilferuf gewesen!

Jedenfalls stand er seitdem mit dem Rücken zur Wand, er fühlte sich richtiggehend vogelfrei. Und dieser Blick vorhin … Solange er sich an ihre kostbare »Vereinbarung« hielt, konnte sie ihn am Arsch lecken. Sie wussten beide, dass er das Geschäft unmöglich hätte betreiben können.

Nein, lieber schnorren und sparen. Er kam schon über die Runden. Christian hinkte ins Bad und ließ seine Kleider auf den Boden fallen. Darum würde Claudia sich kümmern … müssen. Hihihi.

2016

»Warum?«

»Was willst du hören?«

»Ich will wissen, wie es so weit hat kommen können. Sarah, ich bitte dich, rede mit mir! Ich verstehe das alles nicht. Was ist denn da genau passiert?«

Anna saß mit ihrer Enkelin auf einem alten, durchgesessenen Sofa, das unter bunten Polstern und Decken begraben war.

Die Wohnung erinnerte sie an die Studenten-WGs ihrer Jugend. Es stank nach Hund.

Sarah saß zusammengekauert neben ihr, die Kapuze ihres Sweaters hatte sie über den Kopf gezogen. In ihren übergroßen Sachen sah sie noch kleiner als sonst und sehr verloren aus.

»Was passiert ist? Die Mama hat den Papa umgebracht, das weißt du doch.« Die Kleine zog ungerührt an ihrer Zigarette und blies kräftig den Rauch aus. Anna empfand das alles als Provokation, sogar den Zigarettenrauch. Das ausdruckslose Gesicht ihrer Enkelin machte sie so wütend, dass sie sie am liebsten abgewatscht hätte.

»Was ist das für eine Antwort? Spinnst du? Ich meine … ich habe mit denen geredet … Ich verstehe das alles nicht. Sarah! Hörst du mir zu?«

Sarah war aufgestanden und in der angrenzenden Küche verschwunden. Jetzt kam sie mit einer Flasche Cola und zwei Gläsern zurück, stellte alles auf den Tisch und setzte sich wortlos wieder hin. Anna starrte sie an. »Stimmt das, was die mir gesagt haben? Dass deine Mutter wegen deiner Aussage verhaftet worden ist?«

Aus dem Nichts heraus schrie Sarah: »Ich habe nichts Falsches gemacht! Ich habe nichts verbrochen!« Ihr Gesicht verzog sich, als müsste sie weinen, aber sie hatte sich sofort wieder im Griff: »Meine eigene Mutter hat meinen Vater getötet. Und dazu kommt, dass ich ihr dabei zugesehen habe. Wie sie ihm ihre Falle gestellt hat … eiskalt. Und ich Vollidiotin habe erst im Nachhinein begriffen, was sie da tut. Als es schon zu spät war … Verstehst du, Großmutter? Ich hätte es verhindern können. Aber ich habe einfach nicht geschnallt, was sie da tut. Es war so ein verrückter Anblick, wie sie da mitten im Winter mit der Gießkanne auf der Treppe steht.«

Anna hörte Sarah, die leise und monoton gesprochen hatte, fassungslos zu. Das einzige Anzeichen von Nervosität war, dass sie an ihrem Nasenpiercing herumspielte. Hin und wieder suchte ihr Blick ihre Großmutter, bevor sie ihn scheu wieder senkte und weitererzählte.

»Zuerst habe ich gedacht, der Papa hat hingespieben und sie muss die Stiege waschen oder so etwas, ich weiß auch nicht. Aber ich weiß, warum ich nicht zu ihr hingegangen bin und sie zur Rede gestellt habe: Ich wollte ihr einfach nicht um die Uhrzeit begegnen und mir irgendwelche Moralpredigten anhören. Ich bin ihr ja prinzipiell möglichst aus dem Weg gegangen. Und deshalb hat der Papa sterben müssen.«

»Bist du dir hundertprozentig sicher, dass es das war, was du glaubst? Vielleicht wollte Claudia wirklich nur sauber machen. Bis jetzt ist noch nichts bewiesen, und sie hat auch nicht gestanden. Das haben die von der Polizei mir gesagt.« Anna hatte sich nicht mehr zurückhalten können. Sie musste etwas sagen, obwohl sie Angst hatte, Sarahs Redefluss zu unterbrechen. Sie konnte nach wie vor nicht glauben, dass ihre Tochter eine Mörderin war. Das war ungeheuerlich, das konnte nicht wahr sein. Sarahs Mundwinkel verzogen sich zu einem ironischen Lächeln.

»Was weißt *du* schon! Die von der Polizei sind dagegen, dass ich überhaupt mit dir rede. Also versuch bitte erst gar nicht, mich zu manipulieren.«

Anna verstand zuerst nicht, was Sarah meinte. Was ging das die Polizei an? Dann begriff sie: Die hatten Angst, dass sie ihre Enkelin zum Lügen anstiftete, um ihre Tochter zu retten. Diese Tat hatte einen Keil mitten in die Familie getrieben. Was für eine Familie? Aber das wussten die von der Polizei ja nicht. Oder schon? Anna schlug sich die Hände vors Gesicht. »Es tut mir alles so leid, Sarah! Du tust mir leid! Glaubst du mir das?«

Sarah trank einen Schluck. »Weißt du, was gruselig war? Als ich später begriffen habe, dass sie ihn umgebracht hat, war ich keine zwei Meter von ihr entfernt. Kannst du dir das vorstellen? Die Mama war die ganze Zeit über total kontrolliert, Großmutter! Die hat ihre Rolle perfekt gespielt. Darum habe ich zuerst auch nicht gedacht, dass sie es mit Absicht gemacht hat. Ihr Verhalten war so glaubwürdig. Es hatte ja irgendwann einmal so kommen müssen, und letztlich war der Tod vom Papa für alle das Beste – das hat sie ausgestrahlt. Sie hat mich umarmt und dabei geseufzt, da war ich noch ahnungslos. Davor hat sie mich angerufen und nur gesagt, dass ich schnell nach Hause kommen soll, es sei etwas passiert. Wie ich hingekommen bin, war die Leiche schon weg. Aber die

Polizei war noch da. Wir haben alle unten im Wohnzimmer gesessen. Die Einzige, die geweint hat, war ich. Dem Jakob und der Oma war die Situation eher unangenehm oder sie waren geschockt, was weiß ich. Die beiden Typen von der Polizei waren jedenfalls extrem nett und höflich. Echt überhaupt nicht das Klischee. Aber der Gerry meint, die von der Kripo sind anders als die normalen Kiberer, die haben nur mit so etwas zu tun.

Dass es ein Mord war, hat da ja noch kein Mensch vermutet. Das war alles Routine für die. Später, nachdem sie ihre Fragen gestellt und ihre Sachen beieinandergehabt haben und gegangen sind, ist dann so ein Krisenteam aufgetaucht, Psychologen, die Rettung war auch da.

Ich wollte, dass mir die Mama zeigt, wo es passiert ist. Und dort am Fuß der Treppe ist mir auf einmal alles klargeworden. Obwohl ich mir sicher war, dass sie nicht wissen hat können, dass ich sie in der Nacht beobachtet habe und dass ich alles weiß, habe ich eine Scheißangst vor ihr bekommen! Ich war wie erstarrt, aber in der Situation war das ja total unverdächtig. Schließlich hatte ich gerade meinen Vater verloren … Scheiße.«

Sarah begann zu weinen. Anna war froh über diese verständliche, menschliche Regung. Was hatte die Kleine durchgemacht! Es war ein Alptraum, wie in einer griechischen Tragödie. Sie musste jetzt für ihre Enkelin da sein. Aber wie? Sie war auch Mutter. Eigentlich hatte die Polizei recht. Sie war hierhergekommen, um herauszufinden, dass ihre Tochter in Wirklichkeit unschuldig, dass alles ein Irrtum, eine Verwechslung, ein Anfall von Wahnsinn bei ihrer Enkelin war. Die Kleine hatte die eigene Mutter, ihre Tochter, ins Gefängnis gebracht. Aber wenn es wirklich stimmte, was Sarah da erzählte, hatte sie natürlich das Richtige getan. Die eigene Mutter eine Mörderin – schrecklich! Die eigene Tochter … Anna war selbst knapp davor zu weinen. Sie wusste nicht, was sie denken sollte.

Es fiel ihr erst jetzt auf, dass sie den Arm um ihre Enkelin gelegt hatte. Sie atmete tief durch, schloss die Augen und drückte Sarah an sich. Eine ganze Weile saßen die beiden aneinandergeschmiegt auf dem Sofa, bevor Sarah sich löste und ihre Großmutter verzweifelt anschaute.

In diesem Moment hörte man die Wohnungstür aufgehen. Ein Mann Mitte 20 mit langen roten Haaren und Vollbart kam herein. Als er die beiden Frauen sah, blieb er stehen. Sarah nickte ihm unmerklich zu. »Hallo. Das ist meine Großmutter. Großmutter, das ist der Gerry, mein Freund. Es ist seine Wohnung hier.«

Der Mann nickte Anna zu. »Hallo. Ich will euch nicht stören, ich muss nur schnell was holen.« Er verschwand in einem Zimmer, kam nach wenigen Sekunden heraus und verschwand, einen Rucksack auf dem Rücken, winkend aus der Wohnung. In der Zwischenzeit hatte sich Sarah nachgeschenkt und einen Schluck getrunken. Anna schaute etwas irritiert auf die soeben ins Schloss gefallene Tür. Das war ihr zu schnell gegangen.

»Wie lange wohnst du schon hier? Ist das etwas Ernstes?«

»Ja. Der Gerry ist okay. Ich geh seit ungefähr einem Jahr mit ihm, seit einem Konzert. Ich weiß das noch so genau, weil die Frau von Mamas Freund, weißt eh, dem Chorleiter, genau am gleichen Tag gestorben ist und sie mir ein SMS geschickt hat. An dem Tag hat mich das noch weniger interessiert. Von da an hat es die Mama noch schlechter bei uns zu Hause ausgehalten. Gerade noch eingekauft hat sie für uns und das Gröbste im Haushalt erledigt. Der Papa hat zuerst für sich und mich gekocht, der Jakob isst ja schon lange unten bei der Oma. Wenn wir was zum Anziehen oder irgendwas für die Schule gebraucht haben, hat sie uns Geld gegeben.« Anna war froh, endlich Informationen zu bekommen. Sie wollte verstehen: »Warte, Sarah! Das interessiert mich: Warum hat deine Mutter nicht für dich und den Jakob gesorgt? Auch wenn sie ein Problem mit eurem Vater gehabt hat?«

»Geh, Großmutter! Die Mama wollte uns vergessen. So schnell wie möglich. Dass ich zum Papa gehalten habe, hat sie mir nie verziehen. Und der Jakob wollte genauso wenig von ihr wissen wie sie von ihm. Eine Zeit lang hat sie sich eh bemüht, das will ich ihr nicht absprechen. Aber verstanden geschweige denn respektiert hat sie mich nie. Alles war immer wichtiger als wir. Irgendwann hat sie auch auf ihre Pflicht geschissen. Ich hab immer öfter beim Gerry übernachtet. Für den Papa war das okay. Seit dem Mord wohne ich ganz da. Ich kann nicht mehr in dem Haus sein.«

»Wer könnte dir das verdenken. Sag: Wie geht es jetzt weiter? Was hast du vor?«

»Na ja. Die von der Fürsorge haben mit uns allen geredet. Die Oma hat sich bereiterklärt, fürs Erste für uns zu sorgen. Also offiziell. Bis der Prozess vorbei ist, weiß man sowieso nichts Endgültiges. Die Psychologin, die sie uns geschickt haben, ist echt okay. Ich telefoniere fast jeden Tag mit der. Wenigstens muss ich nicht in die Schule. Ich weiß nicht, ob ich überhaupt noch einmal hingehe. Schau nicht so, Großmutter. Eigentlich bin ich sowieso nur mehr wegen der Marlene hin. Die ist meine beste Freundin. Weißt eh, die Tochter von der Astrid, bei der die Mama gearbeitet hat. Aber die macht heuer Matura und geht dann nach Graz studieren. Ich würde so gern mit ihr in einer WG wohnen! Dafür brauch ich aber einen Job. Ich muss einmal schauen. Der Gerry kennt einen Haufen Leute, vielleicht kann mir der was checken. Eines ist jedenfalls klar: Ich muss weg aus Leibnitz. Irgendwohin, wo mich keiner kennt. Das ist die einzige Möglichkeit.«

»Wieso?«

»Glaubst du, ich will den Rest meines Lebens angestarrt werden? Die von der Kripo haben mir sogar geraten, meinen Namen zu ändern. Das machen viele in so einer Situation. Heftig, oder?«

»Ja … ich weiß nicht, aber … Entschuldigung, ich wollte sagen: Was ist mit deinem Bruder?«

»Der Jakob ist gar nicht so schlecht dran. Wie er den Verlust verkraften wird, weiß ich nicht, aber ihm ist alles ziemlich wurscht, auch was die Leute über ihn reden. Dass er nicht der Hellste ist, weiß er, und es macht ihm null aus. Der will, sobald es geht, hackeln. Die Oma kennt die ganzen Handwerker im Ort, außerdem ist er unkompliziert und stark. Der kriegt leicht eine Lehrstelle. Weißt du, Großmutter: Obwohl ich nie viel mit dem Jakob hab anfangen können, finde ich, dass er besser mit dem ganzen Wahnsinn zurechtkommt als ich. Er redet von sich aus kaum etwas, und was interessant ist: Er trinkt keinen Tropfen, und ich habe das Gefühl, daran wird sich nichts ändern.

»Sarah, der Jakob ist 14!«

Sarah lachte kurz auf. »Eben, Großmutter. Ein Jahr Poly muss er halt noch machen. Für die Oma und ihn ändert sich eigentlich eh nicht viel. Die haben den Papa beide längst abgeschrieben gehabt. Für mich ist es heftig, echt. Ich habe mich auch vorher oft einsam gefühlt, aber jetzt bin ich auf einmal total allein. Wer weiß, was aus der Mama wird. Wo ich sein werde, wenn sie aus dem Gefängnis kommt. Vom Gesetz her müsste ich eigentlich der Oma gehorchen, aber du kannst dir vorstellen, dass die mich machen lässt, was ich will. Wegen Graz und so. Schließlich habe ich die Mörderin ihres Sohnes überführt, und die Oma hat die Mama schon davor gehasst, darum habe ich bei ihr Narrenfreiheit. Alle paar Tage gehe ich die beiden besuchen, dann quatschen wir ein bisschen.« Es entstand eine Pause. Anna wirkte abwesend, versuchte erst einmal, das alles zu verdauen.

»Und du? Was gibt es bei dir Neues?«

Es dauerte einen Moment, bis die Frage zu ihrer Großmutter durchgedrungen war. »Mein Gott, ich bin eine alte Frau. Meine Freunde kennst du nicht, mein Zuhause in Kanada auch nicht, was soll ich dir erzählen? Es geht mir gut, obwohl ich viel allein bin. Der Georg … kannst du dich überhaupt noch an den Georg erinnern?«

Sarah nickte lächelnd. Es tat beiden gut, ein anderes Thema zu haben. »Sicher erinnere ich mich, Großmutter! Der Georg war eh immer cool, so ein alter Hippie.«

Anna nickte nachdenklich. »Ja. Im Endeffekt schon. Frei sein, für Frieden und Gerechtigkeit – das lebt er noch immer. Aber weißt du, die Welt hat sich seit den 60er-Jahren weitergedreht. Der Georg weiß das natürlich und ist komplett ausgestiegen. Er hat sich zeitlebens zurückgezogen: erst von seiner Familie, dann von Österreich, von seinem Job, von seiner Heimat und mittlerweile auch von mir.«

»Ach, ihr habt euch getrennt? Das habe ich gar nicht gewusst. Wann denn?«

»Nein, nein, Sarah. Wir sind nach wie vor verheiratet

und leben offiziell gemeinsam in unserem Häuschen. Und wir unterstützen uns. Einer hilft dem anderen, wenn der etwas braucht. Zum Beispiel: Als ich mir vor ein paar Jahren die Hand gebrochen habe, hat mir Georg ganz selbstverständlich geholfen und war da für mich. Es ist ein bisschen wie eine Versicherung. So eine Art Alters-WG, Georg ist selten zu Hause und ich kümmere mich um alles. Er braucht so gut wie nie etwas. Also habe ich mehr, als ich zum Leben brauche, und mit etwas Glück noch mindestens zehn gute Jahre in Kanada vor mir.«

Sarah rauchte und dachte über das Gehörte nach. »So wie du das erzählst, klingt es cool. Ein bisschen einsam vielleicht, aber ich kann mir vorstellen, dass du damit klarkommst, ich bin ja auch ganz gern allein.«

Anna kam eine Idee. Sie betrachtete das Gesicht ihrer Enkelin genauer. Die Augenringe und die blasse Haut konnte sie verstehen. Die Unzahl von Ringen durch Ohren und Nase weniger. Aber das war schon richtig so. Sie war alt, Sarah war jung. Sie formulierte laut, aber eher zu sich, ihren Einfall: »Vielleicht solltest du zu mir kommen. Ich kann mich noch genau erinnern: Als du erfahren hast, dass wir nach Kanada auswandern, wolltest du uns besuchen kommen. Jetzt wäre es eigentlich eine gute Gelegenheit dafür.«

Sarah war überrascht, wusste nicht, was sie sagen sollte. Auch Anna war überrascht von ihren eigenen Worten.

»Wenn ich einmal weg vom Hof bin«, war in ihrer Kindheit der ständige Gedanke gewesen. Später dann: »Wenn das Kind einmal groß ist.« Jetzt war sie frei, trotz Georg. War sie jetzt zufrieden? Nicht zufriedener als in ihrer berufstätigen Zeit. Sie hatte Erfahrungen gemacht und war an Orten gewesen, von denen sie als Kind nichts geahnt hatte. Trotzdem war das Leben oft schal. Zu viele Wiederholungen, das Neue wurde immer anstrengender, auch wenn sie versuchte, sich Pflichten aufzuerlegen, sinnvoll zu sein, wurde sie eine gewisse Müdigkeit nie los. Ihr Idealismus ging mehr und mehr flöten, pragmatische Wurstigkeit setzte sich durch. War das Buddhismus? Sie hielt nichts von Konfessionen und Georgs metaphysischer Besessenheit. Es war eine Frage von Freiheit und Geborgenheit. Der Mensch brauchte beides.

Würde sie das Haus in Kanada behalten, wenn Georg tot war? Sie stutzte. Sie war soeben automatisch davon ausgegangen, dass sie ihn überleben würde. Warum eigentlich? Wahrscheinlich, weil er dauernd über das Jenseits, die Vergänglichkeit und so weiter redete. Er behauptete, in einem Zwischenreich zu leben. Sein Tod sei eine Befreiung, das Jenseits in ständigem Kontakt mit dem Diesseits und so weiter und so fort. Vielleicht war sie wirklich nicht feinsinnig genug, der Vorwurf kam oft von Georg. Sie konnte nicht anders, sie sah nur die äußeren Attribute, die sie so lächerlich fand: das bemalte Holz, die Federn, das Leder. Wenn Georg tot war, dann war sie wirklich ungebunden, vollkommen frei. Wollte sie das wirklich? Hier saß ihre Enkelin, die auf der Suche nach einer neuen Heimat und einem neuen Namen war. Noch lebte Georg. Christian war tot.

In die entstandene Stille hinein meinte Sarah: »Ich glaube nicht, dass ich einfach so ins Ausland fahren darf.«

Diese einfachen Worte holten Anna zurück auf den Boden der schrecklichen Tatsachen. Ihr Gerede und ihre Gedanken kamen ihr fehl am Platz vor. Sie war Hals über Kopf um den halben Erdball geflogen, weil ihre Tochter im Gefängnis saß!

»Noch einmal, Sarah: Bist du dir ganz sicher? Ich

meine – deine Mama ist doch keine Mörderin! Nicht die Claudia! Die ist doch zu so etwas gar nicht imstande!«

»Weißt du, was ich glaube? Die Mama hat das so halbherzig gemacht. So wie sie sich immer irgendwie durchgewurschtelt hat. Für sie war der Papa eigentlich schon lange tot, und sie ist nur wegen der Scheißtrafik bei ihm geblieben. Irgendwann hat sie es anscheinend nicht mehr ausgehalten und hat eben ein bisschen nachgeholfen. Mehr war es in Wirklichkeit eh nicht. Ich glaube, es ist ihr in letzter Zeit selbst sehr schlecht gegangen. Vielleicht hat sie sich von ihrem verwitweten Liebhaber mehr erwartet. Dass der ein paar Wochen nach dem Tod seiner Frau nicht händchenhaltend mit ihr durch Leibnitz spaziert, ist doch klar! Aber Pietät war noch nie die Stärke von der Mama.«

»Haben sie viel gestritten? Hat sich das irgendwie abgezeichnet?«

»Gestritten? Das wäre ja ein menschlicher Kontakt gewesen! Nein, die Mama hat mit dem Papa wie mit einem Hund oder einem Vollidioten geredet. Was er ihrer Meinung nach war. Der Papa hat aber nach wie vor Gefühle gehabt und alles mitgekriegt. Eigentlich ist es ihm nach seinem Schlaganfall besser gegangen als davor.«

»Wie meinst du das?«

»Na ja, danach war der Papa ziemlich hilflos. Kein Pflegefall, aber … Er hat sich bis zum Schluss strikt geweigert, in ein Heim zu gehen. Weil weder die Oma noch die Mama sich die Finger schmutzig machen wollten, hab halt ich das meiste erledigt. Viel war es nicht: Essen aufwärmen, beim An- und Ausziehen helfen und für Alkohol sorgen.«

»Wahnsinn, Sarah!«

»Nein, das war kein Opfer! Schließlich war der Papa

immer dankbar und ohne mich komplett aufgeschmissen. Er hat mich immer seinen Engel genannt, das war echt rührend. Außer dem Fernseher und etwas zum Trinken hat er nichts gebraucht. Und überraschenderweise hat er viel weniger getrunken als davor. Er hat schön seinen Spiegel gehalten, aber sich nicht mehr angesoffen.

Ich könnte mir vorstellen, dass das auch der Mama aufgefallen ist und sie beschlossen hat, dass es zu lange dauert, bis er endgültig den Löffel abgibt. Ziemlich dämlich, weil … Ich hab den Papa ja viel mehr gesehen als sie und mir ist aufgefallen, dass er in den letzten Wochen vor seinem Tod extrem abgebaut hat. Ich glaube, sie hätte nur noch ein bisschen warten müssen. Aber nachdem sie mit allen anderen Mitteln vergeblich versucht hat, ihn loszuwerden, hat sie eben zum Äußersten gegriffen. Du glaubst nicht, wie oft sie probiert hat, ihn entmündigen zu lassen.«

Anna nickte. Eben: Claudia war keine kaltherzige Mörderin.

Sarah beobachtete ihre Großmutter und sagte: »Das entschuldigt gar nichts, Großmutter! Der Papa ist tot, und ich kann das noch immer nicht ganz fassen: Meine Mutter ist ein Monster! Sie hat das geplant und nur auf den richtigen Moment gewartet. Ich habe darüber nachgedacht, das kannst du mir glauben. Das Timing war perfekt. In der Nacht hat es gefroren, und sie hat gewusst, dass ich beim Gerry bin. Sie muss untertags oder am Abend, während er geschlafen hat, heimlich seine ganzen Trinkvorräte weggeräumt haben. Ich habe keinen Tropfen Alkohol gefunden, nicht einmal in seinen ›Geheimverstecken‹. Der Papa hat viel geschlafen und hat nach dem Aufwachen dann sofort etwas zum Trinken gebraucht – das hat sie gewusst. Also hat er über die Außentreppe runter in den Keller gehen müssen, um Nachschub zu holen. Wie gesagt, die Mama hat sich das vorher alles genau überlegt. Denk nach: Wenn er nicht tödlich verunglückt oder vielleicht gar nicht gestürzt wäre, hätte ihr niemand etwas nachweisen können. Es war einfach ein Versuch, bei dem sie nichts zu verlieren hatte. Das ist heftig!«

»Hast du das mit dem Alkohol auch der Polizei gesagt?«

Sarah runzelte die Stirn. »Glaubst du, die sind blöd? Eigentlich war das der einzige Fehler von der Mama. Auf der anderen Seite hat sie ja nicht damit rechnen können, dass es eine Untersuchung gibt und es verdächtig sein könnte, dass kein Alkohol herumsteht. Es ist so: Wenn ich nicht geredet hätte, wäre sie wahrscheinlich damit durchgekommen.«

»Wann hast du beschlossen, zur Polizei zu gehen?«

»Ich wollte abwarten, was passiert. Ob die von selbst draufkommen. Ich habe es gehofft, weil ich dann nichts hätte machen müssen.« Sarahs Hände zitterten, als sie sich die nächste Zigarette anzündete. »Ich hab es mir nicht leicht gemacht. Das brauchst du nicht zu glauben! Der Papa war so ein armseliges Würschtel. Natürlich war es irgendwie sinnlos, die Mama zu opfern. Aber mir war eigentlich sofort klar, dass ich keine Wahl habe. Überleg doch, Großmutter: Wie hätte ich mit so etwas weiterleben sollen? Mit ihr. Nein, das hätte ich nie geschafft! Darum habe ich sie ausliefern müssen und für den Papa. Ich weiß, du hast ihn auch nie leiden können. Das ist mir egal. Außer mir hat keiner mehr etwas mit ihm zu tun haben wollen. Nicht einmal die Oma. Wenn er versehentlich unten bei ihr weggebrochen ist, hat sie ihn wie einen Hund mit dem Besen verscheucht. Aber wenigstens hat sie ihm nicht das Genick gebrochen. Ich hoffe echt, dass es der Mama jetzt im Häfen beschissen geht.«

»Sarah, hör auf, bitte! Du weißt hoffentlich, dass sie nur euretwegen so lange bei eurem Vater geblieben ist, oder?«

»Glaube mir, sie hat uns das jeden Tag spüren lassen. Wir waren immer eine Belastung für sie und ihrem Glück im Weg. Es tut mir leid, dass ich auf der Welt bin. Deine Tochter kennt nur sich selbst, Großmutter! Und sie hat selbst alles verschissen. Sie hat den Papa betrogen. Sie hat ihn kaputt gemacht. Ich will die Mama nie wieder in meinem Leben sehen. Das meine ich ernst. Für mich ist sie tot.«

Anna konnte nicht mehr. Es war alles zu viel! Sie musste weg von hier zu ihrer Tochter. Sich ihre Seite der Geschichte anhören.

Weitere Titel finden Sie auf den folgenden Seiten und im Internet:

WWW.GMEINER-VERLAG.DE